哈佛大学时期的邓嗣禹（1950 年）

1943 年 6 月，邓嗣禹（右）在芝加哥大学接待中国第一批到美国考察的著名学者——费孝通（左）、金岳霖（中）

1956 年邓嗣禹（左）与女儿邓同兰（中）在香港合影

1982 年邓嗣禹（左二）与王伊同（左一）、周一良（右一）在美国匹兹堡大学合影

笔者（左一）与母亲（右二）、妹妹（右一）在周原馆长（左二）陪同下参观芝大东亚图书馆

笔者（右一）与芝大东亚图书馆周原馆长（右二）做学术交流

笔者与母亲在美国馆员陪同下，访问印第安纳大学东亚图书馆并在外公纪念牌匾旁留影

2017 年 2 月，笔者在广东省“中山讲堂”做学术讲座

笔者在广东省“中山讲堂”做讲座结束后，为听众签名

2018 年 3 月，笔者在天津“泰达文化大讲堂”做关于科举制度的演讲

2018 年，笔者在美国旧金山电视台，接受著名主持人郑家瑜女士专访

2018 年 10 月，笔者在美国斯坦福大学与吴文津、陈毓贤同台做讲座

2019 年 7 月，笔者在贵州与中国作家协会副主席叶辛合影

在美国斯坦福大学，笔者与东方语言文学系主任艾朗诺教授合影

尘封的历史

汉学先驱邓嗣禹和他的师友们

彭　靖◎著

中国财富出版社

图书在版编目（CIP）数据

尘封的历史：汉学先驱邓嗣禹和他的师友们 / 彭靖著. —北京：中国财富出版社，2019. 12

ISBN 978 - 7 - 5047 - 7002 - 8

Ⅰ. ①尘…　Ⅱ. ①彭…　Ⅲ. ①纪实文学—作品集—中国—当代　Ⅳ. ①I25

中国版本图书馆 CIP 数据核字（2019）第 274462 号

策划编辑　李　丽　张彩霞　**责任编辑**　齐惠民　李小红

责任印制　梁　凡　**责任校对**　张营营　**责任发行**　董　倩

出版发行　中国财富出版社

社　　址　北京市丰台区南四环西路 188 号 5 区 20 楼　**邮政编码**　100070

电　　话　010 - 52227588 转 2098（发行部）　010 - 52227588 转 321（总编室）

010 - 52227588 转 100（读者服务部）　010 - 52227588 转 305（质检部）

网　　址　http://www. cfpress. com. cn

经　　销　新华书店

印　　刷　天津市仁浩印刷有限公司

书　　号　ISBN 978 - 7 - 5047 - 7002 - 8/I · 0307

开　　本　710mm × 1000mm　1/16　**版　　次**　2020 年 10 月第 1 版

印　　张　21. 5　**印　　次**　2020 年 10 月第 1 次印刷

字　　数　341 千字　**定　　价**　59. 80 元

推荐序

揭开尘封的历史

彭靖先生是一位北美华裔作家，我和他相识在2019年夏天的贵州。当时，他正在和十几位北美华文作家做文学交流。在座谈会上，我们相谈甚欢。彭靖先生性格爽朗，为中英文学交流提出了很多卓有成效的见解和建议。

第二次和彭靖先生见面，则是在冬日的上海，他送给我一本著作——《尘封的历史》。回家以后细阅这本书，我看到这本书还有一个副标题：汉学先驱邓嗣禹和他的师友们。

邓嗣禹是谁呢?

原来他是彭靖先生的外公，一位颇有学术成就的访美学者。作为邓嗣禹先生的亲外孙，彭靖走进外公那一代人的世界，了解他们那一代人的学术思想、研究方向，以及毕生所从事的学术及所写著作的内容，试图走进外公那一代学人和大师的心灵世界。越往深处探寻和研究，彭靖越了解外公的人生和追求，越认识到外公邓嗣禹和那一代文人学者的很多往事及颇有意味的故事，都是今天的很多读者，尤其是中青年读者所不了解的。于是，他萌生了一个想法，要把这些现在很多人不甚了解的人和事写出来。文章写完了，也在国内外的报刊上一篇一篇公开发表了。读到这些文章的朋友，觉得他写得很有意思，很有意味，纷纷鼓励他继续写下去。积少成多，彭靖又把这些受到好评的文章汇编成书。于是便有了这一本《尘封的历史》。

既然是“尘封的历史”，也就是大多数人还不知的历史。彭靖先生在这本书里，通过五大部分，一一和今天的读者朋友们，分享了这些他潜心研究所得的成果。

在《燕大师友往事》这一辑里，彭靖细述了外公邓嗣禹的师友，如冯友兰、顾颉刚、洪业和创作《西行漫记》的斯诺等鲜为人知的往事。

而在《大师风采》这一辑，彭靖更是把胡适当年如何聘请他外公邓嗣禹去北大任教的情况，以及和他外公有交往的同时代大师，如林语堂、胡适、钱存训、顾立雅、裘开明等人的故事一一道来，给读者展示了大师们的情怀。

《费正清研究》一辑中，彭靖详细介绍了费正清先生的中国情结，详尽叙述了费正清先生为中美交往、互访所做出的贡献，立体化地给读者朋友们刻画出了费正清的形象，追述胡适对青年费正清的影响。

彭靖先生送给我的《尘封的历史》，是美国旧金山出版的华文版，欣闻该书要在国内出版，可喜可贺，特书此表达我的心情。相信读者朋友同样会喜欢这本书。

是为序。

叶　辛

中国作家协会副主席

2019 年 12 月

自 序

2018年8月，美国版《尘封的历史》在旧金山出版之后，美国的三大华文报纸《侨报》《星岛日报》《世界日报》的记者曾以不同形式，对我进行过采访，并对该书的出版进行了报道。旧金山著名的KTSF26电视台金牌主持人郑家瑜女士曾邀请我做客她主持的《有话要说》节目，对我进行过半个小时的专访。美国媒体的这些活动，表明当地的华人媒体与文史爱好者对书中的内容给予了极大的关注。

斯坦福大学东亚图书馆馆长杨继东博士听说我出版了这本书之后，也曾邀请我到该校，以《邓嗣禹与费正清：从他们的合作看美国早期的汉学研究》为题目，为斯坦福大学的教授、博士和硕士生，以及关注中国学研究的学者们进行过专题讲座，并邀请了与邓嗣禹、费正清都共事过的哈佛大学、斯坦福大学东亚图书馆前任馆长、时年96岁的吴文津先生，以及著名华人作家、《洪业传》作者陈毓贤女士作为特邀嘉宾。目前，哈佛大学、斯坦福大学、芝加哥大学、加州大学伯克利分校、印第安纳大学等十多所美国著名大学均已购买并收藏此书，这表明美国学界对书中涉及的主题给予了高度的重视。

为了使更多的中国读者看到这本书，拙著现以增补版的形式在中国国内出版。

增补版在美国版的基础上，增加了笔者近期在国内发表的数篇文章，比如，《赛珍珠、海明威如何声援中国的抗日战争》，费正清为邓嗣禹博士论文《张喜和1842年南京条约》所写前言，等等，并由中国财富出版社的编辑们对原书中的文字进行重新润色，对引用的史料进行严格的考证工作。同时，根据出版要求，也对个别文章进行了删减。

此次，中国大陆的简体字版《尘封的历史》将以全新的面貌呈现给中国的读者。期待拙著的出版，能够及时满足广大文史爱好者，关注海外汉学、中国学研究的学者们的需要，并希望大家提出宝贵的意见，从而推动国内对费正清、杨联陞、邓嗣禹、钱存训等汉学先驱者们的研究工作深入开展。

彭　靖

2019 年 12 月于上海

美国华文版推荐序

欣悉北大 EMBA 总裁班客座教授、教授级高工彭靖博士的新著《尘封的历史》即将出版。我很赞赏该著的写作风格，作者以其外祖父邓嗣禹先生的人生经历作为主线，将众多留美学者与燕京大学、哈佛大学、芝加哥大学串联在一起，揭示了这些著名学者在西方世界鲜为人知的交往与学术成就，在世界文学、历史领域做出的杰出贡献，以及他们致力于传播中国文化、讲好中国故事的感人事迹。该著作所考证出的众多史实，可为国内从事汉学研究的学者提供丰富、可借鉴的史料。

彭靖博士的另一个身份是上海民盟的成员。书中介绍的许多著名学者，如费孝通、冯友兰、金岳霖等，都曾是中国民主同盟早期的重要领导与前辈。其中，费孝通先生是中国社会学和人类学的奠基人之一，历任民盟第五、第六、第七届中央委员会主席，第七、第八届全国人民代表大会常务委员会副委员长；冯友兰先生是中国现代史上杰出的思想家、哲学家，是在中国学术史、中国思想史、中国哲学史诸多领域做出了重大贡献的伟大学者，是民盟中央常委；金岳霖先生也是中国著名的哲学家、逻辑学家，曾任清华大学文学院院长，民盟中央委员、常委。彭靖出版这本书的另一个目的，相信也是表达对民盟前辈的一种敬意。

在中国现代史上，中国民主同盟曾一度是仅次于共产党、国民党的第三大政党。在挽救民族危亡、实现战后和平等方面，民盟都发挥过重要作用。毫无疑问，伴随着中国现代化的向前推进，民盟也必将大显身手，承担起重要历史使命。研究民盟这些早期的重要领导人物，可为他们文集、年谱、传记的编纂提供更多可借鉴的史料。这不仅是对他们最好的纪念，更是盟史研究的重要组成部分。因此从一定意义上来说，该书的出版也对盟史研究做出了一定的贡献。有感于此，是为序。

张　平

第五届茅盾文学奖获奖作者

民盟中央副主席

2018 年 8 月 24 日

美国华文版自序

中国在改革开放四十多年后的今天，有一些历史档案还是被尘封着的。涉及燕京大学的档案资料就是其中之一。许多著名学者的成名作，都是20世纪30年代在这所大学完成的，如冯友兰的《中国哲学史》、邓嗣禹的《中国考试制度史》、斯诺的《西行漫记》等。我有责任将写作背景与史实告诉读者。

基于家族的背景与渊源，近年我为了开展对外公邓嗣禹以及相关汉学家的研究，曾去过国内许多档案馆、图书馆查阅相关资料。尽管燕京大学以档案保存完备而著称，但我遇到的困难出乎意料。我去过上海档案馆、北京档案馆，发现关于燕京大学的档案大多都被标注为“不开放”。调取、复印民国时期的文献资料，必须经过馆长审阅，其签字批准之后才能实施。

我第一次去北京大学图书馆，想查阅1935年邓嗣禹在燕京大学的硕士论文以及燕大的发展史资料。工作人员告知，目前这些资料都归类在“特藏部”，只有经过馆长批准才能查阅。在不得已的情况下，我亮出了我的身份，他们说，如果读者是燕大教职员工的亲属，也必须提供相关证明才能复制。第二次，我出示了侨眷证、身份证，经馆长签字批准后，才如愿以偿。

外公长期在美国工作与生活，与美国许多著名学者和汉学家有广泛的交往。但是他们的许多回忆录、论文、日记等，国内的图书馆、档案馆是没有收藏的。为了能够获得更多的第一手资料，我曾利用休假的时间，三次去美国，跟随外公的足迹，寻访他曾经就职的美国高校和研究机构。我到过美国国会图书馆、芝加哥大学、印第安纳大学，也曾去过新加坡国家图书馆、南洋理工大学，查询他与师友的交往书信、日记与文献资料，还曾委托在香港中文大学、台湾大学工作的朋友查询、复制所需要的材料。

利用这些来之不易的资料，近年来我先后在海内外10多种著名期刊、报纸上，以纪实文学、散文等体裁形式，发表了40余篇作品，披露了许多尘封的历史，弘扬了中国留美学者对世界汉学研究的贡献。其中，也包括与外公有长期交往的美国著名学者，如费正清、顾立雅、威廉·麦克尼尔等的专题研究文章，可为历史研究学者提供参考与佐证材料。同时，本书也可为希望开启阅读新视野和爱好文史的读者朋友，提供全新的阅览空间。

但是，由于期刊、报纸的版面有限，一些文章在发表时，编辑们或多或少地都要对原文进行删减，有些甚至达到了内容的50%。因此读者在期刊、报纸上看到的文章，并非其“原貌”。此次，感谢美国的壹嘉出版公司，将笔者的文章汇编成集，并以全文的形式呈现给读者。

基于上述种种原因，本书最后定名为《尘封的历史——汉学先驱邓嗣禹和他的师友们》。此次选入文集的文章，分为五个专题，分别为：燕大师友往事、典籍英译、大师风采、费正清研究、师友佳话。

1998年6月29日，美国前总统克林顿来华访问期间，曾应邀到北京大学参加“北大百年校庆”纪念活动。他来到燕园，在贝公楼礼堂讲台前，面对800多名师生发表演讲。在开场白过后，他着重提到了燕京大学：“众所周知，燕京大学校园就是美国传教士创建的，许多建筑都是美国建筑师设计的。从前，很多美国学生和教师来这里学习和授课，我们感觉到与你们有一种特殊的关系。”

从克林顿涉及燕京大学历史片段的演讲词中，北大的师生能够看得出来，为了这次北大之行与演讲活动，这位美国总统做了精心的准备工作。克林顿的演讲视频经由电视台直播，引发了海内外中国人对于消逝已久的燕京大学的高度关注。

燕京大学创建于1919年。1952年，随着中国高等学校院系调整，燕京大学退出了历史舞台，至今已经消逝近70年。现在北京大学的所在地，就是原燕京大学的校址。但是，这一段历史并非所有人都十分清楚。

燕京大学在中国教会大学的历史上，有着举足轻重的地位。虽然存在的时间仅有短短的33年（1919—1952年），却创造了中国教育史上的奇迹：在不到10年的时间内，从一无所有的“烂摊子”，一跃成为中国乃至国际一流的综合性大学；在不长的时间内，为中国各个领域培育了众多顶尖级人才。在两院院士（中国科学院院士和中国工程院院士）中，燕大学生多达57人。1979年邓小平访美时，21人的代表团中包含了7名燕大人。因此，燕京大学的历史是值得大书特书的。

本书收录了关于燕京大学，以及在燕大工作过的学者的文章，涉及对冯友兰、顾颉刚、洪业、斯诺等人的研究，以及他们与邓嗣禹的交往历史，力图从不同侧面，揭示燕京大学快速发展的动因。

我的外祖父邓嗣禹，早年毕业于燕京大学。他1928年考入燕大本科，1935年获得硕士学位，后又在燕大任教两年，1937年赴美国，协助美国著名汉学家恒慕义博士编写《清代名人传略》。他在燕大学习与工作的时间，前后有近10年之久。开展对于他的研究，燕京大学是绕不开的话题。

邓嗣禹（1906—1988年），1928年考入燕京大学史学系，1932年当选燕京大学历史学会主席，同年获得学士学位。大学毕业后，考入燕大史学研究所，1934年任《史学年报》主编，1935年获得硕士学位。在此期间，师从邓之诚、洪业等著名史学家，并留母校任讲师。1938年，他到哈佛大学师从费正清，于1942年获得博士学位，并成为费正清日后的得力助手与长期合作伙伴，两人先后合作出版了《中国对西方的反应，1839—1923》《清代行政管理：三种研究》，这两种著作长期被哈佛大学、牛津大学用作教材。邓嗣禹还是最早将《颜氏家训》《中国近百年政治史》等中国名著译介到西方的华人学者，并被当代著名学者誉为科举学研究领域中的“陈景润”。

邓嗣禹历任美国芝加哥大学东方研究院院长兼远东图书馆[①]馆长，印第安纳大学历史系主任、东亚研究中心主任、讲座教授，美国亚洲协会理事等职位，并被哈佛大学、香港中文大学等名校聘为客座教授。1972年中美建交后，他成为随同费正清访问中国的第一批华裔历史学家。

① 远东图书馆是东亚图书馆的前身。

费正清是美国哈佛大学终身教授，美国最负盛名的中国问题观察家，哈佛大学东亚研究中心创始人。他生前曾历任美国远东协会副主席、亚洲协会主席、历史学会主席、东亚研究理事会主席等重要职务，还曾是美国政府雇员、社会活动家、中美关系政策顾问。费正清致力于中国问题研究长达50年，曾经主持编写过一套15卷容量的《剑桥中国史》。从他进入哈佛大学直到1991年去世，其著作绝大部分都是论述中国问题的。他漫长的学术生涯虽然毁誉交加，但就其崇高的学术地位及巨大的影响力而言，在西方汉学界诸贤中，依然无人能与之比肩。

目前，国内学者虽然对费正清的学术成就做过大量研究，但是就我所掌握的史料来看，对于他的研究仍有许多盲点与空白。由于外公与费正清多年的师友关系，我认为自己有责任与义务，将有关史实提供给相关学者，以及关注费正清研究动态的文史爱好者。

比如，中国新文化运动的领袖之一——胡适，为何能对青年时期的费正清产生影响？费正清出版的第一部中文著作是《美国与中国》吗？抗战时期，美国对中国的援助，除了经济与军事方面，还有文化方面，其中的具体细节有哪些内容呢？

此次在《费正清研究》一辑中，收录了作者近年发表在报刊上的五篇文章，以飨读者。

上海是胡适的出生地，也是他人生道路的起点，他曾长期在上海学习、工作与居住。1928年，胡适曾就任其母校中国公学的校长，并且培育了像吴晗、罗尔纲、吴健雄等后来成为中国现代杰出人物的学生。但是，《辞海》第六版记载：胡适是安徽绩溪人。那么，胡适究竟应定义为哪里人？他在上海曾经的故居有几处？在本书中，有关这方面的文章有两篇：《胡适故居：留给上海的遗憾与期待》《胡适出生地考证》。值得一提的是，后一篇文章中的主要内容，已经被辞海编纂处采用，将在2019年出版的《辞海》第七版中更正相关内容。这篇文章2017年6月曾在“百年《辞海》·我心目中的《辞海》”征文活动中，获得三等奖，并被收入《我心目中的〈辞海〉》一书中。

林语堂是我国著名作家、翻译家和语言学家，现代文学大师，也是第一位以英文写作扬名海外的中国作家。他一生著作颇丰，其译作和外语创作多于母语创作，汉译英作品超过英译汉作品，因此在国际上受到广泛关注。林语堂还曾将中国名著《红楼梦》翻译成英文出版，后来又有多种日文译本，却很少有人知晓。

实际上，林语堂早在 1954 年 2 月于纽约就完成了《红楼梦》的英文版初稿，1973 年 11 月在香港定稿。考虑到《红楼梦》故事情节与西方的巨大时空差异，会影响西方读者的兴趣和理解，从而影响对书中内容的接受程度，他便采用变译的方式，即对原著进行大量增减、编缩的变通式翻译，对《红楼梦》一书进行再创作，英译本书名为 *The Red Chamber Dream*。

林语堂翻译的《红楼梦》节译本，不但将全书内容给予适当重组，以便让读者了解整个故事的连贯性，还对原作稍加修改，使故事情节更加合理。本书收录了两篇有关林语堂的研究文章，分别是：《林语堂：鲜为人知的〈红楼梦〉译著与红学情结》《林语堂：中国首位诺贝尔文学奖提名者的多彩人生》。相信读者阅读过这两篇文章之后，一定会对林语堂有一个全新的认识。

在本书中，涉及的中国留美学者、美国汉学家还有 20 人以上，基于篇幅所限在此不便一一介绍。我将带您回到 20 世纪中期，徐徐地展开这些知名人物的人生画卷，用尽可能挖掘到的客观史实，向您展示他们不为人知的丰富经历，以及在世界汉学领域做出的重要贡献。

彭　靖

2018 年 7 月 27 日

目　录

01

燕大师友往事

冯友兰的燕大往事

燕京大学在中国教会大学的历史上，有着举足轻重的地位。与其他教会大学相比，燕大成立的时间较晚，却一跃成为“教会大学之首”“世界一流大学”，其内在动因值得学者们去探究。冯友兰是我国著名的哲学大师，他的哲学史名著《中国哲学史》也正是在燕京大学时期开始创作的。但目前国内出版和发表的书籍与文章，对冯友兰在这一时期的活动很少提及。2013 年 8 月出版的《燕京大学：1919—1952》一书（陈远著，浙江人民出版社出版），对燕大哲学系与冯友兰在燕大任教方面的内容则只有只言片语。而论及冯友兰在燕京大学早期的活动，对研究冯友兰哲学思想的形成，探究燕京大学迅速发展的原因都有着十分重要的意义。

一

1926 年 2 月，应燕京大学哲学系主任、美国学者博晨光（Lucius Chapin Porter，1880—1958 年）的邀请，冯友兰来到燕京大学。当时博晨光还兼任燕大的校务委员会委员。他在哥伦比亚大学教授中文时，与正在哥大学习的冯友兰相识。博晨光到燕大后，聘请冯友兰任哲学系教授兼燕京研究所导师。冯友兰在燕大任教两年半（1926 年 2 月至 1928 年 8 月），讲授中国哲学史。这两年多的时间，奠定了冯友兰从事哲学教学和研究的基本方向。后来多次再版、流芳千古的冯著《中国哲学史》一书，也正是在这一时期开始创作的。笔者外公邓嗣禹于 1928—1937 年，在燕京大学学习与任教，曾聆听过冯友兰的哲学课程。受冯先生哲学思想的影响，他于 1931 年曾在《北平晨报 · 学园》发表过一篇《儒家之社会政策》的文章。该文章经译成日文后，还曾刊载于日本学术刊物上。

初创的燕大位于北京城东南的盔甲厂，校舍狭小，教师和学生为数不多，学校设备简陋，“筚路蓝缕，以启山林”。冯友兰来到燕京大学的时候，该校在北京西郊的新校园还没有修建好，仍在北京城内授课。据《燕大周刊》描述，课堂分布在城内盔甲厂的几栋旧楼里，全校有336个男生，94个女生，教员中有52个是外国传教士，其余28个是中国人。那时的燕大，只不过是一所名不见经传的教会大学。当时的北京教育界也是非常困难，为数不多的教育经费也被军阀们挪用了，许多学校经常仅能发几成的工资。有一个教授，同时在四个大学里兼课，可是到了年底，四个大学都发不出工资，被称为“四大皆空”。当时在北京，被教育界人士所羡慕的学校只有两所，一所是清华大学，另一所是燕京大学，只有这两所学校教师每月的工资照发。

1919年，燕大的缔造者、美国传教士司徒雷登（1876—1962年）担任燕大校长，从1922年起，15年内他10次漂洋过海，以传教士的虔诚、教育家的执着为学校募集捐款，将一所曾以蜗居面貌出现的学校，迅速建成中国乃至世界最美丽的校园。几年后，燕大迁入了西郊海淀美轮美奂、湖光塔影的新校园。据说，新校址是在清朝王公的一所废园基础上修建的。这座园林原名“淑春园”，曾是乾隆的宠臣、大贪官和珅喜爱的园子，民国初期被陕西军阀陈树藩占有。冯友兰在《三松堂自序》中介绍：“燕京得到这个地基以后，就在美国募捐。谁能捐出一座楼的建筑费，这座楼就以他的名字为楼名。对着西校门的那座楼，原来名叫‘贝公楼’，据说是有个叫Baker的人捐建的，这座楼的规模比较大，是燕京的主楼。”司徒雷登买下地基之后，十分下功夫地将一座美丽的新校园建设于此。校园内大量采用了被焚毁后的圆明园石料和石雕，作为装饰材料。1952年，中国高校院系调整中，燕大被撤销，燕大校址成为北大校园。不少圆明园的遗物，如一对精美绝伦的汉白玉华表、一对雕刻精美的麒麟、一方雕龙的“云阶”等，至今仍完好无损地保存在北大的校园里。

校址和资金的解决，为燕大的起步奠定了良好的基础。而真正让燕大从一所名不见经传的教会大学跻身为一流大学的，还是其学术水平的迅速提升，以及为此付出努力的一流学者们。早期在中国创办的教会大学，教师以外籍为主，中国教师处于从属地位。司徒雷登认识到，如果不能在短期内改变这一现状，要把燕大办成一流大学便无从谈起。为此他决定从三个方面着手，为燕大招募人才。首先，他针对过去教会学校所有教师都由教会组织委派的惯例，向纽约托事部提出申请，要求给燕大聘请教师的自主权；其次，为了吸引更多的人才到燕大任教，司徒雷登决定不过问教师的政治倾向、宗教信仰和学术观点，只要有真才实学，具备任教资格，燕大都可聘用；最后，司徒雷登决定从燕大自筹经费中拿出一笔钱，大幅度提高中国教师的待遇，使他们与外籍教师同工同酬。

在刘廷芳和洪业相继来到燕大的第二年，燕大宣布正式实行中西籍教师待遇均等。教授的月薪与校长等同，定为360银圆，1929年吴雷川先生担任校长，校长月薪改为500银圆，司徒雷登改任校务长，仍与其他教授一样领着360银圆的月薪。司徒雷登的这些举措，吸引了一大批在学术界深有影响的大师来到燕园。到20世纪30年代，燕大已是大师云集，在从国外归来的博士、硕士中，除了冯友兰之外，还有洪业、吴文藻、雷洁琼等；在国内享有盛名者，如陈垣、周作人、顾颉刚、钱穆、朱自清等，也相继来到燕大任教。燕大的教师队伍，一下子变得人才济济、名师璀璨。名教授的到来，不仅使燕大比较薄弱的文史专业得到提升，也大大提高了它在中国学术界和社会上的地位。燕大之所以能够在短期内成为国内一流大学，与这批学者的贡献是分不开的。

二

冯友兰到了燕京大学后，大体上有一半时间为大学生们讲授中国哲学史课程，另一半时间担任研究所的导师，从事研究工作。与此同时，冯友兰还被北京大学聘为兼职讲师，讲授西洋哲学史课程。教学的需要促使他在中西方哲学两方面进一步下功夫，这些经历为冯友兰日后从事中西方哲学史研究，打下了良好的基础。冯友兰回国之后，他的主观意愿是想向中国介绍西方哲学。然而，燕京大学所提供的客观机缘，使他做了许多向西方介绍中国文化的工作，并且最后归结到研究中国哲学史。

燕大良好的教学环境与稳定的工资收入，也为冯友兰创造了潜心学术研究的条件。在这一段时间里，他首先将在哥伦比亚大学完成的博士论文《人生理想之比较研究》翻译成中文，并经多次修改，最后定稿易名为《人生哲学》，于 1926 年 9 月在上海商务印书馆出版。在之后的两年时间里，他先后在《哲学评论》《燕京学报》等著名刊物上，发表了《郭象的哲学》《儒家对于婚丧祭礼之理论》《孔子在中国历史中的地位》等多篇学术论文，为创作《中国哲学史》一书积累了大量素材，并形成了此书的雏形。按照冯先生自己所述，他在燕大两年多，在讲课之余，他开始写两卷本的《中国哲学史》。

这一时期冯友兰发表的有关中国哲学史的论文，大多是针对胡适《中国哲学史大纲》上卷内容所发的议论。正是在这种批评性的论文中，冯友兰经过反复思考，形成了他关于整个中国哲学史的构思和雏形。

胡适的《中国哲学史大纲》只写了上卷，没有写下卷，因此在当时学术界，不仅有“断头哲学史”之讥，更有“烂尾哲学史”的恶评，这也许和胡适成名太早，耗费的精力太多有关。不过，冯友兰还是比较谦虚、客观地来评价胡适的著作的。他认为无论什么事物，都是后来者居上，因为后来者可以以先来者为鉴，从其中吸取经验教训。冯友兰肯定，在中国哲学史研究近代化的工作中，胡适的创始之功，是不可埋没的。

在这一时期，博晨光还为冯友兰介绍过一份额外的工作，兼课于一所华语学校，即为当时在北平的外国人自发组织的、每星期一次的中国文化课程，讲授《庄子》。后来由商务印书馆 1931 年出版的英译本《庄子》，其中相当一部分内容就是这项教学工作的成果。其中，《天下篇》是冯友兰与博晨光共同完成的。按照冯友兰所述，原来说要同博晨光合作翻译中国哲学史资料，但博晨光也是燕大的一个忙人，时间不多，只翻译了一篇《庄子·天下篇》。

冯友兰《庄子》英译本前言写于 1928 年 6 月，应该是冯友兰离开燕大前的最后一篇作品。从前言所述内容中，我们可以了解到相关信息，这个译本虽然只限于《庄子》的前七篇，但可相信它包含着著者主要的见解或观念，加上引言（本是为在北京各处讲课准备的讲稿）和附录（本是为北京《哲学评论》而作），可见冯友兰先生对大众正确理解道家哲学有所贡献。从前言结尾的鸣谢部分，我们还可了解到，除博晨光参与过此项工作外，恒慕义（A. W. Hummel）、吴宓等都审读过原稿，并发现错误，予以改正。

1936 年，博晨光曾与邓嗣禹翻译过英译本的《颜氏家训》（该书后来于 1966 年在英国出版），他们一起讨论翻译的技巧与修辞。在此期间，两人还在燕大共同开设过一门中英翻译的课程。

在华语学校讲授《庄子》的同时，冯友兰还为学校组织了“中国文化系列”讲座，每星期一次，邀请了梁启超、王国维、顾颉刚、黄侃等人，这也是一项对弘扬中国文化颇有意义的工作。但冯友兰在华语学校只做了一年，燕京大学搬到西郊以后，他便不再到华语学校了。可以推测，冯友兰在华语学校兼职授课的时间，应该是在 1926 年 7 月到 1927 年夏季。

《中国哲学史》（两卷本）后来成为一部划时代的学术经典，被胡适等人称为“正统的哲学史”。这部书给冯友兰带来了极大的声誉，从此奠定了他在中国学术思想界的地位。这背后固然凝聚了冯友兰多年的心血，但他的一些思路与资料的运用，则要追溯到他回国后在燕京大学发表的一系列学术论文，以及讲授中国哲学史和《庄子》相关课程。这一系列活动，实际也是《中国哲学史》一书的孕育过程。

三

燕京大学在当时北京众多的大学中，以经费充裕、环境优美而令人羡慕。所以从经济和学术研究的条件上来说，冯友兰当时的处境应当是非常不错的。但是燕京大学毕竟是一所教会学校，在冯友兰看来，教会学校出身的人，总是有一种教会味，其精神面貌，跟中国人办的学校出身的人，有显著不同。在他内心深处仍有“此处不是久留之地”的感情困扰。

当时，中国的教会学校都是由教会创办与管理的，这与 19 世纪以来帝国主义对中国的侵略活动有着千丝万缕的联系。另外，冯友兰在燕大的后期，也渐渐对美国人博晨光在与他合作从事的学术研究中所投入的精力太少感到不满。他写信给在广东大学当文科主任的北大同学傅斯年，表达了燕京并不是自己安身立命之地的想法。

1928 年暑假，历史的机遇终于来临。冯友兰在北大时的同学、哥伦比亚大学时期的朋友罗家伦，被蒋介石任命为清华大学校长。罗家伦初到清华时，只带来了一个秘书，差不多是单枪匹马来的，到任后才开始物色他的班底。由于他与冯友兰在美国时过从甚密，又是北大校友，自有一番情谊，于是罗家伦很自然地把正在燕大任教的冯友兰视为“亲信”，从燕大“挖”过来为己所用。冯友兰此时也正愁待在燕大不是长久之计，罗家伦之邀正中下怀，于是二人一拍即合。而主持燕大校务的司徒雷登也颇具眼力，预见自己将来一定要和国民政府打交道，不如做个“顺水人情”，便答应放冯友兰离开燕大。于是，作为罗家伦领导班子的成员，冯友兰任哲学系教授兼校务秘书长，踌躇满志地从燕大来到清华，寻觅他由学术转为学术加从政之路。

（原文发表于台湾《联合时报》2014 年 3 月 28 日，有改动）

顾颉刚与邓嗣禹在燕京大学的岁月

——纪念顾颉刚先生 120 周年诞辰

顾颉刚（1893—1980 年）作为现代中国重要的历史学家之一，在古代史、古代地理和边疆地理、民俗学和民间文学，以及古籍整理等领域，都取得了极其丰硕的成果。1949 年之前，他曾在北京大学、厦门大学、中山大学、燕京大学、云南大学、齐鲁大学、中央大学、复旦大学、兰州大学等校执教和从事教学研究工作。其中，以在燕京大学的时间最长，自 1929 年 6 月受聘，到 1937 年 7 月因名列抗日分子黑名单而被迫离开北平，前后有八年多的时间。但目前学界对这方面的史料却很少有人提及。笔者外公邓嗣禹自 1928 年考入燕京大学，师从洪业、顾颉刚、邓之诚三位先生，1935 年获得硕士学位，并留校任讲师，曾担任历史学会主席、《史学年报》主编等职，1937 年受邀赴美参加《清代名人传略》的编写工作，并师从费正清攻读哈佛大学博士学位，他曾见证了顾颉刚在燕京大学工作和活动的全过程。2013 年是顾颉刚先生 120 周年诞辰，重新梳理和回顾这段历史，以期纪念他对燕京大学史学发展所做出的杰出贡献，同时也可为学界提供更多的研究史料。

一

顾颉刚先生 1929 年到燕京大学时，他的职衔是国学研究所研究员兼历史系教授。他在北大任国学讲师期间，曾与胡适、钱玄同等人有书信来往，一起探讨中国上古史上的一些问题，并于 1926 年出版《古史辨》第一册，该书在国内外学术界引起轰动，一年内多次重印，影响深远。当时各大学纷纷设立历史系、国学研究所，历史研究人员和历史系学生人数剧增，其原因之一就是这场历史大讨论所产生的影响。燕大于1928年成立国学研究所，所长由著名史学家陈垣担任。经郭绍虞、容庚介绍，顾颉刚来到燕大任教。据《顾颉刚年谱》记载：1929年5月“应燕京大学之聘”；5月5日“郭绍虞邀赴凡社之宴，同席：陈垣、金岳霖、许世廉、冯友兰、熊佛西、黄子通、徐祖正”；6月21日至23日“将书籍由大石作寓舍运至燕大”。当时聘请他的还有北大和清华，但他选择了燕大，在《顾颉刚自传》中他曾说，“只为燕京是一个教会学校，我既非教徒，也非校友，不致叫我办事，便可一心一意地读书写作，实现我最企望的生活。”

顾颉刚对于来到燕京大学也是相当满意的。他在晚年所写的《我是怎样编写〈古史辨〉的？》一文中还说：“当时因为北大欠薪太多，生活太苦，我回北京后，就去了美国教会办的‘燕京大学’。燕大的待遇很优，每月给我240元工资，房子、电灯、电话等等都不要钱，生活很好，我于是可以每日埋头写作……”由于生活安定、心情舒畅，顾颉刚来到燕大之后，就着手编写《古史辨》第二册。又过了不到一年，第三册就出版了。如果说顾颉刚是因1926年出版《古史辨》第一册，而在学术上取得了轰动效应的话，在燕京大学八年多的时间内，他连续编写、出版了第二到第五册，就更加说明了他在燕大期间取得了突出成就。第六册后来由罗根泽编辑，由上海开明书店发行，第七册则是顾颉刚离开燕大之后，由吕思勉、童书业在上海编成的。

顾颉刚在燕大期间，先后参与及主办了三种学术刊物：《燕京学报》、《史学年报》、《禹贡》半月刊。编杂志、办刊物，一直是顾颉刚的拿手好戏，也是他的特殊偏好。顾颉刚一受聘，就为《燕京学报》组稿件，到校后他即名列学报编委会成员，并于1929年12月出版的《燕京学报》第6期上发表了《周易卦爻辞中的故事》。顾颉刚先后主持燕京学报第7、8期，第12—15期，共6期。

燕京大学历史学会成立于顾颉刚到任前的1928年秋，当时正是北京学界重新活跃之际。燕大历史学会是燕京大学历史系师生早年共同组织的史学研究机构，与燕大历史学系共生存。在当时北平很多学会无法生存的情况下，这个学会却存在了14个年头，连续出版了12期《史学年报》，并在北方史学界组织的活动中表现得异常活跃。这个学会，聚集了一批日后成为国内外史学大家的著名学者，同时培养了一大批史学人才，深受学界瞩目。

据《顾颉刚年谱》记载，顾颉刚正式加入学会的时间是1930年10月，但在成为正式会员之前，他就已经默默地为这个学会做了许多工作，如帮助学会联系参观单位，并为《史学年报》提供稿件。1931年《史学年报》第3期的出版，就是通过顾氏的关系，由景山书社代为印刷、销售，从而缓解了学会经费紧张的困难。1936年起顾颉刚担任历史系主任，这一时期也是燕大历史学会最活跃的时期，由此可见他在其中的重要作用。

笔者外公邓嗣禹于1928年考入燕京大学历史系，1932年曾任燕大历史学会主席，1934年任《史学年报》主编。1935年他获得燕大历史学硕士学位，任历史学系讲师，并继续担任《史学年报》主编。此后，他相继在《史学年报》《大公报·史地周刊》上发表了《中国科举制度起源考》《城隍考》和《城隍史略》等系列论文，成为国内最早研究科举制度、城隍历史的学者，论文至今仍然被国内外许多学者引用。同时他也见证了历史学会、《史学年报》从草创到发展的全过程。

二

燕大历史学会大致经历了草创、发展、全盛、维持四个时期，至1941年因日军封闭燕大结束，共存在了14个年头。当时历史系组建学会有三个基本目的：一是共同研讨学术，以发扬史学，整理国故；二是辅助历史学系教学；三是联络师生感情。《史学年报》在第一期中就对会员提出了这三点希望。

草创时期（1928—1931年）。这一时期学会组织尚不稳定，随时都有终止的危险。成绩比较突出的是《史学年报》的出版工作。学会主席由韩叔信担任，齐思和连续三年主持研究兼出版股工作。1931年朱士嘉担任一年学会主席，并同时负责研究兼出版股工作。

发展时期（1931—1934年）。这一时期韩叔信、齐思和等人相继离开，学会主席由邓嗣禹、周一良、侯仁之等人接续担任，张维华、翁独健主持研

早年出版的《史学年报》

究兼出版股工作。1933 年前后，洪业返校后参与了学会工作，加上有邓之诚、顾颉刚两位老师的帮助，学会工作更上一层楼。齐思和后来在回忆录中，特别提到邓嗣禹、翁独健的功绩，他认为这个阶段《史学年报》能够取得如此成绩，以他们二人居功最高。

在学会的组织、编辑年报等活动中，学生会员表现出色，发挥了极其重要的作用。如在 1934 年 6 月，顾廷龙写信给顾颉刚说："邓嗣禹君因公南归，前允《史学年报》之文不能即得，着急异常，属商能否即以初稿付印，初稿携南否？"（详见《顾廷龙年谱》）即可见邓嗣禹在其编务工作中的负责精神。

全盛时期（1935—1937 年）。"一二・九"运动之后，日本人在北方的侵略企图越来越明显，国人的危机意识也日益提高。研究本民族的历史，就成为很多青年学生维系、抒发民族感情，以此保存民族文化的重要途径；另外还有很多青年希望从史学的研习中寻找救国图存的道路。各大学报考历史系的人数渐渐增多，旁听历史系课程的青年学生更不在少数。燕京大学历史学会人数也在这样的形势下逐渐多起来。

维持时期（1937—1941 年）。1937 年 7 月 7 日，抗战全面爆发，7 月 29 日日军侵占北平，校园里人人惊恐万状，学生们连最荒诞的谣言亦信以为真。

为了保护校园免受日军的破坏，燕大升起了美国国旗，而此前一直只升中国国旗和燕大的三角校旗。邓嗣禹此时已接到美国国会图书馆的邀请，正准备办理签证赴美，看到旗杆上升起的美国国旗，不由得流下了眼泪。顾颉刚也因为“办通俗读物编刊社宣传民族意识于下层民众，久为日本特务人员所注意”（顾颉刚《西北考察日记》），因此上了日本人的黑名单，不得已匆忙离开北平，辗转到后方，学会进入了维持时期。1938 年，学会还专门为纪念学会创建和《史学年报》创刊 10 周年，出版了一期特刊。

1934 年 2 月，顾颉刚还与谭其骧等人编辑出版了《禹贡》半月刊，同年 5 月发起组织禹贡学会，引导燕京大学、北京大学、辅仁大学三校同学，把大家在考察时见到的关于中国地理沿革的材料公布出来，互相交流，共同进步。这份刊物和这个学会联合培养了一批历史地理人才，并在燕大促成了“边疆问题研究会”的诞生，使学术研究和实际问题进一步结合起来，其中就有顾颉刚的一番苦心。同年 8 月，邓嗣禹将考察隋唐遗物的材料整理成论文《唐代矿物产地表》，发表在《禹贡》杂志第 1 卷第 11 期上；1935 年 7 月，他又将《行省的意义与演变》的论文发表在《禹贡》杂志第 3 卷第 10 期上，对禹贡学会的工作给予了大力支持。1934 年邓嗣禹还编写了《太平广记篇目及引书引得》一书，由燕京大学引得编纂处出版，由此他成为最早研究太平广记的学者。该书于 1966 年在台北再版，同年被翻译成日文，精装本由上海古籍出版社于 1990 年出版。《燕京大学图书馆目录初稿·类书之部》一书，于 1935 年由燕京大学出版社出版，1970 年、1982 年分别再版。

这些课外活动是由顾颉刚讲授的中国古代地理沿革史课程引发出来的。1936 年 7 月，历史系主任洪业出国，顾颉刚继任，8 月 2 日顾颉刚写信给燕大校方，建议增设古物古迹调查实习课程。这门课程每周一次，计一个学分，由学校派车，将选课同学送到某古物或古迹所在地，实地参观，由熟悉该古物或古迹的教师负责指导，并当场回答问题。曾在燕大任教、后任全国人大常委会副委员长的雷洁琼，在评价顾颉刚的治学方法时曾说：“他治学有一个特点，即他不只注重高文典册，而且善于实地考察，随处收集材料，裨所学不受书本限制，而收到‘多所见闻，用以证明古代史事’之功效。”将古迹考察作为一门课程，可谓创新之举，目前国内各大学能开设这门课程的历史系也是很少见的。

三

顾颉刚在教学之中，还非常注重与国外汉学家的交流与合作，并推荐他的众多学生参与，这些都对他的弟子们产生过极其重要的影响。如他为第二年级讲授《中国疆域沿革史》时，就亲自请来美国著名的边疆史专家欧文·拉铁摩尔（Owen Lattimore）做关于中国边疆问题的演讲，晚间宴请拉铁摩尔时又邀请梅贻宝、邓嗣禹、侯仁之等师生作陪。拉铁摩尔是美国著名的汉学家、边疆史学家，曾任蒋介石的政治顾问。他生长于中国，又曾遍访中国的西北边疆，深入中亚地区，在研究西北草原民族和中国历史的关系上，提出过许多新鲜观点，创建了一系列“地缘政治”的概念，对费正清的博士论文课题研究起到过重要的影响。邓嗣禹后来在哈佛大学、印第安纳大学教学时，多次建议他的学生读拉铁摩尔的著作，并给予他很高的评价。

1936 年 5 月，顾颉刚还曾邀请来自美国的年轻汉学家毕乃德（Knight Biggerstaff）、卜德（Derk Bodde）等与燕大师生结识和交流。据《顾颉刚日记》1936 年 5 月 31 日记载，邓嗣禹曾于当日中午作为主人，宴请毕乃德夫妇、卜德三人，并邀请顾颉刚、朱士嘉等人作陪。卜德于 1931 年到北平，是第一个领取哈佛燕京学社奖学金的美国汉学家，他以翻译冯友兰的《中国哲学史》而知名，回国后任教于宾夕法尼亚大学。后来他还曾多次提议，要将邓嗣禹 1936 年出版的《中国考试制度史》一书翻译成英文，但因为多种原因没能完成。

顾颉刚曾为卜德修改过中文论文，他在 1934 年 10 月 14 日的日记中记道：“将卜德所著《左传与国语》汉文本重作，一天毕，约四千字……卜德，哈佛大学派到北平之研究生，来平两年，竟能以汉文作文，其勤学可知。”这篇由顾颉刚根据卜德原文大加修改的论文，两个月后发表在《燕京学报》第 16 期上。顾颉刚一生提携后学无数，却似乎对卜德格外奖掖，修改其文章虽然只用了一天的时间，但充分表现出一位中国史学大师对于美国年轻学者的关爱；

毕乃德与邓嗣禹同龄，俩人在1936年曾合作出版了《中国参考著作叙录》一书，由燕京大学出版社首次出版。该书被费正清在回忆录中称为“一部不朽的近代著作”，并于1950年、1969年、1971年由哈佛大学多次再版，1972年还出版了韩文版。顾颉刚在其中所起到的桥梁作用也是功不可没的。

《中国考试制度史》一书，是邓嗣禹在1932年毕业论文的基础上扩充而成的。1936年，邓嗣禹经过对中国科举制度发展史多年的深入研究，将他的学士论文进行补充、完善，并将已在《史学年报》上发表的《中国科举制度起源考》一文作为绪言部分，撰写成了一本专著。这本书通过对大量史料列举分析，形象生动地展示了科举制在中国产生、发展、繁荣、衰弱、消亡的历史。书中既有横向的各朝代考试制度的详尽史料分析，也有纵向的历史沿革描述，并且还对历代考试制度进行了得失略评。目前这本书早已成为国内外研究中国科举制度的学者广泛引用的经典著作。

该书最早的版本是在1936年，由南京国民政府考选委员会出版，陈大齐、顾颉刚、邓之诚三人分别作序言，1967年由台北学生书局再版，1977年出版了第三版，到1982年已出版到第四版，在这一版本中，应台湾大学吴相湘教授提议，将1943年发表的《中国对西方考试制度的影响》一文的中文本编入其中，形成了一本对中国科举制度系统研究的集成著作。

顾颉刚于1936年3月在杭州家中为该书撰写了长篇序言。据《顾颉刚日记》记载，3月21日：“草邓嗣禹《中国考试制度史》序文毕，凡一千八百字，未改讫。”3月22日：“改作《考试史》序毕，即抄清寄出。”顾颉刚在他所作序言中强调指出，《中国考试制度史》一书“终之以结论，则列举其在政治、文化、社会风俗诸方面所发生之利弊，以备借镜者之取舍。其搜集之广博，考证之精确，裁断之正平，凡在读者，谅有同感，不须颉刚，作私好之誉之”。同时，他对科举制度研究给予了高度评价，他认为，科举考试制度为中国古代制度文明的重大发明，在促进考试公平、区域均衡、体现民意和限制方面具有积极贡献，堪称“吾国政制中之最可称颂者也”。顾颉刚的推荐序言为此书的再版起到了很好的推动作用。但原书中顾颉刚所作序言的时间一直标注为1937年3月21日，经由《顾颉刚日记》考证，准确的时间应该是 1936 年 3 月 21 日。

到 1996 年，该书由上海书店出版社汇编出版第五版；2010 年，由国家图书馆出版社汇编出版第六版；最新版本第七版，则是由吉林出版集团在 2011 年 12 月，以横排简体字的方式出版。由此可见该书的社会影响力和对当今学术研究的价值。厦门大学教育研究院院长刘海峰教授在他 2010 年出版的《中国科举文化》一书中强调指出，20 世纪 30 年代“科举学”成果当以邓嗣禹的《中国考试制度史》最有水平，该书至今仍有相当高的学术价值。2012 年，他又补充说明，邓嗣禹在 1936 年出版的《中国考试制度史》，是民国时期科举研究水平最高的著作，在今天看来还很有分量，仍具有重要的参考价值，所以后来两岸又出版了 4 种以上的版本。

1936 年 9 月 7 日，燕大成立“中国教职员会”，顾颉刚当选为理事长，理事有谢景升、容庚、雷洁琼等。那时，成都、昆明等地相继发生了反日事件，10 月顾颉刚、冯友兰等著名教授以燕大“中国教职员会”的名义，发表了《对时局的宣言》一文，主张中日交涉绝对公开，不得有辱主权，并分送各报馆。此后，顾颉刚又将宣言译成英文，发往国外，扩大影响。他在燕大的一系列活动充分表达了自己的拳拳爱国之心。

哈佛燕京学社成立后，哈佛大学和燕京大学之间就有了交换留学生项目，第一个获得此项目奖励被派往哈佛的是齐思和，翁独健、邓嗣禹为第二批，此后周一良、王伊同、王钟翰等人也陆续前往。邓嗣禹于 1937 年 7 月接到美国国会图书馆的邀请，前往纽约协助恒慕义博士编撰《清代名人传略》，结束了他在燕京大学 9 年多的学习生活。

顾颉刚于“七七事变”后不久也被迫离开了北平，但他并未与燕大断了关系。据他的《西北考察日记》记载，他曾写信给燕大校方，要求只给他一半工资，供他留京的老父生活所需。1941 年 12 月，顾颉刚还与吴文藻、梅贻宝等人在重庆会面，商讨燕大在后方复校的问题，并负责草拟了恢复燕大研究院的计划书。这些活动充分反映了他对燕京大学的眷恋之情。

（原文发表于《中华读书报》2013 年 10 月 9 日，有改动）

教会大学史上的一座丰碑

——评陈远的《燕京大学：1919—1952》

燕京大学在中国教会大学的历史上，有着举足轻重的地位。虽然存在的时间仅有短短的33年（1919—1952年），却创造了中国教育史上的奇迹：在不到10年的时间内，从一无所有的“烂摊子”，一跃成为中国乃至国际一流综合性大学；在不长的时间内，为中国各个领域培育了众多顶尖级人才。在两院院士中，燕大学生多达57人。1979年邓小平访美时，21人的代表团中包含了7名燕大人。因此，燕京大学的历史是值得大书特书的。

中国教会大学是指19世纪末至20世纪中叶，由西方教会组织与传教人士在华创办的，有别于中国传统教育体制的新型高等教育机构。除燕京大学之外，由基督教创建的大学，还有圣约翰大学、东吴大学、沪江大学、之江大学、金陵大学、华西协和大学、华中大学、华南女子大学、金陵女子大学、福建协和大学、岭南大学、齐鲁大学。由天主教创建的大学则有震旦大学、津沽大学、辅仁大学。这批教会大学既是中国近代高等教育体系中的重要组成部分，也是中国教育史上不可或缺的篇章。与其他教会大学相比，燕京大学成立的时间较晚，却一跃成为“教会大学之首”“世界一流大学”，其内在动因则更是值得学者们去探究。

西方史学界从20世纪50年代就展开了对中国教会大学史深入、广泛的研究。但在国内，由于受“左”倾思潮的影响，这一历史产物曾被粗暴地视为“帝国主义的侵华工具”“文化租界”和“反动堡垒”，因而长期处于被遗忘的角落，鲜有学者涉及。因此，对教会大学的研究，可以说一直是中国近代史研究的一个薄弱环节。

《燕京大学：1919—1952》一书，是陈远所著《消逝的燕京——陈远口述史系列》（重庆出版社，2011 年）的姊妹篇。为撰写好这两本书，并不断挖掘这一段被尘封的历史，陈远曾走访了多位国内健在的燕京学人以及他们的亲属及后人（尚未涉及曾执教于海外的燕京学人及其后人）；查阅了大量不易见到的涉及燕京大学的档案资料。尽管这些资料并非珍本秘籍，但陈远善于从中发现蛛丝马迹，进行合理考证，并提出新的观点。正如余英时先生在序言中所评价：本书取材丰富、分析精密、叙事流畅、论断公允，不但如实地保存了燕京大学三十三年间的光辉业绩，而且更将它“因真理、得自由、以服务”的内在精神生动地呈现了出来。

“因真理、得自由、以服务”是燕大当时的校训，来源于《圣经》中的两句格言：一句是“你们晓得真理，真理必叫你们得以自由”（《约翰福音》第 8 章第 32 节）。另一句是“人子来，不是要受人服侍，而是要服侍人”（《马太福音》第 20 章第 28 节）。司徒雷登校长将这两句话糅合在一起，作为燕京大学的校训，可以说这对燕大的发展产生了深刻的影响。“注重学术”和“服务社会”是现代大学两个最重要、最基本的办学理念，而燕大的校训恰恰是这两个重要办学理念的具体化。它明确指引师生通过学习或研究去认识、探索和发现真理，从必然王国进入自由王国，用自己的学识服务社会。

陈远在书中的一些提法具有独创性。例如，在以往的研究中，学者们对于燕京大学是中国“教会大学之首”“世界一流大学”的地位都做出了肯定。但到底是从哪一年起，燕大才能称得上是一流大学，之前并没人给出明确的界定。陈远谨慎地认为：“1928 年，可以说是燕京大学确立起世界一流大学地位的一年。其一，是因为之前叙述到燕大在国民政府教育部所举行的考试中的表现。其二，是因为在同一年，美国加州大学对亚洲高等院校的学术水平进行调查，结果燕大被列为全亚洲最好的两所基督教大学之一，并认定燕大的毕业生可以直接进入美国的研究生院攻读学位。”

“而最为标志性的事件，则是至今仍在运行的哈佛燕京学社的建立。”

虽然说，目前学术界还没有对陈远的这一观点给予明确的肯定，但他对这一问题的探究，无可置疑是具有创新性的。

第七章《司徒雷登》无疑是此书的精华。可以说，在中国现代史上，没有几个外国人能像司徒雷登那样接近中国社会，融入中国文化，并卷入中国政治。在中国早期高等教育史上，也没有哪一个外国人能与司徒雷登相比。他在担任燕大校长之后，曾10次漂洋过海，以传教士的虔诚、教育家的执着为学校募集捐款，在不到10年的时间内，将燕大建成中国乃至世界最美丽的校园，并使燕大这所曾名不见经传的学校，发展成为与北京大学、清华大学齐名的学府。但由于他1946年担任了美国驻华大使，在中华人民共和国成立前夕，毛泽东撰写了著名的《别了，司徒雷登》一文，对其进行了点名批评，司徒雷登也就成了当时中国家喻户晓的反面人物。此后，中国对司徒雷登教育思想和在华教育活动的研究，几乎成为空白。陈远在本章节内容中，对上述史实都有较好的介绍与描述。

该书也存在一些错误。如在第96页，陈远指出“二战之前美国最著名的中国问题专家欧文·拉铁摩尔（Owen Lattimore），在1930年至1931年间为哈佛燕京学社研究生”，但并没有给出这一说法的依据。笔者查询了多种资料，均未见欧文·拉铁摩尔曾经是哈佛燕京学社研究生的记载。据《顾颉刚日记》记载，拉铁摩尔于1937年5月28日来校，做关于中国边疆问题的演讲，晚间宴请拉氏时又邀请梅贻宝、邓嗣禹、侯仁之等人作陪。另外，将拉铁摩尔定性为“二战之前美国最著名的中国问题专家”也有失偏颇，准确的定性应为“美国著名的汉学家、边疆史学专家”。

再有，陈远对早年在燕大毕业并在美国执教的著名学者，如邓嗣禹、王伊同等人的学术成就介绍得很少，可能是他掌握的资料较少所致。笔者认为，这也是该书在内容方面的不足之处。陈远正值学术研究的盛年，我们期待着，他能在燕京大学及中国教会大学研究项目中继续开拓，为世人提供更多、更新的成果。

（原文发表于《中华读书报》2013年10月30日，有改动）

洪业对燕京大学学科建设与人才培养的贡献

——《洪业传》中未曾提及的事项

取消预科，创办文理科研究院，加强中文系的师资，严格学生成绩的考核管理——在洪业（1893—1980 年）大刀阔斧的改革下，燕京大学从一所默默无闻的教会学校，迅速上升为“教会大学之首”“世界一流大学”。他又下大功夫充实图书馆。最初燕京大学的藏书不过三四万册，且西文书多于中文书。到 1950 年，燕大藏书已达 40 万册，在国内高校图书馆中首屈一指。

在中国大学里，洪业是最早提出设立学位制度的。1940 年，洪业撰写《给哈燕社的建议书：在燕京开展研究生教育与研究的五年计划》，争取国民政府批准燕大在语言、文学、艺术、考古、历史、哲学和宗教七个学科中培养自己的博士生。在当时全中国的大学都没有设立博士学位的情况下，这无疑是一个很激进的目标。

2013 年年初，商务印书馆隆重出版了 20 世纪 80 年代哈佛大学出版社出版的陈毓贤著的《洪业传》一书，在国内引起了强烈的反响。读者们看过此书后，并不满足于书中的内容，纷纷发表评论。许多媒体对陈毓贤进行了采访，探究洪业被忽略的原因。作者仔细描画了洪业一生的奋斗与感慨，也展示了他宽阔的胸怀及人生的无奈。该书原本用英文写作而成，是为了给美国读者看的，所以在时代背景、生活习俗等方面有非常详细的介绍，但有一些重要的细节没能提及，比如他在燕京大学任教期间，对学科建设、人才培养方面的贡献，以及对众多学生日后学术成就的影响，这些人后来大多成为学术大家和各学科的奠基人。

洪业 1923 年从美国回到北平，受聘燕京大学，对中国教育界的贡献甚大。他是哈佛燕京学社创办人之一，曾任燕京大学文理科科长，相当于教务长，门下英才辈出，如谭其骧、邓嗣禹、周一良、王伊同、王钟翰、侯仁之等。胡适曾在为司徒雷登的自传所作的序言中说："我趁此向燕京的中国学人致敬，特别要向洪业博士致敬。他建立了燕京的中文图书馆，出版了《燕京学报》，而且创办了一项有用的哈佛燕京引得丛书，功劳特别大。"

1963 年，在洪业先生 70 岁生日时，《哈佛亚洲研究学报》曾发表过一篇献辞，称赞他"对中国文学历史的贡献以及对几代学者严慈并加的辅导"。笔者外公邓嗣禹于 1928—1937 年就读、任教于燕大历史系，师从洪先生攻读硕士学位，后协助洪先生授课，并出版过多部有影响的引得类书籍，见证了洪业在燕大活动的主要过程。

办学理念与治学方法

1924 年，洪业出任燕京大学文理科科长，相当于教务长，负担起改造学校课程设置的重任。在洪业任文理科科长期间，取消预科，创办文理科研究院，加强中文系的师资，严格学生成绩的考核管理。在他大刀阔斧的改革下，燕大从一所默默无闻的教会学校，迅速上升为"教会大学之首"、"世界一流大学"、20 世纪二三十年代国学研究的重镇。

笔者曾发表过一篇拙作：《教会大学史上的一座丰碑》（见《中华读书报》2013 年 10 月 30 日第 10 版），提出燕京大学在中国教会大学的历史上，有着举足轻重的地位，值得大书特书。历史证明，燕京大学的成绩与洪业的办学理念有直接的关联。在洪业看来，把中国几千年积累下来的学问全部笼统归于"国学系"很难让人满意。在他的设想中，应把先人知识分为语文、数学、科学、人文四类，人文一类下的中国文学应自成一门，而中国的考古、历史、艺术、宗教、哲学等科目都该与西方的这些科目相衔接，这也是他日后解散燕大国学研究所的原因。他不赞成国学研究的说法，他认为学问无国界。所谓国学，不应该孤芳自赏，而应按学科归纳到各院校。洪业深信，中国的学问，应该让有现代训练、有世界常识的人来研究。

在香港中文大学宗教研究中心，收藏有美国亚洲基督教高等教育联合董事会档案，其中保存了两份燕京大学当年的学术计划。第一份写于1929年4月15日，由洪业起草，与时任哈佛燕京学社执行干事兼燕京大学哲学系主任、美国学者博晨光联名提交的《哈燕社备忘录》，我们可以从中清晰地看到燕大在其后的五年中，将以资料建设、学术研究、培养学生为工作重点。在资料建设方面，除了收集中国方志、丛书和杂书外，洪业主张大量收集欧洲的汉学著作，要求斥资15000美元购买这类著作，因为燕大这方面的书很少，他们希望中国研究生能知道欧洲汉学家在干什么。在学术研究方面，洪业提倡纯学术的研究，要用科学方法指导学术研究，强调避免重复，避免新闻评论式的和通俗的东西。在学术出版方面，要求坚持最高标准。在对学生的培养方面，洪业请求学社采用西方的学位培养制度，培养中国文史哲的国学研究者。他设想在燕大培养硕士，特别优秀的送到哈佛攻读博士学位，也提出对美国学生来中国学习中国文化的具体要求。

博晨光在哥伦比亚大学教授中文时，与正在哥大学习的冯友兰相识。博晨光任燕大哲学系主任后，邀请冯友兰在燕大任哲学系教授兼燕京研究所导师，讲授中国哲学史。在燕大任教的两年半（1926年2月至1928年8月）时间，奠定了冯友兰从事哲学教学和研究的基本方向。后来多次再版、流芳千古的冯著《中国哲学史》一书，也正是在这一时期开始创作的。

按照洪业的培养计划，齐思和是第一批由哈燕社资助，输送到哈佛大学攻读博士学位的学者；翁独健、邓嗣禹属于第二批。此后，周一良、王伊同、王钟翰等相继到哈佛大学攻读博士学位。

在中国大学里，洪业是最早提出设立学位制度的。他的目的是鼓励中国年轻人对中国文化产生兴趣，并用最好的现代科学方法对之进行再研究。另外，他希望提高中国学研究的地位，使其在学术上获得美国学者的尊重。哈佛燕京学社成立的1928年，正是洪业担任燕京大学历史系主任、燕大图书馆馆长的一年。洪业在任文理科科长和燕大图书馆馆长期间，花了很大的力气充实燕大图书馆的收藏。他精心制定图书管理制度，采购国内外新出版的书刊和明清史志善本图书，并多次通过个人关系向美国朋友募捐以扩大馆藏。

经过几年的努力，特别是1928年哈佛燕京学社成立后，燕大图书馆得以补充了大量的中国古籍。到1929年，燕大的中文图书已达14万册。1933年，燕大图书馆的中西文藏书共22万多册。到1950年，燕大藏书已达40万册，在国内高校图书馆中首屈一指。

在洪业导师的要求与具体指导下，邓嗣禹在1935年获得硕士学位，并留任史学研究所讲师，当年即完成了《燕京大学图书馆目录初稿·类书之部》一书，把燕大图书馆所藏类书，暨传统的杂家小说总集共三百六十种，分为十个门类进行编目，由燕京大学出版社出版。该书曾被海内外学者广泛引用，并多次再版。第二版题名《中国类书目录初稿》，由古亭书屋出版（1970年）；第三版由台湾大立出版社出版（1982年）。

在洪业的影响下，邓嗣禹在燕京大学的9年（1928—1937年）间，不负师长的期望，1934年起担任《史学年报》主编和历史学会主席，并先后在《史学年报》《燕京学报》《禹贡》等权威学术期刊上发表了12篇论文，内容从《城隍考》《明大诰与明初之政治社会》，到《唐代矿物产地表》《中国科举制度起源考》，早年即取得了治史方面的丰硕成就。

1935年，邓嗣禹在燕大留校任讲师期间，还与美国学者博晨光共同开设过一门中英翻译的课程，1936年两人着手将颜之推所著《颜氏家训》翻译成英文。两人朝夕相处，共同研究翻译的技巧与修辞。1937年，邓嗣禹接到燕大同学房兆楹从美国拍来的电报，邀请他协助恒慕义编辑《清代名人传略》的工作，不得不中止《颜氏家训》的翻译工作。后来英文版《颜氏家训》按照洪业审定的意见，多次修改，几易其稿之后，1966年才在英国出版。余英时先生在纪念洪业先生的文章中曾提道："1958年周法高先生在哈佛大学访问时曾以《颜氏家训汇注》的稿本送请洪先生评正，后来周先生告诉我，洪先生曾指出其中可以商榷之处不下百条。"可见洪业对学生出版的著作要求之严。"凡是读过洪先生论著的人都不能不惊服于他那种一丝不苟、言必有据的朴实学风。他的每一个论断都和杜甫的诗句一样，做到了所谓'无一字无来历'的境地"。①

---

① 余英时：《文史传统与文化重建》。

对于中国目录学的贡献

洪业是位学识渊博、治学严谨的史学家，对我国索引学做出了巨大的贡献。由他发起和领导的引得编纂处把中国最主要的经书史籍系统地重新校勘，加编引得和词汇索引，取得了很大的成绩，对当时正在兴起的“索引运动”起了重要的推动作用，使索引的编纂进入了一个新的高潮。1930 年 9 月到 1951 年冬天的 21 年时间，一共编印出引得 64 种 81 册，其中正刊 41 种 50 册，特刊 23 种 31 册，开创了我国有组织、有计划、大规模地编纂现代索引的历史。洪业亲自撰写了一批索引研究论文和专著，早期重要著作有《引得说》（1932 年）、《勺园图录考》（1933 年）、《清画传辑佚三种》（1933 年）等。

《引得说》出版时，“索引”一词传入中国仅十余年，国内索引编纂并不多见。洪业在使用编纂索引的基础上，对索引的定名、性质和功能做了准确、全面的归纳和概括，与当时国内一些学者生吞活剥、照搬照抄国外的做法形成了鲜明的对照。该处出版的引得书前均有一篇十分精彩的序文，它对文献的内容进行细致的有深度的评介，其中最长的一篇是洪业为《春秋经传引得》所写的序。这些序文篇篇都是学术上乘之作。几位编辑如聂崇岐、邓嗣禹、李书田、齐思和、赵丰田等都是我国的历史专家。

洪业要求他的学生头脑清楚，有独立精神，抓住问题的要点，有条理地分析，所用史料必须一一备注。在洪业的影响下，邓嗣禹对编纂图书目录颇感兴趣，他利用一个暑假的时间，分工负责编纂《太平广记篇目及引书引得》一书，该书被列为 41 种正刊之一，1934 年由燕京大学引得编纂处出版。该书第二版由台北古亭书屋出版（1966 年），同年在日本出版日文版；第三版由上海古籍出版社出版（精装本，1990 年）。邓嗣禹因此成为国内最早对《太平广记》进行研究的学者。

1936 年，邓嗣禹又与留学燕大的美国博士毕乃德合作，编写了一本《中国参考著作叙录》（*An Annotated Bibliography of Selected Chinese Reference Works*），由燕京大学出版社出版。在这本书中，作者系统地分类介绍当时中国各种参考书，可以说是国外汉学家研究中国的入门参考书籍。这也是邓嗣禹首次与美国学者合作，为以后他在美国与其他汉学家的合作奠定了很好的基础。该书第2版、第3版、第4版分别于1950年、1969年、1971年由哈佛大学出版社出版；1972年，由韩国图书馆协会出版韩文版，沈俊、刘俊镐译。

培养人才的五年计划

香港中文大学保存的第二份文件，完成于1940年2月10日。这是洪业在哈佛燕京学社驻北平总干事任上，撰写的《给哈燕社的建议书》，副标题是“在燕京开展研究生教育与研究的五年计划”。比起1929年的第一份计划，洪业对培养人才的目标更加推进了一步。他希望在学社的支持下，在这个“五年计划”内，争取国民政府批准燕大在语言、文学、艺术、考古、历史、哲学和宗教七个学科中培养自己的博士生。

洪业设想要实现这一目标，需要12～15位受过博士训练的教授来当导师。他说燕大目前已有4人，还要增加8～11名博士来充实燕大师资。他预计如果翁独健与邓嗣禹（哈佛博士）、高名凯（法国博士）、王静如和于道泉（英国博士）能回到燕大的话，只缺少3～6人就能够实现该计划。洪业曾颇有信心地说，他们把这一点作为目标，在五年的持续准备后，哈燕社在中国的活动将发展到足以支持燕京大学在中国学研究领域中有一个受人尊重的博士学位计划。这一建议被哈燕社批准，令燕大教师极为振奋。

洪业在燕大任职期间制订的两个计划，实际上都是以哈佛大学教学制度为蓝本，其目的是通过培养高级师资建立、健全学位制度，从根本上提升燕大文史哲学科的教育与研究水平，使其在国际上取得一席之地。他这种合理使用基金的计划是非常有远见的，在当时全中国的大学都没有设立博士学位的情况下，这无疑是一个很激进的目标。

翁独健1940年秋前往燕大任教，先后任历史系主任、燕大最后一任代理校长、北京市教育局局长等职。邓嗣禹于1942年在哈佛大学获得博士学位后，开始正式在芝加哥大学任教，先后任东方研究院院长、远东图书馆馆长等职，1946 年应胡适聘请到北大历史系任教。

洪业任历史系主任、教授长达 23 年之久，为了办好历史系，他竭尽全力。在司徒雷登与校方负责人的支持下，他先后聘请了好些学术泰斗如陈寅恪、陈垣、冯友兰、顾颉刚、邓之诚、钱穆、裴文中来系执教，聘请的外国教授则有瑞典的汉学家王克斯和日本著名考古学家鸟居龙藏等。燕大许多非历史系的本科生也因此乐意来选修这些学术名家所开的历史课程。更值得称道的是，洪业还很注意发现有可造之材的学生，有计划地栽培他们。如鼓励齐思和研究春秋战国，邓嗣禹研究各种制度史，瞿同祖研究汉代，周一良研究魏晋南北朝，杜洽研究唐代，冯家升研究辽、金，聂崇岐研究宋代，翁独健研究元代，王钟翰研究明清两代，侯仁之研究历史地理等。他这样做，就是要为中国史学多个领域培育出更多的专家，使我国史学事业后继有人。

洪业晚年在康桥、哈佛为传播中国文化、培养这方面的人才仍是不遗余力。陈毓贤在《洪业传》一书中也提道："好几代哈佛研究中国文学历史的学生陆续发现剑桥有这位学问渊博的学者，像一座宝矿任他们挖掘。"先生虽已年迈退休，但仍义务辅导这类学生，无数的博士论文都是在他的指导下完成的。正如当今一些学者所述，洪业这一代兼通新旧中西的学者所完成的工作，以及他们所开启的新领域、新方法，在给后来学者奠基铺路的同时，也设立了难以逾越的学术高度。

（原文发表于《中华读书报》2013 年 12 月 25 日，有改动）

斯诺在燕京大学鲜为人知的往事

美国著名记者、作家埃德加·斯诺（Edgar Snow，1905—1972 年）在中国是家喻户晓的人物。他是第一个去陕北苏区采访毛泽东和多位中共高层领导人，并向西方全面报道中国共产党和中国工农红军真实情况的外国记者，在燕京大学任讲师期间，写出了《西行漫记》（英文名 *Red Star Over China*，即《红星照耀中国》）这部对世界产生重大历史影响的著作，让全世界人民了解到中国革命的真相。中华人民共和国成立后，他又三次访华，多次重访燕园。回国之后，他把西方不了解的新中国的真实情况，以及决策者的思维及时传递给美国政府，最终促成尼克松访华的破冰之旅，为中美建交做出了历史贡献。在 2009 年国庆节之际，他被评选为“100 位为新中国成立作出突出贡献的英雄模范人物”、“中国缘·十大国际友人”之一。2018 年是《西行漫记》中文本出版 80 周年。作为纪实文学的经典之作，目前这本书的节选内容，已收进了新编的初中语文统编教材八年级上册。

任教燕大初期完成《活的中国》

1905 年，斯诺出生在美国密苏里州堪萨斯城。1925 年他进入密苏里大学新闻学院学习，这是当时美国最著名的新闻学院。中国的圣约翰大学和燕京大学有着当时中国最好的新闻系，其办学理念、课程设置、人员组成等，皆脱胎于密苏里大学新闻学院。1928 年 7 月，23 岁的斯诺怀着“在三十岁之前发财致富，然后致余生于闲适的读书与写作”的憧憬来到中国，在上海《密勒氏评论报》工作，之后又任《芝加哥论坛报》和统一报业协会（报联社）

驻华记者。在此期间，这个有着古老文明却贫穷落后的国家，深深地吸引了这位美国年轻人。他在这个东方古国一住就是 14 年。

1931 年，斯诺在中国遇上了有同样游历世界梦想的海伦·福斯特，两人很快相恋结婚，海伦也成为斯诺事业上的坚定支持者。在海伦·福斯特眼中，斯诺个子很高，很潇洒，有一双明亮的棕色眼睛和长长的睫毛，他喜欢中国。从日本到东南亚的蜜月之旅结束后，斯诺夫妇移居北平。1934 年 1 月，斯诺应燕京大学之聘兼任新闻系讲师。笔者外公邓嗣禹与斯诺同龄，在燕大工作期间参与过斯诺在校组织的许多活动，见证过这一段历史。

燕京大学新闻系设立于 1924 年，前身为报学系，是燕京大学成立最晚的一个系。当时新闻学系中有一半教师是美、德、英等国的通讯社驻华记者。首任系主任白瑞华（Roswell S. Brittan）毕业于美国密苏里大学新闻学院，在他的推动下，1929 年密大与燕大新闻系结为姐妹系，互派教授和学生。与此同时，第一位从密大毕业的中国人黄宪昭进入燕大任教。新闻系在最初的八年中只有四名教师，采用的教学方式都是美国式的，因为四名教师不是美国人就是接受美国教育。当时所有的教科书或参考书，没有一本是中文的。新闻系成立的第一学期，共有四十六名男同学和三名女同学选读新闻课程，其中只有二十名主修新闻。当时新闻系也开办短期的新闻课程。正是在此背景下，斯诺走进燕京大学，开设新闻特写、旅行报道等短期课程，向中国青年传播美国式的新闻理念。

斯诺在来北平之前，曾接受鲁迅先生的建议，选编中国现代短篇小说集《活的中国》。斯诺打算通过这部小说集，将中国五四运动以来的新文学成就介绍给西方读者。到燕大之后，斯诺找到他的学生萧乾和杨刚，请他们帮助介绍中国作家，并协助完成翻译工作。

《活的中国》一书中，共收集了 24 篇优秀的现代文学作品。此书在 1936 年 8 月由英国哈拉普公司出版，第二年美国纽约的雷纳尔·希区柯克出版社再版了此书。该书在国外曾经产生很大影响，为斯诺以后采写《西行漫记》打下了很好的基础。但在之前发表的文章一直认为，斯诺是在这一时期的学生萧乾和杨刚帮助下完成这本书的编译的。近期，萧乾夫人、著名翻译家文洁若女士发表回忆文章，文章中介绍，斯诺来燕大不久之后，得知 1930 年萧乾曾与美国青年威廉·阿兰合编过《中国简报》一事。萧乾和杨刚就像帮阿兰那样来帮斯诺。斯诺在上海时，在姚莘农（又称姚克）的帮助下，翻译了七篇小说，是鲁迅亲自选的，那是《活的中国》的上半部。在萧乾和杨刚的帮助下，斯诺非常顺利地把下半部编写了出来。由此可见，《活的中国》是斯诺在姚莘农、萧乾和杨刚三人帮助下完成的，萧乾和杨刚两人仅是完成了下半部分的翻译工作。这是一部最早将中国左翼作家的文学作品介绍给西方的书籍，斯诺与姚莘农后来成为无话不谈的好朋友。

宋庆龄评价《活的中国》时曾指出，书中的作品生动地反映了中国人民的生活，使长期以来被人冷漠地称为“神秘不可测”的中国人民能为外界所了解。萧乾在 1978 年所写的《斯诺与中国新文艺运动——记〈活的中国〉》一文中写道：“三十年代上半期，斯诺在中国曾做过一件极有意义的工作：他和他当时的妻子海伦·福斯特（佩格）花了不少心血把我国新文艺的概况及一些作品介绍给广大世界读者，在国际上为我们修通了一道精神桥梁。”可以说，斯诺和海伦通过编译《活的中国》，不仅修通了我国与世界联系的桥梁，奠定了写作基础，同时也了解到世界对了解中国文化现状的迫切需求。这就是他们后来冒着生命风险访问陕北苏区，去探索中国革命的真相，写作《西行漫记》《续西行漫记》的部分思想背景与动因。

斯诺乔装打扮护送邓颖超

卢沟桥事变爆发后，日本士兵开始大规模追捕参加过抗日活动的进步学生，许多青年学生都躲藏在盔甲厂胡同 13 号斯诺家里。斯诺则多次协助他们乔装成小贩、商人，有时在黑夜里让他们攀越小院的后墙，逃出北平，到郊区参加游击队。斯诺甚至还冒着生命危险，同意几个进步青年在他的家里安装了一部短波无线发报机。在此期间，斯诺还曾经乔装打扮，护送邓颖超离开北平，这是鲜为人知的事。

当时，邓颖超因病正在北平西山的平民疗养院休养，接延安指示，要尽快返回陕北。邓颖超找到斯诺帮忙，斯诺一口答应。他将邓颖超化妆成他的女佣，瞒过了日本人和汉奸。他们一起乘火车到天津，来到住在天津租界的合众社记者、他的朋友爱泼斯坦的住处。爱泼斯坦当夜便护送邓颖超上了去烟台的轮船，下船后赶往济南，坐上开往西安的火车，一直将她送到了八路军驻西安办事处。

对于这一段不寻常的经历，邓颖超在中华人民共和国成立之后，每一次见到斯诺时都会提及，并始终充满感激之情。

（原文发表于《党史纵览》2018 年第 6 期，有改动）

02

典籍英译

林语堂：鲜为人知的《红楼梦》译著与红学情结

林语堂是我国著名的作家、翻译家和语言学家，现代文学大师，也是第一位以英文书写扬名海外的中国作家。他一生著述颇丰，其译作和外语创作多于母语创作，汉译英作品超过英译汉的作品，因此在国际上受到广泛关注。1937 年出版的《生活的艺术》在美国高居畅销书排行榜榜首长达 52 周，曾被译成十几国语言，使欧美掀起了“林语堂热”。1939 年出版的长篇小说《京华烟云》，让他跻身为中国首位诺贝尔文学奖候选人。

一

从 20 世纪 30 年代末，日本就开始翻译、出版林语堂的著作，到 20 世纪末，林氏著作的日文翻译本已超过 26 种。随着林语堂在国际文坛上的崛起，国内外对林语堂及其作品的研究表现出极大的关注和热情。但林语堂还曾将中国名著《红楼梦》翻译成英文出版，后来又有多种日文译本，却很少有人知晓，或一直以来表述不详。

近年，美国著名学者余英时在《试论林语堂的海外著述》一文中，对林语堂及其海外著述进行了全面而深入的评述，但并未提及林语堂曾写作并出版过《红楼梦》英文版之事。林语堂之女林太乙，在 1989 年所著的《林语堂传》（台湾联经出版事业股份有限公司）与 2002 年出版的《林语堂传：我心中的父亲》（陕西师范大学出版社出版）一书中也未提及。

2013 年 5 月，黑龙江大学翻译科学研究所所长黄忠廉，在《光明讲坛》发表的演讲《林语堂：中国文化译出的典范》（载《光明日报》2013 年 5 月

13 日)，论及了林语堂在国外发表的各种英文著作的特点及其翻译方法，但也未曾提及林语堂出版《红楼梦》英文版之事。目前国内史学界公认，《红楼梦》英文版全译本有两个：一个版本的翻译者是中国学者杨宪益与夫人戴乃迭；另一个版本翻译者是英国汉学家、牛津大学教授大卫·霍克斯。

但笔者近期见到台湾“汉学研究中心”所编《中国文学著述外文译作书目（初稿)》，1990 年版，“分类册”第 217 页及“语文册”第 78 页曾经收入林语堂《红楼梦》英文版。冯羽在《日本“林学”的风景——兼评日本学者合山究的林语堂论》（载《世界华文文学论坛》2009 年第 1 期）述及：“另外，佐藤亮一还译有一册林语堂的红学著作，名为《红楼梦》，其出版社和出版年月不详。”

实际上，林语堂早在 1954 年 2 月于纽约就完成了《红楼梦》英文版的初稿，1973 年 11 月在香港定稿。考虑到《红楼梦》故事情节与西方读者的巨大时空差异，会影响西方读者的兴趣和理解，从而影响对书中内容的接受程度，他便采用变译的方式，即对原著进行大量增减、编缩的变通式翻译，对《红楼梦》进行再创作，英译本书名为 *The Red Chamber Dream*。笔者虽然目前还无缘见到这部英译本，但查到了日译本书籍。

1983 年的日文译本，是东京六兴出版社出版的，共四册。1992 年东京第三书馆又对其再版，书名为《红楼梦全一册》，曹雪芹作，林语堂编，佐藤亮一译。在此书的封面中，第三书馆称此书为“中国近世小说的金字塔”。另有一本六兴出版社出版的《红楼梦》合订本，出版年限不详。由此可见，林语堂的《红楼梦》节译本在日本是极受欢迎的。另外，在 1964 年 7 月，《红楼梦》译本还曾以希腊文出版（何明星：《新中国图书在希腊的翻译出版与传播》，载《中国翻译》2013 年第 3 期)。

佐藤亮一曾任日本翻译家协会副会长，2012 年曾应邀到厦门大学做日语翻译方法的演讲。20 世纪 50 年代，佐藤亮一就曾将林语堂的英文著作《京华烟云》(1950 年)、《朱门》（1954 年)、《杜十娘》（1956 年）等先后翻译成日文出版。

1939 年，林语堂在美国出版英文小说《京华烟云》，其书中含有强烈的反日内容，并涉及对南京大屠杀许多事件的描写，但并未影响该书于一年之后在日本的翻译和出版，可见《京华烟云》一书在日本的影响力。但鉴于作品内容的敏感性，当年的两个译本都有不同程度的删节。直到 1950 年，才有佐藤亮一的全译本问世。这样，在《京华烟云》中文本尚未出现的时候，日本国内就已经至少有三个不同的译本出现了。佐藤亮一在 1956 年翻译的《杜十娘》，则是根据林语堂《英译重编传奇小说》（1951 年原版）的全译版本翻译。而《朱门》一书 1973 年的日文最新版本，书名则更改为《西域的反乱》。

林语堂翻译的《红楼梦》节译本，不但将全书给予适当重组，以便让整个故事具有连贯性，并对原作稍加修改，使故事情节更加合理化。他将《红楼梦》一百二十回本的故事情节分为四个部分，全书共有六十六章，包括《楔子》（序言）、《尾声》（终章），以及六十四章节故事内容，其中有二十七章是写后四十回的内容，这和一般节译本注重前八十回故事不同。林语堂认为一百二十回是一个整体的故事，其结局尤其重要，且他的英译本的顺序并不同于原著。

二

林语堂的《红楼梦》情结最早要追溯到 20 世纪 20 年代。关于这一点，从林语堂的个人传记和他的家人出版的一些作品中，不难看到一条清晰的脉络。1916 年林语堂到清华大学任英文教师时，有感于以往教会学校对中文的忽视，他开始认真地在中文上下功夫。从这时候开始，《红楼梦》就成为他的理想教材。引用他在《八十自叙》一书中的话：“我看《红楼梦》，藉此学北平话，因为《红楼梦》上的北平话还是无可比拟的杰作。袭人和晴雯说的语言之美，使多少想写白话的中国人感到脸上无光。”从那时以后，《红楼梦》便成为他经常阅读的一部著作。持续阅读“红楼”，使林语堂不仅获得了语言与文化的营养，而且极大地丰富了他写作的思维与灵感。后来，他所发表的《中国人的家族理想》《家庭和婚姻》等许多散文与随笔，均与《红楼梦》保持着这样或那样的关联。

1939年11月出版的《京华烟云》是林语堂在美国以英文书写的第一部小说，也是他借鉴甚至直接参照《红楼梦》写成的长篇小说。全书描写了姚、曾、牛三个家族的兴衰和三代人的悲欢离合，讲述了近代中国历史变迁的故事，书中以女主角姚木兰的半生经历为主线，其中“重要人物约八九十，丫头亦十来个，大约以《红楼梦》人物拟之，木兰似湘云（而加入陈芸之雅素），莫愁似宝钗，红玉似黛玉……”①

林语堂的大女儿林如斯曾经为《京华烟云》写过书评。关于此书的写作缘由，林如斯写道：“一九三八年的春天，父亲突然想到翻译《红楼梦》，后来再三思虑而感此非其时也，且《红楼梦》与现代中国距离太远，所以决定写一部小说。”关于此书的写作过程，林如斯又写道：“最初两个月的预备全是在脑中的，后来开始打算，把表格画得整整齐齐的，把每个人的年龄都写了出来，几样重要事件也记下来。”

林如斯还追忆她父亲1939年搁笔的经过：“每晨总在案上著作，有时八页，有时两页，有时十五页，而最后一天共写了十九页。”林语堂写完书中的人物冯红玉之死，取出手帕擦拭眼泪并笑言：“‘古今至文皆血泪所写成’，今流泪，必至文也。”林语堂认为，只有至情至性之文才能流芳百世。林如斯评价《京华烟云》一书，“在实际上的贡献，是介绍中国社会于西洋人。”“此书的最大的优点不在于性格描写得生动，不在风景形容得宛然如在目前，不在心理描画的巧妙，而是在其哲学意义。”“留给读者细嚼余味，忽然恍然大悟：何为人生，何为梦也，而我乃称叹叫绝也”。

林如斯所谓的“介绍中国社会于西洋人”，就是要将中国的传统文学作品，通过自己的观点与文学素养，按照西洋人的口味进行改革，方便西洋人阅读。正如余英时在《试论林语堂的海外著述》一文中评价林语堂：“懂得西方但又不随西方的调子起舞，这是林语堂在西方传播中国文化获得成功的一个最重要的条件。”

此后，林语堂在台湾还曾发表过多篇“红学”论文。在1958年发表的

① 见林语堂《给郁达夫的信——关于〈瞬息京华〉》。

《平心论高鹗》一文中，他提出了与当时一般人不同的看法，他认为《红楼梦》全书一百二十回乃曹雪芹一人完成，后四十回只是经高鹗修补，而非续作。然后又有《论晴雯的头发》《再论晴雯的头发》《说高鹗手定的〈红楼梦〉稿》《论大闹红楼》等一系列文章发表于“中央社”的特约专栏中。

1976年，林语堂到台湾定居之后，对《红楼梦》的研究兴趣有增无减，他所发表的演讲、接受的采访，内容大多都与《红楼梦》有关联。在林语堂逝世的1976年，台湾华冈出版社仍然出版了林氏的中文著作《红楼梦人名索引》。可见，林语堂对《红楼梦》的研究几乎伴随着他的一生。

（原文发表于《档案天地》2013年第7期，有改动）

《中国哲学史》——联结中美的学术纽带

冯友兰与《中国哲学史》的诞生

冯友兰（1895—1990 年），字芝生，河南唐河县人，1912 年考入上海中国公学大学预科班，1915 年入北京大学文科中国哲学门，1918 年毕业。1919 年赴美留学，考入美国哥伦比亚大学研究生院，系统学习西方哲学。1923 年夏，冯友兰以《人生理想之比较研究》，顺利通过博士论文答辩，获得哲学博士学位。回国后历任河南中州大学教授（兼文学院院长，1923—1925 年）、广东大学教授（兼系主任，1925—1926 年）、燕京大学教授（兼研究所导师，1926—1928 年）。在这一段时间里，他曾多次修改其博士论文，最后中文定稿易名为《人生哲学》，于 1926 年 9 月由上海商务印书馆出版。

1928 年暑假，罗家伦被南京国民政府任命为清华大学校长，开始在北京组织接收清华的领导班子。冯友兰不喜欢燕大的教会味，于是便接受罗家伦的聘任，转任清华大学哲学系教授兼校务秘书长，成为接收班子中的重要成员之一。冯友兰走马上任后，便全力以赴协助罗家伦从外国人手中夺回清华的主持权，其中包括撤销了由外国人控制的清华董事会和基金会，完成了清华由留美预校到国立大学的重要改制，使清华大学正式纳入中国的教育系统，并从根本上扭转了清华以往在待遇上职员高于教员，洋教授高于中国教授；在位阶上洋文高于中文，西洋课程高于中国课程的崇洋媚外的传统。

通过对清华的改造，冯友兰终于在这所中国人举办的高等学府之中，找到了自己的安身立命之地。他从 1929 年 9 月起担任哲学系主任，1930 年 6 月出任文学院院长，1935 年 6 月起任文科研究所所长兼哲学部主任，并在罗家伦和梅贻琦两位校长离校期间，先后两次维持校务（即代理校长职务）。

尽管行政工作繁忙，冯友兰仍能坚持不懈地在课堂上和著述中汇通中西方文化，并做出了骄人的成绩，在 20 世纪 30 年代先后出版了《中国哲学史》上、下两册。1931 年 2 月，他的《中国哲学史》上册，书名为《子学时代》，作为“清华丛书”最早由上海神州国光社出版。1933 年 6 月，书名为《经学时代》的下册杀青，1934 年商务印书馆一并出版了上、下册两卷本。该书的内容上始于先秦孔子，下迄于清代经学，出版后不仅受到中国学术界的高度评价，也引起了海外学者的普遍关注。

冯友兰先生所著《中国哲学史》两卷本是第一部完整的具有现代意义的中国哲学史，陈寅恪评此书，以为“取材谨严，持论精确……今欲求一中国哲学史，能矫傅会之恶习，而具了解之同情者，则冯君此作庶几近之”，“此书作者取西洋哲学观念，以阐紫阳之学，宜其成系统而多新解”。由此可见，此书的基本架构已为中国哲学史界普遍接受。随着该书英文版、韩文版的出现，它逐渐成为西方及东亚学者研究中国哲学的必读书籍。该书后来作为多所大学教材，为中国哲学史的学科建设做出了重大贡献。

冯著《中国哲学史》下册在撰写之际，先后遭遇“九一八”事变“一·二八”事变，以及签订塘沽停战协定。当时，日本侵略军的铁蹄正践踏着东北、热河等大片国土，华北已危在旦夕，如何唤起国民对中国文化的热爱，凝聚国人的文化认同感，以抵御外寇侵略，已是刻不容缓的事。冯友兰在浩如烟海的中国哲学史料中，究根寻源，以宏伟篇幅，成功地使“在形式上无系统”的中国哲学的各家各派，一一展示出其哲学的“实质系统”。冯著《中国哲学史》成功地彰显了中国文化的光明面，使国人阅读该书后确信中国文化较西方文化并不为劣，使他们重新认识和热爱自己的民族文化，重新构建其历史记忆和凝聚对中国文化的认同感。

《中国哲学史》不仅是有史以来第一部完整的中国哲学通史，而且是迄今为止最好的一部中国哲学史。尽管中国哲学界对冯友兰的评价呈两极化，但对冯友兰的《中国哲学史》的评价，却是惊人的一致。几乎所有人都承认：

在目前所有中国哲学史著作中，还未能有任何一部著作，能在整体上胜过冯友兰的《中国哲学史》。胡适的《中国哲学史大纲》虽然成书时间早于冯著《中国哲学史》，但下卷至胡适逝世之日仍未写出，故只能算是半部书，而不得不把“第一部”的美誉，拱手让于冯著。胡适虽有开山之功，却有未竟之憾。

此外，冯友兰还有两部英文著作《中国哲学简史》《中国哲学之精神》流行于欧美。《中国哲学简史》一书是冯友兰于1947年在美国宾夕法尼亚大学讲授中国哲学史的英文讲稿，后经整理于1948年由麦克米伦公司出版。虽然该书在篇幅上远逊色于两卷本的《中国哲学史》，但其内容写得精粹透彻，同样流芳百世。冯友兰在晚年出版的自传《三松堂自序》中介绍道：“我在宾夕法尼亚大学用英文写了一部讲稿，于1947年离开纽约时，把它交给纽约的麦克米伦（Macmillan）公司出版，书名《中国哲学小史》①，后来有法文、意大利文、南斯拉夫文译本，直到1984年才出中文本。差不多同时，我的《新原道》的英文译本也在伦敦出版，题名《中国哲学之精神》。”

《中国哲学史》英文本出版以来，不仅为西方学者广泛使用，也成为中国学者研究和教学的重要参考。著名历史学家何炳棣在回忆自己早年求学经历时，特别提到他对1937年出版的该书英译本的感激之情：“从30年代起，我对英文字汇就相当用心。历史这门学问的字汇要比其他专业的字汇广而多样，但中国哲学、思想方面字汇，英译的工作困难较大，并非历史学人所能胜任；所以七七事变前夕，我以15元的高价在东安市场买了刚刚出版的卜德（Derk Bodde）英译的冯友兰《中国哲学史》上册，奔波流徙中始终随身携带。没有它，中国哲学史的字汇英文很难‘通关’。卜德这部英译‘杰作’大有益于我在海外的中国通史教学。”②

卜德与《中国哲学史》英文本的产生过程

冯著《中国哲学史》上册英译本于1937年由北平法文图书馆出版，下册

① 即《中国哲学简史》。

② 见《读史阅世六十年》。

英译本于1953年由美国普林斯顿大学出版社出版，是最早被翻译成英文的中国学术名著之一。但前后两册的出版时间相距有16年之久，这主要是中日战争和政局动荡造成的。上、下册的翻译者均为美国著名汉学家卜德（Derk Bodde，1909—2003年）。

卜德于1909年出生于马萨诸塞州的布兰德罗克，父亲为荷兰人，母亲为美国人。1919—1922年，卜德的父亲在上海一所大学教书，他也因此在上海度过了几年美好的少年时光。1930年他由哈佛大学毕业后，继续留校攻读汉学方向的研究生。1931—1937年，他作为第一批获得哈佛燕京学社资助的研究生来北京留学，从此在北京又度过了六年的时光。

如果说1919—1922年在中国度过的少年时光，主要培养了他对中国的亲近情感和语言训练的话；那么在1931—1937年，他进一步走进中国的生活环境，在哈佛燕京学社的学术氛围中，接受长达六年的系统汉学专门训练，无疑对他深入了解中国文化，并在后来以独特的风格来研究中国文化产生了深刻的影响。这段时间的专门训练，决定了他将作为一名职业汉学家，一生与中国结缘。由他翻译的冯著《中国哲学史》，至今还是许多国家通用的中国哲学史教材，而他与冯友兰之间长达半个多世纪的学术交往与个人友谊，也成为中西文化交流史上的一段佳话。

卜德在中国主攻的科目是中国哲学史和中国古代思想制度史，所以他一到北京首先就去拜访冯友兰，并在清华旁听他的相关课程。据冯友兰在《三松堂自序》一书中回忆道："有一个荷兰裔的美国人布德①（Derk Bodde）在燕京大学做研究生，来清华听我的课。那时候，《中国哲学史》上册，已经由神州国光社出版。布德用英文翻译我的《中国哲学史》，请我看他的翻译稿子。到1935年左右，他把上册都译完了。那时候，有一个法国人Henri Vetch，在北京饭店开了一个贩卖西方新书的书店，名叫'法国书店'。他听到布德有一部稿子，提议由他用法国书店的名义在北京出版。布德和我同意了，他拿去于1937年出版。"在《三松堂自序》中还记载，卜德的译序写作

① 现一般译为卜德。

时间是1937年5月18日，离卢沟桥事变不到两个月。抗日战争爆发后，冯友兰随清华向内地南迁，卜德则到欧洲的汉学研究中心莱顿大学继续攻读中国哲学博士学位。《中国哲学史》下册的翻译工作只能暂时停滞。

抗日战争结束之后，机会又来了。冯先生回忆说："到1945年日本投降，我在昆明接到布德的来信说，他在美国城宾夕法尼亚大学已经向洛氏基金请到一笔款子，算是捐给这个大学。这个大学用这笔款请我于1946年去当个客座教授，讲中国哲学史，主要是同他合作，继续翻译《中国哲学史》的第二部分……到1947年暑假，布德的翻译工作没有完成，但是我的任期已满……《中国哲学史》的翻译工作又中断了。"

1948年秋，卜德获得了美国富布莱特奖学金，作为访问学者再次来到了北京，下册的翻译工作再次得以继续。当时中国正处于大变局时代，冯友兰和卜德的合作注定还要经历一番波折。冯先生继续回忆说："布德住在北京，经过平津战役，在围城之中，继续他的翻译工作，到朝鲜战争爆发的时候，他已经翻译完毕。他看见中美关系不好，恐怕交通断绝，就带着稿子回美国去了。此后音信不通。一直到1972年邮政通了，我才知道，这部《中国哲学史》英文稿，包括以前在北京出版的那一部分，都已经由普林斯顿大学出版社于1952年[①]出版。"冯友兰大约未必知道，其大著的英译本自出版后不断重印，到1983年已经印刷了八版。韩文版则于1977年出版。

1978年10月，以余英时为团长的美国学术代表团访问中国，卜德是成员之一。据余英时在《十字路口的中国史学》一书中记载："布德对冯友兰没来感到非常失望。自从代表团组建以来，冯友兰就是他最想见的人。尽管我们反复请求，但冯从未露面。可能因为他被指控卷入了江青的政治集团。在代表团结束行程回到北京后，曾第二次试图见他，但也失败了。"直到20世纪80年代初，冯友兰走出"文革"阴影，两位合作者才在相隔30多年后再次见面。1982年9月10日，冯友兰在哥伦比亚大学接受荣誉博士学位时，卜德应邀出席，双方关于中国文化的交流甚至争论依然坦诚。

---

① 实际应为1953年。

2012 年 7 月，《三松堂自序》的韩文版由韩国熊津教育文化有限公司在全球正式发行。这本书是冯友兰先生在晚年回顾自己学林春秋的自述传。历尽百年沧桑之后，冯友兰先生以一种淡定的态度，将自己求学、治学的经历娓娓道来，同时也展现了作者面对那个西风落叶的时代所怀有的心态，以及同一时代，一批学人轻舟激水、奋发图强的精神。该书韩文版的出版引起了广大韩国学者的关注，为中国文化在韩国的推广做出了巨大的贡献。

（原文发表于《中华读书报》2014 年 2 月 26 日，有改动）

李剑农与英文版《中国近百年政治史》

著名史学家李剑农（1880—1963 年）曾任武汉大学史学系主任，是中国近代史研究的重要开拓者，对中国近代史和中国古代经济史研究做出了许多开创性的贡献。他所著《中国近百年政治史》一书被美国汉学泰斗费正清誉为对“中国近代政治史的最清晰的唯一全面的评述”。该书 1956 年由笔者外公邓嗣禹及他的学生英格尔斯（Ingalls）首次编辑、翻译成英文出版后，在美国、印度多次再版。1991 年，李剑农、陈寅恪、陈垣等 14 位中国裔史学家被收录于美国纽约格林·伍德公司出版的《近代国际大史学家辞典》中。

2013 年是李剑农逝世 50 周年，由武汉大学出版社主持的“武汉大学百年名典”系列首次在国内将英文版《中国近百年政治史》再版。

多版本出版过程与译评

《中国近百年政治史》是目前国内外学者经常参阅和广泛引用的经典著作，该书是在李剑农 1930 年所著《最近三十年中国政治史》基础上，因大学教学需要，将鸦片战争到中日甲午战争这段历史补写了三章，更名为《中国近百年政治史》，1942 年由蓝田国立师范学院史地学会印刷出版。此书一出，便很快在市场上售空，而“各处尚有来函索者”，1943 年又交由蓝田书报合作社印刷发行，1946 年由蓝田启明书局改印成线装四册本出版，1947 年由商务印书馆制成平装本，分上、下两册出版，1948 年再版。近年来，复旦大学、武汉大学等国内著名大学出版社和其他出版机构又多次再版。台湾商务印书馆也曾于 1963 年刊行该书，后又于 1992 年再版。

值得一提的是，1943 年蓝田书报合作社版在紧接李剑农所写“卷头语”后，曾有一小段“再版补充语”：

> 去岁由史地学会印行之本，字迹既甚模糊，讹误之字又多，谬蒙读者垂爱，甚感惭愧。兹以各处尚有来函索者，而史地学会已无存书，蓝田书报合作社愿意再承印，遂复付梓。讹误之字虽勉为校正，但恐尚不能免，乞读者垂谅。
>
> 民国三十二年二月　著者附识

而此后发行的各种版本《中国近百年政治史》均没有这段“附识”，看来都不是以蓝田书报合作社版本为原本的，而是以同样创立于当地的启明书局 1946 年发行的版本为基础。而启明书局似乎直接以史地学会版为原本，都跳过了蓝田书报合作社版。

该书英文版由留美学者邓嗣禹潜心数年，精心译介。1950 年，邓嗣禹在印第安纳大学执教中国近代史时，由于缺乏教学资料，便将李剑农《中国近百年政治史》的部分内容译成英文，用作研究生参考教材。他于 1950 年 5 月在美国《远东季刊》上发表书评，认为“该书既不太详细也不太简短；它没有包含太多不必要的人名；作者的观点中肯客观，不偏不倚，是一本理想教材”。之后几年中，他以 1948 年商务印书馆的版本为基础，对全书进行翻译，并增补了若干内容，后经他在芝加哥任教时期的硕士生，时任 Rockford 学院讲师的英格尔斯参与润色，1956 年首先在美国 D. Van. Nostrand 出版社出版，书名为 *The Political History of China*，*1840—1928*（《中国近百年政治史，1840—1928》）。该出版社先后于 1962 年、1963 年、1964 年、1968 年再版该书；斯坦福大学出版社（Stanford Univ. Press）在 1956 年、1967 年、1969 年三次出版该书；1963 年，美国东西出版社（East—West Press）也曾出版过此书；1964 年印度版在新德里出版。

20 世纪 50—70 年代，该书是美国研究生教学中非常流行的参考书。这部著作不仅取材精准、叙事准确，对历史事件注意追根求源，而且联系当时社会形势全面分析，还历史以原貌，评论时局无所忌讳，秉公伸张正义。2006 年，著名学者萧致治在武汉大学版《中国近百年政治史》再版前言中介绍：

"前后共计发行5200册，其数量之多，在美国同类著作中实属少见。"2011年，美国 Literary Licensing, LLC 出版社在两个月（9—10月）之内又曾两次再版该书英译本（书面注明李剑农、邓嗣禹著）。2013年11月，武汉大学出版社首次在国内出版英文精装版。

邓嗣禹在英文版《中国近百年政治史》出版之前，首先交给费正清审阅，并在此书第一页显著位置注明"献给费正清"（To John King Fairbank）。费正清回信认为《中国近百年政治史》是对"中国近代政治史的最清晰的唯一全面的评述……对于西方的研究学者来说，作为一种可靠的纪实史和重要资料的简编具有重要的价值"。

这本书被译成英文出版后，曾受到国际史学界的广泛赞誉。耶鲁大学的汉学家沃尔克（Richard L. Walker）看到英译本后，于1957年4月在《美国历史评论》上发表书评指出："李剑农的著作具有很高的学术价值，它不仅作为这一时期研究生的基本参考书目，也代表这一历史时期中国学术评价的观点，被引入西方。邓嗣禹和英格尔斯在编辑与翻译中克服了许多困难，将原始的中国资料转变成易懂的英文。通过删掉重复的内容和增加系统的注释、索引和文献目录，将李著的价值进一步强调出来。"哥伦比亚大学的伟伯（C. Martin Wilbur）对此也强调指出，"翻译者通过删除书中许多累赘的内容，缩短了书籍的篇幅，对原书内容重新进行了文献编辑，对许多来路不明的词句增加了引文，同时还增加了效果良好的书目提要和地图，对于西方各层面的学生而言，他们都将是这些工作的受益者"（*Pacific Affairs*，1957年6月，第2期）。华盛顿大学的斯坦利（Spector Stanley）也在之后的1958年，发表书评指出"对于一本学院层面的教科书而言，译者不仅提供了鲜活的评述内容，而且还提供了一种广泛了解中国历史著作的翻译标准。这本书对于一直为中国历史所困的美国教师与学生而言，将提供最大的实用价值"（*The Journal of Asian Studies*，第4期，1958年4月）。

译本特色与翻译标准

为了帮助西方读者更好地理解《中国近百年政治史》的内容，体现原著学术价值，译者在准确理解和精心翻译的同时，在征得李剑农先生同意之后，对原著进行了调整和增删。首先是在正文之外增加了五个辅助部分：译者前言、参考书目、阅读背景与注释、人名与地名索引，以及每章均插入1 ~2 张中国分区地图。在正文中主要增加的是背景知识，有些是直接加在书中，有些则是以尾注的方式放在了书后增加的 Notes 部分之中。据笔者统计，英译本各章节中，仅增加的注释数目就有 196 条之多，涉及历史人物、革命事件、社会运动、官职名称、民族习俗等内容。这就意味着，译者不仅需要调动多学科的知识储备，还要倾注大量心血与研究心得，同时还要有宏观考量与微观分析、取舍的多重能力。

其一，历史人物注。此类注解主要涉及中国不同时代的历史和政治人物，注解内容的叙述，能够拓展读者的历史知识背景，营造著作中的历史语境。这部著作中，涉及民国各个时期多个重要人物。除了一少部分研究中国历史的汉学家外，大多数西方读者在阅读关于中国的历史文章或学术著作时，最大的障碍就是难以把人名弄清楚，他们怎么能把众多的中国历史人物的名字记住呢？这主要是靠译者注释中的内容让读者产生各种联想。如果读者在注释中得知某人是中国的大政治家或哲学家，就会对他肃然起敬；若再读到他的诗文，更会感到像遇到老朋友一样，数页之后再见到这个名字，必定知道是同一人。如在第十二章：护法运动中北洋军阀的分裂与西南军阀的离合，注释中简明介绍了主要人物的演变过程，可让读者在阅读本章节时有一个大概了解：“1913 年 10 月，袁世凯成为任期 5 年的法定总统。在袁死后，黎元洪接替他出任大总统。在黎辞职之后，副总统冯国璋代理大总统，直到 1918 年 9 月徐世昌被选举为总统。”

其二，官职名称注。太平天国时期的许多官职名称，对于今天中国的许多读者而言都是生僻的，更不用说西方读者了。书中如“两司马”的注释简洁明了，寥寥数语：“两司马是古代军队中，最基本的官职，管理财政、教育、司法等一切政务，由 25 名士兵组成。”又如“四大将领”的注解简明扼要，一目了然：“现代人们常说清朝时期湘军的‘四大将领’指的是曾国藩、左宗棠、彭玉麟和胡林翼，他们都是太平天国时期有卓越功绩的将领。”

总体来说，近200条的注释内容大多采用音译加意译的方式，通过尾注内容阐明音译，扩展意译，整体格式简明扼要，分析明快，客观自然，符合史实。从读者阅读和接受跨文化传播的角度而言，这种注释是必要而且成功的。这一点从李著英译本1956年在美国出版以来，在许多读者发表的书评文章中，也得到了进一步的验证。

李著英译本在书中每一章节几乎都增加了中国分区地图，既有黑白的，也有彩色的。这使得不熟悉中国地理知识的读者，从地图中描述的城市位置、行进方向等，就可很快地理解书中叙述的内容。但同时也大大增加了译者在翻译该作品时的难度。

与增添的内容相比，删节的较少，主要是李剑农加在目录前的卷首语没有翻译，导论部分中“百年前的世界趋势”一节也没有翻译。这些内容对于西方读者来说是常识问题，也就没有必要再翻译了。再有就是如许多书评作者指出的，删掉了书中一些前后重复的内容。

从译本最后的参考文献中能够了解到，邓嗣禹在翻译时曾参考多种英文文献。例如，就阅读背景而言，他参考过的书籍就有：顾立雅（H. G. Creel）的《从孔子到毛泽东的中国思想》，1953年版；费正清的《美国与中国》，1948年版；冯友兰的《中国哲学史》，卜德英译本，1953年版；李约瑟（Joseph Needham）的《中国科学技术史》，1954年版……

正是由于李著英译本具备了上述优点，使其出版之后在国外学术界大获好评，近年来也再版不断。长期以来，忠实于原文被视为翻译实践的天条、翻译理论的当然假设，但忠实于原文的文本大多未能实现“走出去”的目标。在漫长的历史过程中，众多的翻译文本，真正“走出去”的屈指可数，大多数则湮没于漫漫历史长河中。正如美国汉学家在书评中指出的，李著英译本“提供了一种广泛了解中国历史著作的翻译标准”，“将李著的价值进一步强调出来”，可为读者“提供最大的实用价值”。

（原文发表于《中华读书报》2013年12月11日，有改动）

《中国近百年政治史》英译本背后的故事

在我刚记事的时候，家里就珍藏有一本全英文的大部头书籍，母亲告诉我，这是外公翻译的中国历史名著。

全棕红色的精装书籍，封面看上去有点刺眼，由于年代已久，书的四周已开始起毛边。据母亲说，这是20世纪50年代末期她上大学时外公从美国给她寄来的，“文革”期间，一直被藏在箱底最隐蔽处，只是天气好的时候，为避免发霉才拿出来晒一下。几十年间，我们家从南到北曾多次搬家，许多东西都已经舍弃，但这本书一直伴随我们走到了今天。

上了中学以后，我借助英汉词典，慢慢地翻译出了书名：《中国近百年政治史，1840—1928》。这本书的原著者为李剑农，1956年由斯坦福大学出版社出版。当时，由于专业的局限性，我并没有认真对此书进行研究，只是认为外公是一位了不起的留美历史学家，是向西方传播中国文化的大学者。

1937年，抗战全面爆发，已经在燕京大学留校任讲师的邓嗣禹，忽然接到同学房兆楹由美国发来的电报，邀请他立即前往美国华盛顿，协助时任国会图书馆东方部主任的美国著名汉学家恒慕义博士编写《清代名人传略》。当时，华北对外的交通已经断绝，无法前往上海乘船，为赶任期，他绕道东北，经韩国至日本横滨，再乘船到美国。

那时的外公是个年仅32岁的热血青年，乘船途中非但不接受日军的侵华宣传，有时还对其加以驳斥，因此倍受日本特务、警察的骚扰。他曾多次面临被拘的危险，因同行的美国朋友紧随不舍，才幸免于难。邓嗣禹晚年时，台湾《传记文学》曾将他当时在船上写的日记进行过连载。

说起恒慕义，他应该是比费正清资格更老的美国汉学家。早在1936年，外公在燕京大学任教期间出版《中国考试制度史》一书时，他曾为此书撰写过长篇导读文章，向西方介绍中国的科举制度，这一次可以说是再次合作。外公在编写《清代名人传略》时，负责洪秀全、曾国藩等33位人物生平事迹的撰写，费正清当时协助他编写过其中3位人物的事迹。

1938年，外公获得燕京学社第二批奖学金，赴美国哈佛大学留学，师从费正清，1942年获得博士学位。毕业之后，他先后在芝加哥大学、哈佛大学、北京大学、印第安纳大学任教。1950年，他在执教中国近代史时，由于缺乏教学资料，便将李剑农《中国近百年政治史》的部分内容译成英文，用作研究生教学参考教材。

之后的几年中，他以1948年商务印书馆的版本为基础，对全书进行翻译，并增补了若干内容，于1956年首次出版，仅比大家熟知的冯友兰著《中国哲学史》英译本（1953年）晚了三年。亚马逊网显示，从1962年到2011年，美国至少有三家出版社将此书多次再版，此书成为这一时期研究生教学中非常流行的参考书。1964年印度版本在新德里出版。这些版本我都有收藏。

邓嗣禹在该书英文版出版之前，首先交给费正清审阅，并在此书第一页显著位置注明“献给费正清”。费正清回信认为《中国近百年政治史》是对“中国近代政治史的最清晰的唯一全面的评述……对于西方的研究学者来说，作为一种可靠的纪实史和重要资料的简编具有重要的价值”。

58年过去了，读者还可以在国内外各大图书馆检索到这本书的最新版本，它仍然在放射着学术的光芒！

（原文发表于《人民政协报》2014年8月14日，有改动）

《颜氏家训》英译本及其传播意义

颜之推是我国魏晋南北朝时期著名的文学家和教育家，他撰写的《颜氏家训》是中国第一本论述家庭教育的读本，总结了当时的潮流，堪称中国的“众家训之母”。胡适曾经评价说，此书最可以表现中国士大夫在那个时代的生活状态。清人王钺称赞道：“篇篇药石，言言龟鉴，凡为人子弟者，可家置一册，奉为明训，不独颜氏。”由此不难看出此书在中国封建社会所产生的巨大影响。

1966 年，《颜氏家训》最早的英文译本由英国 E. J. Brill 出版社出版，1968 年再版。英译者为留美学者邓嗣禹。留美学者王伊同在纪念文章中，评价此书“开南北朝经典英译之先河”。但是，查阅目前国内出版的中国典籍外译史书籍和博硕士论文，均未发现有从事这方面研究的学术论文发表，或者是提及这本书，因此，介绍这本典籍的英译过程，论述其翻译模式和传播的意义是十分必要的事。

英译本翻译的曲折过程

从 1936 年《颜氏家训》最早开始翻译，到 1966 年第一次出版发行，历经三十年之久。这期间发生了各种起伏不定的变化，其过程本身就是一个绝好的故事。

1935 年，已经获得燕京大学历史系硕士学位的邓嗣禹，留校任讲师，协助美国汉学家博晨光教授讲授中英翻译课程，同时经常与外教进行团队教学。在讲课之余，他和博晨光共同讨论翻译《颜氏家训》的技巧与修辞方法。

1936年，他们以《颜氏家训》英译本作为课题，申请到燕京大学司徒雷登研究项目基金，这是燕大当时仅有的两个项目之一。

博晨光，1880年出生于中国天津，父母是美国公理会的传教士。他在中国度过童年后，返回美国接受高等教育，先后就读于伯洛伊特学院（Beloit College）、耶鲁大学神学院（Yale Divinity School）等高校，毕业后返回中国。曾任燕京大学哲学系教授、系主任，还曾兼任哈佛燕京学社北平办事处干事，燕大的校务委员会、图书馆委员会和古物展览委员会委员，男生部体育促进委员会主席等职务，为燕京大学的发展做出过重要贡献，直到中华人民共和国成立前夕才离开中国。在燕京大学期间，博晨光和冯友兰有过密切的交往，二人曾合作将《庄子》等中国古代哲学文献译成英文。而冯友兰任燕京大学哲学系教授也正是博晨光撮合而成的。

1937年夏，卢沟桥事变爆发前夕，邓嗣禹接到燕大同学房兆楹的邀请，有一个到美国国会图书馆工作的机会，协助图书馆东方部主任恒慕义编写《清代名人传略》项目。当时，《颜氏家训》的翻译工作远未结束，他不得不绕过那些翻译困难的章节和段落，直接翻译最后一部分。当他在翻译第二十章的“终制篇”时，日本的飞机轰炸了燕京大学一英里外的中国军营。燕大工作人员居住的地方，窗户被炸弹余波震得严重摇晃，房子似乎马上就要倒塌。

在迫不得已的情况下，邓嗣禹在手稿的空余处注明他完全同意作者颜之推提出的葬礼从简的想法，匆忙结束了翻译工作。否则，他很可能会被一枚日本人的炸弹炸死。他匆匆收拾行李，动身前往美国，把不完整的手稿交给了博晨光，这项翻译工作不得不搁浅。

不久之后，北平被日本人占领。1941年12月珍珠港事件爆发，美国向日本正式宣战，燕京大学也变成不平静的校园。1943年，博晨光在63岁时被日军逮捕入狱，带到山东潍县的一个集中营关押起来，直到1945年11月才被释放。当时，一同遭遇牢狱之灾，被关押到这里的美国汉学家，还有正在哈佛大学攻读汉学博士学位，到北平进修的女汉学家赫芙（Elizabeth Huff），海陶玮（James R. Hightower）以及芮沃寿（Arthur F. Wright）、芮玛丽（Mary C. Wright）夫妇。

经历过这次磨难，博晨光的身体状况急剧下降，精力也不如从前。邓嗣禹认为，不把做了一半的事情完成是不愉快的事。经过与博协商，他决定独自承担翻译工作，博晨光仅负责撰写前言。

1938 年 8 月，邓嗣禹因获得哈佛燕京学社第二批奖学金，乃辞职前往哈佛大学深造，师从费正清并于 1942 年获得博士学位。早在 1941 年，因哈佛大学学业告一段落，他应芝加哥大学之聘担任讲师，开设中国近代史、中国史学方法及目录学等课程。珍珠港事件之后，邓嗣禹任芝加哥大学东方研究院院长，兼任远东图书馆馆长，并主持美国陆军部在该校设立的中国语言文史特别训练班工作。那几年，学习和工作任务太重，他自然没有精力来从事《颜氏家训》的翻译工作。

1945 年，机会终于来了。这年 8 月，蒋介石接受朱家骅、傅斯年的意见，确定胡适为北大校长，9 月 6 日任命文件正式颁布。胡适接到回国出任北大校长的任命文件不久，就致信邓嗣禹，邀请他随同回北大任历史系教授。1946 年 7 月，邓嗣禹正在加利福尼亚州的密尔斯（Mills）学院兼任中国学园主任，他邀请杨联陞利用暑假一同去讲授中国哲学史，目的是一边教学挣得回国经费，一边等待回国的船只。当时由于“二战”刚刚结束不久，舱位非常紧张，两人一时订不到回国的船票。8 月，邓嗣禹终于回国，在赴湖南家乡短暂探亲之后，赴北大就任历史系教授，讲授远东史与中国文化史。回到北平后，邓嗣禹与博晨光久别重逢。讲课之余，他们在燕京大学继续翻译《颜氏家训》的未完成部分。但是，两人没有机会再做同事。遗憾的是，1958 年 9 月博晨光在美国去世，享年 78 岁，撰写前言的计划也未能实现。

1966 年，英译本《颜氏家训》出版时，为了感谢博晨光对这本书翻译工作的支持，缅怀两人共同合作的美好时光，邓嗣禹在书的封页上写道：“这本书专为怀念博晨光，1880—1958。”

胡适、洪业曾经推动过英译本的翻译工作

早在 1943 年，杨联陞在准备博士论文选题时，曾致函请教过胡适，问

他：“自汉至宋的史料之中，有什么相当重要而不甚难译又不甚长的东西吗?”胡适先生建议译注《颜氏家训》，并有这样的回复：“我偶然想起《颜氏家训》，此书比较可合你提出的三项条件。我常觉得此书最可以表现中国士大夫在那个时代的生活状态，故是重要史料。其文字比《人物志》容易翻译多了。其地位够得上一部‘中古的 Classic’。版本、注释，也都够用。你以为如何?”

后来，杨联陞决定译注《晋书·食货志》，那是因为一方面经济史更符合他一贯治学的旨趣；另一方面，他得知哈佛同学中邓嗣禹正在着手翻译《颜氏家训》。1962 年，作为中日双方的合作项目之一，杨联陞应邀到日本京都大学讲授《盐铁论》和《颜氏家训》。因为当时世界上仅有中文版本，在讲授《颜氏家训》时，他深感有许多词句用英语不好表达；同时他也体会到有众多的东西方学者渴望了解《颜氏家训》这本中国的“家训之母”的愿望。邓嗣禹则接受了胡适的建议，坚定了将翻译工作进行到底的信心。1946 年他回到北大任教之后，加快了翻译工作的步伐。

1958 年前后，留美学者周法高按照胡适的建议，曾撰写过《颜氏家训汇注》一书。余英时先生在纪念洪业先生的文章中曾提道：“1958 年周法高先生在哈佛大学访问时曾以《颜氏家训汇注》的稿本送请洪先生评正，后来周先生告诉我，洪先生曾指出其中可以商榷之处不下百条。”可见洪业对学生出版的著作要求之严。“凡是读过洪先生论著的人都不能不惊服于他那种一丝不苟、言必有据的朴实学风。他的每一个论断都和杜甫的诗句一样，做到了所谓‘无一字无来历’的境地。”① 《颜氏家训汇注》的出版，为英译本《颜氏家训》的准确英译奠定了良好基础。

邓嗣禹在英译本《颜氏家训》的出版说明中，曾有这样的真实记录：“我要感谢洪煨莲（洪业）教授的建议，将英文本《颜氏家训》第十八章‘音辞篇’的内容，送给周法高教授、李方桂教授审阅，这些专家们的建议极大地提升了《颜氏家训》翻译的准确性。”可以想象，当时洪业不仅看到过邓嗣禹送给他的英文本《颜氏家训》翻译草稿，而且他一定认为其中的第十八章

① 《余英时：文史传统与文化重建》。

“音辞篇”的内容，在英译方面还存在一些需要改进的问题，才向邓嗣禹提出这样的建议。

可以说，胡适、洪业曾在不同程度上推动过《颜氏家训》英译本的翻译工作。

周法高（1915—1994 年），中国语言学家，1941 年获北京大学中国语言学硕士。曾任职中央研究院历史语言研究所，并兼任中央大学副教授。1947 年获杨铨奖金，赴台湾大学任教授。1955 年，任哈佛大学哈佛燕京学社访问学者，历时三年。1962 年，任美国华盛顿州立大学客座教授。李方桂（1902—1987 年），著名语言学家，早年毕业于清华大学，先后在美国密歇根大学和芝加哥大学读语言学，是中国在国外专修语言学的第一人，为国际语言学界公认之美洲印第安语、汉语、藏语、侗台语的权威学者，并精通多种语言，有“非汉语语言学之父”的美誉。

英译本的特色与传播

为了帮助西方读者更好地理解《颜氏家训》的内容，体现原著学术价值，译者在准确理解和精心翻译的同时，首先在译著的开篇增加了长篇引言，内容包括：①家训在中国的地位和作用；②《颜氏家训》的写作背景；③作者颜之推的个人经历；④作者在社会和教育方面的思想；⑤本书在哲学素材方面的综合优势；⑥本书与佛教与儒家学说的关系；⑦关于翻译方面的陈述。

上述前六大方面内容的写作，只有在仔细阅读原著、充分理解作者的思想，并且经过译者的提炼、加工之后，才能完成。即便是用中文写作，也不是一蹴而就的事。接下来译著按照《颜氏家训》的原著内容将全书分为二十篇，其细目如下：

一、序致篇；二、教子篇；三、兄弟篇；四、后娶篇；五、治家篇；六、风操篇；七、慕贤篇；八、勉学篇；九、文章篇；十、名实篇；十一、涉务篇；十二、省事篇；十三、止足篇；十四、诫兵篇；

十五、养生篇；十六、归心篇；十七、书证篇；十八、音辞篇；十九、杂艺篇；二十、终制篇。

关于译著的正文，邓嗣禹在“翻译陈述”部分说明，最后的译本是以周法高 1958 年撰写的《颜氏家训汇注》为参照蓝本，增加了大量的注释、参考文献、索引等内容。其中，仅注释的内容就有近百条之多，这极大地增加了翻译的难度和工作量。

另外，译者还将三部分内容，在当时可以说是最新研究成果补充在书中：其一是 1961 年周法高在台北出版的《颜氏家训汇注补遗》；其二是陈槃发表的《读颜氏家训札记》；其三是 1964 年王叔岷在香港大学出版社出版的《颜氏家训斠注》。这些成果的引用，可以进一步帮助西方读者理解《颜氏家训》原著的丰富内蕴。

邓嗣禹在“翻译陈述”部分，还详细介绍了这本译著曲折、艰辛的翻译过程。他提到，仅译著手稿修订、打印的程序，前后就经历过七次之多，每次都需要几年的时间才能完成，称为“三十年磨一剑”实不为过。

1966 年，第一版英译《颜氏家训》出版之后，根据读者的要求，为了加强西方读者对书中缩写词的理解，同时方便查找书中的相关资料，译者在原著的基础上，另外增加了缩写词列表、参考书目提要、补充索引等内容，将译著由原来的 228 页增加到 245 页，于 1968 年再次出版。目前，1966 年的版本仅收藏在台湾“中央研究院”的图书馆中，更多的中外读者了解和查阅到的是 1968 年的版本。

美国汉学家丁爱博（Albert E. Dien）于 1973 年发表书评指出：“译文本身很好阅读，值得高度赞赏。邓的译本将非常有助于未来的六朝研究。”（*Journal of the American Oriental Society*，Vol. 93，No. 1，P. 84，1973）王伊同在《邓嗣禹先生学术》一文中，评价英译本《颜氏家训》“开南北朝经典英译之先河”。

在致谢的名单中，我们可看到一些活跃在中美学界的历史名人，不仅有燕京大学代校长梅贻宝，芝加哥大学老同事、东方语言文学系主任顾立雅

(H. G. Creel)，远东图书馆馆长钱存训；也有像董作宾、陈荣捷、张钟元等知名汉学家。可以说，当时有众多的中美学者，从不同层面对英译本《颜氏家训》的翻译、出版做出过贡献，起到过积极的推动作用。

《颜氏家训》英译的启示及其意义

英译本《颜氏家训》从翻译到出版用时长达30年的时间，排除一些客观上的原因，英译中国典籍本身就是一项艰巨和富有挑战性的工作。它需要译者具有娴熟的古典汉学知识，并能对中国传统史著本身，以及中国文化有着精深的了解，同时还要具备一种坚忍不拔的毅力。

中华典籍要想在国外广泛传播，英译是不可忽视的重要方法，而翻译通常有两种。一种是“大众化”的翻译，即在忠实原文的前提下，尽可能避免插入注释，仅强调译文的流畅和可读性。这种方式由于简化了中文人名介绍，减少了专业术语的注释，加入索引等内容，英译的时间自然较短。但是对于西方读者而言，阅读时可能会存在理解上的困难。另一种是“学术化”的翻译，即通过加入严谨、客观的学术性注释，力求使读者更为全面、精准地理解原著表述的内涵，修改和补充原著所存在问题。对中华典籍进行“学术化”英译，无疑需要大量的时间。而英译本《颜氏家训》的翻译模式，及其成功的实践充分证明，采用“学术化”英译中华典籍，是实现中华文化“走出去”的必由之路。

另外，中国古代文化典籍的外译工作长期被西方汉学家和传教士所垄断，中西方思维方式和文化背景的不同，使得中国文化在走出国门的同时，遭受了一些偏见和误读。在相当长的一段时间里，美国人始终认为中国传统史学受到儒家思想的深刻影响，因此在翻译时，经常把措辞放在褒贬上。在中国文化被传播的同时，也使中国的国际形象在国外遭到一定扭曲。

五六十年前，以邓嗣禹、陈荣捷为代表的一批中国留美史学家，不仅著作等身，还从事中国经典史学和哲学著作的英译工作，对主动传播中华文化、纠正西方传教士偏见和误读起到了很好的榜样作用。邓嗣禹不仅英译过《颜氏家训》，还英译过李剑农的《中国近百年政治史》、陶成章的《中国秘密派别和社会的演变》等多种著作。

陈荣捷除英译过著名的《道德经》外，还英译过《近思录》《传习录》《北溪字义》《六祖坛经》等。同样，陈荣捷的英译，不只是译文而已，为了推阐中国哲学于欧美，为了方便读者，凡与所译之书可能相关而又必要的知识，以及能增进读者对经典全面了解者，无不悉备。以英译《近思录》为例，除原文622条之外，有长篇引言详述《近思录》编纂及译注经过，并选译出有关的言论及宋明清与朝鲜日本注家评论共600条，另有附录《近思录》选语统计表、《近思录》选语来源考、中日韩注释百余条。

当前，在我们主动开展对外译介古代文化典籍工作的同时，必须学习和借鉴老一辈史学家的翻译模式和成功经验，在介绍中国文化的同时，努力重树和纠正中国的国际形象，才能使中国文化更好地融入世界。

（原文发表于《中华读书报》2017年11月15日，有改动）

03

大师风采

裘开明：美国第一位华裔图书馆馆长

裘开明先生是中国图书馆界第一位走出国门，全职服务于美国图书馆事业，并功成名就的杰出人士，也是美国东亚图书馆早期发展中的一位启蒙大师和领袖人物。1931 年，开明先生由于工作出色，被聘请为哈佛大学汉和图书馆首任馆长，他是第一位在美国担任图书馆馆长的华人，任职长达 34 年。在图书分类学、编目学、目录学、版本学等诸多方面，开明先生融中国的传统学术成就与西方的近现代学术精华于一体，开创了与中西图书馆学既迥异又兼容并蓄，具有独特风格的“东亚图书馆学术”体系。这一体系差不多影响了整个 20 世纪西方东亚图书馆的发展，极大地推动了西方的亚洲区域研究工作。费正清称赞裘开明为“西方汉学研究当之无愧的引路人”。

担任厦门大学图书馆主任

裘开明（1898—1977 年），字闇辉，浙江镇海人。1922 年毕业于武昌文华大学图书科，文华图书科由美国图书馆学专家韦棣华（Mary Elizabeth Wood）和沈祖荣于 1920 年 3 月创办。后来图书科单独成校，名为私立武昌文华图书馆学专科学校，是中国最早的一所图书馆学专业学校。作为文华图书科首届毕业生，1922 年 3 月，开明先生毕业后来到厦门大学，年仅 24 岁就接任该校图书馆主任（现在的馆长）之职。厦门大学 1921 年创办时，图书馆藏书量不过 500 册。开明先生到任后，以所学图书馆学专业理论为指导，全面主持馆务，提出“读者是图书馆上帝”“一切工作为师生、读者服务”的观点。为此，他开始采用图书分类法，编制中文图书目录卡片，并向美国国立图书馆订购西文图书目录卡片，同时在院内立章建制，办理出纳阅览业务，积极购置新的书刊报纸，以及接受外来捐赠。经过不断努力，在1921—1922学年结束时，其馆藏书籍总数增至5293册，杂志120种，报纸26种。

当时，厦门并非中国经济、文化中心，知名学者一般都不愿来。为此，厦门大学采取高薪政策，规定教授月薪最高为400块大洋，讲师可达200块大洋。而北大校长蔡元培当时月薪才300块大洋，陈独秀为200块大洋，李大钊为100块大洋。当时月薪25块大洋，便可养活五口之家，这样的薪水对当时的学者而言，是极具吸引力的。

当年林语堂由于在北京遭到通缉，曾应聘到厦门大学任文科主任。林语堂到任不久，又先后推荐了文学家鲁迅、国学家沈兼士、历史学家顾颉刚等一批学者前来厦大任教。一时间，厦大文科知名学者云集，教学与学术水准处于空前的高峰期。不久，厦大国学院成立，林语堂也因此以伯乐而闻名。

裘开明边工作边学习，不断提高业务水平，同时刻苦学习日语，将馆内日文图书单独分类编目，建立日文书库，按照文种分类管理图书。经过开明先生的精心主持，厦大图书馆初具规模，管理方法不断创新，对周边图书馆也颇有影响。如邻近县属图书馆及鼓浪屿中山图书馆等单位，均先后派人前来学习，开明先生均给予热心的指导。1924年夏，厦大图书馆藏书量已达到3万余册，中文杂志100余种，西文杂志400余种，中西文报纸40余种。中文书目均由馆内自行编目，西文目录卡片全部自美国购齐。当年还扩大了馆舍，增添了新的设备，馆务工作呈现欣欣向荣的景象。

在哈佛大学创立汉和图书分类法

1924年夏，开明先生远渡重洋，由厦门大学选派赴美深造，先在纽约市公共图书馆附属图书馆学院继续研习图书馆学，第二年进入哈佛大学文理学研究生院攻读经济学，并于1927年获得经济学硕士学位，1933年获得哲学博士学位。1927年，受哈佛大学图书馆馆长柯立奇的委托，开始负责整理该校图书馆中的中日文藏书，从此开始了他在美国近40年的图书馆生涯。哈佛汉和图书馆建立后，开明先生被聘为首任馆长。为了更加准确地反映图书馆的藏书范围和性质，1965 年汉和图书馆正式更名为“哈佛燕京图书馆”。

哈佛大学是美国最古老的大学之一，其图书馆的中文藏书最早可以追溯到 1879 年。这一年哈佛大学聘请了一位来自中国安徽省的学者戈鲲化（1838—1882 年）讲授汉语，这是该校有史以来最早开设的中文课程。为教学需要，戈氏带来了包括他本人诗集《人寿堂诗钞》在内的一批中文图书。遗憾的是，由于水土不服，戈鲲化到哈佛不久就去世了，他带去的中文图书也就归入哈佛大学图书馆，成为该馆收藏的第一批中文图书。与此相类似，1914 年，两位来自日本东京帝国大学的教授在哈佛讲学，他们带去的一批关于汉学和佛教的日文图书弥补了哈佛图书馆日文藏书的空白。此后，经过历年不断的递增，至 1927 年裘开明先生到馆时，哈佛大学图书馆的中日文藏书已经发展到相当规模，其中中文图书 4526 册、日文图书 1668 册，这在当时全美各图书馆的东亚藏书中位居第三，仅次于美国国会图书馆和普林斯顿大学图书馆。

隋唐以来，从《隋书·经籍志》到《四库全书总目》，中国历代的图书分类多是采用四部分类法。应该说，经史子集对揭示整理我国古代各个历史时期所产生的图书文献是有效的。但随着社会的发展，新的学科不断出现，特别是像汉和图书馆这样以收藏东亚各国不同历史时期的文献典籍为主的图书馆，中国传统的四部分类法远远不能适应图书分类的要求。

开明先生针对汉和图书馆的这一馆藏特点，第一次运用现代图书分类学理论，借鉴杜威十进制图书分类法（Dewey Decimal Classification），按照中外图书统一分类的原则，创立了一套新型的图书分类法——汉和图书分类法。该分类法将中文图书类分为 9 个大类，即：①经学，②哲学宗教，③史地，④社会科学，⑤语言文学，⑥美术，⑦自然科学，⑧农林工艺，⑨丛书目录。汉和图书分类法的最大特点是，整个分类体系在类目设置上既考虑到新的学科，又照顾到我国古代旧经籍（包括古代日本汉籍）的特点；同时，该分类法打破了过去中国历代各种分类法所采用的类目标引方法，而代之以号码标记，并对中国古籍与现代图书在标记上区分开来，即将古籍用三位数字标引，其余图书用四位数字表示。

1947 年，开明先生编制的《汉和图书分类法》一书正式由哈佛燕京学社出版，并在全美各东亚图书馆中引起广泛重视，许多馆纷纷采用该分类法作为图书分类的依据，其中包括芝加哥大学、加利福尼亚大学伯克利分校、哥伦比亚大学、普林斯顿大学以及耶鲁大学等十余所大学的东亚图书馆。汉和图书分类法逐渐成为全美各东亚图书馆最受欢迎，并普遍采用的一部图书分类法。

开明先生对图书工作的创新，还体现于在英文目录信息的基础上，增加罗马字编写的作者和题名，从而在美国图书馆内，也可以对东亚出版物进行目录管理。同时他还是第一个倡导对中、日图书分别编目的学者。著名美国汉学家费正清教授曾称赞他为“西方汉学研究当之无愧的引路人”。

与中外学者的交往以及对他们的无私帮助

当年，汉和图书馆的中文书库大多设在楼上，因地方狭小，楼梯为螺旋形。但从青年到老年的不同时期，开明先生总是不辞辛劳，每天上下楼往返无数次。有一次他从一位读者那里了解到有两种中文图书汉和图书馆还没有收藏，便对那位读者承诺他们会就这两种书马上和北平方面联系，请这位读者留下地址，两个星期以后来取。当时哈佛燕京学社在北平设有专门的办事处，可十分便捷地购买各种书籍。这位读者在两个星期之后，果真借阅到了他想要的书。

开明先生在任职期间，与美国许多中外知名的汉学家，如费正清、顾立雅、杨联陞、邓嗣禹、钱存训、王伊同等都有密切的交往，并建立了深厚的友情，这些在《裘开明年谱》中都有详细的记载。1951 年，时任印第安纳大学东亚研究中心主任的邓嗣禹，为完成他与费正清合著的《中国对西方的反应，1839—1923》一书，需要经常到哈佛汉和图书馆查阅资料。而开明馆长为支持他的工作，给予了特殊的关照。据邓嗣禹在《纪念裘开明先生——一位毕生为学术界服务的中国图书馆专家》一文中记载：“笔者常去哈佛找资料，有一二次，裘先生给我钥匙，以便晚间及周末，至书库工作，夜以继日。他知中等收入之舌耕者，返母校一次不易，附近‘吃瓦片’之房东太太，取费昂，而斗室如囚牢，故尽量使我早完工返家。这又是他对于用书者体贴入微之处。而且每次去剑桥时，他必坚持请客，无法拒绝。或在家，或去饭馆，或去夏天海滨避暑之家，每次请客，皆极丰富。可是他所着衣物，非物尽其用不舍，破旧失时样，在所不惜。我回敬，虽极忙，亦欣然接受。”

据不完全统计，从1942年邓嗣禹任芝加哥大学远东图书馆馆长开始，他与裘开明两人保持通信长达23年之久，保留下来的信函数量共有29封之多。之后，邓嗣禹的得意门生黄培又遵照导师的旨意，与裘开明保持通信联系，借阅相关图书，同样得到了裘开明馆长的热忱支持和帮助。

开明先生对图书馆管理工作十分严格，图书从采购、分类、入藏到借出等各个环节，都有一套科学的管理办法。对于工作不甚专心的馆员，他敢于直面批评，就是亲朋好友也不客气。邓嗣禹在《纪念裘开明先生——一位毕生为学术界服务的中国图书馆专家》一文中有这样的描述：“有一高级资深馆员，购一楼房出租，房客偶因房间毛病，打电话至图书馆请其修理，裘先生获知，劝告其同事云：‘或在图书馆服务，或作房东老爷，二者不可得兼。’结果这位馆员将楼房售出。”由于他实行严格的管理制度，汉和图书馆虽然工作人员少，但工作效率极高，每年都吸引和接待大批国内外汉学研究者，前来查询图书资料和从事与本专业相关的研究工作。

对世界东亚图书馆建设与发展的贡献

1945年抗日战争胜利以后，开明先生在馆藏建设方面，更加关注收集日本因战败而不能保存的藏书，特别是散落在各地的中文古籍文献和日文文献。为此，哈佛大学选派了一批经验丰富的专家学者，赴日本有针对性地收集有价值的文献资料，使得汉和图书馆在战争期间收集了大量中国和日本的经典藏书，拥有较为罕见的中国佛学典册、古籍善本、历代丛书，以及燕京大学精选性的硕士论文等。1965年汉和图书馆正式更名为“哈佛燕京图书馆”，开明先生也成了该馆的真正创始人。

在从事图书馆管理工作之外，开明先生也没忘记从事相关的学术研究工作，在图书编目分类及古籍版本等方面，他先后出版和发表有《中国图书编目法》（1931 年）、《汉和图书分类法》（1947 年，中英文对照本）、《四库未收明代类书考》（1969 年）、《哈佛燕京图书馆中文善本图书》（1976 年）等五十余种专著和大量的学术论文。曾任美国芝加哥大学远东图书馆馆长、东方语言文学系教授的钱存训为《裘开明图书馆学论文选集》撰写了序言，高度称赞开明先生的主要贡献，“在于将西方的图书馆管理方法与中国传统目录学的知识相结合，处理美国图书馆中收藏的中日文资料，并辅导师生的教学与研究。他创建的哈佛燕京图书馆，成为西方汉学研究的宝库。”

1966 年，开明先生退休以后，又相继创办美国明尼苏达大学东亚图书馆和香港中文大学图书馆。其间还倡导和协助创办了美国多个东亚图书馆，而燕京图书馆的发展始终与裘开明息息相关。1976 年，他年近 80 岁高龄时，还亲自编写、审定了燕京图书馆所藏中文著作目录。特别值得一提的是，开明先生的贡献和影响并非局限于图书馆事业，美国、欧洲、日本、澳大利亚等地从事中国研究、日本研究、韩国研究，乃至越南研究的专家学者都与开明先生有过千丝万缕的关系，其中相当一部分知名的专家学者都深受裘开明所倡导亚洲研究的影响，受益于他无私的图书馆业务服务。裘开明的名字，至今仍是美国东亚图书馆的代名词。1977 年 11 月 13 日，裘开明逝世于美国马萨诸塞州剑桥，享年 79 岁。

（原文发表于《中华读书报》2014 年 2 月 12 日，有改动）

邓嗣禹口述：胡适在芝加哥大学首次讲述中国思想史内幕

在芝加哥大学时期的邓嗣禹

胡适卸任驻美大使后，在美国寓居纽约的四年（1942—1946 年）中，1944 年是他学术生涯中很重要的一年。他在这一年的三月，曾首次赴芝加哥大学讲述中国思想史课程。但胡适 1944 年的日记记录得很少，并且不全，对此事并未记载。

不过令人庆幸的是，当时在芝加哥大学任教的邓嗣禹先生，有过邀请胡适前往芝大任教的口述文章，其中有许多胡适任教期间的细节与故事。而与胡适交情至深的杨联陞和王重民，也有和胡适的往来信函，可以进一步佐证这一段历史。

胡适在芝大首次讲述中国思想史

2018 年 11 月 16 日，哈佛燕京学社副社长李若虹在《文汇学人 · 学林》上发表文章《卜居与飘零——胡适在哈佛任教的一年》。在文章中，李若虹提道："从 1944 年 10 月到 1945 年 6 月，胡适为哈佛大学远东系第一次开了中国思想史一课。"笔者认为，第一次在哈佛大学开设课程的说法是不确切的。1944 年 3 月，胡适在芝加哥大学所做的中国思想史讲座才是第一次。邓嗣禹在《胡适之先生何以能与青年人交朋友》的口述文章中（见《家国万里：邓嗣禹的学术与人生》，第 179 页），有这样的记载：

胡先生大使任期满后，在美国几处大学作短期讲演。当时我在芝加哥大学教书，兼主持陆军特训班（ASTP—Army Special Training Program）的工作。教美国大兵们说中国话，兼让他们了解一点中国历史社会、风土人情，准备他们遇必要时，去中国对日本人作战时之需。

1944年初春，我们礼聘胡先生去芝加哥大学讲学十余日，所以他戏称我为“邓老板”。每日讲演一次，每周五次。其他时间，他喜欢有人陪同聊天，古今中外，无所不谈。尤其是关于民国初年史事，他知道幕后背景，个中底细，普通书中不易看到，他能从早谈到晚，滔滔不绝，娓娓动听；使人久闻不厌，而且毕生难忘，此非对于文学小说，修养有素，再加以说书者之技巧，听之入彀，绝难吸引人之注意如胡先生之成功。

1944年，邓嗣禹时任芝加哥大学东方研究院院长，兼远东图书馆馆长，并主持美国陆军特训班的工作。邓嗣禹在文章中提到的“1944年初春”，具体是什么时间节点呢？

1944年3月14日，杨联陞写给胡适的信中，曾经提到过中国思想史讲稿一事：“您的思想史，还是动起手来好。外国人写中国通史，不是不大，就是不精，总难让人满意……越是概论，越得大师来写。哈佛的入门课永远是教授担任。您的书千万不要放弃。”（见杨联陞著《莲生书简》，第19页）。我们从杨联陞写给胡适的信中可以得知，1944年3月，胡适的中国思想史讲稿正在写作阶段，并且是在杨联陞的督促之下完成的。

1944年3月22日，胡适出发之前，在写给王重民的信函中，记录他去芝加哥大学讲课的具体时间：“我廿九日去芝加哥看看他们的藏书，顺带为邓嗣禹的兵官学校作六个讲演。四月十三可东归。”胡适在信中所指的“兵官学校”，即芝加哥大学当时开设的陆军特训班。胡适演讲的具体时间，可界定为1944年3月29日至4月13日。这段经历目前在《胡适日记全编》《胡适年谱》中均属于被遗漏的内容。

关于胡适首次在芝加哥大学讲授中国思想史，具体安排在陆军特训班课程的哪个阶段，我们可以从邓嗣禹《美国陆军特训班给予吾人学习西语的教训》（见《家国万里：邓嗣禹的学术与人生》，第38页）一文中得知。

由此可见，从邓嗣禹的两篇回忆文章，以及胡适与杨联陞和王重民的往来信札中，三者相互佐证：胡适首次在芝加哥大学讲授中国思想史，是被安排在陆军特训班课程中的地域研究阶段，也就是第二学期的中国历史部分。跨接两周，有十多天时间。这应该是胡适讲授中国思想史课程的雏形。后来，从1944年10月到1945年6月，胡适第二次在哈佛大学讲授中国思想史课程，持续了八个月的时间，应该是将这门课程的内容进行了扩展。

胡适在课余时间的趣事

胡适在芝加哥大学讲学期间，居住在芝大的教职员俱乐部，业余时间他喜欢有人陪同他聊天，而且古今中外无所不谈。由于胡适在芝大讲学期间，是由邓嗣禹全程陪同，所以邓嗣禹了解到胡适讲学之外的许多细节与趣事。邓嗣禹在他的回忆文章中记述道：

> 胡先生在芝大讲学时，其中有一礼拜天。当时一位原籍德国教中国美术史的教授，预呈胡先生一张美丽的请帖，订于晚八点，在他家欢迎胡博士，请我作陪，尽带路之责。中午胡先生同一哲学家在芝大教职员俱乐部共餐，他叫我也加入。胡先生吃得很少，我劝他努力加餐，他正在谈话，未理会。请他为哲学会讲演，他以无新意贡献，婉辞谢却。饭后仍在他房中继续闲谈，至六时，我提议去吃饭，他说有宴会，不必吃了。我怀疑恐怕是茶点欢迎，他肯定地说："正式宴会总在晚上八点，我在外交界多年，很清楚。你是乡下人，所以不明白，哈哈！"我从前虽在北大做过他的"偷听生"，但并不熟悉。此次长谈数日，彼此可以开玩笑。
>
> 七点三刻，我提议雇车去宴会，当时有雨，街道滑湿。他问路途多远，大约一英里，他坚持步行。到主人门口，看表刚八点，他很高兴，"这一次外国人不会说我们不守时刻。"可是客人很少，胡先生不介意，

又高谈阔论。不知为何，忽然听他谈到西洋棋与中国围棋的比较，也很有意思。

不知不觉客厅已挤满了客人，主妇推开餐厅门，见桌上所陈列的是三明治，每一片面包切成八块，上加干酪、沙丁鱼或咸鱼子之类。另有花生米、糖果、零碎糕点、咖啡，等等。胡先生看我一眼，我们有点会心的微笑。主人把各种三明治，传送两三次，喜欢吃者取一片，否则婉谢。胡博士饥形于色，他拿三明治盘向男女来宾传递，有拒绝者，他说："您不吃，我吃一块。"有接受者，他笑着说："我也陪你吃一块。"盘中物转眼将尽，主人已明白，客人未吃晚饭，急入厨房，再加一盘三明治。然无论如何，非肉不饱。

过了十一点，我乘机进言："明早礼拜一，主人与来宾，多要上课，我们回家吧?"谈话仍继续十余分钟，才各自归家。在门口，我告诉胡先生："五十五街，有一家中国小饭馆，要到十二点才关门，我们赶快去。"他说："你为什么不早告诉我?"出门不远，拦阻了一辆计程车，车夫说："休车了，除非长距离，短程不去。""我多给小费。"说着，已坐在车中了。

至饭馆门口，胡先生一直走入厨房，李掌柜正在洗刷，预备关门，胡先生自我介绍："我是胡适。"伸手待握，我赶紧说："这是中国鼎鼎大名的学者，胡适之大使。"李掌柜把油滑的手在衣上擦一擦，即握手，胡先生的手也湿了，我说："何必如此?"

他说，他常跟华盛顿的大师傅握手，这又引起一个故事，我赶紧要李老板预备两位客饭，然后静听故事。他做大使时，外交政策，多由政府要人办理。大使却常须穿大礼服、戴高帽，参加婚丧或其他典礼宴会。那时的中国使馆，在十九街黑人区，附近有一中餐馆，往往晚宴之后，他在餐馆门口下车，把高帽扔在柜台上，跟老板握手，叫一杯咖啡或一盘水果，跟他聊天，慢喝慢吃，无忧无虑。在此休息半点钟，扬眉吐气，然后回使馆。

可是，据胡先生说，有一午夜，忽来一人，向餐馆老板借钱。老板说“可以”，他打开收钱箱，伸手掏摸，掏出来的不是钱，而是一支早已装好子弹的手枪，马上对要钱人肩上打一枪，把他吓跑了。此后胡先生也不太敢去了。

我说，1937—1938 年，我在国会图书馆做事，有时去使馆访友，也去过那家餐馆一二次，略识其老板与胖儿子。

胡先生说：“他现在是北京楼的经理了，在 Chavy Chase Circle。”（1963—1964 年，我在华府任客座教授一年，有一次在北京楼请客，先去订菜，告知经理我知道他父亲及其遇盗事，他给我们预备一只北京烤鸭，皮厚如银圆，清脆味美，为一生在世界各处吃到最好的烤鸭，且又送一瓶香槟酒，可谓礼失而求诸野。）我们吃吃谈谈，快到早上一点。猛然一声响，老板娘李太太下逐客令了。赶紧付钱走！我送胡大使回芝大教职员俱乐部，没说晚安，但问大使：“今天谁是乡下人？”举手哈哈而别。

胡适讲述的日本禅宗大师

胡先生某年在普林斯顿大学与日本铃木禅宗大师辩论禅宗佛学，铃木教授说得玄之又玄，听众莫名其妙。而胡先生讲训练禅宗学徒的方法与故事——学徒初入讲堂，听不懂，问问题，所答非所问，莫名其妙，再发问，讨一记耳光，被骂愚笨，不堪造就，只好做些挑水、砍柴、做饭、扫地等苦工。如此经月累年，有时去听讲发问，又讨了很多耳光，挨了无数次打骂，才令离开嵩山，走入泰山。僧丐远道跋涉，日晒夜露，忍饥挨冻，偶遇善心人，赏给他一点残菜剩饭，聊以果腹。或遇强盗罪犯，引诱作恶，加入三教九流，不从又挨打挨抢，经过无数的磨炼，才慢慢地达到另一名山，从另一名师学禅宗佛法，其教授之方，与第一名师不相上下，即挨打挨骂，做苦工，受困惑，兼受高年级门徒的欺凌，如美国大学压迫一年级新生。又经过若干岁月，今步行至另一名山，学禅于另一名师。千辛万苦，走尽中国五大名山，耗磨十来年岁月，才令返回原来的嵩山。此时，僧徒双膝跪在老佛爷面前，很感动地说：“老佛爷，您没有教给我什么，可是我现在已学会了一切！我已大觉大悟，看破凡尘。”

胡先生讲得极为生动而通俗，并说，这是实践的哲学，致良知良能的方法，是开第三只慧眼的秘诀。若是僧徒不虔诚，无决心，早已放弃学佛的念头，加入三教九流，做歹人或暴发户去了。现在美国的年轻人，多半是禅宗的信徒。他们不听父母之言，叫父母闭着嘴，自己好坏，亦不要父母管，只要自己去学会一切，等到三十以后，他们才能看破凡尘，什么都懂了。杜威说：“教育是生活，社会上的磨炼，是人生问题的试验室，最好的大学。”

邓嗣禹在文章的最后，补充记述道：

> 胡先生能竭诚款客，在纽约作寓公时，来访客人不绝。有一次杨联陞兄同我去见他，他健谈，转瞬至吃饭的时候，起立告辞，不让走。当时收入甚微，以芽菜豆腐款客。伍廷芳倡猪血养生论，胡博士谈豆芽菜中的维生素，豆腐之容易消化，等等。实则“司马昭之心”，我们深知，益发感动。所以胡适之“我的朋友”遍天下，实非偶然。

后来，胡适在收到邓嗣禹支付的讲课费支票后，曾回信表示感谢。1946年6月，胡适受聘为北大校长后，曾聘请邓嗣禹担任北大历史系教授，讲授中国近代史与西洋史名著选读两门课程。邓嗣禹于8月到中国湖南，回老家省亲之后，9月中旬赴北大历史系就任。

（原文发表于《中华读书报》2019年2月20日，有改动）

胡适聘我在北大任教

邓嗣禹 口述 彭靖 整理

我为何选择北大

至1946年，我在芝加哥大学已教了6年书，按例当休假一年。这时，北大校长胡适先生聘请我去北大讲学，我于是将书籍带回国，想一去不复返。过去数年为美国培育人才，总是有“奶妈抱孩子，是人家的”的感想。回国途中船经日本，有一天停留，于是由横滨登陆，到东京联合国代表团拜访吴文藻、冰心、王信忠、刘子健、徐中约等师友。我因为在芝大曾替某教授教远东史，包括日本，又每日订阅《纽约时报》及其他杂志一二种，所以对历史背景、远东局势，有相当的了解。因此吴文藻先生推荐，想聘我任中国驻日代表团高等顾问，月薪为美金800元，这是联合国官员的待遇。那时，战败的日本国民尚未能跟联合国的人员随便来往。所以住在中国代表团内，花费很有限，一年会有相当的积蓄。因此，是去北大任教或任中国驻日代表团高等顾问，尚在举棋不定中。

我回到上海小住数日，等候船返湘省亲，其间去南京中央研究院拜访傅斯年先生，说起此事，他拍拍胸膛说：“听我傅斯年的，你一定要去北大，毫无犹疑的余地。外交工作有啥意思？去北大，去北大！”经此一番督促，即决定放弃去日本的幻想。

初入北大

大概是8月中旬，我由老家湖南去北大，拿出胡适先生的名片，上写：

“郑毅生秘书长，介绍我的朋友邓嗣禹先生。”郑先生少年精干，满面笑容地迎接。稍为寒暄，即领去见代理教务长杨振声（教务长汤用彤在美国）及史学系主任姚从吾。我跟杨先生曾在芝加哥认识，请他讲演过，吃过饭，领教过他所嗜好的杯中物。姚先生久仰其名，初次见面，即知为忠厚长者，讷于言而敏于行。以后有关工作及生活事务，都是麻烦姚先生帮助，他从不厌烦。但对于有暖气设备的房间要求，他无法满足，因当时煤电十分短缺。幸好有一位天主教神父，我与他在芝大远东图书馆曾有数面之缘。此次去找他，他欣然愿意跟我同住，费用平均负担。他的住宅，有房三四间，有煤炉，很暖和，我非常高兴。

当时，我在北大开两门课，中国近代史与西洋史名著选读。皆预先安排课程，列出参考书，预定大小考试日期，并需要做学期论文。一年当中，我从未缺课，只有一次晚到两三分钟。因此我也不喜欢学生常缺课，有时也点名，所以学生缺课的很少。小考欠佳者，要来跟我做个别谈话，找出背景，提出警告，以免大考不及格。不好的学生，多半是根底差，生活穷苦，要在外面打工，工资低，吃不饱，故进步迟缓。可是幸运得很，中国近代史班上有不少很好的学生，非常聪明用功。但无论程度好坏，学生都很客气，很有礼貌，校园中见面，识与不识，冬天皆脱帽鞠躬，然后知他或她是我班上的学生，这是与美国不同的地方，使教书匠高兴，减少“沙滩”的枯燥（当时北大的校园位于北京的“沙滩”地区）。

两班的学生很不少，中国近代史更多，听讲者似乎感兴趣。可是有一次评论某要人，下课后，有一名学生平心静气地说：“邓先生，您今天把我的祖父，批评得太苛刻，他并不像您所说的那样顽固。”我说：“我只根据已发表的资料立论。品评历史人物，随时代而异，如对于曹操的评价，就是一个好例子。”

普通教书的人，多能记着好学生的名字。在北大教书期间，在我记忆中的高才生有漆侠、田余庆、吴天南、罗荣渠、潘镛、许世华、黄永荠、龙丽侠等，这些人都在小考大考时得高分，算是我的幸运。西洋史名著选读班，比较差一点，好的学生只能想起赵思训、向大甘、邓锐龄、周昭贤等，最大的原因是学生的英文基础浅薄。在日军占领时期，学生必须学日文，把英文忽略了。我介绍几本日文讲西洋史学的书，他们也不能全懂。据说有的日本教授早知要战败，并不认真教书，在班上唱日文歌，开开玩笑，讲点故事，给学生们一两块糖吃，下课，以博中国人的好感。迫不得已，我采取一简单课本，将英文新字，写在黑板上，解释意思。希腊、罗马史学家之名，也照样办理，并注明音符，然后将每一史家之名著特点略加说明而已。

北大教授的趣事

当时的北大教授当中，确有不少名人。只是所处时间太短，不能全认识，不敢做点将录。印象比较深的有位教过四五十年书的陈援老师。每上一堂课，有十分钟的休息时间，一进休息室，即找一犄角边的椅子坐下，闭目养神，有时打鼾。我曾前后两次去请安，并告诉他，1928 年，我是他班上的学生。他点头为礼，用广东话，面带笑容说几个字，继续他不可缺乏的休息。时间一到，即去上课。

另一位教授，恰好相反，每至休息室，谈笑风生。他就是第一个发现北京猿人头盖骨的裴文中先生。曾记得 1929 年底，他穿田野工作者的衣服，脖子上围着一条毛巾，用大绳缠着他的腰，深入地窖探摸，陆续掏出了牙齿骨、头盖骨等。我告诉他，我是当时听讲者之一，请他继续讲讲“北京人”的下落。

裴文中盯了我一眼，喝一口茶，很高兴地打开了话匣子，几位同事马上手端茶碗，或口含香烟，赶过来，围着他静听。他说，1939 年春，平津局势险恶，知难保“北京人”的安全，几经秘密商量筹划，将“北京人”慎重包装，深夜从协和医院取出，用汽车运至塘沽，打算搬上美国小军舰，运至美国保存。拂晓，汽车抵塘沽海岸，日本宪兵探知有异，派飞机追赶，并开枪警示。司机及押运者停车，忙将“北京人”投至海中。适逢海潮澎湃，转瞬无踪无影。裴文中长叹一声说：“可惜得很，恐怕我们永远找不到‘北京人’的下落了。”这时我看表，已超过了休息时间，就赶紧去上课了。裴教授的口才好，一听之后，可使人毕生难忘。以后对“北京人”的下落，他虽有不同的说法，然在那一天，我听到的就是这样。

除此以外，在北大同事当中，我还有一位很好的朋友——政治外交专家、哈佛大学博士崔书琴。因为我们是先后同学，有共同的师友，一见如故。有次月薪领到以后，我把钱搁在手提包中，问他哪家银行利息高、稳当，他说你把钱交给我，我替你存在银行。即照办，以后每月如此，称他是我的义务财政部长。此后每礼拜六，差不多总在崔家打牙祭。下午三四时许，北大、清华、燕京的教授们，其中有大名鼎鼎的科学家、文学家，以及政治新闻学家等，去他家打麻将或桥牌，共十余位，打得非常认真，几乎不谈别的事情。

其他的朋友，有沈从文夫妇，我也常去沈家聊天。曾昭抡、俞大絪、俞大绂等教授，因为俞大纲的关系，他们待我很客气。去俞家闲谈，古今中外，皆可接触。谈太平天国的事，如数家珍，他们是曾国藩的亲戚，从小就听惯了。清华大学的金岳霖，每见面必举双手作揖为礼。经济系教授陈振汉、崔书香夫妇，我们在哈佛时同学、同游玩。燕大师友顾颉刚、邓之诚、齐思和、聂崇岐、翁独健、吴世昌、周一良、王钟翰，等等，不胜枚举。

在与天主教神父同住时，常和他谈西洋政治哲学，很有意思。他一贯的理论，是中国从古就受了印度、希腊、罗马的影响。可是我们的生活习惯与饮食口味不同，并且每日坐三轮车往返，也相当麻烦。故住到春暖时，我便请求搬出去，请姚从吾系主任在北大找房间。姚主任让我住红楼一间课堂，因其中粉笔尘土，相当的污脏，我不太满意。但见西洋史教授杨人楩夫妇也住在一间较小的教室，黑板仍在，也就随遇而安。吃饭又成问题，遇刮大风、下大雨的时候，出外找饭馆，很不方便。后经郑天挺设法，将松公府的厨房厨子，让给我们使用。同在一起吃饭的还有季羡林、苗剑秋等。季先生久留德，精梵文与印度哲学。苗先生久留法，云南人，很会说笑话，增加吃饭的兴趣。有一天适逢假期，我们让厨子休息一天。胡适先生请我去他家吃便饭，有胡太太、图书馆馆长毛子水，共四人，一盘红烧猪肉、一盘半荤半素、一素菜及一汤，老实说，他们平时所吃的不见得比我们好。因为我们饭团的人多半是光棍，或家室在别处，故讲究吃。

与胡适校长的交往

北大有民主作风：全校教职员的月薪，上至校长，下至工人，完全公开。各人的收入，大家皆知道，院系会议，不管等级高低，凡能与会的人，皆当仁不让，有发言权，有表决权。全校一律以“先生”称呼，不冠以校长、学长等头衔。不像有些外国大学，每一学系只有一正教授。正教授说“我的意见是如此”，别人再不敢置一词。

刚来北大时，胡适先生恐我孤单，遇美国学者来访，非请客不可时，常请我及其他久住美国的人作陪。记得有次在南池子欧美同学会吃西餐，饭后胡适先生说：敝校长月薪 34 美金，邓教授 29 美金。其他一二位不言而喻。来来来，我们大家掏腰包，把钞票拿出来，付饭费。

在芝大教书数年，那时见校长难如登天，有教育部部长蒋梦麟想见他，我请美国一参议员帮助，才能约好一次见面的时间。可是北大校长的办公室，等于教职员的俱乐部，全校教授，皆可进见校长，毋庸预先约定时间。有一次我去造访，见接待室有一玻璃柜，其中陈列一些蔡元培、鲁迅等人的历史文物。一进室内，工友照例倒茶，其中已有数人在座，彼此随便谈天，开玩笑，胡适先生亦参加闲谈，并略言及徐志摩跟陆小曼的恋爱故事。我莫名其妙，此处好像香港广东饮茶的地方。这时，忽然谈笑沉寂下来，向达先生说：“胡先生，您把北大所有的图书经费，用去买《水经注》。我们教书的几无新材料做研究工作，学生无新教科书可读，请问这是正当的办法?”他面孔表情，相当严厉。胡先生笑着说：“我用北大图书馆经费买几部善本《水经注》，是确实的。要说我把所有的图书经费，全用在买《水经注》上，以致学生无新书可读，那是不确实的，哈哈。”我看形势，不免有一番舌战，赶忙起立告辞。胡适先生照例送出接待室，拿出一小笔记本，问我有什么事，他要记下来办理，我说无要事，以后再来请安。

当时北大的规矩，大学毕业生，要做一篇毕业论文，派我指导十几个学生，他们的程度参差不齐，很难当作“填鸭”式的，在短期内培养起来，做出一篇够学术水准的论文。好在他们都乐意埋头苦干，有的写出来也斐然成章。有的从前未做过学术论文，无法一步登天。结果一半及格，一半要继续修改，即算不及格。

离开北大

1948 年[①]五六月，物价越涨越高，钞票一天一天的不值钱，局势愈来愈紧张。左思右想，再去看胡适先生，一进办公室，不管别人说什么，马上开门见山。“胡先生，抱歉得很，一年例假已到期，我想回美国教书，请您原谅。”他表示惊异，说：“去年我请马祖圣、蒋硕杰跟你三人来北大教书，希望你们三位青年教授，把在美国教书的经验，施之于北大，提高理科、经济跟历史的标准，采严格主义，盼在三五年之后，能使北大与世界名大学并驾齐驱，为什么你刚来了一年就要离开？请打消此念头。”我再说：“我已考虑了很久，跟同学同事们相处得非常之好，实在舍不得离开北大。然人是要吃饭的，而且我要吃得相当好，再三考虑，别无办法，只好辞别心爱的北平，再去给别人抱孩子。”胡适先生了解情景，他看看其他的同事说：“各位在座已很久了，此事一言难尽，我请你取消辞意，以后再谈，如何？”

消息很快传满校园，传说我将要离开北大，已买好飞机票。傅乐素、严倚云两位讲师请客，我所指导做论文的学生，皆来参加，有好几盘菜，皆不离鸡蛋，炒鸡蛋、炸鸡蛋、蒸鸡蛋加虾米、木须肉、西红柿鸡蛋汤。严倚云等会做菜，皆很可口。我问为何有这么多鸡蛋，他们说：“每人每周有三个鸡子儿作为营养料。现在全拿出来，为先生送行，以报答您的辛苦教育之恩。”我听了，很受感动。

后来去买飞机票，三次未成功。有人提议，送点礼物，可以生效，我不愿意。书琴说叫我的小同乡周教授同我去买。一到机场柜台，我说：“我已经来过三次了，未买到票。此次若不成功，我要告诉交通部部长俞大维。”售票

---

① 应为 1947 年。

员生气："你最好请俞部长到这儿来，看看此处拥挤的情形。"说罢，跟别人打招呼了。周先生请我去旁边坐一坐，休息休息，让他去办。他客客气气，说几句好话，不到十分钟，把票买好了。我要对他永远表示感谢。

去飞机场以前，未告诉任何人。不知何故，去送行的，有我所指导做论文的全体同学，不管及格与否，皆来送行。我们合照一张相片。他们齐声说："邓教授，祝您一路平安，一路福星。"我感激得流泪，说不出话来，匆匆登机而别。若在美国，绝无此幸运。约半个月以后，接到北大寄来的一大信封，里面是一张继任聘书以示好感。

邓嗣禹：中国科举学领域的“陈景润”

近年来，台湾大学知名教授、翻译家和比较文学学者齐邦媛女士，以 80 多岁高龄撰写的长篇自传体回忆录《巨流河》一书一经问世，便洛阳纸贵。齐邦媛 2009 年曾荣获台湾第五届“总统文化奖”，2011 年 4 月又荣获第九届华语文学传媒大奖。齐邦媛是台湾文学走向世界的有力推手，在台湾素有“文学教母”和“永远的齐老师”之誉，她早年曾留学美国印第安纳大学，与邓嗣禹有过密切的交往。在《巨流河》一书的第七章“心灵的后裔”中，她讲述了她在印第安纳大学遇到邓嗣禹的情况：

> 印大著名的图书馆和她的书店是我最常去的地方。在占地半层楼的远东书库，我遇见了邓嗣禹教授（Teng Ssu - yu，1906—1988），是学术界很受尊敬的中国现代史专家。他的英文著作《太平军起义史史学》《太平天国史新论》《太平天国宰相洪仁玕及其现代化计划》皆为哈佛大学（出版社）出版，是西方汉学研究必读之书。邓教授，湖南人，虽早年赴美，已安家立业，对中国的苦难关怀至深，我们有甚多可谈之事。他退休时印大校方设盛宴欢送，他竟邀我同桌。在会上，校方宣读哈佛大学费正清（John king Faibank，1907—1991）的信，信上说他刚到哈佛大学念汉学研究时，邓教授给他的种种指引使他永远感念这位典范的中国学者。

费正清是美国在中国近现代史研究领域的泰斗，素有“研究中国历史的美国教父”之称，当今美国诸多有影响的中国问题专家皆出自其门下，邓嗣禹就是他早年在哈佛大学的第一批博士生之一。但费正清在众多的学生中，为何要“永远感念”邓嗣禹，并称他为老师呢？

被汉学泰斗费正清称为“老师”

费正清投入毕生精力的近现代中国及中西方关系史的研究是从1929年开始的。当时正在哈佛大学学习的费正清接受了国际政治学教授韦伯斯特的建议，开始从事中西方关系史新领域的研究工作。

1932年2月，费正清来到中国居住了将近四年，在这里他与费慰梅结婚。最初，他在清华大学进修时，把全部的工作时间用在语言的学习上。为了更快地通过语言关，他徜徉于北京的街道与市场中，并广泛接触中国学生和各界人士，学会了基本的汉语会话。1935年，他结识了时任燕京大学史学研究所讲师、《史学年报》主编邓嗣禹，两人在日后成为师生以及多年的合作伙伴。

费正清在他的《费正清对华回忆录》中有这样的记载：

> 1935年，我结识了燕京大学一位年轻而富有专业知识技能的图书文献目录学家邓嗣禹，他刚好和我同年，手头有无数中文参考著作。比我早2年到达北京的毕乃德（Knight Biggerstaff）与邓嗣禹合作编写了一部不朽的近代著作《中国参考著作叙录》（*Annotated Bibliography of Selected Chinese Reference Works*）（1936）。

1937年7月，邓嗣禹接受燕大同学房兆楹邀请，辞去燕大教职，前往美国华盛顿，参加由国会图书馆东方部主任恒慕义博士主编的《清代名人传略》的编纂工作。费正清也参加了编写工作。

燕大读硕士时期的邓嗣禹

《清代名人传略》让费正清与邓嗣禹有了第一次合作的机会，进一步加深了两人的友谊。

1938年，邓嗣禹获燕京学社奖学金，前往哈佛大学师从费正清攻读博士学位。由于学业优秀，1939年

他再次获燕京学社奖学金，并在三年内与费正清合作发表了论文《清朝公文的传递方式》《清朝文件的种类及其使用》及《论清代的朝贡制度》。后来，这三篇论文于1960年由哈佛大学出版社结集出版，书名为《清代行政管理：三种研究》。人们通过这本书所提供的资料，就能够看到清代王朝统治机构的运转情况。

1939年，费正清在哈佛大学开设了使用清朝文献资料的研究生讨论班，并亲自向学生讲解清朝文献的意义及使用方法。他还以与邓嗣禹合写的三篇文章作为编写教材的起点，于1940年完成了《清朝文献介绍提要》一书，先是油印供学生使用，1952年由哈佛大学出版社正式出版。

1944年，邓嗣禹将他的博士论文《张喜和1842年南京条约》修改后，由芝加哥大学出版社出版，费正清为他撰写前言，高度评价了他的学术成就。

1946年，费正清回到哈佛大学设立中国问题研讨班（国际著名的"费正清东亚研究中心"的前身），邀请邓嗣禹、杨联陞、房兆楹等几位学者帮助他整理清代史料，并合作出版了多篇论文。

1949年秋，费正清在哈佛大学最早开设现代中国问题研究课程时，邀请邓嗣禹回母校哈佛大学讲授该课程。在任教期间，他与费正清再次合作，共同编写了著名的《中国对西方的反应，1839—1923》，以及《中国对西方的反应：研究指南，1839—1923》。

对于这段经历，费正清在他的回忆录中写道，由于他在1938年至1941年的合作者邓嗣禹再次来到哈佛准备进行为期一年的战后进修，他们便决定利用这一机会通力合作，于1950年拿出了一部厚厚的《中国对西方的反应，1839—1923》的油印译稿。在所收录的六十五篇重要文献中，邓嗣禹起草了其中的大部分译稿，并汇编了费正清编写的其有关作者的大部分资料。2019年8月，这本书的中译本《冲击与回应：从历史文献看近代中国》，经陈少卿译，后浪出版公司策划，由民主与建设出版社出版。

1955年哈佛大学设立东亚研究中心，邓嗣禹任执行委员会委员。1958年，美国亚洲研究学会换届，费正清任第二任主席，他又聘任邓嗣禹为董事，任期为三年。1962年，邓嗣禹在哈佛大学任教时出版《太平天国历史学》一书，费正清为其撰写了热情洋溢的前言，并提到25年前两人初次愉快的合作经历。

1964年，邓嗣禹与费正清再次合作，发表了《中国的外交传统》一文。邓嗣禹因此成为在美国留学的中国学者中与费正清合作时间最长、发表论文最多的人。据不完全统计，1938年到1964年，两人先后合作发表的著作、论文就有六部（篇）之多。

哈佛时期的邓嗣禹

1960年，世界著名的《不列颠百科全书》编委会邀请邓嗣禹参与《太平天国》与《捻军游击战》两部分的编写工作。

当《不列颠百科全书》开始第十五版内容修订时，其中关于“洪秀全介绍”部分的内容，编委会在长篇文章之后，还特别注明：此部分内容引自1966年再版的邓嗣禹《太平天国史新论》一书中的内容。

由此可见，邓嗣禹在美国对太平天国的历史研究领域一直处于领军学者的地位。同时也说明，海外在太平天国的历史研究领域一直是由中国学者领衔担当的。

从1961年至1962年，邓嗣禹还参与了被列为世界三大百科全书之一的《科利尔百科全书》九大部分内容的编写工作，除了“太平天国”的部分外，还包括对“乾隆皇帝（1736—1795年）”“武则天”“李鸿章”“孙中山”等中国历史上重要人物的介绍。

1972年2月，随着美国总统尼克松访问中国和《上海公报》的发表，中美之间结束了数十年的对立格局。这年，邓嗣禹陪同费正清在中国的北京、广州、西安、武汉等地参观、考察，对于这段经历，邓嗣禹在1979年出版的《重访中国：一位海外历史学家对中国的评论》① 一书中有详细描述。邓嗣禹自从1937年到达美国，1942年获得哈佛大学博士学位后，长期在美国大学任教，除了1946年至1947年应胡适邀请，到北京大学教授一年的现代中国历史课程之外，他已有20多年没有踏上祖国的土地。作为一名海外历史学家，为了表达他对祖国的深切眷恋之情，在此书封面的显著位置，他用中文题字："故乡明月"。费正清在百忙之中，再次为这本书撰写了英文前言。

邓嗣禹在1976年退休之前，在印第安纳大学历史系曾任"大学讲座教授"，这在美国大学中是很难得到的特殊荣誉称号。1976年4月，按校方规定，年满70周岁的邓嗣禹在印第安纳大学退休。校方特别为他举办了盛大的荣休庆宴，费正清为此特地发来了热情洋溢的贺信，并由校长芮安在会上宣读。

退休后，邓嗣禹与费正清始终保持着书信和电话联系，交流学术观点。然而遗憾的是，1988年，邓嗣禹因车祸去世，时年82岁。

1985年，邓嗣禹在印第安纳家庭花园门前留影

---

① 中译本将于2020年出版，彭靖译。

在邓嗣禹去世后的第三天，费正清特地为他撰写了一篇讣告，后来发表在美国《亚洲研究期刊》上。在此文的开头，费正清高度评价了邓嗣禹作为美国亚洲历史学会创始人之一所做的突出贡献，在结尾部分着重称赞邓嗣禹是一位乐观、谦虚、勤勉不懈的“儒家”，同时也是一位对他有帮助的老师和有教养的绅士。

被当代学者誉为科举学领域的“陈景润”

在中国人多对科举加以批判的20世纪20年代，早年便出国留洋长期接受西方教育的孙中山，在广东省教育会的一次演说中，却说出了一句石破天惊的话，他说，现在欧美各国的考试制度，差不多都是学英国的。穷流溯源，英国的考试制度原来还是从中国学过去的。所以，中国的考试制度，就是世界上最古最好的制度。正是在孙中山这一说法的启发下，一些中国学者对科举西传问题开始了艰难的探索。

1936年，邓嗣禹在自己的《中国科举制度起源考》一文的基础上，完成了《中国考试制度史》一书，由南京国民政府考选委员会出版发行，顾颉刚、邓之诚等著名史学家为其作序。该书先后多次在国内再版发行，成为研究中国科举制度的奠基之作，也是目前国内外科举学研究学者普遍引用的重点书目。

1943年前后，第二次世界大战打得正激烈，中华民族处在生死存亡的关头，有位年轻的中国学者在美国重要学术刊物上，用英文发表了关于中国科举考试对英国和西方影响的论文——《中国考试制度对西方的影响》，使当时正与中国一道抗击法西斯的世界人民，知道了中国曾对世界文明做出的这一重要贡献，这位中国学者就是当时在美国芝加哥大学任教的邓嗣禹博士。

此文在海外引起广泛反响，被先后两次翻译成中文，同时还被收入多种文集。目前该论文在西方汉学界几乎无人不知，无人不晓，至今还经常被国内外许多研究中国科举制度的颇有影响的专家引用。

早在20世纪40年代，顾颉刚先生就在《中国考试制度史》一书的序言中指出，科举考试制度是中国古代制度文明的重大发明，在促进考试公平、区域均衡、体现民意和限制方面具有积极贡献，堪称“吾国政制中之最可称颂者”。

为了让西方学者尽快了解此书的内容，《中国考试制度史》一书在 1967 年再版时，曾任美国亚洲研究学会第一任会长的恒慕义为其撰写了长篇英文推荐文章。该书 2011 年的中文版被哈佛大学图书馆收藏。

近年，厦门大学教育研究院院长刘海峰教授曾多次发表论文，称邓嗣禹关于中国对西方考试制度的影响的文章是被国际公认的经典性的论文，对改变西方学术界的看法有重要影响；厦门大学的陈兴德博士高度称赞邓嗣禹先生的研究是具有开拓性的，这项研究再一次印证了文化的交流与融合是促进人类文明的基本途径，科举制度作为中国的“第五大发明”，对西方近代文官制度曾发挥过积极的影响，同时他也开创了科举研究的一个新领域，揭开了科举学领域的“哥德巴赫猜想”命题。

刘海峰在为《家国万里：邓嗣禹的学术与人生》一书撰写序言时，着重指出：“邓嗣禹相当于证明了哥德巴赫猜想中的 1 + 2，有如科举学领域中的陈景润……”

（原文发表于《名人传记（上半月）》2013 年第 10 期，有改动）

他们令芝加哥大学成汉学重镇

——顾立雅、邓嗣禹、董作宾、钱存训等在芝大

芝加哥大学在全美排名中一直名列前五位，学术实力雄厚。自从1890年创建以来，该校在人类学、地球科学、经济学、历史学、语言学等众多领域，均在美国大学相应的领域排行榜中长期位居前十名。这里不仅培养了杨振宁、李政道等获得过诺贝尔奖的科学家，连战、恒安石等政治家与外交家，也培养出众多国际知名的汉学家，如顾立雅、邓嗣禹、董作宾、钱存训等人就是第一代汉学家中的杰出代表人物。由于他们对美国早期汉学研究的贡献，如早期汉学教材的出版、对中国儒家代表人物孔子的研究、科举制度西传研究等方面，均处于西方汉学界领先地位，亦使芝加哥大学成为除哈佛大学外的美国汉学研究重镇。

威廉·麦克尼尔（W. H. McNeill，1917—2016年），当代著名历史学家，擅长宏观的世界史研究，是全球史研究的开创者，也是芝大的一名杰出校友。他的本科与硕士教育都是在芝大完成的，1947年获得康奈尔大学博士学位之后，曾长期执教于芝加哥大学历史系，从事世界史教学与研究工作，1961—1967年任历史系主任，1984年曾担任美国历史学会主席。至今，国内翻译出版麦氏的著作有很多，例如读者熟知的《西方文明史纲》《西方的兴起：人类共同体史》[①]《人类之网：鸟瞰世界历史》等书。2013年4月最新出版的译著则是《哈钦斯的大学：芝加哥大学回忆录，1929—1950》[②]。这本书是芝加哥

① 以下简称《西方的兴起》。

② 以下简称《哈钦斯的大学》。

大学建校 100 周年庆时，许多老校友为缅怀当年的校长哈钦斯的丰功伟绩而撰写的文章，由麦克尼尔结集成书。麦氏在前言中也写道，“本书接下来的部分很多来自我个人的经历，作为其补充”。为深入了解这段历史，笔者曾在第一时间购买此书。但遗憾的是，通读全书之后，并没有看到作为历史系教授的麦克尼尔对所任教的芝加哥大学在汉学研究方面的贡献有任何描述。

笔者外公邓嗣禹于 1941—1949 年，曾任教于芝大东方语言文学系，与麦克尼尔同属于社会科学部，两人有两年多共事的经历。邓嗣禹 1942 年任东方研究院院长，兼远东图书馆馆长，并负责主持美国陆军委托该校所办“中国语言文史特别训练班”工作，他与芝加哥大学众多中美学者对世界的汉学研究做出了贡献。为弥补此书的不足之处，现撰文予以补充。

早年的交往与共事经历

1947 年秋，麦克尼尔回到母校芝加哥大学任教。最初他是在社会科学部任讲师，受校长哈钦斯之命，开设了一门西方文明史课程。哈钦斯是美国著名的高等教育理论家与实践家，1929 年他出任芝加哥大学第五任校长，年仅 30 岁。在历任校长中，他是最年轻、也是任期最长（1929—1951 年）的一位。因为年轻、英俊、善辩，哈钦斯很快成为美国教育界的风云人物。在哈钦斯任职期间，学校最大的特征就是将学术机构不断进行调整和改革。1930 年，大学的 39 个系被调整为四个学部：生物科学部、人文科学部、自然科学部、社会科学部，与专业学院一起，构成了大学的基本框架。除此之外，还设立了一系列跨学科的部门，如东方研究院、阿尔贡国家实验室、耶基斯天文台等机构。

1947 年，芝加哥大学东方语言文学系对中国语言文化的教学，大致分为古代、中古和近代三个阶段。主要是西方传统所认定的中东和近东史，远东史则是在 1936 年才开始加入。当时东方语言文学系的中文课程由美国学者顾立雅（H. G. Creel，1905—1994 年）、柯睿格（E. A. Kracke，Jr. 1908—1976 年），中国学者邓嗣禹三位主讲，每人除讲授语文课外，另有其他专题课程。汉语课程从文言开始，采用顾立雅自编的《归纳法中文文言课本》，共三册。

学生读完这三册，不仅可了解中国传统文化的精义，也可掌握汉字单词约三千，再阅读其他古籍，就没有太大的困难了。再有受顾立雅邀请，1947—1948 年董作宾在芝大访问时，也曾开设中国考古学、金文及古文学等课程。

董作宾（字彦堂）是我国现代甲骨学与考古学的奠基人之一。在考古学方面，他曾首次主持殷墟发掘，开启了中国现代田野考古的新时代，对我国近现代考古学的诞生有着重大的贡献，是甲骨学史上划时代的一代宗师。鉴于董作宾对甲骨学的贡献，学界把他与罗振玉（号雪堂）、王国维（号观堂）、郭沫若（字鼎堂）一起合称为“甲骨四堂”。1947 年 1 月，董作宾来到芝加哥大学后，顾立雅为他做了精心的安排，租住在离学校不远的一位美国学生家中。这是一幢两层楼的住宅，楼上有卧室一间，平时则在楼下会客起居。是年 10 月，钱存训来到东方研究院报到后，和他合租在一个住宅。两人在东方研究院的办公室也是相邻的。为欢迎钱存训的到来，邓嗣禹曾在学校宴请过钱存训，并邀请董作宾作陪。餐后三人在校园内合影留念。

顾立雅为了帮助钱存训尽快熟悉业务，并加强与外界的联系，10 月 9 日即致函哈佛燕京图书馆馆长裘开明，“你可能知道，国立北平图书馆的钱存训（Tsuen - hsuin Tsien）先生已成为我们的职员，负责进行我们中文馆藏编目工作。”10 月 14 日，钱存训根据院长邓嗣禹的要求，主动致函联系裘开明，“久慕盛誉，未获识荆，至深抱憾。训今秋应芝大之约，来此整理中文藏书，得邓嗣禹兄指示，略知梗概。此间订有 HY（哈佛燕京学社）卡片五套，分类编目拟全部追随尊著方法，以期一律。兹有数点，仍求指教，应祈拨冗赐示为幸。”①

当年，东方语言文学系的三位教授各有分工，顾立雅讲授第一年汉语、古代史和思想史；柯睿格讲授第二年中文、中古史和政治制度等课程；邓嗣禹在第三年讲授中国近代史、中国目录学、中国史学方法和现代中文。1949 年秋，邓嗣禹接受费正清邀请，重返母校哈佛大学开设现代中国问题研究课程之后，他所讲授的中国目录学、中国史学方法等课程由钱存训接任。

麦克尼尔所讲授的西方文明史课程，是为四年级学生开设的一门历史类

① 《裘开明年谱》，1947 年年谱。

通识教育课程。之所以把这门课设置在大学的最后一年，是希望它能够在为学生们提供历史知识的同时，帮助他们更清晰地理解在文学、科学和人文课程中学过的许多思想与大多数信息之间的联系。这门课程的形式是阅读、选读材料，要求学生围绕材料进行课堂讨论。1949 年，麦克尼尔编写了《西方文明史纲》一书，作为辅助教材。

关于顾立雅的生平与他的代表作《中国之诞生：中国文明的形成期》（以下简称《中国之诞生》）方面的内容，顾钧在《顾立雅与〈中国之诞生〉》一文中已有详细的介绍，在此不再赘述。柯睿格的学士学位（1931 年）、硕士学位（1935 年）、博士学位（1941 年）都是在哈佛大学获得的，他与邓嗣禹（1942 年博士）曾是哈佛大学的博士学友。受哈佛燕京学社资助，柯睿格曾来华进行过考察，后来两人又一起供职于芝加哥大学东方语言文学系。燕大校友王伊同，当时也曾在芝大任教两年（1949—1950 年）。更为有趣的是，当年芝大还有一位曾讲授远东史的学者麦克尼亚（H. F. MacNair，1891—1947 年），汉字译音仅与麦克尼尔有一字之差。他曾是芝大日本史、远东史方面的权威，与邓嗣禹交往颇深，两人曾合作编写《中国志》一书。但不幸的是，他因心脏病突发，在麦克尼尔到校任教之前不久，于 1947 年 6 月逝世，享年仅 56 岁。

20 世纪 50 年代末期曾到芝加哥大学师从顾立雅攻读博士学位的许倬云，在他 2012 年出版的回忆录《家事、国事、天下事——许倬云先生一生回顾》一书中也有介绍：当时的东方语言文学系可以说是名师云集，群星闪耀，全世界重量级的近东考古学者都集中在那里。书中还指出，芝大很自由，让学生决定学程与学习的科目，这一点哈佛和斯坦福都做不到。

当年，恒慕义之子恒安石（Arthur W. Hummel，曾任美国第二任驻华大使）、雷约翰（John A. Lacy，曾任驻香港及新加坡总领事）都曾于 1948—1950 年，在芝加哥大学东方语言文学系攻读硕士学位。

顾立雅曾将他多年来收藏的商周铜器、骨器、玉器、陶片和甲骨，全部捐赠给芝大司马特美术馆。这些古物大多来自中国的殷墟，是他当年去中国考察时，带回供教学之用的珍品，但从未公开，故知者甚少。芝大美术馆后来将这批藏品特别陈列，公开展览，将中国史前及商周文明鲜活地呈现给了美国人民。

中美学者对世界汉学教学与研究的贡献

顾立雅在中国学界主要以孔子研究为人所知，这主要归功于高专诚翻译的《孔子与中国之道》。这本书的中译本最早在1992年由山西人民出版社出版。在美国汉学界，顾立雅的孔子研究也是最为突出的，在他1994年逝世时，《纽约时报》曾发表讣告，称他为“有影响的孔子研究学者”。在美国各大学东方语言文学系，《孔子与中国之道》这本书被广泛推荐为阅读书籍。第15版《不列颠百科全书》和《美国百科全书》都把这本书作为研究孔子与儒学的主要参考书目。同样在新版《不列颠百科全书》与《科利尔百科全书》中，有关太平天国的部分，引用的内容则是出自邓嗣禹的著作（《太平天国史新论》，1950年哈佛大学出版社出版，1966年再版）。

在太平洋战争期间，美国陆军为了满足对外战争的需要，在哈佛、斯坦福、芝加哥等十多所知名大学都开办有陆军特训班课程。哈佛大学受美国陆军委托，1943年开始举办中文、日文培训班，赵元任先生当时负责主持中文训练班的工作。正在读博士学位的杨联陞由于表现突出而受赵的特别赏识，在中文部20余位助教中，赵元任特别为他申请了一个讲师的职位。后来，杨联陞还曾协助赵元任编写过《国际音标国语正音字典》一书。在芝加哥大学开办的特训班，当时称为“中国语言文史特别训练班”，培训时间从1942年8月开始，到1944年3月结束，比哈佛大学开办的时间要早，由邓嗣禹负责并兼任班主任工作，顾立雅也曾参与授课。培训的目的是要求受过训练的学员，了解中国的文化与习俗，能阅读中文报纸，并能用中文演讲，以便今后更好地开展工作。特训班的课程分为两部分，一是语言学习课程；二是地域研究课程。语言学习课程每周上17个小时的课，采用的教材由邓嗣禹与顾立雅共同编写，如《中文报刊归纳法》《中文报刊归纳法翻译与选择练习册》。这些教材由芝加哥大学出版社在1943年出版。邓嗣禹在此基础上，又根据需要，先后编写、出版了《社交汉语与语法注解》（1947年）、《高级社交汉语》（1965年）等书，在美国都成为畅销书，并多次再版。这两本书在20世纪80

年代中期以前，曾被美国和其他一些国家的大学广泛采用。

胡适离任驻美大使之后，曾于1944年被邓嗣禹礼聘到芝大，讲授中国思想史课程十余日。后来胡适回信表示感谢，并在之后的交往中，一直称邓嗣禹为“邓老板”。1945年8月，蒋介石接受朱家骅、傅斯年的意见，确定胡适为北大校长，9月6日任命文件正式颁布。胡适在接到回国出任北大校长的任命文件不久，于这年9月26日就致信邓嗣禹，邀请他回北大历史系任教授。

顾立雅的汉学研究远远不止在孔子研究领域。他的研究涵盖了中国早期文明、中国古代思想、中国古代政治制度和科举制度等多个方面，孔子研究仅是其中比较重要的部分。由于顾立雅的其他著述至今尚无中文译本，国内学人对他的汉学研究成果并无更多了解，下面仅就顾立雅与邓嗣禹在科举制度西传方面发表的著作，以及在芝加哥共事、相互合作与支持这一段的经历予以论述。

科举制度起源于中国，但对其他国家产生过深远的影响。对亚洲国家的影响表现在历史上日本曾一度仿效过中国的科举考试，韩国、越南也曾长期实行过科举制度；对西方的影响则表现在英、法、德、美等国曾借鉴科举制建立了文官考试制度。东南亚等诸国仿效科举制于史有证，不成问题。而科举制对西方考试制度的影响，却是一个不太被中国人了解且相当复杂的问题。

1943年9月，邓嗣禹在国际著名期刊《哈佛亚洲研究学报》第7卷第4期上发表了《中国对西方考试制度的影响》一文，长达三万余字，收集、引用了1870年以前西方人论述科举制的文献70多种，围绕“西方考试制度的发展、西方记述或涉及中国科举制的资料、英国对中国文明的推崇、英国驻华使臣论中国科举制、确认中国影响的证据”等问题旁征博引，论述详赅。邓嗣禹称：“根据上述所有同时代的证据，我们可以确凿无疑地证明：中国的科举制是西欧制定类似制度的蓝本。”文章发表后，在海外引起广泛的反响，被先后两次翻译成中文，同时还被收入到多种文集。目前该论文在西方汉学界几乎无人不知，无人不晓，至今还经常被国内外研究中国科举制度的许多颇有影响的专家引用。1953年7月，王汉中将这篇文章以《中国考试制度西传考》为名，在中国台湾出版了中译单行本。

但随后，中外关系史专家方豪在香港《民主评论》半月刊第 4 卷第 15 期发表了《西方考试制度果真受到中国影响吗？》一文，对邓嗣禹文的论点提出质疑。他举出明末来华的西人艾儒略刊于天启三年（1623 年）的《职方外纪》和《西学凡》中提到笔试的史料为据，认为西方笔试并非始于 18 世纪以后。但他也认为："西方所受中国影响的，真正为中国考试制度上所独有的，不是笔试，不是官吏考试，而是西方从前只有一校一院的考试，中国却是合各县各府各省的学子而举行规模不同、程度不等的会考。只有这点，中国影响了西方。"

西方考试制度是否真正受到过科举制的影响？这一说法能否确立？孙中山关于英国考试制度是学自中国的说法从何而来？弄清楚这些问题，不仅在"科举学"研究中具有重要的学术价值，而且在全面正确评价中国传统文化及为当代考试制度改革提供历史借鉴等方面都具有重大意义。

芝加哥大学东方语言文学系的同人们，在这一关键时刻鼎力相助，给予邓嗣禹很多支持与帮助。柯睿格于 1947 年首先在《哈佛亚洲研究学报》发表论文指出："以科举考试为核心的中国文官行政制度的创立，是中国对世界最重要的贡献之一。" 1953 年，他又在《北宋前期文官》一书中，在对比科举制与欧洲早期文官制度之后，对科举制影响欧洲文官制度的史实也表示肯定，并认为邓嗣禹和张沅长两位学者的论文清楚地显示出，19 世纪通行于印度的文官制度、英国的文官制度曾受到中国范例的直接影响。

1964 年，顾立雅在《亚洲研究期刊》上也发表论文，再次指出："中国对世界文化的贡献远不止造纸和火药的发明，现代的由中央统一管理的文官制度在更大范围内构成了我们时代的特征，而中国科举制在建立现代文官制度方面扮演过重要角色。可以明确地说，这是中国对世界的最大贡献。"

顾立雅于教学、研究与行政工作之外，曾于 1954 年被选为美国东方学会会长，任期两年，并在 1956 年年会中以《何为道教?》为题目，作为会长致辞。1975 年，为庆祝他的 70 寿辰，当时的东方语言文学系主任芮效卫（David T. Roy）与钱存训，曾共同邀请世界各国学者撰写有关先秦及汉代哲学、文学、历史、考古等方面的专题论文 16 篇，编成《古代中国论文集》一书，为他祝寿，以表彰他一生在中国文化教学、研究和培养人才方面做出的贡献。

费正清与邓嗣禹均应邀参加。

1970 年，顾立雅在他出版的《中国政制的起源》一书中，又补充说明了自己在详细研究考试制度史之后，发现中国确实是最早采用考试制度的国家，并认为中国的考试制度曾在 12 世纪影响过中东的医学考试，进而影响欧洲的学位考试，17 世纪以后又影响了德国、英国考试制度的建立。

1980 年，邓嗣禹与顾立雅共同参加了由台湾“中央研究院”主办的国际汉学会议。邓嗣禹在会议上将他对中国秘密社会的看法、研究计划提出报告，并宣读了《对中国秘密社会的介绍性研究》的论文。顾立雅则宣读了《道家的变型》的论文，讨论了老子、庄子、列子各书的内容及其影响。

1986 年，美国亚洲研究学会在芝加哥大学召开年会，其间特别举行小组讨论会，为顾立雅所著《中国之诞生》一书出版 50 周年表示庆祝，研讨此书对国际学术界的影响。顾立雅在会上发表了题为《〈中国之诞生〉之诞生》的演讲，介绍了此书当年在中国以六个月完成的写作过程。邓嗣禹在此次会议上，对于顾立雅所著《中国之诞生》一书给予了高度评价。

上述重要内容，麦克尼尔在《哈钦斯的大学》一书中均未涉及。

不可否认，麦克尼尔在他漫长的学术生涯中，发表了许多产生深远影响的经典作品。近年来，许多中国学者对他的著述提出了许多不同的见解，“我们也要注意到，麦克尼尔的理论更多的是从假说到假说，其结论也难以得到有力证据的支持。”（李化成：《全球史视野中的黑死病——从麦克尼尔的假说论起》）还有一些学者认为麦氏的著述中体现着“明显的西方中心论思想”。笔者认为，在《哈钦斯的大学》一书中，麦氏的这种思想则体现得更为明显。在书中，他仅论述欧美学者在芝加哥大学对西方科技、文化的贡献，对汉学研究、东方文化方面的内容则一概不予提及。而当时作为历史学教授的麦氏，对他身边同事所研究的，具有世界影响的成果，是最熟知也最了解的。因此，我们在阅读麦氏的其他著作时，就不能完全持盲目崇拜的态度，必须一分为二地进行分析与鉴别。

（原文发表于《中华读书报》2014 年 3 月 5 日，有改动）

赵元任、胡适、费孝通、金岳霖等给美军上课

——“二战”期间美国陆军特训班中的中国学者

1941 年 12 月 7 日，珍珠港被日军偷袭之后，太平洋战争爆发。美国陆军为了满足对外战争的需要，在哈佛、斯坦福、芝加哥等 10 多所知名大学都开办有陆军特训班课程。美国政府发现，国务院及军方中真正懂汉语和中国问题的专家实在太少，一些高校中的年轻美国汉学家，如哈佛大学的费正清、康奈尔大学的毕乃德、芝加哥大学的柯睿格等人，还要集中到华盛顿为军方收集、分析情报。于是，当时的许多中国留美学者开始在陆军特训班中承担重要角色。比如，赵元任主持哈佛大学的特训班工作，邓嗣禹主持芝加哥大学特训班工作，另一些中外知名学者与汉学家，如胡适、费孝通、金岳霖等人，也参加了授课；周一良与夫人邓懿、杨联陞等人参加了助教工作。这些学者的传记、回忆录和日记的公开与出版，为我们还原了许多相关的历史信息。

一

当时，美国在大学开设陆军特训班课程，其目的是训练将要被派到诸如中国、日本等地区任职的指挥军官，教他们学习各国的语言，同时学习各国的历史、地理与社会情形。此外，美国政府在哥伦比亚大学和普林斯顿大学设立海军语言学校，在弗吉尼亚的夏洛茨维尔设立陆军语言学校等。培训的时间从 6 个星期至 9 个月不等。

太平洋战争爆发前，美国许多大学的汉语教学内容，主要是为了培养汉学家而开设的古代汉语，注重古代汉语的阅读和语法分析，忽视其在生活中

的应用。很显然，如果采用战争前各大学的汉语教学方法，将无法满足战争需要。为此，那些承担教学任务的中国汉学家们不得不改进汉语教学方法，他们尝试对学员强化语言训练，在教学中注重培养其现代汉语的听力与口语表达。接受过训练的美国学生，就能被派到所学语言的区域去开展工作。

哈佛大学受美国陆军委托，1943 年开始举办中文、日文特训班，赵元任先生当时负责主持中文特训班的工作，主要助教是周一良的夫人邓懿。正在读博士学位的杨联陞由于表现突出而受到赵元任的特别赏识，赵元任在中文部 20 余位助教中，特别为他申请了一个讲师的职位。后来，杨联陞还曾协助赵元任编写过《国际音标国语正音字典》。

关于杨联陞在陆军特训班授课的经历，他在 1944 年 3 月 14 日致胡适的信中说："哈佛的海外政治学校远东组在风雨飘摇之后，裁剩下了一百四十人（旧五十，新九十）。还够忙一阵的。坏学生差不多都走了，以后大概可以教得快一点儿。"北大明确胡适出任校长之后，杨联陞曾很想回北大任教。1946 年 4 月 5 日，杨联陞在写给胡适的信中列出了自己的简历：1943—1944 年曾任哈佛大学海外政治学校讲师，教课五学期；后来去联合国做过一阵子翻译，然后哈佛又聘他回去任教，遂留在哈佛教中国史；自 1948 年起，长期担任《哈佛亚洲研究学报》中国部分的实际负责人和联络人，并长年撰写书评。

周一良先生在他的回忆录《毕竟是书生》一书中，也提到了他在哈佛陆军特训班的这段经历。他说在 1944 年毕业前夕，因参加哈佛的陆军特训班工作，推迟了论文的写作。因为哈佛当时的日本学专家赖肖尔进入军队工作，负责陆军特训班日文班的叶理绥便让自己在哈佛培养的弟子周一良，留校担任日文班的助教。赖肖尔是一位广受日本人敬重的学者，后来曾出任美国驻日本大使。

1943 年 10 月中旬，应邀来哈佛演讲的外聘中国学者是费孝通。邀请费孝通来演讲的人是哈佛社会学家塔尔科特·帕森斯（Talcott Parsons）。

二

当年，美国有一项称为"国际教育和文化交流计划"的援助项目，它始于1940年，最初只是针对拉美国家实施。珍珠港事件爆发后，美国加强了对中国抗战的援助，首次在西半球之外增添了对华关系项目，邀请中国在教育、农业、工程、社会学等诸多领域的学术精英去美国进行学术交流。从1943年到1947年，中国共有26位有名望的知识分子，分四批应邀访美。第一批的人员中，除了费孝通，还有金岳霖、蔡翘、刘乃诚、张其昀和萧作梁。

1942年11月，美国驻华大使高斯代表美国国务院，正式向中国六所大学的校长发出邀请函，请求他们各推荐一名教授赴美讲学。1943年1月底，这六位人选最后确定：西南联合大学哲学教授金岳霖，中央大学生理学教授蔡翘，武汉大学政治学教授刘乃诚，浙江大学历史地理学教授张其昀，云南大学社会学教授费孝通，四川大学政治学教授萧作梁。这几位都是各自领域的佼佼者。除张其昀、萧作梁外，其他四位都在国外受过教育，英语流利。其中，金岳霖和蔡翘都曾长期留学美国，金于1920年获得哥伦比亚大学博士学位，蔡于1925年获得芝加哥大学博士学位。刘乃诚和费孝通则是伦敦大学校友，分别于1930年和1938年获得博士学位。在这六个人当中，年纪最轻的是费孝通，时年33岁。

1943年6月至1944年7月，费孝通在美国做了为期一年的学术访问。当时，费正清的夫人费慰梅任职于美国国务院文化关系司，负责费孝通的北美旅行。费正清作为高斯大使的特别助理，也曾为推进此项目的实施做了大量工作。他在《费正清对华回忆录》中记载道："到1943年后期，美国国务院文化关系司邀请6名教授赴美考察，哈佛燕京学社在我的敦促下给6名学者每人补助1000美元，（其他）8名学者每人补助500美元，共计10000美元。美国学术团体理事会（American Council of Learned Societies）也按同一方针开展这方面的活动。"

费孝通的主要留驻单位是哥伦比亚大学，他在哥大见到了社会史家魏特夫和人类学家拉尔夫·林顿（Ralph Linton）。林顿让自己的一位研究生帮助费孝通完成一部英文书稿。帕森斯当时实际负责哈佛海外管理学院的事务，利用这个机会，他邀请了费孝通和魏特夫去演讲。

在这个学院的秋季课程表上列出了两次费孝通和帕森斯一起上的课：10月

11日费孝通和帕森斯一起上“中国的乡村社会”；10月18日费孝通和帕森斯一起上“中国的镇”。费孝通在哈佛期间，也和社会学系的教授们有所接触，只有帕森斯对他比较热情，其他人态度均比较傲慢和冷淡，这使得费孝通对哈佛社会学系感到十分失望。他在哈佛还接触了远东系、商学院的一些教授，但他在1943年10月21日写给费慰梅的信中抱怨说，哈佛汉学家们比较空虚和迷失于过去，只有商学院的玛约（Elton Mayo）和怀特黑德（Whitehead）对他的研究很感兴趣。他在远东系接触的汉学家是魏鲁男（James R. Ware），然而魏并不关心当代中国，甚至不通现代汉语。当时在哈佛求学的杨联陞、周一良等人似乎和费没有接触，杨在给胡适的信里没有提到费的来访。

在接受汉语培训的数千名美军士兵中，日后最为学界所知的是明史专家牟复礼（Frederick W. Mote），他的中文名字取自《论语》中的“克己复礼”。牟复礼在他2010年出版的英文回忆录 *China and the Vocation of History in the Twentieth Century: A Personal Memoir* 中介绍，当时来哈佛陆军特训班远东组做讲座的校内学者包括帕森斯、沃德（Lauristan Ward）、兰登·华尔纳（Langdon Warner）、魏鲁男、叶理绥，以及校外学者胡适、费孝通、魏特夫等人。他的中文班主讲教授是赵元任，主要助教是周一良先生的夫人邓懿，但他和担任日文助教的周先生也有来往。牟复礼的陆军特训班经历对他个人的职业发展有非常重要的影响。他后来作为美军战略服务处人员参与监督京津冀一带日军投降之事。抗战结束后他进入金陵大学历史系学习，后来在华盛顿大学获得中国史博士学位，最终成为普林斯顿大学东亚学系的奠基人。

1943年6月，邓嗣禹（右）在芝加哥大学接待中国第一批到美考察的著名学者——费孝通（左）、金岳霖（中）

耶鲁大学受美国陆军委托，在1943年成立远东语文研究院，创始人和第一任院长是金守拙（George Kennedy），采用的是拼音法教学，所用的第一本教材 *Speak Chinese*（《中文口语》）由金守拙、赫德曼（L. M. Hartman）编著，1944 年由亨利·霍尔特出版公司出版，留美学者房兆楹曾为该书撰写过序言。之后又出版了练习会话的教材 *Chinese Dialogue*（《华语对话》），整个耶鲁大学汉语教材的系统便是以这两本书为基础发展下去的。

“二战”期间，房兆楹受美国陆军军部之聘，在耶鲁大学陆军特训班教美国军人学习汉语。他和美国学者查尔斯·弗朗西斯·霍凯特（Charles F. Hockett）合作，在金守拙、赫德曼出版的《中文口语》的基础上，将此书扩充到两册本的汉语口语教材，该教材被列入美国“陆军部教育手册”，并在华盛顿出版。这本汉语口语教材经受住了时间的考验，于 1976 年、1980 年再次印行。

三

芝加哥大学是较早接受美国陆军委托，在大学开办陆军特训班课程的学校，培训时间从 1942 年 8 月开始，到 1944 年 3 月结束，比哈佛大学开办的时间要早半年以上。芝大 1942 年下旬成立东方研究院，创始人和第一任院长是邓嗣禹（兼任远东图书馆馆长）。在他的回忆文章《美国陆军特训班给予吾人学习西语的教训》[①] 中，我们可以清楚地了解到，在芝加哥大学开办的课程，当时称为“中国语言文史特别训练班”，由邓嗣禹负责并兼任班主任工作，芝大的美国著名汉学家顾立雅先生也曾参与授课。培训的目的，是要求受过训练的学员，了解中国的文化与习俗，能阅读中文报纸，并能用中文演讲，以便今后更好地开展工作。

顾立雅最初没有被政府借用，而是留在芝大负责培训项目，1943 年他的授课内容结束后，他也来到华盛顿，作为中国问题专家服务于美军情报部门，直到 1945 年日本投降之后才返回母校。

① 该文章载于 2014 年彭靖出版的《家国万里：邓嗣禹的学术与人生》一书中。

邓嗣禹在回忆文章中介绍，芝加哥大学的特训班课程分为两部分，一是语言学习课程；二是地域研究课程。语言学习课程每周上 17 个小时的课，采用的教材由邓嗣禹与顾立雅共同编写，如《中文报刊归纳法》《中文报刊归纳法翻译与选择练习册》。有关口语方面的教材，采用邓嗣禹自编的教材。在此基础上，1947 年他根据培训班的教案，整理出版了《社交汉语与语法注解》(*Conversational Chinese with Grammatical Notes*)，由杨联陞撰写序言。在此基础上，1965 年他又出版了《高级社交汉语》（*Advanced Conversational Chinese*）等书，在美国都成为畅销书，并多次再版。据 1980 年来华参加“中美汉语作为外语教学学术讨论会”的耶鲁大学黄伯飞教授撰文介绍，美国印第安纳大学在 20 世纪 80 年代中期以前，所用口语教材都是邓嗣禹的这套教材。

芝大特训班讲授的地域研究课程，当时每学期有十小时。第一期学习地理，教师由芝大地理学系各教授担任，程序是先讲远东地理，然后相当详细地讲中国地理。第二期讲中国历史，从北京猿人讲起，到最近的时事为止。凡是中国文化、美术、政治哲学等内容皆需要讲述。第三期讲的是有关中国社会组织活动的内容，注重近百年来的情景，并增加讨论课的内容。第四期是地域学习的课程，整合前三期所学内容为一体，请人类学专家将中国文化做综合介绍。

除此之外，在这一年当中，他们每周还有两小时的时间，学习欧洲历史、地理与政治的内容，使学生不仅了解中国的知识，而且对世界也有一个大致的了解。

本校的授课教师中，有用中文演讲的，专门讲中国风俗的内容；有谈论时事的学者；还有介绍中国的旧剧作或书画的学者。除去听演讲内容之外，学生必须看课外参考书，数量要求为每周约 100 页。同时每月对学生有一次小考，每期有一次大考。

邓嗣禹在回忆文章中，提及“一年中文训练的成绩，使金岳霖先生大为诧异”。受训的学生俨然成为“中国通”。这是因为当时金岳霖也在芝大，并通过邓嗣禹与陆军特训班的学员有许多接触。

1943 年 6 月，金岳霖与费孝通、张其昀等六人集中到重庆办理访美护照，并参加了五天的集训。在这期间，作为国民政府的最高领导，蒋介石曾会见并宴请了各位教授，并向教授们赠送了自己的相片，这对六位教授来说都是莫大的荣誉。集训后，他们由重庆飞往美国，做为期一年的访问与讲学。

8 月 5 日至 7 日，来到美国两个月之后，金岳霖与费孝通一行被邀请到芝加哥大学，参加了题为“不可征服的中国”的论坛，到会的有美国学者四十多人。六位华人教授做了演讲，他们从自己熟悉的领域，向听众介绍了中国抗战以来的情况，并与参加论坛的美国学者、学生展开讨论。这些演讲和讨论文稿经过整理，结集为《来自不可征服中国的声音》（*Voices from Unoccupied China*）一书，1944 年由芝加哥大学出版社出版。

金岳霖访美期间，在哈佛大学、芝加哥大学均参加过学术交流活动，但在芝加哥大学停留的时间最长。在芝大东方研究院，他用英文完成了《道、自然与人》一书。他在书的序言中写道：“无论这部著作是否值得撰写或发表，它毕竟使我有一次机会感谢美国哈佛大学、感谢芝加哥大学，特别是感谢美国国务院。”可惜这本书当时没能在美国出版。

1943 年，金岳霖还曾用英文撰写 *China Philosophy*（《中国哲学》）一稿，作为为在华美军讲课的讲稿，曾少量油印，1980 年在《中国社会科学》创刊号首次刊出，后译成中文在《哲学研究》1985 年第 9 期发表。

1944 年 3 月至 4 月，第四学期的中国历史文化课程，是由邓嗣禹代表芝大，聘请胡适先生讲授中国思想史课程十余日，时间安排是每日讲演一次，每周有五次，胡适也是芝大当时唯一的外聘学者。具体细节，我们可见胡适出发之前（1944 年 3 月 22 日），写给王重民的信函：“我廿九日去芝加哥看看他们的藏书，顺带为邓嗣禹的兵官学校作六个讲演。四月十三可东归。”胡适在信中所指的“兵官学校”，即芝加哥大学当时开设的“中国语言文史特别训练班”。胡适演讲的具体时间，可界定为 1944 年 3 月 29 日至 4 月 13 日。这段经历目前在《胡适日记全编》《胡适年谱》中均属于被遗漏的内容。

这期间，胡适居住在芝大的教职员俱乐部，业余时间他喜欢有人陪他聊天，而且古今中外无所不谈。胡适之前曾长期在北大任教，1938—1942 年又出任过战时中华民国驻美国大使，所以关于民国初年的事，他知道幕后背景与个人底细，这些内容在普通书中是不易看到的。胡适口才相当好，他可以从早谈到晚，而且滔滔不绝、娓娓动听，所讲的故事大多使人久闻不厌，毕生难忘。后来，胡适在收到讲课费的支票后，曾回信表示感谢，并多次称邓嗣禹为“邓老板”。1946 年 6 月，胡适受聘为北大校长后，聘请邓嗣禹担任北大历史系教授，讲授中国近代史。邓嗣禹于 8 月到中国湖南，回老家省亲之后，9 月中旬赴北大历史系就任。

邓嗣禹在回忆文章中，还提及“杨振声先生看见我的学生给我写的中文信，使印度的检查者看不出他的双关语句的牢骚，致杨先生说他们的中文有中国初中毕业生的程度”。邓嗣禹在回忆文章中感慨道：“学一年中文，他们能会话，能演讲，能口译，能笔译，能看浅近的书报，能写简单的书信，总算是不错了。回想我们学英文甚至学中文进步的迟慢，真是有天渊之别。”

当时，任职于西南联大中文系的杨振声教授，是美国国务院邀请的第二批六人访问学者之一。杨振声（1890—1956 年），北京大学国文系毕业，1918 年与进步同学组织新潮社，创办《新潮》杂志，任编辑部书记。1919 年赴美国哥伦比亚大学留学，获博士学位。历任武昌大学、北京大学、燕京大学、中山大学中文系教授，清华大学教务长、文学院院长兼中文系教授，1930 年任国立青岛大学校长，1938 年任西南联合大学常务委员会委员兼秘书长、中文系教授。

1944 年 7 月，杨振声随同厦门大学的萨本栋、南开大学的陈序经、岭南大学的容启东、中央研究院的汪敬熙、金陵大学的陈裕光，前往美国哈佛大学、芝加哥大学等大学演讲与访学。当杨振声来到芝加哥大学时，芝大“中国语言文史特别训练班”的学员已经结束课程，奔赴中国抗日战场。他们并没有忘记在芝大的师生情谊，时常用中文写信给邓嗣禹，汇报他们在当地工作、生活的各种情况。

（原文发表于《中华读书报》2015 年 11 月 18 日，有改动）

胡适与邓嗣禹在20世纪40年代的交往

胡适称“邓老板”之由来

1942年9月，胡适辞任驻美大使。从这时一直到1946年他回国任北大校长的四年时间里，胡适除了在家病休调养之外，先后在美国几所大学做短期演讲，同时也讲授大学课程，暂执教鞭。1943年10月初，他应哈佛大学之聘，讲授中国历史文化；1944年春又去芝加哥大学，讲课十余日；1944年9月初，他又去哈佛大学讲授中国思想史七个月。

邓嗣禹与胡适在20世纪40年代有过密切交往，并有多次信函往来，同时建立了深厚的友情。目前国内回忆、研究胡适的著作、文章估计已有数百万字之多，但有关记述胡适于40年代在美国任教期间的详细内容的文章并不多见。本文以“编年”为主，辅以略加分类的杂忆，记录了胡适这一时期的活动。其内容有些是外间从未得闻的，因此具有相当大的史料价值。

1943年，邓嗣禹时任芝加哥大学东方研究院院长，聘请胡适来芝大讲课之事就是由东方研究院出面。所以胡适在与邓嗣禹通信时，一直称他为“邓老板”，这是有缘由的。据邓嗣禹在《胡适之先生何以能与青年人交朋友》中回忆道：

> 1944年初春，我们礼聘胡先生去芝加哥大学讲学十余日，所以他戏称我为“邓老板”。每日讲演一次，每周五次。其他时间，他喜欢有人陪同聊天，古今中外，无所不谈。尤其是关于民国初年史事，他知道幕后

背景，个中底细，普通书中不易看到，他能从早谈到晚，滔滔不绝，娓娓动听；使人久闻不厌，而且毕生难忘，此非对于文学小说，修养有素，再加以说书者之技巧，听之入彀，绝难吸引人之注意如胡先生之成功。

邓嗣禹安排胡适在芝加哥大学讲课之余，还介绍他与政治系的中国学者邹谠、王熙，化学系的马祖圣等人相识，并多次盛情款待。胡适在收到讲课的报酬支票后，随即于4月26日回信表示感谢。回信主要内容如下：

邓老板：

谢谢你的信和Cheque。

这一次的芝城之游，给了我很多愉快，其中最大的愉快是认识了你和许多新朋友（邹谠君、邹夫人、何女士、王熙君）。马祖圣君夫妇虽是旧相识，这次才得认识他们。你若见到这些朋友，乞代致意问候。

…………

（关于《水经注》）我已有详考，稍暇当写清本送给芝校图书馆。

你的考试制度英文论文，我很得益。此是我久想做的一个题目，此次得读大作，其结论多如我的推想，其证据比我悬想的更丰富！多谢!!!

匆匆问好，并谢你种种厚待。

胡适

此后到1944年9月胡适到哈佛大学讲授中国思想史期间，他继续从事与《水经注》相关的研究，并发表《全祖望、赵一清、戴震三人对〈水经注〉的研究》《戴震未见赵一清〈水经注〉校本的十组证据》等关于研究《水经注》的文章。同时在1944年3月至7月，他还发表了《孙逸仙》《近代中国的创始人——孙逸仙的故事》等有关孙中山的文章。

所谓“《水经注》案”，是指100多年来，部分学者指责戴震偷窃赵一清《水经注》研究成果一事。对此，学术界普遍有两种看法：一种认为戴震抄袭了赵一清的成果；另一种认为赵一清、全祖望、戴震各自独立研究，取得了大体相同的结果。1942年，胡适卸任驻美大使后开始关注《水经注》研究，此后的20年间，他在《水经注》版本研究上花费了巨大的精力。在十几年内，胡适搜集了40多种《水经注》的版本，抄写了100多篇长篇文章和一些考证文字，用了千百个证据，推翻了“几成定论”的所谓戴震抄袭赵一清《水经注》校本的冤案。

《戴东原的哲学》一书，是胡适研究清代思想史的一部重要著作。胡适认为，清代思想史中存在一个反理学的大运动，这个运动有破坏和建设两个方面。前者是揭示理学的谬误，打破它的垄断地位；后者是要建设一种不同于理学的新哲学。

胡适花了那么多工夫研究《水经注》来为戴震辩冤，一方面戴震是胡适的徽州同乡，胡适一向有袒护安徽同乡的习惯，由胡适对李鸿章的评价就看得出来；另一方面也是为了要发扬戴震的“从一事一物”开始“训练那心知之明”，以“渐渐进于圣智”的做学问的渐进法门。

邓嗣禹在同年7月6日曾致信给胡适，除介绍暑期到密尔斯（Mills）学院的教学情况之外，着重向胡适讨教写作英文《中国通史》的体例，及其注意点。信函主要内容如下：

适之先生赐鉴：

久未通信，非常抱歉。因为先生忙碌，非有要事，不敢打搅，结果变成一种“取消派”不写信。这又大不客气了。吴文藻先生离开芝加哥时候，托寄一本书给先生，翻开一看，觉得颇有意思。于是打定主意，“偷阅”一过。临到来Mills大学前一天，才把它包好邮寄。迟延之罪，敬请原谅。

在Mills大学，每日教国语一小时，讲中国文化史一小时，还不算忙。不过因当系主任，应酬事务，社交节目，令人头痛。好在只有六个礼拜。八月初再回Chicago。

此后拟写一文，“Herodotus（希罗多德）与司马迁之比较”。再后拟专心写英文《中国通史》，期限于两年内完成，决心驾凌目前一切英法文之上，不然无出版价值。关于英文《中国通史》体例，及其注意点，先生若有所指教，当非常感谢、欢迎。

…………

倘蒙不弃，以近著及生活见示，更觉荣幸。

后学邓嗣禹谨上

1945年6月，北京大学原校长蒋梦麟出任国民政府行政院秘书长。随着抗战胜利结束，组成西南联合大学的三校也要解体，各自复员，恢复原来建制。清华大学的梅贻琦、南开大学的张伯苓都可以继任旧职，唯有北大校长之职必须重新推举。蒋介石当时想让胡适或傅斯年担任，因胡适当时人在美国，蒋介石就让教育部长朱家骅先征询傅斯年的意见。

傅斯年于8月17日上书蒋介石，力荐胡适："北京大学之教授全体及一切有关之人，几皆盼胡适之先生为校长，为日有年矣。适之先生经师人师，士林所宗，在国内既负盛名，在英美则声誉之隆，尤为前所未有。今如以为北京大学校长，不特校内仰感俯顺舆情之美；即全国教育界，亦必以为清时佳话而欢欣。"

蒋介石接受朱家骅、傅斯年的意见，遂确定胡适为北大校长。9月3日，朱家骅致电胡适报告了这个决定，并告知胡适，返国前由傅斯年代理校务。9月6日任命胡适为北大校长的行文正式发表，同时傅斯年致电胡适："北大复校，先生继蒋梦麟先生，同人欢腾，极盼早归。此时关键甚大，斯年冒病勉强维持一时，恐不能过三月。"

胡适在接到回国出任北京大学校长的任命后不久，再次至信邓嗣禹，邀请他随同回北大历史系任教：

邓老板：

真是对不住你！你的九月一日的信，我到今天才得回信！

我很盼望你能在明年七八月回国，到北京大学来教历史。我大概二月或三月回国，正式聘书当在明年春夏间办好。

你愿授的几科，我此时不能预作决定，只盼望在邓老板的拿手好戏之中挑选排演。

我盼望你的戏目之中，能把你的英国文官考试起源列入"国际关系"

或“中西文化关系”之内，因为太平天国与英国文官考试都是中西文化相互影响的重要例子。你说是吗?

马祖圣先生现在何处？见时请代致意，说我与北大理学院（院）长饶毓泰先生都有意请他去北大，或在化学系，或在新计划的工学院。此事请他早日考虑，赐一回音。

匆匆敬问

大安

胡适敬上

卅四，九，二六

北大校长事，政府发表，并未征求我的同意。现有傅孟真（即傅斯年）先生扶病暂代，故我可以稍缓回国。适之

1946 年，邓嗣禹已在芝加哥大学任教满六年，按照学校规定可休假一年。于是，他决定接受胡适的邀请，去北大历史系任教。1946 年 4 月，曾任芝加哥大学远东图书馆馆长的邓嗣禹，为购买美国国会图书馆善本书影之事到华盛顿出差，并顺便前去拜访胡适，但因胡适住所客人众多，并未深谈。事后他写信致胡适，告知他将于 8 月启程回国，赴北大任教，其信内容如下：

适之先生赐鉴：

日前专程拜谒，因行色匆匆，高朋满座，不克多聆教言，微感美中不足。然看先生公私事务那么忙迫，尚能博览群籍，作了那么好的考据文章，写了那么多的日记，真使后辈末学受了很多鼓励与感动。从此以后，我也打算多写点日记，多看点中国书籍，多作点文章，这是此行意外的收获。

我这次去华盛顿的目的，一为购买国会力图图书馆善本书影，一为向联合国善后救济总署谋事，求乘飞机回国，以便早日服侍十二年未见面的老父母。不幸救济总署之史学工作事，已委托于林同济。等到他工作，不见得有坐飞机的可能，与学问兴趣亦相差太远，故决心按原定计

划，八月中回国，先看父母，再至北大教学。希望在先生领导之下，结结实实作点研究工作。至于专心服务的精神，嗣禹可说是养之有素了。先生送芝大图书馆的《水经注》跋，已拜读，敬谢，当珍藏善本书室，永久保存。途经芝加哥时，请先生示知，如无课，当进谒。

此叩，

著祺

"偷听生"嗣禹拜启

四月十一日

在北大期间的交往

1946年7月，胡适回国，月底抵达北平。北平党政当局李宗仁、傅斯年等人到机场迎接。8月4日北大校友近二百人由冯友兰领头在蔡元培先生纪念堂聚集欢迎他。8月16日，胡适主持召开了北大第一次会议，讨论和研究北大新建制以及教师聘请问题，同时正式聘请了教务、训导、总务三处处长和文、理、法、医、农、工六大院院长，及各系主任。北大经过一年的恢复和准备工作，至此开始转入正轨。

关于在北大期间与胡适的交往经历，邓嗣禹后来在他的《北大舌耕回忆录》中有专门的记载，现摘取主要的片段如下：

> 大概是8月中旬，由老家去北大……
>
> 我开两门课，中国近代史与西洋史名著选读。
>
> 北大有民主作风：全校教职员的月薪，上自校长，下至工人，完全公开。各人的收入，大家皆知道，院系会议，不管等级高低，凡能与会的人，皆当仁不让，有发言权，有表决权。全校一律以"先生"称呼，不冠以校长、学长等头衔。不像有些外国大学，每一学系只有一正教授。正教授说："我的意见是如此。"别人再不敢置一词，今略述亲身观感，作为证明，以前是否如此，以后是否有改变，则不得而知。

适之先生恐我孤单，遇美国学者来访，非请客不可时，常请嗣禹及其他一二久住美国的人作陪。在南池子欧美同学会吃西餐，饭后他说：“敝校长月薪美金 34 元，邓正教授 29 元。其他一二位不言而喻。来来来，我们大家掏腰包，把钞票拿出来，付饭费。”

世界上最民主的俱乐部

胡适对人循循善诱，在交往中从来不会摆谱。据说他的办公室大门常开，随时可以进去。因此“胡校长的办公室”被誉为“世界上最民主的俱乐部”。邓嗣禹在《胡适之先生何以能与青年人交朋友》一文中说，他能礼贤下士，无学阀官僚架子；他爱护青年，虽自视甚高，好品评古人、前辈、同辈，而对于晚辈，多褒而少贬，愿与他们交朋友；他能竭诚款客，在纽约作寓公时，来访客人不绝，他很健谈，能与人真诚相待。这些都可谓是对胡适一生的真实写照。

对教职人员，特别是大学教授的生活太清苦的状况，胡适自己也深有感触。他当北大校长的薪水 1946 年为 28 万元，折合 100 多美元。到 1947 年由于通货膨胀和物价上涨，名义是上调到近 100 万元，但折合美元只有 35 美元。因此，他也发觉薪水严重不够用，仅靠几位银行朋友透支支撑门面。国立大学的校长尚且如此，其他教职员工的清苦更是可想而知。

胡适在北大校长任上时，还面临着一个更为严重、往往令他十分不安的问题，那就是蒋介石政府总是念念不忘要将胡适本人拉入政府，为他的政府“做面子”。一方面由于胡适在中国文化教育界的地位与威信，另一方面也是由于他在美英等盟国的政界与舆论界的巨大影响力，抗战之后蒋介石似乎一刻也未停止对胡适的劝诱。而胡适几乎每次都需要费尽口舌去婉言谢绝，这样的拉扯实际上一直延续到国民党政府在大陆的最后那段时间。

1946 年 11 月，胡适出席“国大”；1947 年 2 月，蒋介石托傅斯年请他出任国民政府委员兼考试院院长，被胡适回绝；同年年底，王世杰转达蒋介石之意，希望胡适“改行从政”，或参加总统候选人的竞选或出任行政院院长，被胡适“坚辞”；1948年3月，在“国大”开会期间，蒋再提请胡适做总统候选人之意，后因国民党中常会未能通过而作罢。其实，胡适不仅对政治没有兴趣，而且对北大校长一职也感到力不从心，遂生辞意。据当时任东语系主任的季羡林回忆，胡适在北大任职期间，常常不在校内，经常去南京开会。这从胡适本人的活动日程中也可得到佐证。实际上，胡适这个“非常时期”的校长，其所承担的使命，已不为文化教育所限了。

邓嗣禹于1948年6月初回到美国之后，于6月22日随即回复胡适校长，对返回美国表示歉意之情：

> 适之校长先生赐鉴：
>
> 前年在北大执教，深感校长及一切前辈先生对于嗣禹之仁厚及作育本国青年之愉快。以政局动荡，讲授近代及民国史微感不便，故重返美国，履行三年合约义务。近以严君辞世，请奔丧返国，芝加哥大学盛情挽留，谓嗣禹在此服务已多年，总希圆满结束合约时期，然后归国。因此之故，不知可否惠恕。

11月1日，邓嗣禹又再次致函胡适。信中除再次表示离别与思念之情，还谈到了在北大所借《辛丑日记》一书归还之事：

> 适之校长先生赐鉴：
>
> 离开和气一团的北大同事，温仁诚笃的校长前辈，使人时常想念，仿佛若有所思。希望时局不致大乱，使同事、同学可以安心教学，希望先生身体健康，可以多出几种伟人的著作，为国际争体面，为未来学术界放光辉。嗣禹此次返美国，已不再负行政工作责任。除教书外，埋首研究，期于一年以内，发表一点学术文章，或作一部近代远东史。先用英文发表，然后译成中文。现在旁听近东上古史，以便比较研究。西洋史需用德法日俄文，日在温习。因此之故，生活颇为紧张。
>
> 从前离开北平时，郑毅生先生托带美元千元，交与孟治君作为北大存款。此款已如数交清，将详告毅生先生以便挂念。离平匆匆，误将

《辛丑日记》带至美国，今另包寄还。敬谢，并请原谅。

此后，邓嗣禹继续在芝加哥大学教授中国近代史、史学方法及目录学等课程，并发表了《中国对西方的反应，1839—1923》《近五十年的中国历史编纂学》等论著，在国内外史学界均产生了很大影响，并多次再版发行。

1948 年底，胡适离开大陆之后，仍心系北大，每逢五四或北大校庆时，他都要发表谈话，或与北大校友聚会，以示纪念。1962 年 2 月 24 日，胡适在台北逝世。生前他立下遗嘱，将自己 1948 年 12 月不得已离开北平时，所留下的 102 箱书籍、来往书信和文件交付给北京大学，供学者与后人研究所用。他的遗体覆盖着一面北大校旗。北京大学台北校友会送的挽联是："生为学术，死为学术，自古大儒能有几？乐以天下，忧以天下，至今国士已无双"。

裘开明与邓嗣禹未刊往来信札

1931 年，裘开明先生由于工作出色，被聘请为哈佛大学汉和图书馆首任馆长，他是第一位在美国担任图书馆馆长的中国人，任职长达 34 年，是美国最著名的华裔图书馆学家之一。裘开明教授既是 20 世纪欧美东亚图书馆事业的伟大先驱者，又是学贯中西的图书馆学术大师。在图书分类学、编目学、目录学、版本学等方面，裘开明先生融中国的传统学术成就与西方的近现代学术精华于一炉，开创了既与中西图书馆学术迥异其趣，又与中西图书馆学术兼容并蓄的独特“东亚图书馆学术”体系。这个学术体系差不多影响了整个 20 世纪西方东亚图书馆的发展，同时极大地推动了西方的亚洲研究。

1942 年，邓嗣禹时任芝加哥大学东方研究院院长，兼远东图书馆馆长。由于图书馆工作关系，两人书信往来的时间长达 23 年之久。据不完全统计，保存下来的信函有 29 封之多。将这些未刊信件进行梳理与分析，对研究早期美国大学东亚图书馆的发展历史，重要学术著作的写作与出版过程，揭示信函中所反映裘开明、邓嗣禹的学术行为与动态都具有重要价值。

裘开明与邓嗣禹的交往

裘开明（1898—1977 年），字闇辉，浙江镇海人，1922 年毕业于武昌文华大学图书科，文华大学图书科由美国图书馆学专家韦棣华（Mary Elizabeth Wood，1861—1931 年）和沈祖荣于 1920 年 3 月创办，后来图书科单独成校，名为私立武昌文华图书馆学专科学校，是中国最早的一所图书馆学专业学校。作为文华图书科首届招收的学生，裘开明先生毕业后来到厦门大学担任该校图书馆的首任馆长。1924 年他又远渡重洋，赴美深造，先在纽约市公共图书馆附属图书馆学院继续研习图书馆学，第二年进入哈佛大学文理学院研究生院攻读经济学，并于 1927 年获得经济学硕士学位，1933 年获得哲学博士学位。1927 年，受哈佛大学图书馆馆长柯立奇的委托，裘开明开始负责整理该校图书馆中的中日文藏书，从此开始了他在美国长达 40 年的图书馆生涯。为了更加准确地反映图书馆的藏书范围和性质，1965 年汉和图书馆正式更名为"哈佛燕京图书馆"。

邓嗣禹与裘开明的信函交往，始于 1938 年邓嗣禹到哈佛大学求学时期，两人前后保持有 20 多年书信往来的历史。但早在 1936 年，邓嗣禹和毕乃德合作出版《中国参考著作叙录》一书时，裘开明就曾给予过帮助。在此书的序言中，有一段是向曾经为该著作提供过建议、修改意见和帮助的裘开明致谢的内容。在 1938—1941 年，邓嗣禹在哈佛大学攻读哲学博士学位及撰写毕业论文时，曾多次到哈佛燕京图书馆查阅资料，并再次得到了裘开明的热情帮助。

1951 年，时任印第安纳大学东亚研究中心主任的邓嗣禹，为完成他与费正清合著的《中国对西方的反应，1839—1923》一书，需要经常到哈佛燕京图书馆查阅大量资料。而裘开明馆长为支持邓嗣禹的工作，同时也为了帮他节省时间和生活费用，给予他特殊的关照，并破例将图书馆的钥匙交给他。据邓嗣禹在《纪念裘开明先生——一位毕生为学术界服务的中国图书馆专家》一文中写道：

> 笔者常去哈佛找资料，有一二次，裘先生给我钥匙，以便晚间及周末，至书库工作，夜以继日。他知中等收入之舌耕者，返母校一次不易，附近"吃瓦片"之房东太太，取费昂，而斗室如囚牢，故尽量使我早完工返家。这又是他对于用书者体贴入微之处。而且每次去剑桥时，他必须坚持请客，无法拒绝。或在家，或去饭馆，或去夏天海滨避暑之家，每次请客，皆极丰富。可是他所着衣物，非物尽其用不舍，破旧失时样，在所不惜。我回敬，虽极忙，亦欣然接受。无论在美国、(中国) 香港或

别处，我们必饱餐畅谈。彼对书籍目录，经济时事，皆有一定见解，不随流俗。

邓嗣禹返回学校之后，即致信裘开明，对于他给予的“特权”表示衷心的感谢。

据不完全统计，邓嗣禹与裘开明两人保持直接通信的时段从1942年到1965年，长达23年的时间，保留下来的信函数量共有29封之多。之后，邓嗣禹的得意门生、博士生黄培又曾遵照邓教授的旨意，与裘开明保持通信联系，借阅相关图书，并同样得到了裘开明馆长的支持和帮助。

裘开明先生退休以后，又相继创办美国明尼苏达大学东亚图书馆和中国香港中文大学图书馆。其间还倡导和协助创办了美国多个东亚图书馆，而燕京大学图书馆的发展始终与裘开明息息相关。然而，裘开明先生的贡献和影响并非局限于图书馆事业之内，美国、欧洲、日本、澳大利亚等地从事中国研究、日本研究、韩国研究，乃至越南研究的专家学者都与裘开明先生有过千丝万缕的关系，其中相当一部分知名的专家学者都深受裘开明所倡导亚洲研究的影响，受益于裘开明先生无私的图书馆服务。可以说，如果没有裘开明的卓越贡献，我们就无法想象哈佛大学执世界中国研究牛耳的今天，20世纪的欧美汉学研究历史也可能会被改写。

关于在芝加哥大学引进《汉和图书分类法》

隋唐以来，从《隋书·经籍志》到《四库全书总目》，中国历代的图书分类多是采用四部分类法。应该说，经史子集对揭示整理我国古代各个历史时期所产生的图书文献是有效的。但随着社会的发展、文化的进步，新的学科不断出现，特别是像汉和图书馆这样以收藏东亚各国不同历史时期的文献典籍为主的图书馆，中国传统的四部分类已远远不能适应图书分类的要求了。

裘开明先生针对汉和图书馆的这一馆藏特点，第一次运用现代图书分类学理论，借鉴杜威十进制图书分类法，按照中外图书统一分类的原则，创立了一套新型的图书分类法——汉和图书分类法。该分类法将图书类分为9个大类，即：①经学，②哲学宗教，③史地，④社会科学，⑤语言文学，⑥美术，⑦自然科学，⑧农林工艺，⑨丛书目录。汉和图书分类法的最大特点是，整个分类体系在类目设置上既考虑到新的学科，又照顾到我国古代旧经籍（包括古代日本汉籍）的特点；同时，该分类法打破了过去中国历代各种分类法所采用的类目标引方法，而代之以号码标记，并对中国古籍与现代图书在标记上区分开来，即将古籍用三位数字标引，其余图书用四位数字表示。还有，该分类法将“丛书目录”单独列类，这体现出整个分类法既以学科内容为类分标准，同时也考虑到图书本身的形式特征。毫无疑问，这是一个比较接近现代意义的新式图书分类法，它成功地将古今中外图书文献组成一个有机的整体。

1947年，裘开明先生编制的这部《汉和图书分类法》正式由哈佛燕京学社出版，并在全美各东亚图书馆中引起广泛重视，许多馆纷纷采用该分类法作为图书分类的依据，其中包括芝加哥大学远东图书馆、加利福尼亚大学伯克利分校东亚图书馆、哥伦比亚大学东亚图书馆、普林斯顿大学葛思德东亚图书馆，以及耶鲁大学东亚图书馆等10余所著名东亚图书馆。《汉和图书分类法》逐渐成为全美各东亚图书馆普遍采用的图书分类法。涉及这方面的工作信函有四封：

亲爱的裘馆长：

你赠送的有关四角号码字典的书已收到，我谨代表芝加哥大学图书馆向你表示衷心的感谢。请问哈佛对已故Harre M. G. Labatt—Simon的藏书出价多少，我希望芝加哥图书馆最终能买到这批书。请问汉和图书馆印刷的书目卡片已经从中国寄来多少，分类法是否已经印毕？我们想购买以辅助本馆编目工作。

另外，我已经给你邮寄了我当年在剑桥借的图书，请注意查收。

后学嗣禹谨上

1942年6月6日

亲爱的邓馆长：

非常感谢你在 6 月 6 日的来信中谈及故去的 H. M. G. Labatt—Simon 的藏书之事。我知道那批书主要是日文书籍。叶理绥（Serge Elisseeff）教授和赖肖尔（Edwin Oldfather Reischauer）博士负责与 Simon 先生谈判，你可以请顾立雅（H. G. Creel）教授给他们写信询问详细情况。我馆的分类法大概印制了 200 页，已到中国哲学。如果你需要，我馆可以将印毕部分装订成套，作为第一部分寄给你，以后将其他的再寄过去。

开明敬启

1942 年 6 月 9 日

亲爱的裘先生赐鉴：

因我馆《四部丛刊》缺少函套，烦请告知贵馆中文书函套的制作机构和成本。此外，因为我们希望尽快开始芝加哥大学远东图书馆的编目工作，请你寄来汉和图书馆迄今已印制完毕的分类目录。

嗣禹谨上

1942 年 8 月 7 日

亲爱的邓馆长：

我已经以铁路快递到货付款方式给你寄来了两个中国古籍函套样板，这是我们的装订商特别为你们制作的函套。如果需求达到一定数量（至少每次订购 50 个），则成本为每个 60 美分，此函套适用于《丛书集成》。还有一种每个约 110 美分，是每本需要量身定做的书籍函套。订购量越大，成本越为便宜，与芝加哥的价格差不多。此外，汉和图书馆目录已经印刷至中国文学类，约有 230 页，我将尽快整套寄给你。

开明敬启

1942 年 8 月 18 日

关于《中国对西方的反应，1839—1923》一书的写作细节

《中国对西方的反应，1839—1923》一书是由邓嗣禹、费正清共同编写的一本具有历史影响的重要著作。1949 年秋，当费正清在哈佛大学最早开设现代中国问题研究课程时，曾邀请邓嗣禹回母校哈佛大学讲授该课程。在任教期间，他与费正清再次合作，共同编写了著名的《中国对西方的反应，1839—1923》，以及《中国对西方的反应：研究指南，1839—1923》，书中汇编了 65 篇有关清代的重要历史文献。在此书中，费正清与邓嗣禹首次提出了著名的“冲击—反应”理论。

该书 1954 年由哈佛大学出版社出版，1963 年、1971 年、1979 年、1980 年、1982 年、1994 年分别再版，在美国流行了几十年，是美国许多大学汉学研究生的必读参考书目，1971 年起在加拿大出版。2013 年，清华大学国学院开始着手引进哈佛大学出版社的版权，将其翻译成中文在国内出版。

有关此书在写作前后的一些细节，外界之前从未披露。邓嗣禹在与费正清写作《中国对西方的反应，1839—1923》一书时，曾就太平天国重要历史人物——袁昶所写三篇回忆录的真伪问题，写信请教过裘开明，询问是否可以把三篇回忆录的译文收录到即将出版的《中国对西方的反应，1839—1923》一书中。而裘开明在恒慕义主编的《清代名人传略》中曾撰写过袁昶的传记，对此人物比较了解。信件的主要内容如下：

裘先生赐鉴：

我已经翻译了 3 篇袁昶（Yuan Chang）的回忆录，并阅读了在《清代名人传略》（*Eminent Chinese of the Ch'ing Period*）中你所写的关于他的传记，其中你写道：“他们现在已为外国人所了解。”但是有关义和团的四卷新资料中，这 3 篇资料是根据袁昶本人早期所写的译文重印而成，编者没有就其真实性做任何评价。你能否详细地告诉我这方面的情况，以便于我们决定是否将其收录到即将出版的《中国对西方的反应》

（*China's Response to the West*）一书中？你能否寄给我本函所列一些书的缩微胶片？

……

嗣禹谨上

1953年2月3日

裘开明在2月13日做了长篇回复，列举了许多事实，提出了否定意见："被收录在新出版的资料汇编中的袁昶的回忆录并不一定是权威资料。""我自己的意见是3篇回忆录非常值得怀疑，因为似乎被曲改过。"回信的主要内容如下：

亲爱的邓先生：

我们已经把崔书琴博士1934年在哈佛大学的博士论文制成了微缩胶片，怀德纳图书馆照相复制部将会把两种微缩胶片和账单寄给你。我还请哈佛大学出版社与发票一起寄给你一份《哈佛大学1934年博士论文摘要》。

至于袁昶关于义和团的3篇回忆录，我认为最终还是应由你自己决定是否把3篇回忆录的译文收录到你即将出版的《中国对西方的反应》一书中。尽管共产主义作者新出版的四卷本义和团资料汇编中收录了这些回忆录，但我怀疑这些编者并未真正对这些回忆录解读清楚。这部新的资料汇编还收录了Chin－shan的日记，该日记被后来的学者证明是假的……因此，被收录在新出版的资料汇编中的袁昶的回忆录并不一定是权威资料。另外，我们对于这些资料的怀疑会随着义和团资料汇编编者的注释而加重，这些注释附在第一篇回忆录（第四卷，第159页）之前。注释说回忆录原稿丢失……书中收录的则比原稿的影印件更完整。遗憾的是，我馆没有1905年的影印版《太常袁公行略》，该书藏于国立北京图书馆。但是我馆藏有其他文集，如《暴匪纪略》《清季外交史料》以及1951年出版的义和团资料汇编，其中收录了回忆录。

你何不写信给斯坦福大学袁同礼（Yuan Tung－li）博士，询问他对这3篇回忆录的看法？我自己的意见是3篇回忆录非常值得怀疑，因为似乎被曲改过。事实上，袁昶可能亲笔为该回忆录写了草稿，但是主要问题在于他是否把回忆录提供给了许景澄（Hsu Ching－ch’eng），并且许景澄是否对第一稿做了修改，并联合署名。

开明敬启

1953年2月13日

为了慎重起见，在后来出版的《中国对西方的反应，1839—1923》一书中，并没有收录袁昶的3篇回忆录。邓嗣禹与裘开明的往来信函中，当然绝不限于笔者陈述的上述信息，还涉及其他论文写作事宜、学界朋友交往（包括与费正清）、印第安纳大学东亚图书馆的建设等问题。现将笔者近年收集、整理的“邓嗣禹与裘开明往来信札整理注释”，作为附录提供如下，供从事相关研究的学者参考。

邓嗣禹与裘开明往来信札整理注释

（1942—1965年，共30封）

说明：

一、本文收录了在1942年到1965年，邓嗣禹致裘开明的信函17封，裘开明致邓嗣禹的信函12封，其中还包括裘开明致荒川哲郎的相关信函1封，共计30封，仍不免遗漏。

二、本文省略开头的相互称呼，以及各自落款的署名。对第一次出现的汉学家人名均用英文注明。

1942年：

1. 邓嗣禹致裘开明信函之一

（1942年6月6日）

你赠送的有关四角号码字典的书已收到，我谨代表芝加哥大学图书馆向你表示衷心的感谢。请问哈佛对已故 Harre M. G. Labatt – Simon 的藏书出价多少，我希望芝加哥图书馆最终能买到这批书。请问汉和图书馆印刷的书目卡片已经从中国寄来多少，分类法是否已经印毕，我们想购买以辅助本馆编目工作。

另外，我已经给你邮寄了我当年在剑桥借的图书，请注意查收。

2. 裘开明致邓嗣禹信函之一

（1942 年 6 月 9 日）

非常感谢你在 6 月 6 日的来信中谈及故去的 H. M. G. Labatt – Simon 的藏书之事。我知道那批书主要是日文书籍。叶理绥（Serge Elisseeff）教授和赖肖尔（Edwin Oldfather Reischauer）博士负责与 Simon 先生谈判，你可以请顾立雅（H. G. Creel）教授给他们写信询问详细情况。我馆的分类法大概印制了 200 页，已到中国哲学。如果你需要，我馆可以将印毕部分装订成套，作为第一部分寄给你，以后将其他的再寄过去。

3. 邓嗣禹致裘开明信函之二

（1942 年 7 月 14 日）

很抱歉，没有及时回复你的来信。我认为你们决定先行出版分类法第一部分十分明智。因为装订需要花费的时间较长，我馆仅在这方面有点困难。梁启超先生的女儿梁思懿女士即将作为兼职馆员和教师来我馆工作，其聘期自 8 月 1 日起。8 月我必须开始进行图书编目工作。你认为分类法 8 月能出版吗？如果不能，能否尽可能将可印好的部分先寄给我们？

另因我正在修改我即将发表的论文，可否通过馆际互借，借阅贵馆所藏《抚夷日记》？若可，将感激不尽。

4. 邓嗣禹致裘开明信函之三

（1942 年 8 月 7 日）

因我馆《四部丛刊》缺少函套，烦请告知贵馆中文书函套的制作机构和成本。此外，因为我们希望尽快开始芝加哥大学远东图书馆的编目工作，请你寄来汉和图书馆迄今已印制完毕的分类目录。

5. 裘开明致邓嗣禹信函之二

（1942 年 8 月 18 日）

我已经以铁路快递到货付款方式给你寄来了两个中国古籍函套样板，这是我们的装订商特别为你们制作的函套。如果需求达到一定数量（至少每次订购 50 个），则成本为每个 60 美分，此函套适用于《丛书集成》。还有一种每个约 110 美分，是每本需要量身定做的书籍函套。订购量越大，成本越为便宜，与芝加哥的价格差不多。此外，汉和图书馆目录已经印刷至中国文学类，约有 230 页，我将尽快整套寄给你。

6. 邓嗣禹致裘开明信函之四

（1942 年 12 月 23 日）

因芝加哥大学校方希望在芝加哥制作中国书籍函套，以便量身定做，所以我们不订购你们的中国书籍函套。芝大远东图书馆书库已大致按照汉和图书馆分类体系排架，大部分书籍仅需要 5 ~ 10 分钟即可找到——祝圣诞节快乐、新年快乐！

7. 裘开明致邓嗣禹信函之三

（1942 年 12 月 30 日）

已经收到 12 日寄来的 3 份书目。分类目录主体已出版，即：经、哲学与宗教、历史、社会学、语言文字艺术等类。很多有远东文献馆藏的美国图书馆可能会感兴趣。我们将会把这部分未装订的 228 页分类目录以铁路快递到货付款的方式寄给你们芝大远东图书馆。先借给你们使用，待到分类目录开始销售后，请你将此散页目录归还。

1943 年：

8. 邓嗣禹致裘开明信函之五

（1943 年 1 月 7 日）

已经收到你寄来的分类法，这对我馆编目工作十分有帮助，亦非常感谢答应帮助我馆为寄去的书单上的丛书等补充索书号。实际上，因为哈佛与芝加哥的书籍不一样，贵馆目录卡片中有很大一部分是我馆没有的，而我馆馆藏的许多书在你出版的目录及印制的卡片里也没有。对此，希望能得到你的建议。

9. 裘开明致邓嗣禹信函之四

（1943 年 2 月 1 日）

对于你 1 月 7 日来函中提及在贵馆使用我馆印刷卡片时遇到的困难，在此，我对我馆遇到此类问题时采用的方法作简要说明如下：

（1）同一著作的不同版本，出版项（日期、地点、出版者，或者印刷人、版本）和校勘（书籍的页、卷、不同辑录、其他物理特征）不同，去除我馆卡片上的印刷信息并写上经研究确定后贵馆的版本和相关信息。

（2）同一标题的不同作者。在这种情况下，有可能它们是真正不同的作品，或者两个人同名；或者我们卡片上的作者是错误的。如果是后者，非常感谢你向我指出错误，我们可能将作者搞错了。

（3）贵馆如果没有我馆卡片所对应的书籍，或者贵馆书籍没有找到相应的我馆的目录卡片。前者可以把这部分卡片置于一边，以供将来买到书籍时使用；后者可以选择等待我馆卡片刊印或者贵馆自己编目。我馆库存中还有很多重复的丛书分析卡片，其中大部分具备不同检索入口，只有简单的信息，我想贵馆一定能增加必要项目，自行完成其他工作。也就是说，这些卡片比空白卡片还是好用些，有一些也一定是贵馆所需要的。如果贵馆希望获得这些重复的分析卡片，并支付邮资，我馆愿意将其与相同数量的空白卡片交换，或者贵馆直接付款购买。我们把分类表借给贵馆，还有一份《图书馆杂志》(*Library Journal*)，其中有篇文章是关于其他图书馆如何使用汉和图书馆印刷卡片标引图书的介绍，下周我们将会寄回你的丛书书单。

10. 邓嗣禹致裘开明信函之六

（1943 年 2 月 25 日）

已经收到 2 月 1 日来函。非常感谢你的建议及其后所寄分类表和资料。因我的课程很紧，很抱歉未能及早回函。因我馆图书都经过了严格编目上架，故尽管我们计划使用贵馆的分类法，但目前并不急于进行编目调整工作。关于你提出的用空白卡片交换贵馆目录卡片的建议，我们认为贵馆十分慷慨，请尽可能把贵馆有的卡片寄给我馆一份，我们将空白卡片寄去，并付邮资。我们将完好无损地保存并还回贵馆寄来的分类表，目前我们正在检查贵馆印刷的卡片和分类表，如果发现有错误，会马上向你报告。但我们迄今为止未发现有任何错误。

11. 邓嗣禹致裘开明信函之七

（1943 年 3 月 10 日）

寄还分类表，并函询汉和图书馆对《四部丛刊》的著录方法，是集中著录还是分类著录？

12. 裘开明致邓嗣禹信函之五

（1943 年 4 月 6 日）

非常感谢你 3 月 10 日的来信和寄来的 3 页分类表。函寄我馆分类表简表的索引（英文字母顺序和王氏四角号码索引）赠予贵馆，因完整详细的索引现仍未能出版，我希望此简表索引能对贵馆图书目录有所帮助。如果图书馆有两套《四部丛刊》，当然可以一套集中存放，一套则按不同分类方法分别存放。现有一美国汉学家想购买一套《四部丛刊》，因贵馆有六套，能否卖给他一套呢？详情询问顾立雅教授。我馆已查过你寄来书单上大部分的丛书，并按书单给了索书号。现在正在核查我馆是否有对应的卡片。因此前两个有经验的学生助理离开了，新的助理要花费一点时间来熟悉工作，因此工作进展将会有点缓慢，请耐心等待。

13. 邓嗣禹致裘开明信函之八

（1943 年 4 月 22 日）

你在 4 月 5 日的来信中提到有一位美国杰出的汉学家想买一套《四

部丛刊》，让我问一下远东图书馆能否卖给他一套，我已问过顾立雅教授，很抱歉答案是否定的。除非战争结束，不然很难得到整套。如不介意请告诉我这位学者的姓名，或者我可以和他交流一下。希望能收到贵馆协助补充的丛书索书号和答应给我们的卡片。感谢你寄来的贵馆分类法简表和索引。

1948 年：

14. 邓嗣禹致裘开明信函之九

（1948 年 3 月 8 日）

《逸经》26（1937 年 3 月）第 22 页有胡怀琛《木牛流马考》一文，如不十分麻烦，可否惠恳拨冗作一照片或软盘能读即可，因敝馆无《逸经》杂志也。久违雅教，希望能有机会稍事团聚，藉听教益。于震寰先生不知何时来美，途经芝城，无希驻足一谈，若便乞转达，专此致叩。道安。

15. 裘开明致邓嗣禹信函之六

（1948 年 3 月 15 日）

感谢你 3 月 6 日来函，非常抱歉我馆所藏《逸经》（*I Ching*）（通过）燕京大学订购尚未寄来。我将致函燕京，要求他们在方便时尽早寻找一份复本。书一旦寄来我会告知你。费正清博士告诉我，当你还在哈佛做他的助理的时候，你发现一部《点石斋画报》（上海，1884 年，配插图）的复本。我无法回忆起我们曾收藏有此书。也许你可能是在怀德纳善本部发现的。你是否可来函介绍一下此书的情况，非常感谢！

16. 邓嗣禹致裘开明信函之十

（1948 年 3 月 31 日）

我会尽力回忆我是否曾在博伊斯顿堂或者怀德纳（Widener）曾经见到《点石斋画报》，但结果是我一点也不记得关于这本书的任何信息。

1951 年：

17. 邓嗣禹致裘开明信函之十一

（1951 年 8 月 8 日）

请允许我全心全意地向您致谢！

感谢你特别照顾我，把贵馆所有的钥匙都交给了我，允许我在任何时候使用它们。如果没有这样的特权，即使我再待上三个月也不能完成工作。虽然我离开得很匆忙，但是我相信我所使用过的所有书都保持着原样。如果贵馆的复本完整的话，印第安纳大学图书馆希望购买贵馆的复本，还想购买商务印书馆出版的、含一卷索引的《十通》。如果方便的话，麻烦你告诉我们你打算出售的书籍的价格。

18. 邓嗣禹致裘开明信函之十二

（1951 年 10 月 24 日）

请问裘馆长正在出售的《二十四史》的情况。

19. 裘开明致邓嗣禹信函之七

（1951 年 10 月 31 日）

你问到的《二十四史》是上海影印的 710 卷乾隆内府本。这套书是麻省理工学院的一名中国学生的，我完全不认识该学生，他告诉我此套书是完整的，他愿意以 350 美元出售，因为他非常需要经济资助，以完成学业。正如你所知，我馆已藏有一套该书，因此我把此事转告你。

1952 年：

20. 邓嗣禹致裘开明信函之十三

（1952 年 9 月 17 日）

久未上函请安，不知近况如何，合宅清泰否？拙作《捻匪与游击战》一文共 280 余页，夏已告竣。关于共产党领袖讨论游击战问题，两月以前已请哥伦比亚大学□□□先生代为搜罗寄来，早承允诺但久无回信。昨从间接询问知在病中，久未到馆视事，故一切外来文件皆搁置未理，乃转从贵图书馆借用。数日前已请敝校图书馆处通知哈佛。信到之时敬恳请特别帮助为寿。又北京人文图书馆目录及国学论文索引，不知贵处有重本转售否？有此二书，半球书籍杂志之出版时地问题，可得不少帮助。

21. 裘开明致邓嗣禹信函之八

（1952 年 9 月 23 日）

9 月 17 日来函收悉，兹附上 2 张你需要的中文图书目录草片，卡片包含关于版本和版记在内的所有信息。很抱歉我馆没有多余的《国学论文索引》以及北京人文图书目录出售。你可以致函东京的文久堂（Bunkyudo）或香港的 Willing 书局（Willing Book Co.），有可能买得到。关于你申请外借我馆所藏有关共产党游击战文献一事，我们尚未收到申请书，但我们现正在为你搜集相关文献，一旦馆际互借单从怀德纳图书馆转到我馆，我们立刻将书寄给贵校图书馆。

1953 年：

22. 邓嗣禹致裘开明信函之十四

（1953 年 2 月 3 日）

我已经翻译了 3 篇袁昶（Yuan Chang）的回忆录，并阅读了在《清代名人传略》（*Eminent Chinese of the Ch'ing Period*）中你所写的关于他的传记，其中你写道："他们现在已为外国人所了解。"但是有关义和团的四卷新资料中，这 3 篇资料是根据袁昶本人早期所写的译文重印而成，编者没有就其真实性做任何评价。你能否详细地告诉我这方面的情况，以便于我们决定是否将其收录到即将出版的《中国对西方的反应》（*China's Response to the West*）一书中？你能否寄给我本函所列一些书的微缩胶片？

崔书琴（Tsui Shu－chin）请我代为订购其博士论文的微缩胶片，他还想买一本收录了 1934 年博士论文摘要的书。因为我不知道书的确切名字，所以无法帮他订购。你能否请贵馆工作人员把上述提到的书和博士论文的微缩胶片寄到以下地址：中国台湾台北中山南路 11—A 崔书琴博士。而上述资料的账单请寄给我……

23. 裘开明致邓嗣禹信函之九

（1953 年 2 月 13 日）

我们已经把崔书琴博士 1934 年在哈佛大学的博士论文制成了微缩胶片，怀德纳图书馆照相复制部将会把两种微缩胶片和账单寄给你。我还请哈佛大学出版社与发票一起寄给你一份《哈佛大学 1934 年博士论文摘要》。

至于袁昶关于义和团的 3 篇回忆录，我认为最终还是应由你自己决定是否把 3 篇回忆录的译文收录到你即将出版的《中国对西方的反应》一书中。尽管共产主义作者新出版的四卷本义和团资料汇编中收录了这些回忆录，但我怀疑这些编者并未真正对这些回忆录解读清楚。这部新的资料汇编还收录了 Chin – shan 的日记，该日记被后来的学者证明是假的……因此，被收录在新出版的资料汇编中的袁昶的回忆录并不一定是权威资料。另外，我们对于这些资料的怀疑会随着义和团资料汇编编者的注释而加重，这些注释附在第一篇回忆录（第四卷，第 159 页）之前。注释说回忆录原稿丢失……书中收录的则比原稿的影印件更完整。遗憾的是，我馆没有 1905 年的影印版《太常袁公行略》，该书藏于国立北京图书馆。但是我馆藏有其他文集，如《暴匪纪略》《清季外交史料》以及 1951 年出版的义和团资料汇编，其中收录了回忆录。

你何不写信给斯坦福大学袁同礼（Yuan Tung – li）博士，询问他对这 3 篇回忆录的看法？我自己的意见是 3 篇回忆录非常值得怀疑，因为似乎被曲改过。事实上，袁昶可能亲笔为该回忆录写了草稿，但是主要问题在于他是否把回忆录提供给了许景澄（Hsu Ching – ch’eng），并且许景澄是否对第一稿做了修改，并联合署名。

24. 邓嗣禹致裘开明信函之十五

（1953 年 9 月 23 日）

汉和图书馆是否藏有两套《古今图书集成》，如果有，那么能否出售一套？

25. 裘开明致邓嗣禹信函之十

（1953 年 10 月 2 日）

汉和图书馆没有多余的《古今图书集成》可用于出售或交换。原本去年政府打算赠送给汉和图书馆一套在上海出版的小印本《古今图书集成》，但汉和图书馆未接受。建议你询问芝加哥图书馆是否有售。

1954 年：

26. 邓嗣禹致裘开明信函之十六

（1954 年 10 月 22 日）

烦请告知从日本购买中日文书籍最好的代理公司是哪些公司，以及印第安纳大学历史系可否向汉和图书馆借阅《剿平捻匪方略》一书？

27. 裘开明致邓嗣禹信函之十一

（1954 年 11 月 3 日）

10 月 22 日来函收悉，在日本没有所谓最好的中日书籍代理商，但是考虑实际情况，我向你推荐日本出版贸易株式会社（Japan Publication Trading Company），其地址为“No. 1 Sarugakucho i – chome，Kanda，Chiyoda – ku，Tokyo，Japan”。该公司每月出版中日文新旧书籍的书目，并出版、发行东京地区其他中日文书商的书目。他们可以从任何一家书店寻找任何中文、日文或西文图书，从中收取目录上所标书价格 15% 的服务费。

关于《剿平捻匪方略》一书，建议你通过日本出版贸易株式会社在日本购买，此书目前已经很难见到，书籍也相当厚重，共计 320 卷，16 册。我们通常不允许馆际互借如此宏富的著作，但是考虑到你的困境——如果你不到华盛顿或剑桥来查阅此书，你将无法完成你的著作，如果贵馆愿意支付此书来回的铁路保价快递费用，我们可以把书借给你，但是请按程序向哈佛大学怀德纳图书馆提出互借申请。

1959 年：

28. 邓嗣禹致裘开明信函之十七

（1959 年 6 月 9 日）

我们正打算编制一部汉和文献的目录。去年荒川哲郎（Tetsuro Arakawa）来函表示对此项工作有兴趣，如果他仍在你手下工作，能否请你把随函所附函件转交给荒川先生？虽然印第安纳大学希望编制一部出色的东方文献目录，但不经你允许就动用你的员工是不合适的。另外，作为一名东亚图书馆学专家，我们非常信任你对个人能力的判断以及你的推荐。

29. 裘开明致荒川哲郎信函

（1959 年 7 月 17 日）

随函寄上印第安纳大学的一个岗位的邀请函。我希望你对此感兴趣，愿意放弃纽约联合国图书馆的工作。邓嗣禹教授确实非常需要人手帮助其从事科研和教学工作。以后除了在图书馆工作以外，他们完全有可能让你在那里教授基础日文课程。因此到印第安纳大学工作对于你未来在美国的发展而言是个好机会。在联合国，你只是大机器上的一颗小螺丝钉，很难发挥出自己杰出的才能。

1965 年：

30. 裘开明致邓嗣禹信函之十二

（1965 年 12 月 1 日）

你需要的书已交给怀德纳图书馆照相复制部制作复本，制作完毕后将同账单一起寄到印第安纳大学。你需要的另一篇 Chiang Ti 撰，刊登于《山西师范学报》上的文章，汉和图书馆没有收藏。

钱存训、邓嗣禹往来信札

钱存训（1910—2015 年）曾以中国图书史、印刷史研究蜚声中外，对中华文明给予人类进步的贡献有精深的论述。同时，他又是一位贡献卓越的图书馆事业家，担任美国芝加哥大学远东图书馆馆长达 16 年之久，从事图书文献管理工作 80 年以上。20 世纪 30 年代，他曾冒着生命危险，将原北平图书馆所藏上海的善本书籍三万余册秘密运寄到美国国会图书馆保管，使这批国宝化险为夷，免遭日军劫掠，为我国的善本书籍事业做出了突出的贡献。

为了纪念与缅怀钱存训的丰功伟绩，在他 100 周岁生日前后，国内多家出版社出版了多本关于他的文集（《回顾集：钱存训世纪文选》，广西师范大学出版社 2012 年版；《钱存训文集》，国家图书馆出版社 2013 年版；《坐拥书城，勤耕不辍——钱存训先生的志业与著述》，国家图书馆出版社 2013 年版）。但是，目前出版的这些书籍均不包括钱先生的“书信集”，不能不说是憾事。

2017 年 5—6 月，笔者为寻找外公邓嗣禹早年出版的书籍与学术档案，曾赴芝加哥大学进行学术考察。在此期间，受到了现任东亚图书馆馆长周原博士的热忱接待。周馆长为笔者提供了芝大馆藏中的许多宝贵资料，笔者还意外地发现了钱存训与邓嗣禹往来书信 100 余封，时间从 1951 年至 1985 年，跨度长达 34 年。从这大量的往来信札中，我们可以清晰地发现学术著作与论文中看不到的信息，以及两人合作背后的故事。

钱存训与邓嗣禹的交往

钱存训与邓嗣禹应该说是芝加哥大学的老同事，后来两人又保持了30多年的交往。1941年8月，邓嗣禹在哈佛大学学业还未完成之时，便应芝加哥大学之聘到该校任讲师，与美国汉学家顾立雅、柯睿格一起，采用自编的教材教授汉语，以及中国历史课程。在太平洋战争爆发后，邓嗣禹出任东方研究院院长，兼任远东图书馆馆长。1947—1948年，作为访问学者的董作宾，曾开设中国考古学、金文及古文学等课程。

当年，东方语言文学系的三位教授各有分工：顾立雅教授第一年汉语、古代史和思想史；柯睿格教授第二年中文、中古史和政治制度等课程；邓嗣禹在第三年讲授中国近代史、中国目录学、中国史学方法和现代中文。1949年秋，邓嗣禹接受费正清的邀请，重返母校哈佛大学讲授现代中国问题研究课程之后，他所讲授的中国目录学、中国史学方法等课程由钱存训接任。

1959年，时任印第安纳大学东亚研究中心主任的邓嗣禹在学校所在地布卢明顿市举办了以“亚洲研究与州立大学”为主题的国际性学术研讨会，钱存训曾代表芝加哥大学参加会议。在之后的二十多年里，由于工作的相似性与友情关系，他们一直保持着通信联系。

钱存训与邓嗣禹的往来信札内容大致可分为六大类：①交流各自的学术研究进展与家庭生活情况；②两人与学界朋友交往的内容；③为对方撰写推荐信与书评文章；④委托对方寻找或推荐所需工作人员；⑤为撰写各自的著作，委托对方查找参考资料；⑥在学术著作出版之前，征求对方的意见。

为《中国对西方的反应，1839—1923》提出修改意见

邓嗣禹、费正清共同编写的《中国对西方的反应，1839—1923》是一本具有历史影响的重要著作。

在这本书即将出版之前，邓嗣禹曾将书稿寄给钱存训，并在写信征询钱

存训意见之后，又一次做了修改，并提出一些不同意见：

公垂兄（钱存训，字公垂）：

1952年12月30日前接惠书，指出《中国对西方文明之反应》[①] 若干错误，非常感谢。现在校稿有期，乃作一最后修改。

吾兄指出之点，皆已采纳，唯有一节：查1861总理衙门奏设同文馆似非冯贵芬之建议。冯之建议被李鸿章采纳（见1.4节），于1863年至上海及广州“仿同文馆例”，设“东方言馆”云云。不知同文馆之设，系李鸿章本人之主张，抑系别人条呈。手头无书，不敢妄断。

敬祝

新年快乐！

弟嗣禹上

12月30日

除此之外，邓嗣禹在撰写有关太平天国方面的书籍，如：《太平天国史新论》《捻军及其游击战，1851—1868》《太平天国与西方列强》等书籍时，曾多次写信给钱存训，查询芝加哥大学图书馆收藏的这方面的资料，交流有关学术问题。这类信件在两人往来通信中占有较多篇幅，在此不一一列出。

《中国科技史：纸和印刷》写作前后

钱存训重要的学术活动，应该是1968年应英国剑桥大学李约瑟博士邀请，参加他主编的《中国科学技术史》中的《纸和印刷》一册的写作。该书成为他的成名作和代表作。但是，写作前后的背景一直不是很清晰。

按照钱存训所述：“我对中国印刷史发生兴趣，最初是在大学时代选修刘国钧先生主讲的《中国书史》时所受到的启发。当时所用到的主要参考书是卡特（Thomas F. Carter）的《中国印刷术的发明和它的西传》英文本和田中

① 即《中国对西方的反应》一书。——编者注

敬的《图书学概论》日文本，而没有同样性质的中文本可供参考，引为遗憾。一九四七年来美进修，在芝加哥大学选习《西洋印刷史》，得有机会和中国印刷史作了一些比较研究。”（张秀民著《中国印刷史》序）。

从 1967 年 11 月 13 日，钱存训致邓嗣禹的信函中，我们可以了解到这件事的起因。

持宇吾兄[①]：

…………

兹有荐者，弟向 ACLS 申请一奖金，拟于明年去欧洲及远东作短期旅行，籍（即）能收集资料，主要为应尼登[②]之邀，为其中国科学技术史写作一章：纸墨及印刷（125 页，六万字左右）。附呈简单计划与提纲一份，拟请我公代作一书，加以吹嘘。我公对卡特一书之书评，至今仍属权威之作，一言九鼎，必为裁判所重也。其他三位拟请 Joseph Needham（李约瑟）、Goodrich（富路特）及 E. A. Kracke（柯睿格）。

先此笔陈，余容面谢。专此即请。

安祺

存训敬上

一九六七年十一月十三日

ACLS 奖金，即美国学术团体理事会（American Council of Learned Societies）的简称，为美国专门针对在人文学科领域申报项目所颁发的研究基金。该理事会同美国东方学会、远东学会等齐名，都是美国重要的涉华研究机构和组织。美国著名汉学家魏斐德教授，生前曾任美国学术团体理事会主席，兼任中国文明研究分会主席。

从钱存训的信函中我们可以得知：当年李约瑟邀请钱存训撰写《纸和印刷》一册的书籍，并没有提供任何费用，钱存训是通过将此项目申请 ACLS

① 邓嗣禹字持宇。

② 李约瑟 Joseph Needham 的英文简称。

奖金来完成的。而通过 ACLS 渠道申请资助的方式，必须邀请四位在此方面有研究专长的专家，作为申请项目的推荐人。

1934 年 7 月，邓嗣禹在燕京大学任教期间，曾在《图书评论》第二卷第十一期上，对卡特所著《中国印刷术的发明和它的西传》发表过长篇书评文章。从论文的内容提要、优缺点、可议之处到疑误之点和结论等方面进行了综合评论，全文有三万多字，长期以来被历史学人所赞颂，作为这方面的专家自然有可信度。另外，他和柯睿格又都是曾与钱存训一起在芝加哥大学任教的老同事、老朋友，作为申请项目推荐人自然没有问题。

富路特是出生在中国的美国知名汉学家，1955 年应卡特夫人邀请，曾对卡特所著《中国印刷术的发明和它的西传》进行过修订与再版，作为推荐人自然也是有发言权的。

英国著名汉学家李约瑟对钱存训推崇有加，早在 1962 年钱存训的博士论文《书于竹帛——中国古代的文字记录》英文版出版后，他就在《哈佛亚洲研究学报》发表评论称赞道“此书可以称为卡特（T. F. Carter）经典之作《中国印刷术的发明和它的西传》一书的姊妹篇……钱著与卡特的名著完全可以媲美而并驾齐驱……全书清晰利落，要言不烦，是写作的典范。”李约瑟的这些赞美之词，为他邀请钱存训编写巨著《中国科学技术史》提供了良好的开端。

正如期待的那样，半年之后好消息如约而至。1968 年 7 月 7 日，钱存训接到 ACLS 的批准通知，7 月 11 日，也就是接到通知后的第四天就曾致函邓嗣禹，告知了申请基金成功的喜讯：

持宇吾兄：

大作单行本两种，拜读至佩。我公著作等身，正拟修书道谢。适接“七·七”大函，籍望（届时）将有远东之游，甚感欣慰。嘱书 Full—birylik 基金介绍书，已经完就寄出，力为推荐，即社释念。甚望可加，成功也。年前申请之 ACLS—SSRC 补助金，以作中国印刷史之研究，已经批准。多承我公推荐，至深感谢。

暑假或秋季我将去欧洲一行，按照约定阅读有关资料，为李约瑟《中国科学技术史》（第五册）写作纸墨及印刷一章节。我兄旅行时如见到有关这方面的资料（如材料、刻工、印刷等）是为见告是幸。

弟存训敬上

一九六八年七月十一日

信中所述“单行本两种”，即邓嗣禹、费正清共同编写的《中国对西方的反应，1839—1923》，以及《中国对西方的反应：研究指南，1839—1923》。

后来，邓嗣禹见到此书之后，曾回复：“接赐大作中国造纸原料，今早一气读完，既博且精，钦佩不已。吾兄主持馆务，尚能忙中偷闲，写出许多鸿文，定不容易，聪明能干。兼有贤内助，方能集中心力，收到各方面的成就。来日方长，当更有伟大贡献。何人代替柯睿格，将来得便。”

威廉·麦克尼尔曾有意任教印大

威廉·麦克尼尔，美国著名历史学家，擅长宏观的世界史研究，是全球史研究的开创者，也是芝加哥大学的一名杰出校友。他的本科与硕士教育都是在芝大完成的，1947 年获得康奈尔大学博士学位之后，曾长期执教于芝加哥大学历史系，从事世界史教学与研究工作。1947 年秋，麦克尼尔回到母校芝加哥大学任教，最初他是在社科学部任讲师，受校长哈钦斯之命，为本科四年级学生开设了一门西方文明史课程。1949 年他将授课的讲义编写成《西方文明史纲》一书，由芝加哥大学出版社出版。

1954 年，他曾一度因为担心不能在芝加哥大学历史系长期任教，有意到印第安纳大学谋求教职，将简历投递至印大历史系。这年 12 月 7 日，时任历史系主任、兼东亚研究中心主任的邓嗣禹曾写信给钱存训，委托他对麦克尼尔在芝大的情况进行过了解：

公垂兄：

敝系现在考虑 William H. McNeill（威廉·麦克尼尔）来此教书之事。

此人前在芝加哥大学教书，但不相识。不知吾兄能否从旁打听：

1. 他是一个好的学者吗?

2. 他是一个好的讲师吗?

3. 他是一个容易和同事相处的人吗? 等等。

在不十分麻烦的条件下，请顺便跟您的同事与学生们打听打听，如何?

嗣禹拜托

一九五四年十二月七日

钱存训接到此信后，是如何调查、了解的，目前我们从已有的信件中还无法得知。1955 年，麦克尼尔在英国著名历史学家汤因比的帮助下，出版了一本研究“二战”的书籍《美国、英国和俄国：它们的合作与冲突，1941—1946 年》，之后晋升为副教授，才赢得了在芝加哥大学长期任教的资格。

笔者收集的这批钱存训与邓嗣禹的往来信件所透露的信息，当然不限于文中陈述的一鳞半爪，但基于篇幅所限在此不能一一列举。希望有关出版机构在适当的时候，能够早日出版《钱存训文集 · 书信集》，以及《邓嗣禹师友书信集》，弥补两人现有文集中的不足之处。这必将会对国内外有志从事费正清、钱存训、邓嗣禹研究的学者，从不同的侧面提供更多的帮助。

（原文发表于《中华读书报》2018 年 2 月 7 日，有改动）

杨联陞与邓嗣禹：在美国的学术交往与汉学研究

杨联陞（1914—1990 年），字莲生，是驰名中外的历史学家，曾被誉为中国文化的海外媒介。作为杨联陞最钟爱和交往最密切的弟子，余英时在纪念性文章《中国文化的海外媒介》一文中，对杨联陞的学术特色、学术影响及品格等都有精练而切实的总结，该文在学界产生很大的影响。2010 年，山东大学刘秀俊受其影响，曾以《“中国文化的海外媒介”——杨联陞学术交往探要》为博士论文的题目，第一次参阅了保存于哈佛大学，尚未整理出版的《杨联陞日记》，进一步论述了杨联陞与东西方汉学界交往的许多细节。他在论文引言中指出，杨联陞“到美国之后，师事洪业先生，与周一良、王伊同、房兆楹杜联喆夫妇、陈观胜、邓嗣禹、刘子健等人都私交甚笃”。但在正文中，刘秀俊却没有叙述杨联陞和邓嗣禹交往的任何内容，作为一篇学术严谨的博士论文，这不能不说是一种遗憾。

20 世纪 50 年代的杨联陞
（蒋力提供）

作为费正清先生在哈佛大学的同门弟子，杨联陞和邓嗣禹曾有过多次共事的经历，并保持了 50 多年的通信往来。

一

杨联陞原籍浙江绍兴，1914 年出生于河北保定。1937 年毕业于清华大学经济系，曾任学生会主席。1942 年在哈佛大学获硕士学位，1946 年获博士学位。其出色的学习成绩，使其不久即被留校任教，1947 年在哈佛任助理教授，1951 年任远东语言系副教授，1958 年任正教授。余英时曾评价，杨联陞对西方汉学界的最大贡献在于他通过各种方式——课堂讲授、著作、书评、学术会议、私人接触等——把中国现代史学中比较成熟而健康的成分引进汉学研究之中。自 1948 年起，杨联陞一直担任《哈佛亚洲研究学报》中国研究部分的负责人和联络人，以及新竹《清华学报》主编，并长年撰写书评。这些工作，不但使其对国际汉学界的发展动向了如指掌，更加强了他与国际同行的学术交流，得以随时指正汉学研究中出现的偏差。他出色的学术能力，受到国际汉学界的普遍认可和一致推崇。

1938 年秋，在参加完由美国国会图书馆东方部主任恒慕义博士主编的《清代名人传略》一书的编著后，邓嗣禹获得哈佛燕京学社奖学金，前往哈佛大学攻读博士学位。燕京学友周一良是在 1939 年到达美国，入哈佛远东语言系读博士学位的。杨联陞在 1940 年 8 月，接到哈佛大学贾德纳（Gardner）教授邀请，几个月后，赴美协助其工作，后由贾德纳资助，在历史系研究院攻读硕士学位，并获得美国国务院的半年补助，之后也领取了哈佛燕京学社奖学金，于 1942 年夏取得哈佛大学硕士学位。

据周一良在《毕竟是书生》一书中回忆，哈佛燕京学社的奖学金，用于资助东方学研究，分为几种途径：一是资助美国学生到中国学习，第一个领取这个奖金来华的，是 1931 年到北京的卜德，以翻译冯友兰的《中国哲学史》而知名，回国后任教于宾夕法尼亚大学。后来他还曾多次提议，要将邓嗣禹 1936 年出版的《中国考试制度史》一书翻译成英文，但因为多种原因没有完成。二是资助中国学生到美国学习，头一个获得者是哈佛大学历史系博士齐思和。三是在哈佛和中国各教会大学颁发研究生奖学金。四是支付中国各教会大学文史哲等系某些知名教授薪金。五是资助燕京大学图书馆和哈佛燕京学社图书馆购置图书。在裘开明先生的长期经营下，哈佛燕京学社图书馆有关东亚的书籍藏书量仅次于美国国会图书馆。

当时在哈佛大学，中国留学生很多，他们常常聚在一起研讨学术，激辩时局，热闹非凡。尤其是赵元任应哈佛燕京学社社长叶理绥教授之聘，来哈佛主持编纂字典工作之后，赵家更是成为中国留学生聚会的中心。周一良、邓嗣禹、杨联陞、吴保安、张培刚、王伊同等一批哈佛年轻学子都是这里的常客。当时学校宿舍费用昂贵，中国学生一般都是租住民房，但美国房东太太往往对东方人的偏见很深，不肯把房间租给中国学生。有时外面贴着“出租”广告，房东开门看见是黄皮肤的东方人，就立即说房已租出，甚至还有更恶劣者一言不发，闭门拒客。中国留学生刚刚来美国时大多会碰到此事。邓嗣禹曾经将这段经历，以第三人称的方式写成《美国房东太太的面孔》一文，发表在《世纪评论》1947 年第 14 期上。

由于赵元任的关系，邓嗣禹和杨联陞得以结识许多来往赵家的中国学者，如胡适、傅斯年、钱端升等人，也就有了 1944 年邓嗣禹聘请胡适到芝加哥大学讲学，1946 年胡适聘请邓嗣禹回北京大学任教的历史。

杨联陞（后排右一）与周一良（中排右一）、胡适（前排右三）、赵元任（前排右一）等在赵元任家门口合影（蒋力提供）

在群英汇集的哈佛，杨联陞的领导才能得以充分展现，同时由于他的人品、学业、才艺等方面都很出众，曾被选为哈佛“中国同学会”主席，杨家也成为继赵元任家之后学人的重要聚集地。当时哈佛大学中国学生带家眷的极少，1941 年夏，周一良夫人邓懿由其父亲资助旅费来到美国之后，汉盟街 58 号、哈佛街 333 号两处周家的临时租住屋，就先后成为哈佛中国学子的又一聚集地。

当年在哈佛完成博士学位，除了需要选修一定数量的学分及外语外，还需要参加一次口试，通过之后才能进入毕业论文写作阶段。1944 年 12 月，杨联陞通过了由叶理绥、魏楷、欧文三位主考官主持的考试，并受到一致好评。在哈佛求学期间，杨联陞修读了赵元任在哈佛所开设的方言学课程，他还参与赵元任编写的《（国际音标）国语正音字典》一书的部分工作。

1942 年，邓嗣禹的博士论文《张喜和 1842 年南京条约》，顺利通过了由费正清主持的博士论文答辩。1944 年，这篇论文经过修改之后，由芝加哥大学出版社出版，费正清为他撰写了前言，高度评价了他的学术成就。

邓嗣禹还利用课余时间与费正清合作撰写了《清朝公文的传递方式》的论文，于 1939 年发表在《哈佛亚洲研究学报》第 4 卷第 1 期上。1940 年至 1941 年，两人再次合作撰写了《清朝文件的种类及其使用》及《论清代的朝贡制度》，先后发表在《哈佛亚洲研究学报》第 5 卷第 1 期和第 6 卷第 2 期上。这三篇文章都颇有开拓性，后来于 1960 年由哈佛大学出版社出版，书名为《清代行政管理：三种研究》。

朝贡制度，曾是古代中国与周边国家传统关系的主要形态，进而成为近代以前，以中国为中心的整个东亚地区的一种基本国际关系形态。关于此主题的研究历来受到国内外学界的重视。《论清代的朝贡制度》是费正清一直以来所关注的朝贡制度这一主题的初步成果。国内外许多学者认为“虽然此文的完成距今已有半个世纪之多，但其关于朝贡制度的理论阐释及新的研究方法的采用仍然有力地推动了朝贡制度研究的深入，对目前的研究有重要的参考价值和借鉴意义”（王志强：《西方朝贡制度研究的开拓与奠基之作》，载于《海南师范大学学报》2012 年第 5 期）。对朝贡制度的研究，不仅具有开拓性，而且影响深远，至今余音未消。著名学者山东师范大学李云泉教授，长期从事有关朝贡体系的研究，发表了《再论清代朝贡体制》一文（载于《山东师范大学学报》2011 年第 5 期）。他在开篇就指出：“自 1941 年美国著名中国学家费正清与美籍华裔学者邓嗣禹合作发表《论清代朝贡体制》[1] 一

[1] 即《论清代的朝贡制度》。

文以来，其学术观点长期左右欧美、日、韩学界的相关研究，并对中国学界产生重大影响。”

在费正清、邓嗣禹的影响下，后来许多学者从不同角度探讨了中国传统外交观念和外交制度。1965 年，在费正清主办的“世界秩序专题讨论会”上，杨联陞发表了《从历史看中国的世界秩序》的论文，王赓武发表了《明初中国与东南亚的关系：背景分析》论文，等等。有关这方面的论文，费正清后来汇编成《中国的世界秩序：传统中国的外交关系》一书，1968 年由哈佛大学出版社出版。1967 年，余英时在其出版的博士论文《汉代的贸易与扩张：汉胡经济关系结构研究》一文中，也曾运用朝贡体系理论分析汉胡关系。

1941 年下半年，邓嗣禹因哈佛大学的学业告一段落，应芝加哥大学之聘，任东方语言文学系讲师。1942 年 8 月，芝加哥大学受美国陆军委托，举办“中国语言文史特别训练班”，直到 1944 年 3 月结束。邓嗣禹负责主持特训班的全面工作，并任东方研究院院长兼远东图书馆馆长。对于这一阶段经历的回顾，邓嗣禹后来专门撰写了一篇评论文章《美国陆军特训班给予吾人学习西语的教训》，发表在《东方杂志》第 43 卷第 8 期（1947 年 4 月）。哈佛大学受美国陆军委托，从 1943 年开始举办中文、日文培训班，赵元任先生负责主持中文训练班的工作。杨联陞由于表现突出，而受赵的特别赏识，在中文部 20 余位助教中，赵元任特别为杨联陞申请了一个讲师的职位。

1945 年 6 月，哈佛大学陆军特训班已结束，根据美国移民法及兵役法，如无特别教职，须服兵役。杨联陞于是暂离剑桥①，到耶鲁大学协助举办那里的美国陆军特训班工作。“二战”结束后回到哈佛，继续他的博士论文写作。1946 年 1 月，杨联陞博士论文《〈晋书・食货志〉译注》顺利通过答辩。他在学业上的优异表现得到叶理绥的充分肯定，之后叶理绥给予杨联陞种种便利。这年 5 月，叶理绥邀请杨联陞留在哈佛讲授中文，由于是短期任教，不能给讲师职位，杨联陞婉言谢绝。但更重要的原因是此时他得知胡适先生要到北京大学任校长。1945 年 8 月，蒋介石接受朱家骅、傅斯年的意见，确定

① 旧译康桥。

胡适为北大校长，9 月 6 日任命文件正式颁布。胡适在接到回国出任北大校长的任命文件不久，于这年 9 月 26 日就致信邓嗣禹，邀请他回北大历史系任教授。

对于能回国到北大任教之事，杨联陞颇为心动，1946 年 3 月 15 日他在给胡适的信里说：

假如我能到北大来，教的东西您可以随便（点）指定，大约中国史，秦汉到宋，断代史都可以来，通史也可以勉强。专史则除了社会经济史之外，美术史、文化史、史学史等也可以凑合。日本史也可以教，但明治以后不灵（得大预备），西洋史很糟，必要时可以教英国史。如果国文系能开一门“国语文法研究”，颇想试教一下，指导学生的事情当然很高兴作。（东西洋学者之汉学研究也可算一门）

1944 年暑假期间，邓嗣禹曾到位于美国西部的奥克兰，任密尔斯（Mills）中国学园主任，1946 年 7 月，邓嗣禹邀请杨联陞到该暑假学院讲授中国哲学史，目的是一边教学挣得回国经费，一边等待回国的船只。当时由于“二战”刚刚结束不久，舱位非常紧张，两人一时订不到船票。7 月 14 日，邓嗣禹曾致函胡适，介绍了他与杨联陞的近况：

现在嗣禹及内人与杨联陞先生，同在密尔斯女校讲学，多半可搭八月三十号船回国，预定九月七日抵上海。杨联陞及内人俱欲乘船直抵大沽。若不可得，然总以早日返国为上策。

但是，由于当时国内局势日益恶化，北平学运风潮不断，哈佛大学又反复邀请杨联陞回校任教，并不断提高聘请待遇，除年薪有所增长之外，又答应给予讲师职位。不久，赖肖尔又请叶理绥设法聘请杨联陞为助理教授，聘期 5 年，贾德纳也力劝他留校。在征询胡适意见后，胡适建议杨联陞接受哈佛聘约。1947 年 9 月，杨联陞正式留在哈佛大学，开始了他长达 30 余年的哈佛执教生涯。

二

1946 年夏，邓嗣禹回国，在赴湖南家乡探亲之后，就任北京大学历史系中国近代史教授。杨联陞将邓嗣禹的动态，写信及时告知胡适："邓嗣禹在八月二十号上船到上海去了，他想先回湖南省亲，再到北大。（太太仍留在美国）一年后也许再回芝加哥。前天又听说吴文藻先生想找他到日本去帮忙，有电报来，不知转得到不。"

邓嗣禹到北大之后，不久就将自己在学校的所见所闻、北大的优势与劣势均在信中一一向杨联陞做了详细的介绍，他说"北大的优势是气象大，自由，劣势则是学生不用功，爱捣乱"；"北大图书馆虽然四壁琳琅，西文参考书还不够多"等。杨联陞也将这些问题，于 1947 年 2 月 21 日写信转告于胡适，并建议他："如果您有什么买书的计划，我们在美国的学生都愿意帮忙。不过让书店打折扣，恐怕得有图书馆正式的信。"

这时，杨联陞仍有随同邓嗣禹回国，一起在北大任教的意愿。在 1947 年 2 月 22 日的信中，他告诉胡适："我的情形比他（邓嗣禹）又复杂一点儿，要待着就想把太太接来，那不知道要费多少事。我告诉哈佛，如果胡先生叫我秋间回去，我一定遵命，如果让我自便，我看看三月的大局再定。"胡适后来是如何答复的，我们目前不得而知。

1947 年年底，邓嗣禹将他前些年在芝加哥大学美国特训班为学员教授中文时的教材，补充、整理成《社交汉语与语法注解》一书，由芝加哥大学出版社出版，并请杨联陞为他撰写了序言。这本书后来在美国深受欢迎，流行很广，到 1977 年时已经发行了 10 版。直到 1986 年，在他逝世的前几年，仍有再版发行。另外，1965 年他在此书的基础上编写了《高级社交汉语》一书，该书由芝加哥大学出版社出版，同样深受美国读者的欢迎，并多次再版。

1948 年 2 月，杨联陞开始担任《哈佛亚洲研究学报》编委，开始了他写作书评的生涯，并迅速成为中国部分的台柱式的编辑。正如周一良、刘子健等多人所评价的那样，书评更能体现杨氏渊博的学识与扎实的写作功底。杨联陞的书评并不只有对著作的介绍，还有对全书进行的综合评述，而且也不失对每个考证细节的理论评述，因而获得了国际汉学界的广泛称赞。不仅如此，这一工作更让他与国际汉学界建立了广泛的联系，受到各国学者的一致推崇。

1949 年秋，应费正清邀请，邓嗣禹离开芝加哥大学，重回母校哈佛大学任教，讲授现代中国问题研究课程，这是费正清在哈佛大学最早为研究生开设的一门课程。为了使美国学生对中国历史人物有直观、深入的了解，他在讲课时将清代的曾国藩，形象地比喻为乔治·华盛顿。后来王钟翰在《燕京学报》发表书评说：为使彼邦学子易于了解起见，似此轻松著笔，实具语言之妙。

正是这次重回哈佛，才使他有了与杨联陞再次共事的经历。6 月 25 日，邓嗣禹重返哈佛大学不久，杨联陞就邀请他到家中做客，两人开怀畅饮，再叙往事。离开杨家时，他曾在纪念册留言。据杨家纪念册记载，邓嗣禹曾在留言簿中写道："第一次在杨公馆吃炸酱面，好极了。以后尚不知有若干次可赏口福，仅此致谢，以便常来。"

杨联陞在哈佛大学从教 30 多年，交友面极广，也很好客。1948 年他夫人缪宛君抵美，1949 年他们在剑桥购房后，每星期总有一两次请友人到家里吃饭。但每次请客，除了吃饭、打牌、唱戏、聊天之外，还有一个必不可少的内容，那就是要在纪念册上留下一点真实的、有特色的记录。1980 年 8 月 12 日，他在某本纪念册中写道："以上是 1977 年以前在康桥圣门里一号舍下宴客题记。自 1948 年秋宛君与恕立来美为始，三十年得十六册师友留言，至可宝忆。77 年（注：1977 年）回国探亲，由蒋震陪游西安、洛阳、郑州，中原访古，甚快平生。79 年（注：1979 年）迁居阿灵顿，去哈佛较远，宴客颇稀。今年 6 月退休，7 月蒋震与忠平来美探亲，宛君得有臂助，因欲重整旗鼓，新交旧雨尽兴乎来。"

杨联陞家的留言簿上有很多回国多年后又出访美国的学者留言，如瞿同祖题词云："廿二年前客居康桥，常为座上客，旧地重游，久别重逢，畅谈古今，为此行快事。1985 年 3 月 15 日。"周一良题词云："三十六年，沧海桑田，康桥重晤，极乐尽欢。”语虽平淡，几十年的酸甜苦辣尽在其中了。还有钱端升题词：“民国卅七年春重来康桥哈佛街三三一号。”

胡适先生的留言离不开诗，一次是：“风打没遮楼，月照无眠我。从来没见他，梦也如何做?”另一次是他引用广西桂林的民歌：“买米要买一斩白，连双要连好角色。十字街头背锁链，旁人取笑也抵得!”

留言簿中还有不少外国学者，如日本学者吉川幸次郎、宫崎市定等。杨联陞不仅与学者来往，他的座上客及友人还有著名艺术家，如国画大师张大千，作家老舍、曹禺等名人。张大千题：“癸巳三月初九日来游波士顿，为联陞仁兄题此留念。”此癸巳乃 1953 年，画家张大千来访，闲叙中张大千复述了一副理发师的对联：磨砺以须问天下头颅几许，及锋而试看老夫手段如何，横批：顶上功夫。

杨联陞家来宾留言簿，其签名的学者，几十年中前后不下 100 人。北大胡适先生很赏识他，两人论学谈诗 20 年。史语所赵元任先生与他同编字典，研究汉语文法，在赵元任去世时，他挽赵先生云：“岂仅师生谊，真如父子缘。”傅斯年先生到美后，也与他有来往。清华校长梅贻琦与胡适先生等来剑桥时都曾在他家下榻。清华、北大、史语所的学者们，凡到剑桥者无不在他家做客。

1951 年，杨联陞在哈佛燕京学社的支持下，利用学术休假的机会到欧洲访学，他游历了法国、意大利、英国的汉学研究传统重镇，与汉学同道们进行了广泛的交流。同年，杨联陞正式转为副教授，并得到永久职位。以往哈佛的东方学科从来不聘中国学者任终身教授，他是开此先河的第一人。因此，他曾多次对英国剑桥大学、荷兰莱顿大学的任职邀请给予婉拒。这几年，杨联陞先后出版了《中国史专题讲授提纲》(1950 年)、《中国货币与信贷简史》(1952 年)。

1950 年秋，邓嗣禹应印第安纳大学校长之聘，任该校历史系副教授，并将他在哈佛大学的讲稿整理成《太平天国史新论》一书，由哈佛大学出版社出版。王钟翰在《燕京学报》第 39 期对此书评价道：著者于 1937 年应美国国会图书馆编纂《清代名人传略》之聘，即担任太平天国人物最多。故于此段史实研究有素，了解自然深切；加以文笔流畅，引证详明……此书虽在美国出版，为彼邦近十年来治中国近代史者不可多得之作；即在国内最近出版界中关于太平天国之著作，亦系难能可贵之书。

1957 年，邓嗣禹与杨联陞再次在日本相聚。杨联陞受哈佛燕京学社委托，赴日本组织东亚研究会日本分会；1956—1957 年，邓嗣禹获得富布莱特法案（Fulbright Act）教研及交换基金会资助，作为访问学者，在费正清的要求与指导下，广泛走访了日本的各类大学。在日本几位学者的帮助下，他进一步收集了日本学者对近代中国、日本、韩国和印度研究方面所发表的论著资料，详细编写了《日本学者对于日本及远东的研究：传略及著述》一书，并于 1961 年在香港大学出版社出版，当年还被翻译成日文。“只有专业人士才能了解他在这个项目上所付出的辛勤劳动。”麦瑞斯·琼森于 1962 年 8 月在《亚洲研究期刊》（第 21 卷第 4 期）上发表书评指出，“为了更好地完成这本书的创作，邓嗣禹几乎对所有亚洲问题专家发出了问卷调查函，达近千封，咨询了在各个专业领域的日本著作者的意见。然后再针对这些反馈意见，结合他本人对这一领域的研究成果，将两者的观点进行比较，最后充实在这本书中。邓嗣禹对创作工作的敬业精神，赢得了同行的广泛敬重！”

由邓嗣禹与他的学生英格尔斯共同翻译的《中国近百年政治史》英文本后来由斯坦福大学多次再版，前后共计发行 5200 册，其数量之多，在美国同类著作中实属少见。费正清先生对该书做了较高的评价，认为它是对“中国近代政治史的最清晰的唯一全面的评述……对于西方的研究学者来说，作为一种可靠的纪实史和重要资料的简编具有重要的价值”。直到现在，这本书仍为国内外学者经常参阅和广泛引用，受到同行学者的普遍好评。2011 年美国 Literary Licensing，LLC 出版社在两个月内再版两次。

1958 年，时年 44 岁的杨联陞荣升为哈佛大学正教授，开创了中国学人在哈佛东亚研究方面得到教授职位的先例。也正是在这一年，杨联陞的精神与身体状况开始急剧下降。这主要与他长期高负荷的工作与紧张有关。从 1958 年起到 1960 年初，杨联陞一直深感忧虑，并一度患上严重的抑郁症，甚至写好遗嘱企图自杀。大病之后，杨联陞极力调整心境，亦在飘零美国多年之后，于 1961 年加入美国籍。其内心矛盾性情一度体现在他的诗作之中，这年 12

月他曾有一首诗写道：

早晨梦醒成小诗

故国梅开几度花，余香惹梦到天涯。
封侯拜相他人事，养得妻儿便是家。

杨联陞不仅学识渊博，而且多才多艺，在美国的华裔学者中也是颇为突出的。许多人只知其能写诗，不知他还善画；只知其精于桥牌，而不知其兼擅围棋、麻将，甚至三者都有著述；只知其为京剧戏迷，不知其还能写唱子弟书。如在 1983 年，他的妻兄缪绒八十岁生日时，杨联陞曾画过一幅山水画并题诗致贺；在赵元任夫妇金婚纪念会上，他曾写过一篇子弟书，自作自唱，在纪念会大放异彩，杨步伟所著《杂记赵家》中记载有此事，并有子弟书的全文；他还曾在台湾的《围棋》杂志上发表一篇谈论围棋技艺的文章《中国围棋数法变更小考》，这些都是鲜为人知的事。

三

1961 年 6 月，邓嗣禹作为访问研究学者，第三次赴母校哈佛大学任教一年。当年 6 月 9 日，杨联陞在哈佛的家中再次宴请了邓嗣禹。邓嗣禹在杨家纪念册中写道："久别重逢吃烤鸭，其味无穷。"

1962 年，作为中日双方的合作内容之一，杨联陞到日本京都大学讲授《盐铁论》和《颜氏家训》。1943 年，当他在准备博士论文的时候，曾求教于胡适先生，问他："自汉至宋的史料之中，有什么相当重要而不甚难译又不甚长的东西吗?"胡适先生建议他译注《颜氏家训》。后来他决定译注《晋书·食货志》，那是因为一方面经济史更符合他一贯治学的旨趣；另一方面，他得知哈佛同学中有人正在着手翻译《颜氏家训》。这两次日本之行促成了杨联陞与日本汉学界的直接交流与合作。为更好地向日本及西方国家推介中国的文学名著，邓嗣禹则接受了胡适的建议，将他在 1936 年着手翻译的《颜氏家训》英译本，几译其稿之后，于 1966 年在英国出版。王伊同曾评价此书"开南北朝经典英译之先河”。可以说，在中国历史、文学名著走向世界的过程中，邓嗣禹起到了有力的推动作用。

1972 年 2 月，随着美国总统尼克松访问中国和《上海公报》的发表，中美之间结束了长久以来的对立格局。5 月，邓嗣禹陪同费正清一行六人，到中国进行访问和演讲，受到了时任国务院总理周恩来和外交部副部长乔冠华的热情接待。1978 年，他又再次回国考察。对这一段历史的回忆，邓嗣禹在他 1979 年出版的《重访中国：一位海外历史学家对中国的评论》一书中，详细记载了他于 1972 年和 1978 年两次回国考察的经历，书中着重介绍了他在 1972 年陪同费正清在中国的许多城市，如北京、广州、西安、武汉等地参观、考察时的所见所闻。作为一名海外历史学家，为了表达他对祖国的深切眷恋之情，在此书封面的显著位置，他用中文题字：“故乡明月”。费正清在百忙之中，再次为这本书撰写了英文前言。

1973 年 4 月，赵元任一家回国探亲时，也受到了周恩来总理的亲自接见。会见期间，周总理谈到海外中国学者的情况，并表示欢迎这些学者回国访问。正是由于周总理的这番讲话，促成杨联陞于 1974 年 8 月 13 日首次踏上返乡之旅，国内报纸对此事曾做过相关报道；1977 年他再次回国，并游览了西安、洛阳、郑州等地。

多年来，杨联陞与邓嗣禹在美国虽然不居住一地，但他们始终保持通信往来，交换学术意见，关心对方身体健康情况。1978 年 5 月 22 日，邓嗣禹在致杨联陞的信函中写道：“今年七月廿六日，是我们廿五周年的结婚纪念（日），承你们夫妇作证婚人，永志不忘。来布城后，曾买了一瓶酒，已廿余年，干了约 1/5，贤伉俪如有机会途经印州，请来寒舍小住，促膝谈心，无忧无虑，远逾讲演的痛快。又蒋彝兄也很想来此讲演，已再三告知他无希望，他说七月三日飞往檀香山，八月底返纽约，如吾兄伉俪能在七月初或八月底同来更佳，请不必告知结婚纪念，以免送礼之烦。几位老朋友吃一次饭，不一定要在七月廿六，任何日子皆可。”到 20 世纪 80 年代末期，两人的身体都不是很好，并患有同样的眼病。1987 年 1 月 28 日邓嗣禹在给杨联陞的信中又写道：“眼睛早上就流泪，常用放大镜看书。三年前，此处眼科大夫劝开刀，

手术费 $1400，现在要 $2500。钱是小事，想到陈寅恪、李剑农等先生，双目失明，不寒而栗。这位大夫，很有名，看他一次，三四分钟，收费四十元。弟在普通药房中买点眼药水，滴在眼中，微感刺激，觉得好一点。知兄有同病，交换情报。”

晚年的杨联陞在家中宴请周一良（蒋力提供）

1988 年 4 月 5 日，邓嗣禹因车祸在印第安纳州布卢明顿市逝世。在他去世后的第三天，费正清特地为他撰写了一篇讣告（后发表在《亚洲研究期刊》1988 年第 8 期）。在文章的开头，费正清讲了邓嗣禹作为美国亚洲历史学会的创始人之一，在美国从事汉学研究 50 多年；文中还记叙了邓嗣禹与众多汉学研究先驱如毕乃德、顾立雅等人合作编写、发表著作的过程，以及邓嗣禹对美国汉学界所做出的杰出贡献，文中还提到邓嗣禹的专著、论文和编纂的中文目录索引为美国的汉学研究工作提供了很多的参考资料。费正清在讣告的结尾部分，还着重称赞邓嗣禹是一位乐观、谦虚、勤勉不懈的“儒家”，同时也是一位对自己有帮助的老师和有教养的绅士。

1990 年 11 月，杨联陞逝世后，哈佛大学为他所作的讣告中说：“杨联陞教授在国际上以学术辨析能力与才思敏捷著称，是几代学生所亲切怀念的好老师，是协力培育与造就美国汉学的先驱学者之一。”

（原文发表于台湾《历史学家茶座》2014 年第四辑，有改动）

追忆钱存训先生

据美国人文社会科学在线网2015年4月10日披露，著名华人汉学家、中国书史和文化史研究泰斗、留美学者钱存训先生于4月9日在芝加哥去世，享年105岁。由于外公邓嗣禹与钱存训先生都曾担任芝加哥大学远东图书馆馆长，对于钱先生的动态，我近年也一直在关注。我曾保留了他们在1947—1948年的两张珍贵合影。为纪念钱先生，现撰文阐述他的学术成就，追忆他们早年交往中一些鲜为人知的往事。

学术成就与贡献

钱存训先生出生于1910年。1947年秋，他接受美国汉学家顾立雅邀请，到芝加哥大学攻读硕士学位，1949年任芝加哥大学远东图书馆主管，1962年升任东方语言文学系教授兼远东图书馆馆长，直至1978年退休。在这期间，他与夫人许文锦女士经过多年努力，将1936年以来芝大图书馆所积存的10多万册中文藏书，加以整理和编目，为芝大远东图书馆日后的迅速发展奠定了基础。

作为学者，他的研究主题是“东西文化交流”和“中国书史”，先后出版有《书于竹帛——中国古代的文字记录》及《纸和印刷》等中英文专著20余种。令人十分钦佩的是，他102岁高龄时，还在其学生的协助下，出版了《回顾集：钱存训世纪文选》一书。他一直强调中国文字和传统文化对世界文明的贡献，其中《书于竹帛——中国古代的文字记录》是在他早年的博士论文的基础上改编而成，1962年由芝加哥大学出版社出版，2004年增订再版，并有日文版、韩文版出版。书中特别指出汉字的伟大和功能，其持久、延续和多产性，不仅表现出中国文化的多姿多彩、源远流长，也展现了其在世界文明史上所独具的特色。

《书于竹帛——中国古代的文字记录》英文版出版后，先后约有30篇书评在世界各国的学术刊物上发表，对此书推崇备至。英国著名汉学家李约瑟博士在《哈佛亚洲研究学报》发表的评论中称赞道“此书可以称为卡特（T. F. Carter）经典之作《中国印刷术的发明和它的西传》一书的姊妹篇……钱著与卡特的名著完全可以媲美而并驾齐驱……全书清晰利落，要言不烦，是写作的典范。”李约瑟的这些赞美之词，为他邀请钱存训编写巨著《中国科学技术史》提供了良好的开端。

钱存训的《纸和印刷》一书，更是奠定了他在中国文化史研究方面的国际地位。李约瑟出版的巨著《中国科学技术史》中，唯一由个人署名、华人撰写的分册——《纸和印刷》，就是出自钱存训之手。钱存训在书中不仅介绍造纸、印刷这两大发明在中国的产生经过与传播过程，还着重讨论了它们首先出现在中国的原因。钱存训在书的结论一章中指出：印刷术在中国和西方的功能虽然相似，但其影响并不相同。在西方，印刷术的使用，激发了欧洲各民族的理智思潮，促进了民族语言及文字的发展，以及民族独立国家的建立；而在中国，印刷术的作用正好相反，它不仅有助于中国文字的连续性和普遍性，更成为保存中国文化的一种重要的工具。因此，印刷术与科举制度相辅相成，构成中国传统社会相对稳定的两个重要因素，也是维护中国民族文化统一的坚固基础。这一结论得到了李约瑟的大加赞赏，引发了他在大系全书结论的思考。

1985年，《纸和印刷》作为《中国科学技术史》第5卷第1分册，由剑桥大学出版社出版。本册定价66英镑，应该说在当时西方图书市场，是相当昂贵的。但是出人意料的是，初版1500册在出版之前就已预订一空，二次续印不久又告售罄，成为这一大系中最畅销的一册。英国《泰晤士报》当时评价说：“钱氏将这一专题的资料浓缩在一册之中，以西方语言介绍中国文明尚属首次，无疑会受到欢迎。实际上，第一版在发行之前就已预订一空。”这本书创造了学术出版书籍销售的奇迹。

李约瑟在该书序言中写道："这一分册使我们看到这一计划的第一个果实。我们说服了关于这一专题世界最著名的权威学者之一，我们亲密的朋友、芝加哥大学钱存训教授来完成我们书中这一部分的写作任务，我们非常钦佩他为此所做出的贡献……我认为造纸和印刷术的发展，对整个人类文明历史的重要性是无与伦比的。从钱书中，读者将可纵观中国造纸和印刷术的整个历史，了解到在欧洲对此一无所知之前，它们已在中国出现了许多世纪。"同时，此书也受到国际学术界的一致好评，被认为是一本关于纸和印刷术的权威之作，也是这方面的百科全书。

在顾立雅、钱存训、邓嗣禹等中美汉学家的共同努力下，芝加哥大学成为除哈佛大学之外的另一个汉学研究重镇。

与顾立雅、邓嗣禹的共事交往

1947 年的芝加哥大学，在哈钦斯校长改革措施的吸引下，就师资力量而言，可谓人才济济，尤其以东方语言文学系的阵容最为强大。东方语言文学系的中文课程由美国学者顾立雅、柯睿格、中国学者邓嗣禹三位主讲，每人除担任语文课外，另有其他专题讲授课程。三位教授各有分工，顾立雅教授第一年汉语、古代史和思想史；柯睿格教授第二年中文、中古史和政治制度等课程；邓嗣禹在第三年讲授中国近代史、中国目录学、中国史学方法和现代中文。受顾立雅邀请，1947—1948 年作为访问学者的董作宾，曾开设中国考古学、古文字学等课程。1949 年秋，邓嗣禹接受费正清的邀请，重返母校哈佛大学，讲授现代中国问题研究课程之后，他所讲授的中国目录学、中国史学方法等课程由钱存训接任。

中国目录学课程，讲授的内容是图书历史与文献资源的基本知识，目录的编排方法及论文的写作格式；中国史学方法课程，则是着重研讨历史学科的类别和内容，系统介绍主要参考书目。这两门课程对研究生论文的专题选择、编写大纲和写作进程，都有很大帮助。所以当时的东方语言文学系和后来的图书馆学系大部分学生的博士和硕士论文，其前期作业都是在这两门课程的基础上形成的。1958 年远东系正式成立之后，这两门课成为博士生班的必修课程。

1947 年 1 月，董作宾来到芝加哥大学后，顾立雅为他精心安排，租住在离学校不远的一位美国学生家中。这是一幢两层楼的住宅，楼上有卧室一间，平时他可在楼下会客起居。这年 10 月，钱存训来到东方研究院报到后，和他合租在一个住宅。两人在东方研究院的办公室也是相邻的。为欢迎钱存训的到来，邓嗣禹曾在学校宴请过他，并邀请董作宾作陪。餐后三人在校园内合影留念。

顾立雅为了帮助钱存训尽快熟悉业务，并加强与外界的联系，10 月 9 日即致函哈佛燕京图书馆馆长裘开明，“你可能知道，国立北平图书馆的钱存训（Tsuen - hsuin Tsien）先生已成为我们的职员，负责进行我们中文馆藏编目工作”。10 月 14 日，钱存训就有关图书编目之事，根据邓嗣禹的要求，主动致函联系裘开明，“久慕盛誉，未获识荆，至深抱憾。训今秋应芝大之约，来此整理中文藏书，得邓嗣禹兄指示，略知梗概。此间订有 HY（哈佛燕京学社）卡片五套，分类编目拟全部追随尊著方法，以期一律。兹有数点，仍求指教，应祈拨冗赐示为幸。”（《裘开明年谱》1947 年 10 月 9 日、14 日）

钱存训在北平图书馆南京分馆任参考部主任期间，就曾与裘开明及其夫人曾宪文有过工作上的合作，他们之间应该说是老朋友。在裘开明夫妇赴美之后，钱存训又接续曾宪文未完的工作，继续为中国科学社编印书目。所以在信函之后，钱存训有意询问此事，并请裘开明代为转达他对裘夫人的问候。

1948 年，钱存训与邓嗣禹、顾立雅夫妇、柯睿格夫妇、麦克尼尔共同参加了在芝加哥大学司马特美术馆举办的王济远个人画展，并在展览会上合影留念。

随着中华人民共和国的成立，以及朝鲜战争爆发后中美双方的介入，在 20 世纪 50 年代初期，美国各大学逐渐重视对中国及亚洲地区国家的研究。1948 年远东学会更名为亚洲学会，《清代名人传略》主编恒慕义当选为主席，费正清为副主席，邓嗣禹任理事，1958 年兼任亚洲学会研究考察委员会主席。

该学会在1966年改选时，钱存训当选为亚洲学会东亚图书馆委员会主席。

1959年，时任印第安纳大学东亚研究中心主任的邓嗣禹，在学校所在地布卢明顿市，举办了一次为期三天，以“亚洲研究与州立大学”为主题的国际性学术研讨会，并邀请各大学亚洲研究中心主任参加。钱存训代表芝加哥大学参加会议，他在会上提交了一篇题为《美国早期的亚洲研究》的论文，全面论述了“亚洲研究”这一新兴学科在美国发起的历史及现状，强调了开展亚洲研究的重要性。会后，邓嗣禹将与会学者们发表的论文汇编成册，主编了《亚洲研究与州立大学》的论文集，1960年由印第安纳大学出版社出版。1961年，冼丽环将钱存训的这篇参会论文翻译成中文，以《美国对亚洲研究的启蒙》为题目，在台湾的《大陆杂志》第22卷第5期上发表（1961年3月出版）。钱、邓两人为推动美国学界对亚洲研究工作的开展，做出了不同的贡献。

在20世纪六七十年代，邓嗣禹与钱存训曾在多部名人传记的编写工作中再次合作。在富路特（L. C. Goodrich）和房兆楹主编的《明代名人传》（哥伦比亚大学出版社1976年出版）中，邓嗣禹应邀撰写明太祖朱元璋的传记；钱存训应邀撰写了明代铜活字印刷人华燧和安国的两篇传记。在包华德主编的《民国名人传记辞典》中，邓嗣禹应邀撰写了赵恒锡的传记；钱存训则应邀撰写了齐白石、高剑父、高奇峰和冯承钧四人的小传。

（原文发表于《中华读书报》2016年2月17日，有改动）

林语堂：中国首位诺贝尔文学奖提名者的多彩人生

林语堂是我国著名的作家、翻译家和语言学家，现代文学大师，他的作品在国外曾具有广泛的影响力。1937 年出版的《生活的艺术》高居美国畅销书排行榜榜首长达 52 周，曾被译成十几种语言，使欧美掀起了“林语堂热”。1939 年出版的长篇小说《京华烟云》，让他成为中国首位诺贝尔文学奖候选人。在林语堂逝世后的第二天，也就是 1976 年 3 月 27 日，《纽约时报》详细刊载了他的生平事迹，以及他对中西方文化的卓越贡献，并以三栏篇幅刊登了他的半身照片。

《纽约时报》对于中国人如此郑重的报道，创刊以来只有两次：一次是在 1975 年 4 月蒋介石逝世时；另一次是在 1976 年 3 月林语堂逝世时。当日的《纽约时报》特别强调：“林语堂在向西方人士介绍他的同胞和国家的风俗、向往、恐惧和思想上的成就，没有人能比得上。”

梦圆求学路

林语堂，原名和乐，后改名为语堂，1895 年 10 月出生于福建平和县坂仔村的一个牧师家庭，祖籍是福建漳州。其父林至诚既是乡村教师又兼牧师之职，后来到坂仔村任堂会会长。6 岁前，林语堂受其父亲的蒙学教育，启蒙读物是儒家经典和国学经典读物，如“四书五经”、《声律启蒙》等书籍。6 岁以后，他未入私塾，却进入了村办教会小学。8 岁时，他曾用三字经的形式编写教科书，初显超凡才华，赢得家人的一致赞扬。10 岁开始远走他乡，就读于厦门教会学校。后来，林语堂在他晚年出版的回忆录《回忆童年》一书中说，幼年对他影响深刻的有三个方面，一是他的父亲，二是他的二姐，三是漳州西溪的山水。其中影响最深的就是西溪的山水。

林语堂认为，一个人在儿童时代所生活的环境，将对他的一生产生很大影响。他在风景秀丽的坂仔度过了一个幸福而快乐的童年，他在所有的自传、回忆文章中，总是反复强调他之所以成为一个豁达、幽默的人，全都是仰仗坂仔村的山山水水。他的思想、观念、性格，以至于人生观、美学观、世界观的形成，都深受闽南秀美山陵的影响。

林语堂的父亲林至诚，年轻时因为家庭贫困没有机会读书，但他懂得读书的重要性，从十三四岁就开始自学，后来达到基本能读懂诗文、能写文言文的水平。成家以后，他把全部希望寄托在孩子们的身上。林语堂后来回忆说："他教我们古诗、古文和一般对句。他讲解古文轻松流利，我们都很羡慕他。"

同时，他因长期受基督教的影响，不仅富有理想，而且思想也开明。夜深人静，他坐在床头，口吸旱烟，孩子们围在他的身边，听他像讲故事似的，津津有味地叙述美国哈佛大学、德国柏林大学或英国牛津大学的情况。他如数家珍地称赞着国外大学的长处，介绍各国的风土人情、科技知识……

数十年后，林语堂以"两脚踏中西文化"而闻名于世，无疑与幼年时父亲对他的教育有关。林至诚不懂英文，但他在同教会的往来中，知道上海有所以英文驰名的教会大学——圣约翰大学，于是他一心想让儿子们上大学，而且要上名牌大学。但对于一个清贫的牧师家庭来说，进入圣约翰大学、牛津大学读书真有点异想天开，林语堂说他父亲是"不可思议的理想主义者"。尽管那时只是一种理想或者奢望，但也对幼年的林语堂产生了极大的影响。

1912 年，17 岁的林语堂以全校第二名的成绩结束了中学阶段的学习。这年暑假他轻而易举地考上了上海圣约翰大学，实现了他父亲的理想。整个暑假，父亲都在为他上学筹款的事东奔西跑，最后，有一位早年的学生借给他一百银圆，这让林至诚乐得几夜都没睡着觉。

上海圣约翰大学，以它高水准的英文教学而名冠全国，这里不仅培养出中国第一代外交家，是颜惠庆、顾维钧等外交家的母校，而且在国际上也享有相当高的声望。林语堂进入圣约翰大学神学系，从此他学到了更加纯正、地道的英语。几年间，校藏5000册英文书籍被他逐一阅遍。西洋文化与文明对他所产生的潜移默化的熏陶，为他日后用英文创作出畅销西方的书籍打下了良好基础。在大二时，他曾以凤阳花鼓为背景，写下了第一篇爱情小说，获得了学校金牌奖。在圣约翰大学的那几年，林语堂风华正茂，是校园里的风云人物，他不仅是全能型的校园文化积极分子，还是一名口才出众的演讲者，经常在比赛中获胜。在这里，他结识了后来成为他妻子的廖翠凤小姐。

1916年，林语堂仍然以全校第二名的优异成绩完成大学学业。毕业后，他被推荐到清华大学任英语教师。在学习上，林语堂是一个永不满足的索取者。一到清华大学，出国留学的事宜就排到议事日程上来了。

从家庭的宠儿到圣约翰大学的“校园明星”，林语堂的生活是一帆风顺的，清华大学又一次给他这个幸运儿提供了一个难得的机会。当时清华大学规定：任教三年的在职教师，可由校方资助出国留学经费。1919年，林语堂顺利地获得了留美的名额，美中不足的是，他只得到了半额奖学金，每月40美元。尽管如此，他还是决定要把新婚宴尔的妻子廖翠凤一起带出去留学。在清华大学这段时间，林语堂曾投稿给《中国学生月刊》举办的征文比赛，连续三次获得一等奖，后来自己觉得不好意思，只好停止投稿。

1919年秋，林语堂留学哈佛大学比较文学研究所，师从白璧德教授，学习比较文学。他在哈佛读完一年学业，各科成绩均是甲等，后因学费告缺，第二年转学到学费较低的欧洲，先到法国，后到德国，进入莱比锡大学主攻语言学。该校中国研究室的中文藏书相当丰富，林语堂如饥似渴地深入阅读了大量专业书籍，同时训练了中外文翻译中的考、译等问学方法。1922年，经哈佛教务主任同意，林语堂以在法国所修课程弥补在哈佛所缺学分，获得哈佛大学文学硕士学位。四年之后，他又获得了德国莱比锡大学哲学博士学位。

1923年，林语堂学成归国，从此在中外文坛上开始谱写他才情人生的辉煌篇章。

驰骋中外文坛

20 世纪 20 年代初，林语堂初露锋芒于北京文坛。他与鲁迅、周作人、钱玄同等为友，大战反动文人，并以“语丝”派的重要成员而闻名。他曾执教于北京大学、北京女子师范大学，支持反对北洋军阀的学生运动。在“女师大风潮”中，他毅然放弃了文人革命和斗争的惯用方式，拿起石块与竹竿，与学生一同走上街头，直接与军警进行肉搏斗争，成为街头暴力反抗的参与者，因此而遭到通缉，又被现代评论家骂为“学匪”。索性，他就以“土匪”自居，并以“土匪”的名义痛打“落水狗”，成为打狗“急先锋”。后来，他以这一经历为背景，在 1928 年发表了一篇题为《祝土匪》的散文。不了解这一段背景的读者，大多都不会理解，林语堂为何要以《祝土匪》为题目发表这样的文章。

1926 年 5 月，由于在北京遭到通缉，林语堂应聘厦门大学文科主任，后任语言学教授。当时厦门位于东南一隅，又非中国经济、文化中心，知名学者一般都不愿来。为此，厦大采取高薪政策，规定教授月薪最高为 400 大洋，讲师可达 200 大洋。而北大校长蔡元培当时月薪才 300 大洋，陈独秀为 200 大洋，李大钊为 100 大洋，图书管理员毛泽东只有 8 块大洋。当时月薪 25 块大洋，便可养活五口之家。厦门大学这样的薪水对于当时的学者而言，是极具吸引力的。

因此，林语堂又先后推荐了文学家鲁迅、国学家沈兼士、历史学家顾颉刚等一批进步学者，前来厦大任教。一时间，厦大文科学者云集、人才济济，教学与学术水准处于空前的高峰期，林语堂也以伯乐而闻名。但是不久，由于英籍华人校长林文庆的掣肘，林语堂等人相继离开了厦大。后来，他投身北伐革命，应武汉国民政府外交部部长陈友仁之邀，担任了六个月的外交部秘书，这是他一生仅有的一次“官衔”经历。1928 年年底，林语堂把他的早期作品——主要是在《语丝》《晨报副刊》《京报副刊》上发表的 28 篇散文、杂文结集为《剪拂集》，由北新书局出版，这是他出版的第一部文集。之后，他又相继出版了《语言学论丛》《大荒集》等多部文集。

林语堂的成名之作，是他于1935年在美国出版的《吾国与吾民》。该书出版后仅四个月，就重印了七版，在当年美国畅销书排行榜上位居榜首，这在西方世界是破天荒的事。林语堂的成功之处在于，他在该书中叙述的内容纠正了以往西方人的偏见，消除了他们对中国的误解，也使外国人对中国文化有了比较全面、深入的了解。因为那时美国读者对于中国人的认识极其肤浅，他们在美国所见到的中国人，大多数是在中国餐馆和洗衣店里工作的华人。他们只知道在遥远的东方，有许多黄脸的“东亚病夫”。对于中国文化的了解，仅局限于孔夫子、鸦片烟、头上有辫子的男人、小脚的女人、野蛮的土匪，等等。

此后，他差不多每年都有新作品出版。《生活的艺术》是《吾国与吾民》的一个续编，《吾国与吾民》包罗万象，《生活的艺术》则深入人生理想和生活中的闲情逸致，但《生活的艺术》一书更能表现出他自己关于中国文化的取向。他所提倡的晚明与清代文人的生活情调，在这本书中得到一次系统的汇集和整理。留美著名历史学家余英时认为林语堂的著作之所以能为西方读者所接受、所欣赏，是由于他对西方文学、艺术，以至日常生活都具有丰富的认知。介绍一个中国的人物或观念时，他往往能左右取譬，使西方读者就其所知，推至其所不知。一个最有代表性的例子是，他在《苏东坡传》中，介绍苏东坡的性格与成就时，竟一连串引用了五六个国家的文学家和画家作为说明。

懂得西方但又不随西方的调子起舞，这是林语堂在西方传播中国文化获得成功的一个最重要的条件。东坡的“嬉笑怒骂皆成文章”和“一肚皮不合时宜”的处世风格都是林语堂所认同的；东坡的旷达不羁、自然活泼和“幽默”的品质更是他特别欣赏的。在汉学界，这部书的生命力是林语堂所有著作中最为旺盛的。经常去书店、关心林语堂作品的读者应该注意到，2013年出版的文学作品中，林语堂的《苏东坡传》仍有两个不同译者的翻译版本在书店销售。

林语堂的作品不仅在西方国家产生过轰动效应，早在20世纪30年代，日本对林语堂著作的翻译工作就已经展开。随着林语堂在国际文坛上的崛起，日本文学界对林语堂及其作品表现出极大的关注和热情。早在 1938 年即出版了林语堂的三部著作的日译本。如《生活的艺术》一书，日文译本名称为《生活的发现》，1979 年再版时又更名为《人生如何度过》。20 世纪 30 年代最初的林著日译本，主要集中在林语堂在欧美文坛上轰动一时的畅销书代表作上。

进入 20 世纪 40 年代，林著的日译本并未由于中日战争的形势变化而停止。如 1939 年出版的英文小说《京华烟云》，书中含有强烈的反日内容，并涉及对南京大屠杀场景的描写，但并未影响该书于一年之后在日本的翻译和出版，可见《京华烟云》一书在日本的影响力。但鉴于作品内容的敏感性，当年的两个译本都有不同程度的删节。直到 1950 年，才有佐藤亮一的全译本问世。这样，在《京华烟云》中文本尚未出现的时候，日本国内至少已经有三个不同的翻译本出现了。日本著名翻译家佐藤亮一 2012 年曾应邀到厦门大学做日语翻译方法的演讲。从 50 年代开始，佐藤亮一就将林语堂的英文著作《京华烟云》（1950 年）、《朱门》（1954 年）、《杜十娘》（1956 年），先后翻译成日文出版。

1984 年的《红楼梦》日文译本，由东京六兴出版社出版，共四册。1992 年东京第三书馆又对其再版，书名为《红楼梦全一册》，曹雪芹作，林语堂编，佐藤亮一译。在此书的封面上，第三书馆称此书为“中国近世小说的金字塔”。另有一本六兴出版社出版的《红楼梦》合订本，出版年限不详。由此可见，林语堂《红楼梦》节译本在日本是极受欢迎的。《红楼梦》译本在 1964 年 7 月，还曾以希腊文版在希腊出版。到 20 世纪末，林氏著作的日文翻译本已超过 26 种。

林著的日译本在日本社会产生过相当广泛的影响，日本中学教科书中就曾采用过林语堂作品的片段。根据 20 世纪 50 年代出生的日本友人回忆，在他的中学《国语》教材中，有两位中国现代作家的作品给他们留下过深刻的印象：一位是鲁迅，另一位就是林语堂。由此可以推断，在 60 年代中期，也就是中国的“文革”发生之前，在日本中学语文教科书中，确信采用过林著日译本的片段。

诚然，对于林语堂在中外文化比较研究领域的成果，如《吾国与吾民》之类畅销书的学术文化价值，学术界很难取得共识。这本书在国外尽管畅销，受到赞扬，但尊重事实的读者也是存有疑问的。1952 年英文版《人民中国》曾收到一些外国读者来信，询问林语堂的情况。有一位印度读者写道："耳闻目睹新中国取得的伟大成就，我开始摒弃对中国的错误看法，这些看法很大程度上是受林语堂《吾国与吾民》一书的影响。现在我认识到林语堂所描绘的中国情景毕竟不是真实的。"作家老舍也肯定读者的这些观感，对林语堂做了评论。虽然今天看来这些评论难免有用语过重之处，却反映了中国作者和读者对《吾国与吾民》的不满情绪。

林语堂虽然对外国和中国古代哲学进行过广泛的择取，但他并没有形成自己的思想理论体系，大量的工作还是演绎，特别是用于道德说教。他把中国古代的各种哲学、宗教思想以简单的"杂烩"方式融合到一起，然后当作中华民族文化的精粹而推出，这显然是不妥当的。他从西方汲取的人文主义，也未结合中国的实情提出自己的创见。林语堂的著作尽管妙语如珠，但未能在哲学思想上给读者留下深刻的印象，难以同鲁迅、茅盾、巴金、老舍等代表作家的著作相媲美，但他弘扬炎黄文化的功绩应当予以肯定。作为一位卓越的语言学家，他的成就在学术界是公认的。他早年对音韵学、新闻学、英语教学的研究，早期出版的《中国新闻舆论史》，晚年出版的《当代汉英词典》等，都达到了较高的学术品位。

赛珍珠的提携与恩怨

20 世纪 30 年代，林语堂在上海曾经创办、主编《论语》《人间世》《宇宙风》等杂志，提倡"幽默""性灵"。他办刊物、编教材、撰文等，都曾轰动一时。林语堂曾学贯中西，加上他个人的天赋，令其出手不凡。他的文章如行云流水，对人物描写游刃有余。这些都使他的小品文基地《论语》杂志，成为当时中国为数不多的畅销刊物。他的名气也因此吸引了美国著名作家兼出版商赛珍珠的注意。

赛珍珠（1892—1973 年），美国著名女作家，出生于美国传教士家庭，自幼随同来中国传教的父母定居中国，她在中国生活了 30 余年，于 1973 年逝世。1931 年她出版了一本以中国农村为背景，表现农民疾苦的长篇小说《大地》，并以此在 1938 年获得诺贝尔文学奖。1933 年她翻译的中国古典小说《水浒传》在美国出版。

赛珍珠视中国为自己的祖国，但她毕竟是一位生长在中国的外国人，她所体验到的往往不过是一些浮在表面上的东西，对中国悠久的文化历史也只不过是略知一二，根本无法理解其中的玄妙。她自己也意识到这一点，因此决定寻找一位中国作家，用英文来写一本介绍中国的书。当她得知学贯中西的林语堂，能用纯正的英文写作时，她断定这是一位可以直接用英语向西方国家介绍中国文化的绝妙写手，也是她难得的摇钱树。于是她便登门拜访，希望他能以公正的态度、翔实的文笔写一本阐述中国的书。

林语堂在 1933 年，曾于《论语》杂志上发表过《白克夫人之伟大》一文，对赛珍珠做了高度评价。对于她的这次邀请，林语堂欣然应诺，先是在上海家中，后来住进避暑胜地庐山，潜心写作英文版《吾国与吾民》，一气呵成。林语堂果然不负赛珍珠的厚望，当她读完那厚厚的手稿时，忍不住拍案惊呼："这是'伟大的著作'！"并亲自为该书撰写序言，对这部书给予了高度的评价。诺贝尔文学奖获得者的评语，为此书奠定了成功的基石。从《吾国与吾民》开始，林语堂的写作转向以英文为主。

这本书在美国的成功出版，也为赛珍珠及其丈夫华尔西的公司带来滚滚财源。于是，赛珍珠夫妇决定邀请林氏去美国写作。在国内完成了《中国新闻舆论史》一书的创作之后，1936 年 8 月，林语堂一家乘坐"胡佛总统"号，向辽阔而神秘的大海驶去，"山地的孩子"踏上了新的征途。

到了美国之后，林语堂一家先是住在赛珍珠乡间的住宅，后来才迁居纽约。林语堂根据出版商华尔西的建议，以及《吾国与吾民》出版后美国读者的反馈，将这本书的第九章《生活的艺术》部分，在半年时间里进行重新补充和扩写，并将其单独成书出版。《生活的艺术》一书在美国图书市场又成为一颗“重磅炸弹”。它于1937年在美国出版之后，立即被美国“每月读书会”选为1937年12月特别推荐图书，从此在美国畅销书排行榜上高居第一名达52个月之久，并在欧美国家的读者中掀起了一股“林语堂热”，他们把林氏著作当成生活指南和“枕边书”。从那时起，这本书在美国再版达40次以上，且被译成中、法、德、日等10多种文本，数十年畅销不衰。如此这般，也使林语堂成了国际性的知名作家。究其原因，除了林语堂的天赋与个人努力之外，与赛珍珠夫妇的提携与帮助也是分不开的。从某种意义上说，赛珍珠是林语堂走向美国、走向世界的引路人。很难想象，如果没有赛珍珠，林语堂是否还会走向大西洋彼岸，成为“两脚踏中西文化，一心评宇宙文章”的中西方文化交流的使者与桥梁。

之后，在1938—1966年，林语堂又用英文相继写作出版了《孔子的智慧》《京华烟云》《风声鹤唳》《苏东坡传》《武则天传》等数十本书。其中，1939年出版的长篇小说《京华烟云》，让他第一次跻身于诺贝尔文学奖候选人的行列。

林语堂的作品尽管也受到国内外学者的一些非议，但不可否认至今还在影响着美国人的“中国观”。1989年2月10日，美国前总统布什在国会两院联席上，谈到他访问东亚的准备工作时，说他读了林语堂的作品，内心感受良深。他说：“林语堂讲的是数十年前中国的情形，但他的话今天对于我们每一个美国人都仍受用。”

从1935年出版《吾国与吾民》一书开始，林语堂就与赛珍珠夫妇开办的约翰·黛公司合作，他交给该公司出版的著作达13部之多，赛珍珠夫妇单靠出版林语堂个人的著作就获利上百万美元。林语堂之所以同赛珍珠夫妇决裂，矛盾的焦点在版税问题上。当年在美国出书，一般来说出版社提取10%的版税，可是赛珍珠夫妇的约翰·黛公司居然提成50%，超过其他出版社的四倍之多。赛珍珠夫妇认为，朋友归朋友，赚钱是赚钱，朋友的钱照赚不误。

为了报答赛珍珠的知遇之恩，林语堂也就心甘情愿地接受了赛珍珠夫妇提出的签约条件。但当林语堂因研发中文打字机的经费问题向他们求援时，却遭到了拒绝。面对赛珍珠夫妇在他患难之际的冷酷无情，回想自己过去对于钱财的“潇洒”态度，此次林语堂再也忍无可忍，决定讨回19年间他应该得到的版税。他委托律师向赛珍珠要回所有的著作版权，并且态度十分坚决，一点也没有回旋的余地。得知这个消息之后，赛珍珠感到非常突然和吃惊，她打电话给林语堂的女儿林太乙，追问林语堂是不是疯了。但林语堂没有给赛珍珠任何情面和斡旋的空间，坚持自己的决定。

在这场官司中，林语堂虽然得到了经济上应有的补偿，但也失去了他与赛珍珠之间的多年友谊，两个曾经亲密合作的朋友最后形同路人。1954年，林语堂要到新加坡南洋大学任校长，临行之前他打电报跟赛珍珠告别，也许他还珍惜这份友情，想最后挽回曾经拥有的美好情谊，但赛珍珠却没有回复，为此，林语堂感到非常恼火，他痛心地说：“我看穿了一个美国人。”从此以后，两个有着近20年合作关系和深厚友谊的朋友，就这样彻底分道扬镳，直到赛珍珠去世，他们都没有再联系。

幽默大师的生活

提倡“生活艺术”的林语堂，自己也是一位践行者。他做事严肃认真，讲究效率，但不赞成整天过枯燥无味的生活。他规定自己每年出一部作品，只要有新作品问世，就给自己放1～2个月的假，带家人外出旅游。因此，他的足迹踏遍欧美诸多国家，用他自己的话就是尽情工作，尽情作乐。他极力主张现代人应适当调整生活节奏，在繁忙中有几分悠闲。

除旅游之外，钓鱼则是林语堂尽力工作之后，“尽力作乐”中的另一项内容。对于钓鱼，他还有自己的见解，他认为爱钓鱼的人，都喜欢上钩之后会“斗”的鱼，如果一条鱼乖乖地被钓上来，十分驯服，毫不挣扎，就会让人感到乏味。而一边拉线，一边与鱼斗，有的鱼出水后还会挣脱，这种一拉一斗，即使一无所得，与钓得一条大鱼纳入篓中，同样其乐无穷。林语堂说那种滋味与乐趣，都很难与人描述，唯有持竿而钓的人才能真正体会得到。

林语堂喜欢钓鱼，是因为钓鱼可以调剂生活的节奏，放松一下紧绷的脑神经。他长期旅居美国纽约。那里地处大西洋之滨，北及长岛，钓鱼风气甚盛，钓鱼为乐的人亦不少。林语堂每年夏天出去旅行或避暑之前，总要先打听旅途中有没有钓鱼的机会。因此，林语堂在到过的瑞士、奥地利、法国等地，都留下了垂钓的回忆。

演讲是林语堂除写作之外的另一项重要内容。1961 年 1 月，应美国国会图书馆的邀请，林语堂到华盛顿做了题为"'五四'以来的中国文学"的演讲。被这座号称世界上最知名的图书馆邀请去演讲，这对林语堂而言是一项殊荣。除此以外，林语堂还多次应邀到美洲七国发表演讲，在巴西的一次演讲会上，林语堂在演讲中插入了一段幽默风趣的话，他说："世界大同的理想生活，就是住在英国的乡村，屋子安装有美国的水电煤气管子，有一个中国厨子，娶一个日本太太，再有一个法国的情妇。"对于他的这个段子，听众们忍俊不禁，当地报纸立即刊出。对于演讲的艺术，他还有一句经典幽默的话："男人演讲时的开场白，要像女人的裙子一样，越短越好。"后来这几句话成为广为流传的幽默妙语，至今还在民间传播。美洲七国的演讲又一次提高了林语堂在国际文坛上的地位。

叼着烟斗或者双手环抱胸前手托烟斗，一脸平和闲适的笑容，几乎成了中老年林语堂的经典姿态。烟斗与吸烟可以说已经成为林语堂生活中的一部分，和他如影相随。林语堂说，没有烟斗，他便做不来任何事。有时当他放下烟斗或是忘记放在什么地方，他便不做事，在全屋中乱跑。嘴里说着："我的烟斗在哪里？烟斗，烟斗。"他常在找到之后便大笑而觉得满意。他经常对身边的人说："现在，我可以做一件事情吗？吸烟好吗？"但不等别人回答，他早已在吸烟了。

但生活之舟，不会总像顺流的江水那样一帆风顺。林语堂的生活中并不总是伴随着掌声与鲜花，"幽默大师"也有落寞与孤独之时。抗日战争时期，旅居美国的林语堂长期撰写宣传中国抗日战争的作品和文章，希望借此能唤起美国民众对中国的同情，引起美国对华政策的改变。但事与愿违，林语堂收到的却是美国出版商的严重警告："不可以，也不应当再说那样的话。"林语堂的声誉也因此受到严重影响。不久之后，人生不如意的事接踵而至。林语堂由于长期痴迷于研发中文打字机，耗尽了全部家产，并随即引发了他与赛珍珠之间的一场版税官司。

落叶归根

1953 年，为了能重振家业，58 岁的林语堂举家离美，到新加坡南洋大学任校长。可是好景不长，不到半年的时间，他就因预算问题与南洋大学执委会发生尖锐的矛盾，最后不得不辞去校长一职，离开南洋大学。一连串不顺心的苦闷，一直纠缠着这位一向以乐观、豁达著称的“幽默大师”，使他长期难以绽放笑容。

美国人的冷漠，加上经济和精神上的双重打击，使林语堂产生了落叶归根的想法。1966 年林语堂一家离开美国，定居台湾。于是，他重操久违的语言学研究，主编规模宏大的《当代汉英词典》，并于 1972 年出版。应台湾“中央社”的邀请，他先后发表了多篇关于《红楼梦》的研究论文，1973 年，林语堂出版了《〈红楼梦〉版本目录》，1976 年还出版了《〈红楼梦〉人名索引》等著作。这是林语堂对于《红楼梦》研究的收获期，也因此奠定了他“红学家”的地位。

晚年的林语堂

作为台湾文坛的当然领袖、国际文坛公认的巨匠，他先后被选为国际笔会台湾分会会长和国际笔会副会长。1975 年，因长篇小说《京华烟云》影响效应，林语堂再次被国际笔会提名为诺贝尔文学奖的候选人。

但本想安度晚年的林语堂，在台湾却遭受到致命的打击。1971 年，林语堂的长女林如斯因婚姻失败，在台湾“故宫博物院”上吊自杀，林氏夫妇在巨大的悲痛面前，精神几乎崩溃。

1974 年，林语堂用英文写成了《八十自叙》一书。这本书用散文化的笔调描述了他一生的主要经历，相当于一部 5 万多字的自传，但又与一般的自传有所不同，书中没有准确的时间和事件的记载，而是一种概括性的回顾和总结。《八十自叙》写完之后，林语堂完全搁笔。这时，他的身体状况一天不如一天。1976 年 3 月 26 日，林语堂因严重心脏病引发肺炎，经抢救无效，在香港圣玛丽医院逝世，享年 81 岁。

赛珍珠、海明威如何声援中国的抗日战争

——齐锡生《从舞台边缘走向中央》未曾提及的事项

提到抗日战争时期美国对中国的援助，被人们所熟知的往往是美国对华的经济和军事援助。实际上，这一时期的中美两国外交，还有一条鲜为人知的文化纽带，其中涉及美国战时信息办公室（简称 OWI）、美国国防部指派好莱坞参与战争，拍摄有关反映中国抗战题材的电影，为中国的抗争助力；美国向中国派遣官方记者作为特使，深入了解中国抗日战争的进展与动态，及时掌握东方前线的第一手资料；在哈佛大学任教的费正清，为了支援中国的抗日战争，曾多次组织过"为中国捐书"等活动。这些举措与活动，对于1941 年 12 月太平洋战争爆发后，罗斯福总统能够很快地邀约中国成为盟友奠定了良好的基础。美国著名作家，获得过诺贝尔文学奖的赛珍珠（Pearl S. Buck，1892—1973 年）、海明威（E. M. Hemingway，1899—1961 年）都是其中的重要参与者。

近年，笔者一直在关注关于胡适研究的进展，以及美国对中国文化援助方面的内容，曾发表过许多相关文章。为了深入了解这段历史，在美国亚裔学者齐锡生先生《从舞台边缘走向中央：美国在中国抗战初期外交视野中的转变（1937—1941）》（以下简称《从舞台边缘走向中央》）一书出版后，笔者第一时间购买阅读了此书。这本将近 55 万字的书是齐锡生参阅了大量国内学者不易见到的档案资料，如蒋介石、胡适、陈光甫、宋子文、孔祥熙等人的私人档案、日记等，通过整理、选取与提炼而成的。书中全景式地描述了为实现中美同盟，蒋介石、胡适、陈光甫、宋子文等人，在 1937—1941 年分别做出了哪些行动，并结合个人的研究，分析他们各自的功过是非，确实是

近年来出版的一本不可多得的学术著作。但遗憾的是，通读过全书之后，笔者并没有看到有关在太平洋战争前美国对中国文化援助方面的论述，这也正是目前文学与史学界很少关注的事项。为弥补此书的不足，现撰文予以补充。

好莱坞改编赛珍珠抗战小说，加入助战行动

在赛珍珠创作的文学作品中，最引人注目的就是关于中国题材的小说。1931 年，她创作出代表作品《大地》，真正地从根本上改变了西方人对中国的态度。这也是目前被中国读者广为熟知的一部作品。这样一位因描写中国社会与中国人民生活而成名的美国作家，自然也赢得了美国电影界和好莱坞的青睐。

在赛珍珠一生的文学写作中，共有四部涉及中国题材的小说作品，都曾经被好莱坞搬上美国电影银幕。除了我们熟知的《大地》以外，还有《龙子》《中国的天空》《群芳亭》三部电影先后问世。其中，《龙子》《中国的天空》是以太平洋战争前后，中国人民抗击日本侵略者为背景的故事。这些中国题材的电影在美国上演，不仅丰富了美国银幕上的中国形象，而且增进了美国人民对中国抗战情况的了解，加深了他们对中国人民的同情心。

可以说，赛珍珠是 20 世纪最受欢迎的小说作家之一，也是美国历史上首位女性诺贝尔文学奖获得者。她一生著述颇丰，其创作体裁涉及长篇小说、短篇小说、剧本、自传、儿童文学、散文、诗歌等多种形式，共有 100 多部作品问世，其中不少作品都曾是畅销书，还被好莱坞改编成电影搬上荧幕。她曾先后获得过美国普利策小说奖（1932 年）、豪厄尔斯奖章（1935 年）、诺贝尔文学奖（1938 年）、美国妇女全国书协会斯金纳奖（1960 年）、美国宾夕法尼亚州州长颁发的卓越成就奖（1960 年）等多种奖项，还曾被评选为“美国艺术文学院”院士。

赛珍珠创作的《龙子》是一部发生在太平洋战争之前，涉及中国抗战题材的小说，也是继《大地》之后又一部畅销作品。为了写好这本书，她于 1940 年特地回到中国，到她原来的居住地江苏镇江，在很短的时间内，收集

了大量关于抗战的素材，次年就完成了小说《龙子》。

书中的主要内容，反映的是中国人民如何在艰苦卓绝的条件下，机智勇敢地抗击日本侵略者。她从描写林家幸福大家庭的生活开始，展现了林家因战争四分五裂、家破人亡的悲惨经历。在小说《龙子》中，赛珍珠还揭露了国民党军队在日本人入侵南京之初的消极抵抗状态，以嘲讽的口吻描写了守城部队临阵逃跑的可耻行径。

美国《亚洲研究期刊》于1941年9月号开始连载，共分6期。许多人认为小说《龙子》满足了美国人民急于想了解亚洲同盟国情况的需要，并将此视为来自中国前线的真实报告，因此读者反应强烈。美国的评论界也对《龙子》赞誉有加，如《时代周刊》称它生动感人，是一部直露地描写中国沦陷区人民抵抗日军的好小说。

中国的抗日战争全面爆发后，美国总统罗斯福曾于1942年6月指定记者兼作家的戴维斯，组织成立了一个重要的官方宣传机构——战时信息办公室（简称OWI）。在这个机构正式成立之前，戴维斯就制定了一本《好莱坞信息手册》，其中有诸多要求颂扬美国民主，以及美化盟国银幕形象的强制性言辞。他们的目的是希望好莱坞能够主动为反法西斯战争出力。

在这样的形势下，政治和商业机遇同时降临在《龙子》身上。这些好评如潮的反应，立即引起了好莱坞的密切关注。因为在此之前，按照美国政府的要求，他们一直在寻找类似题材的文学作品。

好莱坞的米高梅公司经过协商，最终以15万美元的高价买下了这部小说的电影改编权，并邀请以凯瑟琳·赫本为首的明星加盟，阵容强大，希望这次电影改编能够像影片《大地》一样名利双收。

接下来，米高梅公司编写《龙子》剧本、拍摄电影和剪辑的整个过程，都受到了战时信息办公室的严格监管，反映了美国权力机关对电影业的操控权。战时信息办公室下属的电影局希望将这次电影制作视为“一次促进战争胜利的黄金机遇”。因此，编剧必须继续修改剧本，以确保影片《龙子》对正在进行的世界反法西斯战争有所帮助，并满足战时信息办公室的要求。

长期以来，大多数中国的观众都曾称赞美国的电影，认为美国的电影远离政治，说它们谁都敢骂，谁都敢揭露。2018 年，由美国资深好莱坞记者、自由撰稿人戴维·罗布撰写，林涵、王宏伟翻译，金城出版社出版的一本新书《好莱坞行动：美国国防部如何审查电影》中，在前言的开头，有这样一段精彩的文字，内容如下：

我们或许认为，美国电影的内容是远离政府干预的。其实，五角大楼数十年来一直都在告诉电影制作人，什么能说、什么不能说。这是好莱坞最肮脏的小秘密。

这段简单、明了的表述文字有力地印证了，当年战时信息办公室监管米高梅公司编写《龙子》剧本、拍摄电影过程的真实性。

小说《中国的天空》，是赛珍珠撰写的第二部反映中国抗战的作品，于 1941 年在《柯利尔》杂志上连载，1942 年由三角图书出版社出版。这部小说还在连载期间，雷电华公司就准备将它搬上银幕。但是，由于小说中涉及敏感的种族问题，雷电华公司的改编遇到了来自美国战时信息办公室的重重阻力。

后来，雷电华公司对原著小说的改编可谓大刀阔斧，无论是对人物的刻画、剧情设计还是主题思想，都不拘于原作。影片《中国的天空》充分发挥电影的思维特长，根据当时助战的需要，从人物造型入手，将日本军官安田塑造成当年好莱坞流行的奸恶、卑鄙的日本人形象，与小说中描写的人物有很大的不同。影片上映后，赛珍珠竟然没有勇气去电影院观看，只是写信告诉朋友“听说（影片《中国的天空》）很差，……事实上，我对好莱坞出品的作品感到越来越恶心。不管什么人送去的东西，出来的全是一路货色。”

事实上，雷电华公司根据小说《中国的天空》改编的同名影片，反映了以战时信息办公室为代表的美国政府，对敌对国日本和盟友中国完全不同的态度。同时也看出，作为美国大众文化媒体的好莱坞电影，是如何迎合大众的心理需求，以及与民众的呼声和当时社会流行意识保持一致的。

同时，赛珍珠精通英语和汉语两国语言，她不仅小说写得好，演讲也很有感染力。每次演讲的内容新颖丰富，讲理透彻，风趣幽默，经常是演讲结束之后，还被听众挽留增加场次。因此她当时成为全美家喻户晓、极受欢迎的演说家。在抗日战争初期，她充分发挥自己的这一特长，在美国各地进行演讲宣传，声援中国的抗日战争。

1943 年年初，宋美龄应邀赴美做演讲，呼吁美国人民关注中国的反法西斯战争，并动员美国政府从武器与经济方面，全面支持中国的抗战。3 月，赛珍珠应美国之音、英国 BBC 电台之邀，用汉语发表广播演讲，声援和支持中国人民的抗日战争。在中国的抗战初期，赛珍珠在美国还曾发起成立了紧急援华委员会和联合援华会，动员在美国的爱国华侨、华人，以不同形式支援中国的抗日战争。

海明威曾以政府特使身份，分析中国抗战时局

1941 年 2 月，为了考察中国战时军事、经济等问题，同时也为中美合作进一步扩大做开路先锋，美国总统罗斯福派出了他的特使居里来到中国。宋子文在致蒋介石的函电中，详细介绍了他的背景：居里是白宫幕僚中的青年才俊，专业是经济学，在参加白宫幕僚工作不久就获得罗斯福的赏识。作为总统行政助理，居里很快成为罗斯福依仗帮助他解决各种内政和外交事务的得力助手。在罗斯福前面八年总统任期内，居里也参与财经政策制定。

就在美国派出居里作为特使的同时，美国政府又暗地里派出另一位特使，即后来在 1954 年，曾以《老人与海》一书获得诺贝尔文学奖的作家海明威，这是齐锡生在《从舞台边缘走向中央》一书中未提及的事。

海明威的中国之行，不仅有孔祥熙的密切参与，还涉及中共领导人周恩来，以及蒋介石与宋美龄，可谓意义重大。在中国抗战时期，许多外国记者都曾到中国采访报道，当时非常著名的美国作家海明威作为其中的一员，是首先报道中国抗战正面战场的，这些史实目前却很少被人提及。

海明威是中国读者熟知的美国著名作家，同时也是一位著名的战地记者。出生于 1899 年的海明威，他的文学之路可谓极其顺利，“二十五岁成名，三十岁已经是大师”。1926 年出版的《太阳照常升起》令他声名鹊起，而他的

长篇小说《永别了，武器》，则直接让他跻身当年美国最顶尖的作家之列。1940 年他完成的反映西班牙内战的杰作《丧钟为谁而鸣》，在几个月内就卖出了 50 万册，让他的文学声望达到了新的高度。

他在代表作《老人与海》中，描述了人在“充满暴力与死亡的现实世界中”，表现出来的“硬汉子”的勇气与志向，因而在 1953 年获得美国普利策奖；1954 年，他凭《老人与海》获得诺贝尔文学奖。他在小说中给世人留下的名言：“一个人可以被毁灭，却不可以被打败”，曾激励过无数人为自己的目标而不懈奋斗。

2001 年，海明威的《太阳照常升起》与《永别了，武器》两部作品，同时被美国现代图书馆列入“20 世纪中的 100 部最佳英文小说”之中。美国总统肯尼迪在海明威去世时，曾经发唁电评价说：“几乎没有哪个美国人，比海明威对美国人民的感情和态度产生过更大的影响。”

1941 年初，海明威结束了西班牙战地记者的工作之后，与同为战地记者的第三任妻子玛莎结婚。在结婚之前，海明威在给他朋友查尔斯的信中提道：“婚后玛莎想去滇缅公路看看……我想，事情开始后我就会越来越有兴趣，所以我想我会喜欢滇缅公路的。”玛莎在的她的回忆录《我与另一个人的旅行》一书中，也有这样的记载：“我把一个不情愿的伙伴哄到他根本不想去的地方”，不过，后来他就变得“热切并希望尽早动身去中国”了。

可见，当时海明威并非十分愿意来中国，是他的妻子促成了两人的中国之行。

当时的中国，刚刚爆发了一场震惊世界的“皖南事变”。1941 年 1 月 4 日，新四军军部及所属部队 9000 多人由云岭出发向北移动。6 日，行至皖南泾县茂林时，遭到国民党军 8 万多人的伏击；新四军奋战七昼夜，弹尽粮绝，除约 2000 人成功突围外，大部分被俘或牺牲。叶挺与国民党军队谈判时被扣押，项英、周子昆被杀害。皖南事变发生后，周恩来在《新华日报》上愤然写下了“千古奇冤，江南一叶；同室操戈，相煎何急?!”的题词。与此同时，中共中央急于借助于同情中共的国外记者，发动国际舆论对国民党在皖南的暴行进行强烈的谴责。

皖南事变的消息传出后，美国《下午报》的老板兼主编英格索尔找到已经是著名作家的海明威，问他是否愿意去中国走一趟，了解一下国民党政府对日作战的情况，判断一下这场战争是否会影响美国在远东的利益。《下午报》是高层次的小型报纸，专门报道时事新闻。英格索尔要求海明威报道亚洲的反法西斯战争进展情况，重点关注租借法案是如何帮助同盟国取得战争胜利的。

英格索尔的这一邀请，正好与海明威想去中国的计划不谋而合。于是，海明威愉快地答应了。《下午报》邀请海明威来中国，除了因为他是著名作家，更主要的原因是海明威曾参加过西班牙的反法西斯战争，有强烈的正义感，同时又对战争的发展有异乎常人的敏锐观察力与判断力。

值得一提的是，美国政府得知这一消息后，也曾找到海明威，由国防部官员哈利·德科斯特·怀特出面，请他担任美国政府的特派员，调查国共关系的情况，并写出调查报告。目的是了解中国对日抗战的现状与潜力，以便决定对华政策的制定。由此，海明威便以妻子的陪伴者、《下午报》特派记者、美国政府特派员的多重身份开始了他的东方之行。

1941 年 2 月，海明威由夏威夷启程，经关岛抵达香港，开始了他的“中国之行”。3 月 25 日到达广东韶关国民党第七战区，在抗战前线进行了一周的采访，并应邀向前线官兵发表了慷慨激昂的讲话。4 月 6 日，他们夫妇几经周折，终于登上一架运钞飞机飞往重庆。受到时任财政部部长孔祥熙和夫人宋霭龄的接待。孔祥熙对海明威极为热情，说自己在奥柏林学院读书时就认识海明威。

海明威和中国的渊源，可追溯到他那位在中国传教并行医的叔叔韩明卫。韩明卫是美国公理会传教士，在山西公理会开办医院任医生期间，结识了当地的孔氏家族。后来韩明卫帮助孔祥熙赴美就读。孔祥熙在就读奥柏林学院时，还曾到过海明威在芝加哥近郊的老家做客，并见过海明威。只是海明威那时年幼，不记得孔祥熙。海明威在重庆停留一周时间，由于有孔祥熙的关照，采访任务进行得很顺利。蒋介石和宋美龄夫妇曾邀请海明威共进午餐，席间的交流由宋美龄担任翻译。

4 月 14 日，就在他们要离开重庆的前一天，在荷兰导演伊文思的帮助下，海明威夫妇与王炳南夫人、德国姑娘王安娜见面了。海明威夫妇在王安娜的引领下，躲开密探的视线，在一间只有 1 张桌子与 3 把椅子的地下室里，秘密会见了中共驻重庆办事处代表周恩来。

担任翻译的王安娜还记得当时的情景。多年后，她在回忆录《中国——我的第二故乡》中记述道："直到现在，我有时也还回想起与海明威会见的情况，在那一个小时中，周恩来只说了三句话，其他时间全是这位著名作家的独自讲演，内容与解决远东诸问题有关。"

这次会晤堪称海明威中国之行的高潮。海明威极为推崇周恩来的智慧，他说周恩来是绝顶聪明之人。海明威通过访问蒋介石、周恩来后得出一个结论：战后，共产党将在中国取得政权。

海明威的这次东方之行，大约有 3 个月的时间，在中国停留了 20 多天。在这期间，海明威撰写了七篇报道，对中国战局做出了详细分析，并审慎地提出了日本可能会对美国动武。关于中国的抗战报道，海明威写出了《苏日签订条约》《美国对中国的援助》《日本在中国的地位》《中国空军急需加强》《中国加紧修建机场》等 6 篇文章，均刊载在《下午报》上。

在这些报道中，海明威表达了这样一些观点：中国有丰富的人力和物力，中国人民有勤劳勇敢、不怕艰难牺牲的精神。他们能对日本反攻，而且必将取得最后胜利。海明威还曾有意向，以他在中国采访的经历为背景，写一部关于中国抗日的小说，但是后来没有完成。

在给美国政府的报告里，海明威对蒋介石的好评不多。他认为蒋介石是独裁的，是反民主的。重庆虽然设立有中共办事处，但那只是装点门面的，别处共产党人则被追捕、投入牢里，而且自由派人士遭遇亦是如此。

不过在报告中，海明威对蒋介石领导的抗日战争还是肯定的，对中国牵制日本所发挥的作用评价很高。他回到美国后，于 1941 年 6 月在刊物上发表了一系列采访中国的报道，阐述中国抗日带给美国的安全，无异于横跨两洋的庞大海军舰队一样，所以美国应该援助中国。而且，他还预言美国与中国的冲突不可避免。作为一位作家，海明威能在军事上有此卓识远见，让人们不得不佩服他分析和洞察事物的能力。

以上史实充分证明，齐锡生在《从舞台边缘走向中央》序言中所述：“1937 年 7 月卢沟桥战事爆发时，美国政府认为事不关己，”对远在亚洲的中国战事并不关心，这样的结论是不成立的。

胡适故居：留给上海的遗憾与期待

每一座城市都有它的遗憾之处。上海的遗憾之处，就是至今没有一处可供游人观赏的胡适故居。公众能够看得到的故居，似乎只有安徽绩溪与台北南港的两处房屋了。

但是，上海是胡适的出生地，也是他人生道路的起点。1889 年，胡适的父亲胡传续娶胡适的母亲冯顺弟，婚后不久，胡传在上海任淞沪厘卡（税务）总巡职位，便把冯氏接到上海同住。1891 年 12 月，在上海大东门外，外咸瓜街南段 251 号，程裕新茶叶栈内，有一个婴儿出生。这个婴儿就是日后成为“五四”新文化运动的引领者、现代著名学者的胡适。

胡适在《四十自述》中曾记载道：“我生在光绪十七年十一月十七日（一八九一年十二月十七），那时候我家寄住在上海大东门外。我生后两个月，我父亲被台湾巡抚邵友濂奏调往台湾；江苏巡抚奏请免调，没有效果。我父亲于十八年二月底到台湾，我母亲和我搬到川沙住了一年。”

程裕新茶叶栈是胡适祖上与他人合开的，现今为复兴东路东段，外咸瓜街 223 号（现为龙潭街道居委会）。这附近，还曾经是明末科学家、政治家徐光启，清代著名实业家、状元张謇，国务院前副总理邹家华，经济学家于光远、顾准等人的诞生地。

今天，能够知道和了解这段历史的人已经不多了，《辞海》第六版也仅说明，胡适是安徽绩溪人。笔者的外公邓嗣禹，在 20 世纪 40 年代曾与胡适有许多交往。他在上海的旧居还有哪几处？带着这样的疑问，也出于家族关系的渊源，笔者利用几个假期，先后进行过资料考证与寻访工作。

有迹可循的胡适旧居，在上海还有两处。其一，在浦东新区川沙镇。当时，胡适的曾祖父在川沙中市街开了一间茶庄（现川沙中市街川百劳防商店处），三开间的临街楼房，前店后作坊，店面门头上方的匾额题名：“胡万和茶庄”。到胡适祖父经营时，茶庄已有很大发展，不仅在上海老城区内开了茶叶分店，还在湖北汉口开了酒店。

1892 年 3 月，胡适在母亲的怀抱中，来到川沙的胡万和茶庄。当时，大三间门面的茶庄，里间、楼屋都颇宽敞，不过均作为制茶工场及工人住宿所用。所以，胡适母子便被安置到离中市街很近的南市街沈家大院“内史第”居住。胡适母子就此在“内史第”前进厅、屋东侧临街的厢房，住了整整一年。

“内史第”又名沈家大院，位于浦东新区川沙新镇新川路 218 号。史料显示，“内史第”原占地 3423. 7 平方米，总建筑面积 1868. 9 平方米，由清代著名金石学家、书画鉴赏家沈树镛祖上建于清道光年间，至今已有 170 余年历史。由于沈树镛曾任“内阁中书”一职，故后人将该院取名为“内史第”。

“内史第”还与中国近现代史上的诸多名人有着不解之缘。比如，民主主义教育家黄炎培，其祖父黄典谟就是沈树镛的姐夫，外祖父孟庆曾是沈树镛的妹夫，因此黄家子女都曾住此大院。再有，“宋氏三姐妹”的父亲宋耀如也曾安家在“内史第”。后来，宋家夫妇在这里生下宋庆龄、宋子文、宋美龄，直到 1904 年，全家离开川沙迁至上海市区，“内史第”承载了“宋氏三姐妹”许多童年记忆。巧合的是，胡适的父亲胡传和黄炎培的父亲曾是同僚。1892 年，胡传奉命调往台湾，胡适就随母亲冯氏搬至“内史第”居住。

尽管有如此多的名人曾在这里生活，“内史第”也难逃毁坏的厄运。到 1988 年，“内史第”在历次运动中已被拆 2/3，仅剩下最后一进黄炎培故居。2004 年，浦东新区正式立项修复老宅。2009 年，“内史第”复原工程启动。经过多年修复后，如今“内史第”已恢复成原来的三进院落，并保存了大量珍贵的史料和实物。

其二，在静安区的万航渡路 320 弄 49 号，当年是极司菲尔路 49 号。要真正触碰到胡适的精神与灵魂，恐怕仍然要数闹市中心的这一处。这里虽然并没能留下他的任何遗物，但徜徉其间，恍惚中可以看到，有一位身着深色西装系花色领带，有时也穿着中式长衫，戴着旧式圆眼镜，相貌清秀的年轻学者出入其中。他的双眼中，有着对社会的深刻洞察，为了追求自由而孤傲立世，对于突破底线的事，他决不会妥协。

20 世纪 20 年代的极司菲尔路，已是街道纵横，商肆林立，百业俱全，并聚集了大片居民住宅。其中极司菲尔路 49 号是一幢混合结构的三层楼住宅，胡适在这里居住的时间最长，大约有三年半之久。

这是一幢带小花园的新式里弄住宅，当年楼下是客厅、厨房、餐厅和卫生间，楼上大间是胡适和夫人江冬秀的卧室，旁边一侧小间是其两个儿子的卧室，另一侧是胡适的书房。1927 年 5 月，胡适自欧美旅行讲学回国，寓居上海后，接受光华大学教授聘任，又与徐志摩、闻一多、梁实秋等人重整新月社，筹办《新月》月刊和新月书店。1928 年 3 月，他就任母校中国公学校长，对学校大加改革，不仅使濒临破产的中国公学有了发展，并且培育了像吴晗、罗尔纲、吴健雄等出类拔萃的学生。

那时，胡适除了到学校和参加其他社会活动外，就在寓所潜心写作，在这里完成了许多学术论著。

笔者站在旧居的里弄门前，竭力想象室内的情形，想象午夜时分还坐在写字台前奋笔疾书的那个人；想象熹微的晨光，如何斜穿过棕色的窗棂，洒在先生的书桌上。先生在繁忙的公务之余，仍挂念学术研究。他很想写一部完整的中国哲学史，但是长期超负荷运转的心脏，最终无力支撑他实现这一夙愿。但是，近年有学者考证，《中国哲学史大纲》（卷中）曾经有北大内部发行的“讲义本”，对此，曾任胡适秘书的胡颂平在所编写的《胡适之先生年谱长编初稿》一书中有描述，胡适在其 1922 年 3 月 2 日的日记中也有记载。

当年，在胡适寓所斜对面的极司菲尔路 40 号（今天是万航渡路 323 号），住着商务印书馆经理、出版家、上海市文史馆第一任馆长张元济，这是一座两开间带有尖顶的二层英式建筑风格的花园洋房，是张元济在这里买下 2. 5 亩土地，请英国在沪开业的一家建筑设计事务所设计的。那时，胡适在写《中国哲学史大纲》（卷中）时，经常过来向张元济借阅古书，他写完一两章，即送张元济阅读。张元济收到后，立即订成本子，一口气读完，晚上临睡前，在床上又重读一遍，并给予很高的评价。

1930年11月，胡适携家眷离沪赴北平，出任北京大学文学院院长，极司菲尔路的寓所归还房东。岁月沧桑，如今该处居住着好几家普通百姓，里弄口挂着“沙利文饼干专卖店”的牌子。往里可见一栋被周围棚户区包围着的红砖大房，四周皆是大开面的大窗户，还配有木质的玻璃窗，不知道曾是哪家豪门的旧居。

由于商务印书馆两次毁于日寇炮火，张元济家庭经济也大受影响，1939年不得已把居住了25年之久的极司菲尔路的花园住宅，出售给了上海建筑营造厂的老板陶桂记，自己租赁了霞飞路（今淮海中路）善钟路（今常熟路）口的一栋三层楼的新式里弄房子居住。陶老板买下该房后进行大规模整修，加盖一层，并在西面空地上新造一栋楼与之相连。新房刚竣工还未入住，就被“76号”汪伪特务闯进来强占了，成了吴四宝手下汉奸特务潘达的公馆。抗战胜利后，汉奸潘达被枪决，房屋作为敌产没收。中华人民共和国成立后，这幢楼房成为解放军部队家属宿舍。20世纪90年代，随着武宁南路市政拓宽工程的需要，张元济这幢故居也被拆除了。

胡适自1962年猝然去世以来，数十年间，不断有纪念他的文章发表，赞美之声不绝于耳。

有人赞美他的性格，说刻薄是离他最远的东西；有人赞美他的道德，说他堪称世人楷模；有人赞美他的学术，说他常开风气之先；有人赞美他的知识分子立场，说他是伟大的自由主义者；有人赞美他对新文化运动的贡献，说他是中国的文艺复兴之父等。

诚然，我们也可以找出他的不少缺点来。例如他在道德上并非完人，在学术上常留下缺憾。他虽然推崇范仲淹的“宁鸣而死，不默而生”，其实不能真正做到，进退失据时也会沉默，或者讲些有技巧的话。但是，“光焰不熄，历久弥新”确是事实；“我的朋友胡适之”，这是许多与他有过交往的人经常说的一句话，无论是上流学者，还是出租车司机。

留美学者唐德刚在《胡适杂忆》书中，对胡适有相当高的评价：“胡适之先生的了不起之处，便是他原是我国新文化运动的开山宗师，但是经过50年之考验，他既未流于偏激，亦未落伍。始终一贯地保持了他那不偏不倚的中流砥柱的地位。……熟读近百年中国文化史，群贤互比，我还是觉得胡老师是当代第一人!”华中师范大学前任校长、著名历史学家章开沅先生近年也谈道：“胡适关于社会和国家建设的一些思想，用今天的话说，就是科学发展观。”

早在1946年，胡适《四十自述》的节译本，就曾作为耶鲁大学的教材，进入美国公众的视野。在台湾“中央研究院”胡适的墓地，由毛子水执笔的墓志铭分明写着：“我们相信，形骸终要化灭，陵谷也会变易，但现在墓中这位哲人所给予世界的光明，将永远存在。”由此，笔者不由得想起一句格言：“用笔写下来的，用斧头砍不掉!”

2012年胡适先生逝世五十周年时，胡适著述正式进入公共版权领域，席卷而来的胡适出版热，让人目不暇接。解读、评价胡适及其思想，将成为今后很长一段时间里，学术圈、文化圈、读书圈里的一个共同主题。

04

费正清研究

胡适对青年费正清的影响

胡适与费正清的相识，缘于北京东兴楼饭庄的一次聚会。

1932 年 2 月，第一次来到中国的费正清，居住在北京总布胡同 24 号，这里现在是梁思成、林徽因的故居。费正清的岳父沃尔特·坎农（Walter B. Cannon，1871—1945 年）教授当时已是国际知名的生理学家，他通过北京协和医院生理学家的熟人关系，将自己的女婿介绍给胡适。

5 月 10 日，费正清被邀请参加东兴楼饭庄的聚会，到场的人有：北京大学文学院院长胡适、北平社会调查所所长陶孟和、中国地质调查所创办人丁文江等人。

费正清后来在一封家书中描述了当时的情景：

> 我感到惊讶的是一位现代的伏尔泰——胡适坐在我身旁，敬我笋片和鸭肫肝，别的人也对我异常亲密。我全然不明白之所以如此的道理，但是我一点也没有不快之感，并且借助于通常的中国酒，我感到胸怀开朗，什么事都对他们说了……这要花多大的功夫才能当之无愧地享有这份荣耀呢？

当时，胡适已是英美归国留学生的领袖。费正清能与以胡适为首的中国学术精英交往，自然会感到很荣耀。这次见面之后不久，胡适主编的《独立评论》创刊号问世了，这立即引起了费正清的关注。费正清认为这是一本类似美国《新共和》周刊的杂志，主要刊登一些政治评论文章，其文章的写作风格，为费正清之后撰写政治评论文章，提供了许多范文和蓝本，他从此将其视为教科书来进行研究。

1935年5月，沃尔特·坎农应邀来北大讲学，胡适曾去听讲，并参加了多次宴请活动。作为费氏夫妇的邻居和好友，讲学之前梁思成、林徽因曾宴请过坎农，并邀请胡适等人参加。胡适在1935年5月24日的日记中有这样的记载："思成、徽因请 Professor Cannon（坎农教授）父女吃饭，我与孟真同去。Cannon（坎农）是少年学人 Fairbank（费正清）之妻父。"在胡适的眼中，当时的费正清应该是"小字辈"的学人。胡适可能不会想到，这位少年学人日后会成为美国汉学界的泰斗。

5月31日，在听完坎农讲座的当天，胡适在日记中又记载道："听 Professor Cannon（Harvard）（坎农教授，哈佛）讲演，讲的极清楚。"可以看出，胡适当年对费正清岳父坎农的评价是很高的。有了这层关系，胡适在日后的学术场合，给予了费正清许多关照。

1937年，费正清应邀参加恒慕义主编的《清代名人传略》的编撰工作，并与邓嗣禹合作完成了三位清朝官员（徐广缙、怡良、穆彰阿）的传记。胡适曾为这本著作撰写序言，"作为一部近三百年的传记辞典，在目前还没有其他同类的著作（包括中文的传记在内）能像它那样内容丰富、叙述客观并且用途广泛"，"它是今天可以看到的一部最翔实最好的近三百年中国史"。胡适的高度赞扬，不仅为这本书奠定了学术地位，同时也对费正清等人的工作给予了充分肯定。

当胡适将他新出版的《四十自述》寄给费正清时，费十分惊讶。他认为几乎没有人会这么早写自传。1946年，这本节译版的《四十自述》，曾在耶鲁大学被作为教材使用。但胡适本人对于此事并不知晓，在他本人的自传、日记、回忆录中也均未提及此事。

50年后，当费正清编写自传时深有体会，写自传就像编写一本教科书一样不易，必须总结大量的细节，又不能让读者读之不知所云。

胡适对费正清的影响是深远的。1954年，邓嗣禹、费正清合作撰写的《中国对西方的反应，1839—1923》出版，该书曾长期被作为哈佛、牛津的教科书。在这本书中，他们用了整整一个章节的篇幅，分别论述了胡适"新思想的影响""对文学革命的贡献"。值得称道的是，这部多次再版的英文著作，

2019 年已经在国内翻译成中文出版。

回顾费正清的一生，如果把他放在特定的时代环境中，注意他的师承关系，以及众多中国学者对其影响的史实，会给从事美国学研究的学者带来更多的启迪。充分利用与中国学者的广泛交流与合作，是费正清能够成功的一大重要因素。

费正清与中国鸦片战争研究

费正清为何对鸦片战争研究如此感兴趣，我们在他所指导的第一篇博士论文的前言中可以找到答案。他认为：1842 年英国与清朝签订的《南京条约》预示着一个不平等的世纪来临，同时也标志着一个完整的中西关系的时代到来。1840 年到 1949 年，是中国人民的近代史时期。奇怪的是，它只受到少数中西方学者的认真研究。鸦片贸易是 19 世纪的一件大事，历史学家迟早都应该分析其原因、活动和影响。它同中外关系的各个方面——商业、政治和文化关系息息相关，因此它的具体情节迟早也应该同这个时期所有其他方面一样考订出来，并把两者之间的关系阐述清楚。

费正清是美国哈佛大学终身教授，美国最负盛名的中国问题观察家，哈佛东亚研究中心创始人。他生前曾历任美国远东协会副主席、亚洲协会主席、历史学会主席、东亚研究理事会主席等重要职务，还曾是美国政府雇员、社会活动家、中美关系政策顾问。费正清致力于中国问题研究长达 50 年，他曾经主持编写过一套 15 卷容量的《剑桥中国史》。从进入哈佛大学直到他 1991 年去世，其著作绝大部分都是论述中国问题的。外界对费正清的学术生涯虽然众说纷纭，但就其崇高的学术地位及巨大的影响力而言，在西方汉学界诸贤中，无人能与之比肩。

目前，国内学者虽然对他的学术成就做过大量研究，但是关于他对中国鸦片战争方面的研究，仅见到有学者提及他早年发表的第一篇学术论文涉及这一问题，对他后来指导邓嗣禹、张馨保两位博士研究生，相继开展这一课题研究的成果未见报道。这两位学者以博士论文为基础出版的学术专著，不仅传承了他在这方面的研究旨趣和学术思想，而且进一步丰富、完善了费正清在此方面的研究成果。

鸦片战争研究思想的雏形

费正清对中国鸦片战争研究的构想由来已久。早年留学北京期间，他在《中国社会及政治学报》（*The Chinese Social and Political Science Review*）第17卷第2期上发表学术处女作《1858年条约以前鸦片贸易的合法化》，就是围绕这样一个中心问题展开的。该刊物的主办单位，中国社会及政治学会，是1915年由一批中外人士共同在北京发起建立的。1916年，该会创办了英文会刊《中国社会及政治学报》，第一期于当年4月出版，以后每个季度出版一期，4期为一卷，1941年终刊。

费正清为何对研究鸦片战争如此感兴趣，我们在他为邓嗣禹博士论文撰写的前言中可以找到答案。他认为，1842年英国与清朝签订的《南京条约》，预示着一个不平等的世纪来临，它也标志着一个完整的中西关系的时代来临。1840年到1949年，是中国人民的近代史时期。奇怪的是，它只受到少数中西方学者的认真研究。研究这一课题的中西方学者很少，这一课题自然受到学者们的关注，但是其难度也很大。在这篇论文的开篇，费正清明确指出，鸦片贸易是19世纪的一件大事，历史学家迟早都应该分析其原因、活动和影响。它同中外关系的各个方面——商业、政治和文化关系息息相关，因此它的具体情节迟早也应该同这个时期所有其他方面一样考订出来，并把两者之间的关系阐述清楚。他写这篇文章的原因在于利用当时所能掌握的中文资料，揭示事实，引起更多学者对这一问题的关注。

费正清这篇论文的主题，围绕这样一个中心问题展开：为什么鸦片输入中国为合法行为这一条款会被写入1858年11月8日中英签订的《通商章程善后条约》？是由于英国的武力逼迫（这是普遍流传的看法），还是有其他原因（顾钧《岂有文章惊海内》）？

费正清在结论部分指出，那种认为1858年英国强迫中国皇帝使鸦片贸易合法化的普遍说法是不完全正确的，只说出了一半事实。另一半事实是中国人希望通过对鸦片贸易全面征税，增加收入，所以承认鸦片贸易合法化也是中国内政问题产生的结果。费正清这篇处女作的重大突破在于使用了中文资料。但是，由于当时所能使用的中文资料很有限，所以得出的结论不免有些片面。后来，有一些中国学者对此提出了异议，他们认为费正清对鸦片战争的叙述是中国人无法接受的，他是在为英国发动战争推卸责任，抹杀了鸦片战争的实质。

1842 年 8 月 29 日签订的中英《南京条约》，标志着 19 世纪远东史、条约体制和清朝没落的开始。但是，无论是在英文、中文还是其他的文字材料中，对这次划时代条约谈判的记录都是很简单的。因为英国公布的关于第一次中英战争的文件几乎只停留在 1840 年的蓝皮书上，而清政府在《南京条约》签订后，并未在国内予以公布。要想厘清《南京条约》缔结的实质，看来只有在各方面条件成熟时，指导研究生继续完成了。

任教哈佛大学开始学术研究

1936 年 4 月，费正清获得英国牛津大学博士学位之后，于当年秋季应聘到哈佛大学教授中国史。当时的美国学界对中国的研究仍处于传统汉学禁锢之中。所谓的中国学要么作为西方文明的分支或点缀，成为边缘学科；要么则在传统汉学模式下只注重古代汉语。

费正清正是在这种形势下，以顽强的精神开始了他的中国学研究生涯。执掌教鞭初始，他即提出新的学术主张，像意大利哲学家及历史学家克罗齐一样，认为一切真历史都应该是当代史，重视现代汉语与档案研究，呼吁加强对中国近现代史的研究。费正清决心以哈佛大学为阵地，用自己的研究成果建立一个全新的中国学研究模式，来达到他所说的中国学和他个人学术生涯的“辉煌时刻”。任教哈佛大学后，他指导的第一位本科生弟子，便是后来成为美国著名政论家和新闻记者的白修德（Theodore H. White）。

1934 年，白修德获得哈佛大学 220 美元生活补助金，以及巴勒斯报童基金的资助，得以顺利进入哈佛大学历史系，成为走读生。大学二年级时，白修德对中国历史产生了兴趣，遂转入哈佛燕京学院，成为该学院唯一一位选择汉语为专业的本科生。当上教授不到一年的费正清，被安排做他的指导老师，这一机缘使得费正清成为他的重要导师，对他早年职业生涯的选择产生了极大的影响。费正清根据白修德的个人特点，以及他家庭的生活现状，鼓励他做新闻记者，而不是去做一名历史学教授。1938 年，白修德毕业时，从哈佛大学获得了一笔弗雷德里克·谢尔登旅行奖学金。这笔奖学金成为这位才毕业的大学生出国旅行的重要经济来源，而白修德于中国重庆的记者生涯也自此展开。

1938 年，费正清开始招收博士生。第一位师从其门下的博士生，正是他在中国北京留学期间结识的老朋友，燕京大学硕士毕业的邓嗣禹。费正清后来在其出版的回忆录中记述他与邓嗣禹在 1939 年至 1941 年合作过三篇系列文章，分别论述清代公文的传递、清代公文的不同类型和用途，以及清代朝贡体制规则与施行办法。所有的文章都发表于《哈佛亚洲研究学报》，之后合订成论文集。三年时间，在著名刊物上合作发表三篇论文并汇编成书出版，可谓成果丰硕。后来，这本论文集以《清代行政管理：三种研究》为题目被哈佛大学多次再版，畅销了 30 多年，成为国际上研究朝贡制度的奠基之作。

但是，费正清对中国鸦片战争研究的旨趣并未终结。他注意到，对鸦片战争的研究，中国学者通常由于中国史其他丰富的研究资料而分散了对这一资料研究的注意力。西方学者恰恰相反，他们因不能熟练掌握、研究所需要的中国各种文体资料而感到为难。总之，在中国过去的一个世纪中，关于这方面的研究仍然是巨大的历史空白之一。但在若干年后，中国和美国的历史学家们将冲破界线共同进入这个空白区。如何突破这一空白区，费正清的思路已经确定，招收中国学者作为博士研究生也许是最佳的选择。根据当时所能寻找到的中文资料的难易程度而言，以参与南京谈判人物的日记作为切入点是最好的方向。邓嗣禹在开始他的博士论文选题构思时，正是围绕着费正清的这一思路来展开的。

以参与者日记作为研究的切入点

鸦片战争以后，清王朝在外国人炮口的强迫下签订了多个条约。可是令外国人疑惑不解的是，签约的时候，清朝大臣们的态度似乎并不是很认真。在《南京条约》的整个谈判中，中方没有翻译，对条约的英文本全不过问；同时对中文本的字句也不做仔细的斟酌。

英国人利洛在《缔约日记》中，对参与南京谈判的清朝大臣们有这样的描述：在欧洲，外交家们极为重视条约中的字句与语法，而中国代表对此并不细加审查，一览即了。很容易看出中国代表所焦虑的只有一个问题，就是英方赶紧离开。因此等签订条约之后，他们就要求英方将运河中的船只转移到江中。更让外国人意想不到的是，条约签订之后，朝廷就把它们“藏之金匮”，长期秘而不宣。

在《南京条约》签订之后，条约文本一直存放在两广总督衙门，并未上缴朝廷供呈御览，也并未向下颁发。很多外交官员也不了解条约的具体内容，正所谓“历来办理夷务诸臣，但知有万年和约之名，而未见其文”。很多人将《通商章程善后条约》误认为是“万年和约”的《南京条约》。

为何如此，当然是因为这个条约的内容有损当时朝廷的面子。堂堂大清朝在人家的炮口下被逼迫签订了条约，而且条约的内容更是不同寻常。中方在条约中不得不改称“英夷”为“大英国”，称夷人头领为“大英国君主”。当时，这样的称谓在中国人看来，简直是不可想象的事。所以朝廷决定，条约的内容能不发就不发，尽量缩小知情人的范围。幸运的是，当时有一位名叫张喜的中方谈判官员写了一本《抚夷日记》，日记中提供了他当时参与外交谈判过程的详细记录。这篇日记的手稿藏于文殿阁书庄，于 1936 年才在北京发表。

在中英和谈中，中方参与谈判的主要人员有耆英、伊里布和牛鉴。伊里布被任命为钦差大臣，负责调查和管理浙江事务，后来临危受命参与求和行动，并与耆英、牛鉴一起代表清朝政府同英国签订《南京条约》，处理善后事宜。当时的张喜只能算是一个小人物，在《筹办夷务始末》一书中被写成张禧。他曾是伊里布的家臣，作为伊里布的心腹，他在中英谈判中扮演了重要的角色，负责与英国代表直接交涉，与英国人有大量接触的机会。

因此，费正清认为，张喜撰写的《抚夷日记》内容十分重要，翻译成英文价值更高，对于西方学者研究鸦片战争有重大意义。正如他后来在为邓嗣禹博士论文撰写的前言中所表述的那样："这本书是对谈判的研究，这次谈判是一个世纪的不平等条约的开端。它通过中国方面一位次要的谈判官员的眼睛来观察这次谈判。它缜密地论述了这个文件。尽管这个文件只包括几个月的时间，然而它却使我们对这个阶段的认识比许多多卷本的考察还要多。"

博士论文撰写的过程与结论

确定将张喜撰的《抚夷日记》作为博士论文的主要参考文献，首先要考察《抚夷日记》的真实性。关于这方面的问题，邓嗣禹曾致信给燕京大学的硕士生导师洪业教授。"在1941年5月14日的信中，（洪业教授）回答了关于《抚夷日记》是否真实的问题。他写道：'我看不出有任何理由怀疑这个原文的真实性。特别是因为它的叙述和英文记载完全一致。'"从邓嗣禹博士论文引言的文字中，我们可以推测，他的博士论文写作的时间始于1941年5月之前。

这篇博士论文分为七个部分：一、费正清撰写的前言。二、致谢函。三、正文：1. 介绍：A.《抚夷日记》作者张喜和1842年的事态背景；B. 日记的真实性和它的突出之处；2.《抚夷日记》的翻译和注释。四、附录：A. 1842年谈判进程年表；B. 浙江与江苏海防地图。五、参考书目提要。六、相关注释。七、索引。

邓嗣禹在引言部分评论道："张喜在日记中提供了1842年5月20日的第一个官方通讯和以后谈判的详细记录，虽然，它没有改变这年外交历史的进程，但这些记录肯定给我们（描述了）一幅新的画面。因为它们暴露了这次秘密谈判的内情，而这个谈判（的结果）通常只有一两页纸概括地提到。"

张喜在加入和谈阵营之时，定海已经失陷，由于他曾登上过英军的战舰，因此对英方的船坚炮利有直观的认识。张喜在与英方对话的过程中丝毫不落于下风，而且充满正义感。在张喜向英方索要定海之时，英方问张喜，为什么他们在定海登陆之时，没有遇到什么抵抗。张喜回答："我朝以德服人，不在兵威。""尔们外夷不知大礼，船坚炮利是霸道，非王道也。天朝所行，俱是王道，即如我中堂来浙征兵数万，铸炮数千，粮饷船只，俱已完备，而已获之囚，不伤毫发，亦是以德服人之名（明）证也。"

其实，英军在定海并非没有遇到抵抗，而是因为中国战时反应迟钝，不知定海开战，而导致战败。张喜通过强调"王道"与"霸道"的区别，用"以德服人"突出天朝的"大礼"，从而斥责英国的不正义，并将其贬低为夷人，从而使中国与英国实力上的差距被看成了"王道"与"霸道"的差别，天朝人与夷人的差别。然而，谈判是需要砝码的，中国军事力量不足，导致中方在谈判中已经处于被动局面，不是几句话就能够化解的。

在论文中，邓嗣禹还提到有关《清史稿》等著作的错误之处。张喜的叙述有助于纠正其他著作中的错误。例如，英文资料报道伊里布是1842年8月9日到达南京，但张喜记载是8日，这和牛鉴的报告相同。1842年7月底，扬州受到英军威胁，清政府花了50万英镑的赎城费才使其得以幸免。在《清史稿》和中国的几本重要著作中，这个数字是60万英镑，然而用中英资料佐证张喜的日记，不难发现50万英镑是正确的数字。所以《清史稿》和其他著作的数字应该改正。

张喜在他的日记中，还记录了三位高级谈判官员许多有趣的内幕故事：例如，牛鉴认为英国轮船的大轮子一定是靠公牛转动的。当英军对南京的进攻延期时，中国高级官员认为这种情况是如此容易对付，因而拒绝了英军关于要看到国书和玉玺的要求。甚至张喜带回去的和约草案，他们没有看就交给了秘书。而秘书去会见朋友直到第二天才回来，当草约不得不送还英方时，秘书也不知和约的内容。当条约在英舰"皋华丽"号签订的前夕，耆英非常害怕被扣留。据说直到几星期以后，他还尽最大努力用极其温和的政策抚慰马礼逊。所有这些故事在英文资料中能得到证实，从而说明了它的真实性。

邓嗣禹还在论文中指出：日记和补遗材料清楚地表明南京条约签订的过

程。一、南京条约的缔结是由英军的强迫，耆英、牛鉴和其他人陈情书的夸大其词的劝说，中国人民对战争的淡漠，财政的困难以及穆彰阿的和平建议等综合因素造成的。二、谈判的所有条件自始至终是由英国提出的，用中英两国文字写成的，作为一种谦和的姿态，允许一些讨论和评论。但是英国最初提出的一切要求最后几乎毫无改变地得到贯彻执行。三、中国的高级官员不仅不能胜任外交事务，不懂国际法，不适应中国将来的复杂情况，而且对他们面临的形势也十分无知，因为他们的情报部门极为贫乏。四、南京的中国官员对与他们打交道的英国人很诚实，几乎一切事情都向他们透露。但对他们的皇帝并不诚实，尽管皇帝极为保守、顽固，似乎他根据自己认为的职责尽了最大的努力。南京的高级大臣们除了关心敌舰立即从长江撤走和迅速实现和平外，什么也不关心。很明显，邓嗣禹在这篇博士论文中得出的结论，进一步丰富、完善了费正清关于鸦片战争的研究成果。

在论文的最后，邓嗣禹认为在论文注释中所收集到的中西方重要资料，对那些不能读懂中文的西方学者来说是有价值的。同时，张喜日记刊本中运用的许多西方著作，对中国那些难以接触到这些著作的学者而言也是有用的。

相关博士论文的出版及其影响

1942 年，邓嗣禹以《张喜和 1842 年南京条约》为题目的博士论文顺利通过了哈佛大学的论文答辩。1944 年，经过两年的补充和完善之后，同名英文书籍由芝加哥大学出版社出版。值得一提的是，这本书的中文节译版本由杨卫东翻译，刊载于《国外中国近代史研究》第 10 辑，1988 年 4 月由中国社会科学出版社出版。

在致谢部分的文字中，我们可以清晰地了解到，这篇论文的主题和构思完全是在费正清的建议和指导下完成的。而且论文在写作的过程中，是费正清自始至终的鼓励，才激发出邓嗣禹的创作灵感。同时，邓嗣禹还提到芝加哥大学的麦克尼亚教授，不仅同样给予他许多鼓励，而且用心阅读了论文的全部手稿，并提出过许多改进的建议。另外，哈佛大学的魏鲁男教授、哈佛燕京图书馆的裘开明馆长，还有他的好友周一良、杨联陞等都在借阅参考书目、讨论疑难问题等方面提供过许多帮助。

费正清在本书的前言中，高度赞扬道：通过详尽地运用中西双方的资料，邓嗣禹还提出了到目前为止最有效的证明，即中国的外交关系可以而且必须通过双方材料进行研究。……邓嗣禹详尽地吸取了当年的各类资料，他的注释和参考书目将推动这项工作的深入进行。

1945 年 6 月，美国汉学家哈罗德·诺布尔（Harold J. Noble）对这本书发表书评指出："东亚史专业的许多学生都无法阅读中文，因此这一重要日记的翻译出版对于历史学家来说是最受欢迎的"，"希望邓教授将来能有时间翻译其他文献与日记"，同时"希望有更多的中国学者能以邓教授为榜样"。

在过去 30 年内，由费正清及其弟子所形成的"哈佛学派"，在有关中国近代史研究方面，一直居于西方学术界的领导地位。哈佛学派在中西关系史的研究领域中，一直十分活跃，并形成了一套完整、系统的体系。继邓嗣禹 1944 年出版《张喜和 1842 年南京条约》一书之后，张馨保在费正清指导下于 1958 年获得哈佛博士学位，他的论文题目还是关于鸦片战争问题的研究，名为《林钦差与鸦片战争》，并于 1964 年由哈佛大学出版社出版。他所使用的资料，包括林则徐的日记、鸦片战争文学集、怡和洋行档案和其他重要的英国和美国商业档案。费正清对该书同样予以较高的评价，他在为该书所撰前言中写道："对鸦片战争的起源所作的叙述比迄今为止任何语种所作出的叙述更为全面、更为公正。"

鸦片战争虽然已经结束 170 多年，但是中国人从来没有停止过对它的反思。鸦片战争给予中国人巨大的耻辱感，这种耻辱感到今天还挥之不去。从费正清及其指导的博士生形成的"哈佛学派"理论中，我们或许能得到更多的启示。

（原文发表于《中华读书报》2018 年 2 月 28 日，有改动）

“二战”期间费正清夫妇推动中国学者访美始末

1943年6月，金岳霖、费孝通等六人收到了美国哈佛大学、芝加哥大学、哥伦比亚大学的邀请函，作为第一批入选美国国务院邀请的中国访问学者，他们即将奔赴美国访问、讲学。这件事曾引起了蒋介石的高度关注，蒋介石钦点他的秘书陈布雷专门负责，郑重其事地搞了五天的培训。作为国民政府的最高领导人，蒋介石曾一对一会见并宴请了各位教授，并向教授们赠送了他自己的照片，这对六位教授来说都是莫大的荣誉。那么，这一系列活动的背后，是由哪些人来策划和推动的呢？

实质性策划作用的人物：费正清

提到“二战”时期美国的对华援助，被人们所熟知的往往是美国对华的经济和军事援助。实际上，这一时期中美两国之间，还有一条鲜为人知的文化交流纽带。珍珠港事件后，美国对中国实施了文化援助项目，其中的子项目之一便是邀请中国学者赴美考察。从1943年到1947年，中国曾先后派出四批访问学者赴美考察，皆取得显著的成就。这一项目的积极推动者则是费正清。

费正清是美国最负盛名的中国问题专家、美国中国近代史研究领域的学术泰斗、哈佛大学东亚研究中心的创始人。以往学界对费正清的研究，大多侧重于对他的学术研究成就方面，而对他在战时担任美国战时情报局官员、美国驻华新闻处处长期间的工作，以及他在中国抗战期间，对文化领域的支持方面的研究涉及很少。

美国战时情报局是抗日战争史、中美关系史上一个重要而特殊的组织机构，对于该机构的基本情况及其与中国抗战的关系，长期以来海内外学界的关注也较为有限。值得注意的是，战时情报局驻华办事处在抗战期间曾以“美国新闻处”的名义进行活动。

早在1937年，为了支援中国的抗日战争，费正清在哈佛大学就曾组织过“为中国捐书”的活动。后来，他把募集到的书籍和期刊运到南迁的中国大学。笔者外公邓嗣禹早年毕业于燕京大学历史系，后留校任教。1937年应邀赴美，曾经协助恒慕义编写过《清代名人传略》，并与费正清有过合作的经历。1938年进入哈佛大学，师从费正清攻读博士学位。在这期间，作为费正清的助手与长期的合作者，他见证了费正清支援中国抗战的许多重要活动。

1941年8月，珍珠港事件爆发前的四个月，已经在哈佛大学任教五年的费正清作为美国研究中国问题的专家，被征召到华盛顿情报协调局研究分析分局。1942年9月，他以美国国务院文化关系司驻华代表的身份被派往中国重庆，兼任美国驻华大使克勒伦斯·高斯的特别助理，直接介入了对华文化关系交流计划，并起到了实质性的推动作用。

在费正清之前，高斯大使就发现了当时生活在重庆的中国学者的悲惨状况，建议给予资助。尽管他提出过建议，但是未能得到美国国务院的积极配合，高斯也并未做进一步的争取。

费正清到任之后，在递交给国务院关于“文化关系策略”的报告中，他重申中国是美国价值观与其他价值观冲突的战场，而扩大文化交流有利于维护美国的利益。他认为，为了美国在中国的长期利益考虑，政府必须鼓励培养那些具有领导能力，且按照美国想要的方向发展的中国人。

为此，费正清曾提出许多中肯的建议：①将文化关系项目提升到更高的层次，而不是仅局限于技术援助层次。②直接从文化关系司派遣人员来执行文化关系项目规划。③对中国的教育进行科学的研究（文化领域），文化关系司派遣官员走访大学并结识教员们。他在此还补充说明，英国大使馆文化参赞布菲尔德（J. Blofeld）曾进行过此项工作，因此美国人应该做得更好。

④将美国的交流学者派往昆明、重庆、成都和桂林的重点大学开展交流活动。他强调指出，如果这是一场全面战争，如果美国军队在此进行作战，那么也应当在文化方面采取行动。

费正清提出的四点建议，实际上是层层渗透，抓住了美国国务院官员的心理。在此之后，他在出版的《费正清看中国》一书中，进一步补充了“学者好比是交往、竞争战略中的前线战士”，学者的文化交往可以使美国完成“对中国尚未完成的革命”的观点。

当时英国也在和美国争夺对华文化交流的机会，费正清趁此机会，还曾写信给美国远东司司长霍恩贝克等人汇报情况，希望能够引起美国的重视，给予中国学者实质性的帮助。费正清在信中表示：“这里的英国人比美国人活跃得多……西南联大的原清华教授们，都是美国留学生中的精英，在中国学术界处于顶尖地位，而现在却在精神、肉体两方面都处于饥饿状态。”然后他又对中国学者之于美国的利益进行了具体阐述。费正清表示中美之间“思想融通和技术交流同等重要”“这些在美国受训练的中国知识分子，无论思考、言谈、教书都和我们一致，他们是美国在中国看得见、摸得着的一部分利益”。

为了能达到援助战时中国学者的目的，费正清可谓用心良苦。由于费正清的积极争取，美国国务院终于找到了对华“互惠性”文化交流的方式，决定邀请中国学者赴美考察。

美国的对华文化关系交流计划，全称为“国际教育和文化交流计划”的援助项目，它始于 1940 年，最初只是针对拉美国家实施。珍珠港事件爆发后，美国加强了对中国抗战的援助，首次在西半球之外增添了对华关系项目，由美国国务院对外文化关系司负责落实。1942 年 1 月，对外文化关系司在中国专门设立了对华关系处，全面负责战时与中国的文化学术交流活动，中美学者的互换交流是其重点工作之一，包括邀请中国在教育、农业、工程、社会学等诸多领域的学术精英去美国进行学术交流。

从 1943 年到 1947 年，对华关系处与设在重庆的美国驻华大使馆开展了紧密的合作，在国内共选出了 26 位有名望的知识分子，分四批应邀访美。中共拟派出的四名学者，由于战后国际国内的复杂形势，最终没有成功出行。第一批的人员中，除了金岳霖、费孝通，还有蔡翘、刘乃诚、张其昀和萧作梁，共六人。

1942 年 11 月，美国驻华大使高斯代表美国国务院，在通知中国教育部的同时，正式向中国六所大学校长发出邀请函，请求他们各推荐一名教授赴美讲学。1943 年 1 月底，这六位人选最后确定：西南联合大学哲学教授金岳霖，中央大学生理学教授蔡翘，武汉大学政治学教授刘乃诚，浙江大学历史地理学教授张其昀，云南大学社会学教授费孝通，四川大学政治学教授萧作梁。这几位都是各自领域的佼佼者。

费正清作为高斯的特别助理，也曾为此项目的实施做了大量推进工作。他在《费正清对华回忆录》中记载道："到 1943 年后期，美国国务院文化关系司邀请 6 名教授赴美国考察，哈佛燕京学社在我的敦促下给 6 名学者每人补助 1000 美元，（其他）8 名学者每人补助 500 美元，共计 10000 美元。美国学术团体理事会（American Council of Learned Societies）也按同一方针开展这方面的活动。"

费正清 1943 年 12 月返美，调往陆军情报局远东部工作。1945 年 9 月他又重返中国，担任美国驻华新闻处处长。他在回忆录中说："这是我公开宣布的职务，以这种体面的学者身份掩护我的另一项任务。"他名义上是为美国新闻处服务，实际上仍然在谋划国际教育和文化交流项目的实施。

费正清对第二批中国高校的遴选

鉴于第一批访美学者对中美文化交流起到的显著作用，美国国务院决定启动第二批访问学者计划，再度邀请六位中国学者访美。由于种种原因，第一批赴美中国学者在选拔、培训的过程中并不顺利，曾受到国民党政府，以及个别大学领导层的过多干涉。同时，美国国务院特地建议各地有关机关，选择精通英语口语的学者赴美，目的是使美国人民得以了解中国情形。

费正清在重庆一年多的时间内，为中美两国的文化交流做了大量的工作。作为情报官员，他的工作是收集战时中国和日本的情报，向美国国内汇报；

此外，他还兼任美国国会图书馆的驻华代表，主要工作是将中国的重要出版物，特别是学术出版物，带回或拍成微缩胶片寄回国会图书馆。目前在美国哈佛燕京图书馆中，就收藏有大量抗战时期老舍、曹禺等知名作家的著作，许多是当时在重庆用土纸印刷的，如老舍的《骆驼祥子》《四世同堂》，曹禺的《北京人》剧本等。这些书的封面上，都印有费正清捐赠的标志，说明是他当年在重庆收集并带回美国的。后来《骆驼祥子》的英译本在美国出版，这和费正清前期的工作是分不开的。

费正清将他在重庆拍摄的微缩胶片寄回美国之后，费慰梅则组织人在华盛顿进行后期制作。两人虽然天各一方，却是文化战线上最亲密的战友。

其实，费正清更感兴趣的还是对华文化援助计划项目。作为其中的重要人物，有了他的积极活动，才有美国邀请中国学者赴美计划的顺利实施。同时，他对第二批中国大学的遴选也提出了许多宝贵意见。费正清与许多中国学者，如金岳霖、费孝通、陶孟和等都是旧交，他对中国高校科研与师资情况有充分的了解。在这个问题上，费正清甚至比专业外交人员更有发言权。

针对第一批中国高校遴选时的局限性，他指出：美国只顾在中国扩大利益，并未认真挑选有层次的科研院所，比如清华和北大。最优秀的学者应该第一个接受帮助，必须尽快寻找高质量的学者，他们可能蛰伏在西南联合大学。

除了西南联合大学，费正清希望中央研究院也在邀请之列，并适当考虑教会大学。对此，费正清也提出了中肯的意见，希望考虑一下教会大学，燕京大学和南开大学都是合适的选择。教会大学中的学者需要支持和帮助，更重要的是，他们都是头等能干的人。

美国国务院充分尊重费正清提出的意见，在第二批人员中，邀请了南开大学社会学教授陈序经，金陵大学校长、化学教授陈裕光，厦门大学校长、物理学教授萨本栋，中央研究院心理学所主任、心理学家汪敬熙，北京大学中文系教授杨振声，岭南大学植物学教授容启东。其中，南开大学是私立大学，金陵大学、岭南大学都是教会大学。

该批学者赴美考察过程并未如第一批那般麻烦，主要原因是美国总结了第一批邀请学者出国时的经验教训，尽量避开国民党政府教育部的纠缠与干涉。

抗战时期中国学者为中美文化交流做出了显著贡献，但这一切都是在美国的控制主导下进行，中国被动响应。在半个多世纪里，费正清以自己独特的视角审视和考察了中国，他的研究、著作和主要观点代表了美国主流社会的看法，不仅影响了几代美国汉学家和西方的中国学界，而且直接或间接地影响了美国政界和公众对中国的态度、看法以及美国对华政策的制定。

具体操作的关键人物：费慰梅

费慰梅（Wilma Canon Fairbank，1909—2002 年）是费正清的夫人，1942 年 1 月，她是新成立的美国国务院对华关系处的首名职员与筹建者，后任美国驻华大使馆文化参赞，对华人员交流计划的主要负责人。1942 年 9 月，费正清以国务院文化关系计划联络官的身份被派往中国，费慰梅则继续留在华盛顿工作。许多中国学者都认识费慰梅，1943 年到 1947 年，中国派到美国的四批访问学者中，许多人都与她建立了长期的交往关系。

1976 年，费慰梅负责撰写的美国国务院文化司的官方历史项目《美国对华文化项目：1942—1949》，由美国国务院在华盛顿出版。该书全面、系统地记录了美国政府在 1942 年到 1949 年所开展的对华文化外交的有关情况；对华文化项目的起源与各个阶段的发展历史，其中包括中美富布莱特项目的早期工作；以及美国政府与中国共产党解放区的文化接触等方面的资料。该书具有重要的史料价值，是研究中美政府间文化关系不可多得的珍贵文献资料。费慰梅处事极为低调，书中几乎没有提及自己，更不用说她创建大使馆文化处取得的功绩。

著名文物专家王世襄先生早在半个多世纪前就翻译过她的论文，她最后的著作《梁思成与林徽因：一对探索中国建筑史的伴侣》也已被译成中文，1997 年由中国文联出版社出版。但是如果查阅已经出版的书籍，或者是在互联网上检索“费慰梅”三个字，就会发现前面总有“费正清的夫人”“林徽因的朋友”这样的定语。可以说，我们今天所看到的，只是作为配角出现的费慰梅的一个侧影。

1909 年，费慰梅出生在马萨诸塞州波士顿市剑桥。她小时候的家现在是哈佛燕京图书馆的所在地，她去世时的家在哈佛小广场以南的学生公寓之间，在这两个地点之间步行只需十来分钟。费慰梅自小爱好绘画，1931 年从哈佛大学拉德克利夫女子学院艺术史系毕业后，于 1932 年 6 月到达北京，和费正清租住在西总布胡同 21 号的房子。这栋房屋很快见证了费正清与费慰梅的婚礼。到北京后，她开始学习汉语并研究中国的美术与建筑，很快她结识了梁思成、林徽因夫妇，并得到他们的悉心指导。当时梁、林夫妇住在离她家不远的总布胡同 3 号，梁家小院成了他们经常聚会的地方。1934 年 8 月，费氏夫妇与梁氏夫妇曾一同去山西考察古代建筑，在这期间，费慰梅学会了测绘古代建筑的基本方法。

近一个世纪以来，费慰梅去过很多大大小小的中国城市和乡村，她的思想穿越两三千年的时光，她的情感联系着她的中国朋友。自 1979 年起，费慰梅多次访问中国。2002 年 4 月 4 日，费慰梅在马萨诸塞州剑桥的家中告别尘世。

1943 年，作为美国文化专员的费慰梅，受美国国务院文化关系司指派来到中国昆明，追踪调查美国庚款留洋学生的学习、工作状况。她在昆明的“魁阁”地区，看到聚居在这里的中国学者费孝通等人，目睹了他们是如何工作和生活的感人一幕，她特别赏识费孝通的努力，也因此与费孝通成为相知的朋友。

费孝通当时任教的云南大学社会学系，是他在燕大老师吴文藻的规划下，于 1938 年建立的。1939 年，在吴的努力下云大和燕大合作成立了一个社会学研究站，费孝通以云大教授的名义，主持研究站的工作，开展社会学调查。1940 年昆明遭到日军大轰炸，社会学研究站不得不疏散到昆明附近呈贡县的农村，租了当地人用来供奉神灵的古楼——魁星阁作为工作的基地，从此这个研究站就被简称为“魁阁”。

当时社会学研究站的工作条件异常艰苦，但在费孝通的引领下，一批有理想、有抱负的青年学人在抗战的烽火中坚持进行社会调查，写作和出版了一系列有价值有分量的作品，这些成果作为人文区位学（社区）研究的典范，很快得到国内外同行的广泛认可，三层小楼的“魁阁”也因此成为中国社会学发展史上的高大地标。后来，费孝通去美国访问期间，在芝加哥大学出版的英文版《云南三村》，就是“魁阁”的代表性成果。

费慰梅积极向美国政府推荐费孝通，说他是一位可以读懂中国和美国的学者。美国科学界向来有很大的倾向性，推荐人一致用大量热情的语言宣扬费孝通，于是美国政府很快就接纳了这位中国学者。费孝通到达美国之后，一直与费慰梅保持着通信往来，将学术交往的得失及时向费慰梅转达。费孝通到达美国之初，还曾在费正清、费慰梅的家中居住过。

1945 年 5 月，费慰梅正式以美国驻华大使馆文化参赞的身份到达重庆。当时，她与费正清在北京时期结识的朋友、康奈尔大学的汉学家毕乃德教授也在大使馆，负责中方的联络工作。

在大使馆工作期间，毕乃德为费慰梅提供了很多帮助，使她能迅速开展工作，建立起美国国务院文化关系司的中国分部。被任命为中国战地文物保护委员会副主席的梁思成迎接了她。她与梁思成带着日本投降的好消息，一起到营造学社的临时驻地李庄看望了林徽因。此后，两家频繁地聚会，这为在贫困和疾病中挣扎的林徽因带来了许多欢乐。费慰梅在工作之余还与德国历史学家傅吾康（Wolfgang Franke）调查了岷江沿岸的十几座汉代崖墓。

1945 年 11 月，费慰梅带着尚有墨香的《骆驼祥子》英译本，专程到重庆拜访了老舍，向他透露了美国国务院邀请他作为第四批访美人员的信息。第四批赴美学者并不限于科研机构，美国还邀请了若干文艺界的人士，文学家老舍、剧作家曹禺、漫画家叶浅予及夫人舞蹈家戴爱莲等九人均名列其中。

1945 年 12 月，马歇尔赴华负责调停国共矛盾，费慰梅建议趁此机会邀请解放区的学者赴美考察，马歇尔表示赞同。中共对此计划态度也较为积极，并选出四名学者：周扬、欧阳山尊、聂春荣和陈凌风。但由于国际国内的复杂形势，共产党学者申请的护照皆被国民党政府拒绝。但是，中共方面对于费正清、费慰梅在其中所做出的贡献，还是十分钦佩的。

（原文摘要发表于《中华读书报》2015 年 11 月 25 日，有改动）

邓嗣禹与费正清50年合作内容

引言：《巨流河》揭开了一段尘封的历史

费正清是美国汉学研究领域的学术泰斗，素有研究中国历史的“美国教父”之称，当今美国诸多有影响的中国问题专家皆出自其门下。以往，由于种种历史原因，许多人只知道费正清是汉学泰斗，并不了解邓嗣禹作为他长期的助手与合作伙伴，对费正清所产生的作用与影响。如果说在半个多世纪里，费正清以自己独特的视角审视和考察了中国，他的研究、著作和主要观点代表了美国主流社会的看法，不仅影响了几代美国汉学家和西方的中国学界，而且直接或间接地影响了美国政界和公众对中国的态度、看法以及美国对华政策的制定；那么，邓嗣禹作为他的助手与长期的合作者，无疑对费正清的研究做出了重要的帮助和贡献。可以说，他们共同对世界格局，曾经产生过重要的影响。

2009年，台湾大学知名教授、翻译家和比较文学学者齐邦媛女士，以80多岁高龄撰写的长篇自传体回忆录《巨流河》一书一经问世，便洛阳纸贵。齐邦媛是台湾文学走向世界的有力推手，在台湾素有“文学教母”和“永远的齐老师”之誉，她早年曾留学美国印第安纳大学，与邓嗣禹教授有过密切的交往。在《巨流河》一书的第七章“心灵的后裔”一章中，描写她在印大的学习生活时，有这样真实的记载，也因此揭开了世人很少了解、尘封多年的一段历史：

“印大著名的图书馆和她的书店是我最常去的地方。在占地半层楼的远东书库，我遇见了邓嗣禹教授（Teng Ssu—yu，1906—1988），是学术界很受尊敬的中国现代史专家。他的英文著作《太平军起义史史学》《太平天国史新论》《太平天国宰相洪仁玕及其现代化计划》皆为哈佛大学（出版社）出版，是西方汉学研究必读之书。邓教授，湖南人，虽早年赴美，已安家立业，对中国的苦难关怀至深，我们有甚多可谈之事。他退休时印大校方设盛宴欢送，他竟邀我同桌。在会上，校方宣读哈佛大学费正清（John King Fairbank，1907—1991）的信，信上说他刚到哈佛大学从事汉学研究时，邓教授给他的种种指引，永远感念这位典范的中国学者。”

齐邦媛在书中所提到的邓嗣禹教授，曾是费正清早年在哈佛大学培养的第一批博士生中的一个。但费正清在众多的学生中，为何要“永远感念”邓嗣禹呢？费正清与邓嗣禹从1935年结识、相交，到1988年邓嗣禹逝世，50多年中，两人一直保持着密切联系，邓嗣禹出版的大部分著作，都是由费正清作序或撰写前言。在《费正清对华回忆录》一书中，有多处文字，大篇幅地介绍他与邓嗣禹共事及合作出版著作的过程。在1988年他为邓嗣禹逝世所发讣告中，重点介绍了邓嗣禹与美国著名汉学家毕乃德、顾立雅等合作出版汉学著作的业绩，高度评价了邓嗣禹对美国汉学界所做出的杰出贡献，并称邓嗣禹是一位对他有帮助的老师和有教养的绅士。

邓嗣禹是留美学者中的杰出代表，华人的骄傲。看过上述文字介绍，人们一定会对邓嗣禹充满好奇。

初识北平成知己

1925年费正清中学毕业后，考入威斯康星大学，1929年转入哈佛大学。他在日记中写道：“我对工作越来越有兴趣，求知欲日渐增强。我再也不满足于当一个半吊子，希望自己在某方面有突出的建树。但我仍然需要一桩事业，一桩我至今尚未发现的事业”。由于一个纯粹偶然的机会，费正清选择了中国历史。

费正清把毕生精力投入到对近现代中国及中西方关系史的研究上，始自1929年。这种研究在其最初阶段得到了韦伯斯特（Webster）的启发与马士（H. B. Morse）的指导。因此，他早期的学术思想与研究方法也深受马士“蓝皮史学”的影响。韦伯斯特是英国威尔士大学国际政治学教授，1928年秋他来到哈佛大学讲学。当时正在哈佛大学学习的费正清，正是接受了韦伯斯特的建议，才开始从事中西方关系史新领域的研究工作。

1929年秋，费正清在获得罗德兹奖学金之后，启程去了英国。为了熟悉中西方关系史研究的最新进展，他在穿越大西洋前往牛津大学学习的旅途中，通读了马士的三卷本经典著作《中华帝国对外关系史》。费正清抵达英国之后，即拜访了牛津大学历史学教授马士。当时马士已年逾70岁，在听说费正清设想用《筹办夷务始末》的新鲜材料，来研究中西方贸易体制的演变这一课题后，他感到非常兴奋，继而把费正清当作自己未来事业的继承者，对这位热心中国研究事业的美国青年给予了最大的关爱。在费正清的晚年，为感谢这位恩师当年的指导，他曾为马士写作、出版了一本《马士传》的书籍。在他的办公室中长期悬挂有马士的遗像。

马士1874年毕业于哈佛大学，之后考入中国海关，历任各埠海关帮办、副税务司、税务司、上海江海关造册处税务司。1909年从中国海关退休后，蛰居英国剑桥大学附近，潜心著述，所撰写《中华帝国对外关系史》三卷本于1910—1918年陆续出版。在马士的指导下，费正清集中精力对早期条约口岸外交制度的核心——中国海关机构进行了深入研究。他首先利用伦敦公共档案馆各条约口岸英国总领事提供的材料，于1931年春天完成了他的学士论文——《1850—1854年英国对中华帝国海关起源的政策》。在这篇论文中，他利用的几乎全是一些英国官员和商人所陈述的西文资料。费正清十分清楚，该文由于严重缺少中国人的观点，存在各种局限性。费正清认识到，要利用中文资料就必须学习汉语。

1932年2月，一个高个子、沙色头发的美国年轻人走进了北京总布胡同，他就是费正清。在这里，费正清结识了中国著名改革者梁启超的儿子梁思成和他的夫人林徽因。梁思成夫妇又向他介绍了其他一些中国学者，其中有哲学家金岳霖、政治学家钱端升，还有陶孟和、陈岱孙，以及物理学家周培源等人。费正清和费慰梅两人的中文名字，就是梁思成根据他们英文名字的译音，为他们起的。

梁思成说，“费正清”这个名字好，意思是费氏正直清廉，而且“正”“清”两字又跟英文原名 John King 谐音。“使用这样一个汉名，你真可算是一个中国人了，”梁思成幽默地告诉费正清。

这年 7 月，费正清在北京的教堂，迎娶了有着苗条身材、蓝灰色眼睛的新娘费慰梅（英文名威尔玛）。她出身书香门第，是一位开朗、聪明，并且善于交际、富有艺术气质的姑娘，也是一位研究中国艺术和建筑的美国学者，她与梁思成夫妇学的是同一个专业。婚后，俩人租住在北京总布胡同的一个四合院内。

在北京度过的蜜月生活令这对美国青年终生难忘。他们保留着自己的爱好，骑马、打网球，同时又尽情领略东方古国的浪漫与生活。他们共同在月光下沿着古老的城墙漫步，观看西山美丽的日落景象。费正清在写给父母的信中，这样描述当时的情景：“我带着威尔玛沿着帝国宫殿的路回家，我们乘车穿过宫殿的大门，经过了充满地方色彩的 1/4 英里路程，黄昏时分抵达我们居住的胡同。……在烛光下，我们甜美而亲密地就餐，屋外传来中国人举行婚礼的笛声和铜锣声。”

最初，他在清华大学进修时，把全部时间用在语言的学习上。为了更快地通过语言关，他利用业余时间，进入了由美国人创办的“华语学校”，这是一所专供外国人学习中文的学校。在这里，费正清不仅接受了语言方面的训练，而且直接或间接地了解到中国文化，为他深入调查中国社会做了初步的准备。同时，他徜徉于北京的街道与市场中，广泛接触中国学生和各界人士，学会了基本的汉语会话。1933 年，他用中英文档案完成了第一篇学术论文《1858 年条约以前鸦片贸易的合法化》。1935 年，他结识了时任燕京大学史学研究所讲师、《史学年报》主编邓嗣禹，两人在日后成为师生与多年的合作伙伴。

邓嗣禹字持宇，中学毕业后考入燕京大学历史学系，1932 年任燕京大学历史学会主席。在硕士导师洪业的指导下，先后编纂、出版了《太平广记篇目及引书引得》（1934 年）、《燕京大学图书馆目录初稿·类书之部》（1935 年）。这些书目为费正清查找中文资料提供了大量的帮助。费正清在他的《费正清对华回忆录》中有这样的评价与记载：

> 哈佛燕京学社之所以成功，部分地在于洪煨莲（洪业）教授和其他人士的工作。譬如说，他们在燕京时编制了一套汉学引得（Index）丛刊，为大部分中国经典和人物传记提供了原文重要词语的检索。
>
> 1935 年，我结识了燕京大学一位年轻而富有专业知识技能的图书文献目录学家邓嗣禹，他刚好和我同年（作者注：邓实际出生于 1905 年，因户口注册失误，对外公布为 1906 年），手头有无数中文参考著作。比我早 2 年到达北京的毕乃德（Knight Biggerstaff）与邓嗣禹合作编写了一部不朽的近代著作《中国参考著作叙录》（*Annotated Bibliography of Selected Chinese Reference Works*）（1936 年）。

毕乃德（Knight Biggerstaff，1906—2001 年）也是美国第一代汉学家，1934 年获得哈佛大学博士学位后，来到燕京大学做为期两年的博士后研究，在中国与邓嗣禹相识，后来回到美国康奈尔大学任教，是该校汉学研究的领军学者，曾当选为 1965—1966 年美国亚洲学会主席。两人曾合作出版《中国参考著作叙录》一书，该书后来于 1950 年、1969 年、1971 年由哈佛大学出版社多次再版。1972 年曾被翻译成韩文，在韩国出版。

美国汉学家 John K. Shryock 在书评文章中，对《中国参考著作叙录》一书评价道："在这本书之前，这个领域唯一的英文书是伟烈亚力编写的《中国文献提要》（*Notes on Chinese Literature*）。这两本书内容不尽相似，难以详细比较。但我们完全可以说，最近出版的这一本更有价值……这本书涵盖的范围很广，对于不知道如何着手寻找资料的学人来说，本书是最好的门径。"

1936 年，费正清在《1858 年条约以前鸦片贸易的合法化》一文的基础上写成了博士论文《中国海关的起源》，并于1936年5月顺利通过论文答辩，获得了牛津大学的博士学位，同年来到哈佛大学执教。这篇博士论文后来在邓嗣禹的帮助下，经过多次修订，于1953年以《中国沿海的贸易与外交：1842—1854年通商口岸的开埠》（以下简称《中国沿海的贸易与外交》）为书名，由哈佛大学出版社正式出版。对于这一段历史，哈佛大学留美博士后钱保金，在《中国史大师费正清》（《世界汉学》1998年第1期）一文中，有这样的记载：

> 费正清阅读清代档案就是蒋廷黻指点入门的。后来他在研究中对清代档案中的一些问题还是搞不懂，致使他的博士论文扩充成书的计划迟迟难于实现。后来邓嗣禹来哈佛求学，成了费的学生。正是他根据那时关于清代档案的一些中文论著，帮助费正清搞清楚了清代公文的处理过程，帮他扫除了在使用中文档案方面的障碍后，他的那本《中国口岸贸易与外交》（注：《中国沿海的贸易与外交》）才最终得以成书。
>
> …………
>
> 可以毫不夸张地说，没有蒋廷黻和邓嗣禹等中国学者的帮助恐怕未必就会有费正清的成名。费一生中有许多杰出的中国学生，他也比较热衷于与中国来美的学者合作。充分利用与中国学者的广泛交流与合作是费正清能够成功的一大重要因素。

1936年，邓嗣禹在他1934年发表在《史学年报》上的《中国科举制度起源考》一文的基础上，完成了《中国考试制度史》一书，并由南京国民政府考选委员会出版发行，顾颉刚、邓之诚等著名史学家为其作序。该书后来多次在国内再版发行，成为研究中国科举制度的奠基之作，而且目前仍是国内外科举学研究学者普遍引用的重点书目，与之后发表的《中国对西方考试制度的影响》《中国科举制度与西方》两部论著，构成了对中国科举制度研究完整的“三部曲”。因此，邓嗣禹也被国内外学者公认为科举制度研究的奠基人与开拓者。近年，国内科举学研究领域的领军学者、厦门大学教育研究院院长刘海峰教授多次撰文，称赞邓嗣禹揭开了科举学领域的“哥德巴赫猜想”

命题，是科举学领域的“陈景润”。

科举制起源于中国，对东亚和西方国家产生过深远的影响。历史上日本曾一度仿行过科举制，韩国、越南曾长期实行科举制度；英、法、德、美等国曾借鉴科举制建立了文官考试制度。东亚诸国仿行科举制于史有证，不成问题。而科举制对西方考试制度的影响，却是一个相当复杂的问题。

20 世纪初，清朝统治者在欧美坚船利炮的冲击下摇摇欲坠，实行了一千三百年的科举制也走到了穷途末路。为了推广新学、兴办学堂，清政府不得不于 1905 年废止了科举制。随后，科举制被看作是和鸦片、缠足等同样落后丑恶的东西，为人们所唾弃。因此，一些谈及科举考试史的人往往避免使用“科举”这一名词，而代之以“中国历史上的考试”的说法。在中国人多对科举加以批判的 20 世纪 20 年代，长期接受西方教育的孙中山说出的话石破天惊，他说，现在欧美各国的考试制度，差不多都是学英国的。穷流溯源，英国的考试制度原来还是从中国学过去的。所以，中国的考试制度就是世界上最古最好的制度。正是在孙中山这一说法的启发下，一些中国学者对科举西传问题进行了艰难的探索。

1943 年 9 月，时任芝加哥大学东方研究院院长的邓嗣禹，在国际著名期刊《哈佛亚洲研究学报》上发表了《中国对西方考试制度的影响》一文，长达三万余字，收集、引用了 1870 年以前西方人论述科举的文献 70 多种，围绕“西方考试制度的发展、西方记述或涉及中国科举制的资料、英国对中国文明的推崇、英国驻华使臣论中国科举制、确认中国影响的证据”等问题旁征博引，论述详赅。邓嗣禹称：“根据上述所有同时代的证据，我们可以确凿无疑地证明：中国的科举制是西欧制定类似制度的蓝本”。文章发表后，在海内外引起广泛的反响，被先后两次翻译成中文，同时还被多种文集收录。目前该论文在西方汉学界几乎无人不知，无人不晓。

因为在此之前，科举考试与现代西方文官考试制度是否具有联系，西方文官考试是否曾借鉴或受到中国科举制度的影响，一直是一桩悬案。基于这一问题的复杂性和研究、考证的难度，学术界一直未能提供有力的证据。

邓嗣禹的研究是具有开拓性的，这项研究不仅再一次印证了文化的交流与融合是促进人类文明的基本途径，科举制度作为中国的“第五大发明”，对西方近代文官制度曾发挥过积极的影响，同时也开创了科举研究的一个新领域，因此揭开了科举学领域的“哥德巴赫猜想”命题。

为了让西方学者尽快了解此书的内容，并向西方介绍中国的科举制度，在 1967 年再版时，将曾任美国亚洲研究学会第一任会长的恒慕义在 1938 年为其撰写的长篇英文推荐文章作为附录。该书 2011 年中文版目前被哈佛大学图书馆收藏。2019 年 6 月，商务印书馆已经将最新版的《中国考试制度史》[①]增加万余字的导读文章[②]、三篇科举研究论文作为第二编内容纳入其中，并增加了恒慕义推荐文章的中译文，力图以最新的面貌向读者展示“中华现代学术名著丛书”的风采。目前该书的英译本出版事宜正在与哈佛大学出版社商议中。

编写《清代名人传略》结良缘

1937 年 7 月，邓嗣禹接受燕大同学房兆楹邀请，辞去燕大教职，前往美国华盛顿，参与由国会图书馆东方部主任恒慕义博士主编的《清代名人传略，1644—1912》（以下简称《清代名人传略》）的编纂工作。在这本书中，共收录了中国这一时期 800 多个人物的传记，反映了美国早期汉学的特色，20 世纪 40 年代开始分两卷出版。在撰写这部著作时，主编恒慕义博士共组织了 50 多位东西方学者参加编写工作，其中包括费正清等众多知名学者。为编写好这部著作，工作人员查阅 1100 多卷正史，并做了数百卷“笔记”。该传略在行文方面也十分严谨，每位传主都有姓名、字号、出生年月、籍贯、主要经历和事迹，篇末有注释。邓嗣禹负责编写其中 33 位太平天国时期正反两方面的人物传记，其中有三位作为反面人物的清朝官员（徐广缙、怡良、穆彰阿）的传记，是他与费正清两人共同完成的。

---

① 该书计划于 2020 年出版。

② 由本书作者彭靖执笔。

在恒慕义博士的领导下，参与编写《清代名人传略》的工作，让费正清与邓嗣禹有了第一次合作的机会，进一步加深了两人的友谊，同时也让邓嗣禹开始涉足太平天国的研究领域，这为他日后从事太平天国历史的系列研究工作打下了良好的基础。

师生合作出精品

在美国，盛传有“先有哈佛，后有美利坚”的说法，说明这所学校的古老与重要性。哈佛大学始建于 1636 年，比美国成为独立国家几乎要早一个半世纪。当年移居美洲的英国清教徒，为了其子孙后代的幸福，仿效当时英国剑桥大学的模式，在马萨诸塞州的查尔斯河畔，建立了美国历史上第一所高等学校。1639 年，学校更名为哈佛学院，目的是纪念学校的创办人，经费的主要捐献人约翰·哈佛。

1780 年，哈佛学院被马萨诸塞州议会破格升为哈佛大学，此名一直沿用至今。历经三百多年的发展，哈佛大学目前已经资产庞大、规模超群，常被人们戏称为“哈佛帝国”。哈佛大学能从“一叶小舟”发展成为世界高校中的“航空母舰”，原因之一便在于它开创和形成了一整套颇为独立的办学理念和创新思维，以及拥有超一流的研究学者。

哈佛大学不仅有一流的研究机构，还有许多世界著名的中国问题研究专家，最著名、最具代表性的人物当属费正清教授。1997 年江泽民主席、2003 年温家宝总理在哈佛大学演讲中，对他的学术成就和致力于促进中美友好关系所做的贡献，都给予了很高的评价。

1937 年春，费正清在哈佛大学首次开设“1793 年以来的远东史”的历史课程。在这以后的四年里，选学这一课程的注册学生人数始终在 25 ~ 53 人，从而扩大了他在哈佛大学的影响。该课程与赖肖尔（E. O. Reischauer）的汉语课程相结合，成为当时哈佛大学远东史课程的基础。

1938 年，邓嗣禹获得了哈佛燕京学社第二批奖学金，前往哈佛大学师从费正清攻读博士学位。由于学业优秀，1939 年再次获得哈佛燕京学社奖学金，并利用课余时间与费正清合作撰写了《清朝公文的传递方式》的论文，当年发表在《哈佛亚洲研究学报》第4卷第1期上。1940年至1941年，两人又合作撰写了《清朝文件的种类及其使用》及《论清代的朝贡制度》，先后发表在《哈佛亚洲研究学报》第5卷第1期和第6卷第2期上。后来，这三篇论文于1960年由哈佛大学出版社结集出版，书名为《清代行政管理：三种研究》。

人们通过《清代行政管理：三种研究》一书所提供的资料，就能够看到清王朝统治机构的运转情况，如分布广泛的邮政、盐税、经由大运河供应北京的漕粮运输、防止黄河泛滥的治理部门与关税系统。其中关于清朝公文的两篇文章，通过对《筹办夷务始末》等各类文件进行分类，集中研究了连接北京和各省市的邮政体系，并以注明准确时间的公文为实例，绘制出了一张表明种类公文由地方送至北京所需时间图表，由此推断出其他公文的具体时间，从而对清政府制度结构之间的关系做出了详细的研究。

陈君静在《大洋彼岸的回声：美国中国史研究历史考察》一书中写道：费正清与邓嗣禹合作出版的《清代行政管理：三种研究》一书，不仅证实了《筹办夷务始末》的档案材料的价值，而且还扫除了美国学者考察中外关系问题的一些障碍，使他们懂得如何通过中文材料来窥探清朝各种社会制度的动作模式。

朝贡制度曾是古代中国与周边国家传统关系的主要形态，进而成为近代以前，以中国为中心的整个东亚地区的一种基本国际关系形态。关于此主题的研究历来受到国内外学界的重视。

《论清代的朝贡制度》全文共八个部分，是费正清一直以来所关注的朝贡制度这一主题的初步成果。国内外许多学者认为“虽然此文的完成距今已有半个世纪之多，但其关于朝贡制度的理论阐释及新的研究方法的采用仍然有力地推动了朝贡制度研究的深入，对目前的研究有重要的参考价值和借鉴意义”（王志强：《西方朝贡制度研究的开拓与奠基之作》）。朝贡制度的研究，不仅具有开拓性，而且影响深远，至今余音未消。著名学者山东师范大学李云泉教授，长期从事有关朝贡体系的研究，发表了《再论清代朝贡体制》一文（载于《山东师范大学学报》2011年第5期）。他在开篇就指出：“自1941

年美国著名中国学家费正清与美籍华裔学者邓嗣禹合作发表《论清代的朝贡制度》一文以来，其学术观点长期左右欧美、日、韩学界的相关研究，并对中国学界产生过重大影响。”

1938 年，费正清在哈佛大学首次开设了使用清朝文献资料的研究生讨论班，他还与邓嗣禹共同编写了教材，并亲自向学生讲解清朝文献的意义及使用方法。“由于讨论会缺乏合适的教科书，编写教材就再一次成为必须做的事了。费正清与邓嗣禹在博伊尔斯顿宿舍辛勤工作，并以一起撰写的那 3 篇文章作为教材编写的起点。他与詹姆士·韦瑞等人一起搞出了几个用于教学的译本，1940 年他们将这些译本油印汇编成《清朝文献介绍提要》，1952 年由哈佛大学出版社出版。”加拿大约克大学东亚研究中心主任保罗·埃文斯在《费正清看中国》一书中有这样的记载。

保罗·埃文斯是一位加拿大学者，20 世纪 70 年代曾师从费正清攻读博士学位，与费正清私交不浅。费正清破例向他提供了全部个人学术档案，埃文斯在此基础上撰写出了以研究费正清为主题的博士论文，1988 年在美国整理成书出版，1995 年被翻译成中文在中国发行。

诲人不倦的导师

费正清是美国汉学界的“太上皇”，此乃举世公认。哈佛的学生们也因此私下常用他的英文名字中间的字——King（国王）作为他的绰号。他在哈佛大学为研究生们开设的两门课最为叫座：一门课为近代东亚文化；另一门课为中国近代史。第一门课程被学生戏称为“稻田课”，据说他第一次开近代东亚文化大班课的时候，为了能吸引学生的注意力，时常辅以幻灯片，而第一张幻灯片就是一张中国稻田的图片，然后他不动声色地说：“女士们、先生们，这是一块稻田，这是一头水牛……”学生们因此把这门课叫作“稻田课”，但这门课却是有史以来在哈佛大学持续最久的课程之一。

哈佛大学“费正清东亚研究中心”之所以能吸引大批优秀学生，除了费正清本人筹款有方，他作为导师有很高的个人魅力，也是一个十分重要的因素。作为他曾经的学生，如今美国各大学东亚研究中心的带头人，回忆起他们导师的关心与教诲，仍然亲切地称他为“父亲”或是“教父”。

当时哈佛大学的教授大多难以接近，令学生们敬而远之。而费正清却十分平易近人，学生们要找他求教或商讨问题，他从不拒绝。他甚至慷慨地让他的研究生们使用他的书房，只要求用过的书必须放回原处。许多人就是在他的书房中开阔了眼界，了解到中国研究的楼外青山。同时，他对学生也十分负责，学生们交给他的学术论文，他常常是在48小时之内，批改好之后返回，并附上整整一页或两页批语。这些批语中有的很具体，比如：“不要什么事情都说两遍”；有的则相当严厉，比如“这不是写给家庭妇女看的”。

1941年，邓嗣禹开始撰写有关“鸦片战争与南京条约”研究方面的博士论文，他每写完一章节，费正清就拿走审阅，但必定在第二天早上送回。费正清对整个论文的结构、研究内容的深度都曾提出过具体意见。1942年年初论文完成之后，费正清让他再做修改，并鼓励他说：“你能使这篇论文成为一本很好的书。只要再做修改，你就能使一本‘好书’，成为一本‘很好’的书。”费正清读过邓嗣禹的修改稿后，在封面上写道：“你的书给我留下极其深的印象……，这是一项真正的成就，我祝贺你。”一本高质量的学术专著就这样诞生了。

1944年，《张喜和1842年南京条约》一书经博士论文扩充之后，由芝加哥大学出版社出版，费正清为书撰写了前言，高度评价了邓嗣禹的学术成就。书中所述张喜为中英南京条约谈判时的一个重要人物。

1946年，费正清回到哈佛大学设立中国问题研讨班，曾邀请邓嗣禹、杨联陞、房兆楹等几位学者帮助他整理清代史料，并合作出版了多篇论文。同时，他还着手对哈佛燕京学社的近代中国史藏书进行了一次系统性调查，在留美学者刘广京的大力协助下，用了整整三年时间，整理出了含有1067部著作的详细目录文献：《近代中国：1898—1937年中文著作书目指南》。

杨联陞是费正清1946年指导的博士生，并长期在哈佛大学任教，曾为邓嗣禹的《高级社交汉语》一书撰写过前言，他与邓嗣禹在此后的几十年中一直保持着密切的交往。房兆楹后来也与邓嗣禹在20世纪70年代合作编写过

《明代名人传》。

1949年秋，当费正清在哈佛大学最早开设现代中国问题研究课程时，曾邀请邓嗣禹回母校哈佛大学讲授该课程。在任教期间，邓嗣禹与费正清再次合作，共同编写了著名的《中国对西方的反应，1839—1923》一书，书中汇编了65篇有关清代的重要历史文献。该书1954年由哈佛大学出版社出版，于1963年、1971年、1979年、1980年、1982年、1994年多次再版，在美国流行了40年，是美国许多大学汉学研究生的必读参考书目，1971年在加拿大出版。2013年10月，哈佛大学费正清中国研究中心将此书又一次再版；2019年8月，中译本以《冲击与回应：从历史文献看近代中国》为名出版。

在《中国对西方的反应，1839—1923》一书中，费正清与邓嗣禹首次提出“冲击—反应”理论，他们认为：19世纪中叶以前中国的历史是皇朝的循环，中国社会是一个自我平衡的社会。西方国家来到中国，对“停滞不前”的中国产生了冲击，面对冲击，中国做出了反应，中国的“社会—经济”基础、传统习惯到政治制度出现了改变，开始“走向近代”。“传统—近代”模式大体可以概括为：欧美近代工业社会是世界各国发展的楷模或必然趋势，在西方入侵前，中国是一个传统社会，且几乎处于凝滞阶段，在西方影响下，中国开始沿着西方走过的路发展。近代中国是一个由“传统”走向“近代”的过程。虽然在此书出版后，一些学者曾提出过不同的观点，费正清与邓嗣禹在之后的再版过程中，对其中内容曾进行过多次修改与补充工作，但“冲击—反应”理论的观点依然保留在书中。

对于这段经历，费正清在他的回忆录中这样写道：“由于我在1938—1941年间的合作者邓嗣禹再次来到哈佛作为期一年的战后进修，我们便决定利用这一机会通力合作……于1950年拿出了一部厚厚的《1839—1923年中国对西方的反应》（*China's Response to the West*，1839—1923）的油印译稿……全书共有65篇重要文献，邓先生起草了其中的大部分译稿并汇编了我编写的有关其作者的大部分资料，接着我又写了书的最后文本以把这些文献材料连成一体。这个文本经过我的同事们的逐一修订，又使我得到了一次宝贵的学习机会。”（《费正清对华回忆录》）在之后的若干年，《中国对西方的反应，1839—

1923》一直作为哈佛、剑桥等国际知名大学的博士生教科书，为西方培养出了大批研究中国汉学的优秀专家。

1953 年，美国亚洲研究学会换届，费正清出任第二任会长，又聘任邓嗣禹为董事，任期为三年。1955 年哈佛大学设立东亚研究中心时，邓嗣禹任执行委员会委员。费正清东亚研究中心设立的执行委员会，是其重要的权力机构。执行委员会成员由哈佛大学和波士顿地区最具权威的中国学家和东亚地区研究专家组成，他们是费正清东亚研究中心的学术骨干和核心成员，主要成员还有孔飞力、柯文、杜维明等 10 余人。哈佛有这样的传统，他们的学者，除本校的教授外，还有研究合伙人，这些人可能不属于本校教授，但可以是中心的核心成员。

费正清东亚研究中心的架构大体为三层。第一层为核心学者层，主要由执行委员会的学者和有关权威学者组成，他们决定着中心的地位和研究水准；第二层为交流层，使中心的学者和世界学术界有个互动，彼此有联系；第三层为基础层，既是中心的常设机构，也是费正清东亚研究中心落地生根的基础。

1960 年夏季，邓嗣禹再次作为访问学者回到母校哈佛大学，将他于 1949 年秋在哈佛大学讲授现代中国问题研究课程的讲稿内容，补充、整理为《捻军及其游击战，1851—1868》一书，并由法国 Mouton 出版社出版，1984 年再版。

费正清深知出版研究成果对于培养人才和发展中国学研究的重要性，为此他筹集款项，从 1956 年起出版“哈佛东亚研究丛书”。在第一个 10 年共出版了 37 种，第二个 10 年出版了 103 种，曾创造了每月出版两本书的纪录。1962 年，邓嗣禹在哈佛大学任教时出版的《太平天国历史学》一书，被列入了第一个 10 年出版的 37 种丛书之一（列为第 14 本）。费正清为他撰写了热情洋溢的前言，并提到了在 25 年前，两人在共同编写《清代名人传略》时初次合作的愉快经历。

1964 年，邓嗣禹与费正清又再次合作，发表了《中国的外交传统》论文，刊载于美国汉学家 Joel Larus 主编的《世界比较政治》一书中。邓嗣禹因此成为在美国留学的中国学者中，与费正清合作时间最长、发表论文最多的留美学者。据不完全统计，从1938年到1964年，两人先后合作发表的著作、论文有六部（篇）之多。

王伊同教授，早年毕业于燕大历史系，1949年在哈佛大学获得博士学位，先后在美国芝加哥大学、匹兹堡大学任教。他在介绍学长邓嗣禹的纪念文章《邓嗣禹先生学术》一文中，告诉我们：邓嗣禹原在燕大研究制度史，留美后则转治清史，犹致意于中外关系及太平天国之兴亡，好些美国汉学家，如费正清、顾立雅等咸乐与之游，切磋道义，而费正清是近代史权威，操持清议，每有撰述，则邀君襄赞，选题取材，唯君言是听。其内容真实反映出邓嗣禹在帮助外国汉学家，研究、交流中西方文化方面所起到的重要作用。

华东师范大学海外中国学研究中心前主任朱政惠教授，近年曾多次撰文指出："费正清回到哈佛设立中国问题研讨班，邀请邓嗣禹、孙任以都、房兆楹等几位学者帮助整理清代史料。正是对中国文献学、史料学乃至史学史研究的扎实工作，奠定了费正清现代中国学的基础，或者说，美国中国学的发展促进了美国对中国文献学、中国史料学和中国史学史的研究。"

作为"哈佛学派"的开拓者，费正清在几十年间培养了1000多名年轻的中国学研究学者，其中由他负责指导的博士生就有100多人，这些学生目前分散在美国及世界100多所大学和研究机构，其中不少已成为著名的中国问题研究专家。而他本人在中国近代史的研究方面，受拉铁摩尔、蒋廷黻、邓嗣禹的影响最大。在半个多世纪里，费正清以自己独特的视角审视和考察了中国，他的研究、著作和主要观点代表了美国主流社会的看法，不仅影响了几代美国汉学家和西方的中国学界，而且直接或间接地影响了美国政界和公众对中国的态度、看法以及美国对华政策的制定。这与蒋廷黻、邓嗣禹所起到的影响与作用是分不开的。

汉学研究结硕果

20世纪初期的美国汉学研究，还处于刚刚起步阶段，虽然40年代以前美国在中国学方面做了一些工作，但总的来说，直到太平洋战争之前，美国不仅没有东亚研究的传统，也没有支持这一研究的基础设施。从事东亚研究的专业学者不过50人，中国研究更是不成气候，来华传教士的一些著作成为当时最主要的中国研究成果，如恒慕义的《清代名人传略》。俄籍汉学家叶理绥在赴美前曾对美国汉学有一个形象比喻：法国是汉学的“罗马”，而美国则是汉学的“荒村”。

然而，到20世纪五六十年代，美国汉学却成为世界汉学研究重镇，发展到今天更是成为世界汉学的引领者，这些成果的取得，都与美国后来大量引进各国研究汉学的知识移民是相关联的，他们为美国汉学研究注入新的活力。尤为值得一提的是，自1879年戈鲲化受聘到美国哈佛大学教授中国文化以来，不断有从事中国文史研究的华人学者留居美国从事汉学研究。他们谙熟中文资料，又掌握当代的研究方法，到美后协力培育美国汉学的基础，矫正美国汉学发展中的流弊，将中国的历史、文学名著翻译引进西方，并开拓汉学研究的新领域，对美国汉学发展发挥了关键性的扶持之功。

50年代初，邓嗣禹在印第安纳大学执教中国近代史期间，由于缺乏英文教学资料，他将中国著名历史学家李剑农的《中国近百年政治史》一书翻译成英文，用作本科生和研究生的教学参考教材，1956年由D. Van Nostrand出版社首次出版。因为这本书在他看来“既不太详细也不太简短；它没有包含太多的人名；作者的观点中肯客观，不偏不倚，是一本理想教材”。该书在1950—1970年的美国，是一本对研究生教学非常流行的参考书。1964年出版印度新德里版，1967年由美国斯坦福大学出版社再版。萧致治在中文版《中国近百年政治史》再版前言中介绍该书，“前后共计发行5200册，其数量之多，在美国同类著作中实属少见”。由此可见，这本书在美国学者及研究生中的受欢迎程度。直到现在，这本书仍为国内外学者经常参阅和广泛引用，受到同行学者的普遍好评。2013年11月，武汉大学出版社将此书作为“武汉大学百年名典”丛书之一，首次在国内出版英文版。

初稿完成之后，邓嗣禹又请美国学生英格尔斯参与润色，使书中内容的叙述更加本土化，同时让西方广大读者充分理解和接受。邓嗣禹在英文版

《中国近百年政治史》出版之前，首先将书稿交给恩师费正清审阅，并在此书第一页的显著位置，注明“献给费正清”（To John King Fairbank）。费正清回信时，对该书做了较高的评价，他认为英文版《中国近百年政治史》是对“中国近代政治史的最清晰的唯一全面的评述……对于西方的研究学者来说，作为一种可靠的纪实史和重要资料的简编具有重要的价值”。

李剑农（1880—1963 年），曾任武汉大学史学系主任、教授，出生于湖南邵阳，与邓嗣禹是同乡，是我国具有国际影响力的著名史学家，对中国近代史和中国古代经济史研究都做出了一些开创性的贡献。1991 年，美国纽约格林·伍德公司出版的《近代国际大史学家辞典》中，收录了 1800 年以后全世界史学家 664 人（限已故史学家），其中中国裔史学家有 14 人，我国著名史学家李剑农、陈寅恪、陈垣、顾颉刚、郭沫若等名列其中。

《中国近百年政治史》一书，是李剑农在 1930 年出版的成名作《最近三十年中国政治史》的基础上，将鸦片战争到中日甲午战争期间的政治斗争历史补写而成，1947 年由上海商务印书馆出版。这部著作不仅取材精准、叙事准确，对历史事件注意追根求源，并联系当时社会形势全面分析，还历史的原貌，而且评论时局无所忌讳，秉公伸张正义。被翻译成英文在美国出版之后，受到国际史学界的广泛赞誉，其中，邓嗣禹、费正清所产生的不同推动作用也功不可没。

为了能让美国读者全面地了解中国的历史，并能深入理解书中许多人物细节，邓嗣禹曾专门写信给远在长沙读大学的女儿邓同兰，让她帮助在国内查找民国时期著名将领蔡锷的遗著。

蔡锷（1882—1916 年），字松坡，湖南邵阳人，12 岁考中秀才，16 岁即考入长沙时务学堂，受到该学堂中文总教习梁启超的赏识，二人建立了深厚的师生友谊。1902 年 2 月开始，他在梁启超创办的《新民丛报》上，发表《军国民篇》等一系列文章，阐述了他的救国救民主张。

蔡锷曾经发动反对袁世凯洪宪帝制的护国战争，是中华民国初年的杰出军事领袖，护国运动的领导人之一，彪炳史册。1916 年 11 月，蔡锷因病不治，在日本福冈长逝。1917 年 4 月，蔡锷魂归故里，北洋政府在长沙岳麓山为他举行国葬，蔡锷也成为民国历史上的“国葬第一人”。后人曾收集、出版由抗日名将张灵甫题赠的《蔡松坡先生遗集》一书。这本书由邓同兰购买寄到美国之后，为邓嗣禹翻译与再创作《中国近百年政治史》提供了鲜活的人物素材。

1956 年邓嗣禹（左）与女儿邓同兰（中）在香港合影

除此而外，邓嗣禹还在 1966 年，最早将南北朝时期官员颜之推所著《颜氏家训》翻译成英文，几易其稿之后，在英国出版。《颜氏家训》是中国最著名、最有影响力的一部“家训”，其内容涉及许多领域，强调教育体系应以儒学为核心，尤其注重对孩子的早期教育，并对儒学、文学、佛学等方面提出了自己独到的见解。作者颜之推自 19 岁步入仕途，为官四朝，凭借自己的学问在仕途上曲折前进。他根据自己的经历与体验，写出了我国封建社会第一部完整的家庭教科书，用以训诫子孙。所以王钺称赞此书“篇篇药石，言言龟鉴，凡为人子弟者，可家置一册，奉为明训，不独颜氏”。这在一定程度上概括了古代士大夫阶层对《颜氏家训》的基本评价。唐代之后的许多英雄人物，如宋代的岳飞、文天祥等都曾受到《颜氏家训》和颜氏“双忠”精神的影响。

从唐朝开始，《颜氏家训》就有其他版本在颜氏家族之外流传。近年来，国内出版、品读、介绍《颜氏家训》的书有10个以上的版本之多。但该书从1966年开始就已经在英美国家流传，这是鲜为人知的事。哈佛大学学友王伊同在《邓嗣禹先生学术》一文中，称邓嗣禹翻译的《颜氏家训》“开南北朝经典英译之先河”。

这些书籍在西方国家的翻译与出版，大大减少了美国学者的语言障碍，着力培育了美国的汉学基础，也开拓了汉学研究新领域，同时在向美国公众推荐、介绍中国优秀的文学著作和传统文化方面做出了巨大贡献。

1955年，为了给日本汉学家研究中国近代史提供更多的参考资料，费正清与日本东京大学教授坂野正高和山本澄子合作，编写、出版了一本《日本对近代中国的研究：有关19和20世纪的历史与社会科学研究书目指南》，但该书仅是关于日本学者对中国近代史研究的著作进行概略性的介绍。

1956—1957年，在费正清的要求与指导下，邓嗣禹广泛走访了日本的各类大学。在日本几位学者的帮助下，他进一步收集了日本学者对近代中国、日本、韩国和印度研究方面所发表的论著资料，详细编写了《日本学者对于日本及远东的研究：传略及著述》一书，并于1961年在香港大学出版社出版。“只有专业人士才能了解他在这个项目上所付出的辛勤劳动。”麦瑞斯·琼森于1962年8月在《亚洲研究期刊》第21卷第4期上发表书评指出，“为了更好地完成这本书的创作，邓嗣禹几乎对所有亚洲问题专家发出了问卷调查函，达近千封，咨询了在各个专业领域的日本著作者的意见。然后再针对这些反馈意见，结合他本人对这一领域的研究成果，将两者的观点进行比较，最后充实在这本书中。邓嗣禹对创作工作的敬业精神，赢得了同行的广泛敬重！”1960年，邓嗣禹与费正清一起前往苏联，共同参加了在莫斯科召开的国际东方学家代表大会。这是两人第一次共同离开美国，参加国际性的会议。会后，全体与会代表还参观了斯大林格勒①。费正清在他的回忆录中详细记述了此次会议的细节：

① 伏尔加格勒的旧称。

1960年，威尔玛和我首次去莫斯科参加东方学家国际代表大会。

东方学家代表大会在莫斯科大学的大礼堂开幕，有2000名专家学者参加，大礼堂里悬挂着8架大型六层枝形吊灯，周围还挂着21架略小的三层枝形吊灯。我们每个人都携带了一个带耳机的小型收话机，以便听清报告的同声英语翻译。……我觉得把政治注入每一学科，在本质上是反对理智在学术研究上的作用和自折台脚的。然而，在书店里，有关中国的俄文书，价格便宜数量多，我们采购了好几百本运回本国。

1960年邓嗣禹在伏尔加格勒留影

费正清不仅关注美国的中国学研究，他的目光关注着世界各地。他认为一方面中国研究是一项世界性的事业，美国要了解中国，别的国家也应该了解中国；另一方面，可以把别国中国学家的看法与美国学者的观点进行比较，看看美国人是否缺乏远见。而费正清对各国中国学的影响也是举世公认的。

推动中美建交与文化交流

20世纪60年代中期，中美关系出现了缓和的趋势。在这种大的背景下，费正清将研究工作转向中美双边关系。他撰写了一系列的论文，如《美国的无知和亚洲政策》(1971年10月)、《作为中国问题的台湾》(1972年5月)等，阐述了他对中美关系正常化，以及台湾在中美关系中的地位的看法。

1964年，邓嗣禹协助并配合费正清的研究工作，两人再一次合作发表了《中国的外交传统》一文。在这篇文章中，他们在研究中美关系发展的历史轨迹的同时，对一些具体问题，如传教士与中美关系、台湾与中美关系等问题进行了更加深入的考察，试图从中美关系史中寻找解决现实问题的方法。为了使美国政府能够制定出切实可行的对华政策，他们力图从学术研究的角度，提供历史和理论的依据。

在70年代中美建交的历史进程中，费正清还曾向美国政府提供了外交上的策略。在同基辛格探讨如何恢复中美关系的问题时，他曾委婉地建议尼克松去中国“朝拜毛泽东”。基辛格认为他们那次谈话改变了历史。当中美两国正式建交之后，费正清发自内心地感叹：“1979年结束了中美两国之间30年的疏远状况，也结束了我作为一个中国问题专家50年的奔走呼号。”

1972年2月，随着美国总统尼克松访问中国，《上海公报》的发表，中美之间结束了数十年的对立格局。5月，应周恩来总理的邀请，邓嗣禹随同费正清一行六人，作为中美建交后第一批美国历史学家代表团成员，到中国进行访问和演讲，受到了时任国务院总理周恩来和外交部副部长乔冠华的热情接待。据费正清在《费正清对华回忆录》一书中介绍：

> 1972年2月的上海公报结束了尼克松的北京之行，此后，我们开始收到周恩来发出的访问新中国的邀请。一切都是间接的。
>
> 5月30日，我们乘坐吉姆牌轿车驶向北京的城郊。汽车行驶在先前光秃秃的寒风凛冽的平原上，周围群山环绕，往北就是长城。两旁栽着新树的公路把我们引向一个灌溉地区和居民点。一队学员高举着旗帜，上面写着：“欢迎美国朋友。”
>
> …………
>
> 我们一行6人从北京到华北农村的旅行是乘火车或汽车进行的。

费正清在回忆录中还写道：

> 在北京饭店的一间大客厅里，我给外交部的50～90名男女官员作了三次讲演。第一次讲演是论述美国的中国问题研究，以我预先油印好的图表为讲授提纲……我的第二次讲演，即论述中美两国外交政策各自的自我满足和扩张的传统，就不那么受欢迎了。所提出的问题是事先安排好的。第三次讲演也是如此。然而，在讲演的过程中能够跨越我们之间的术语和经验的鸿沟，那还是令人兴奋的。

1978年10月，邓嗣禹再次回国进行学术考察，他去了北京大学、上海图书馆、复旦大学，拜访了顾颉刚、顾廷龙、谭其骧等师友。回到美国以后，他把在国内参观、考察的日记翻译成英语，将收集到的一些“文化大革命”后中国教育的经验和知识分子的生活现状，以及中国的外交关系方面的资料进行整理。

对这一段历史的回忆，他在1979年出版的《重访中国：一位海外历史学家对中国的评论》一书中有详细记载。书中着重介绍了他于1972年陪同费正清在中国的13个城市，如北京、广州、西安、武汉等地参观、考察时的所见所闻。其中还包括读者非常感兴趣的对毛泽东的早年生活、毛泽东思想和中国共产党历史的论述。

在这本书的前言中，他说，尽管在世界各地不同的研究中心都开展过研究工作，但他总是抱着去北京图书馆开展工作的愿望，这个愿望终于在1972年得以实现。他参观了中国的13个城市，乘飞机和火车的行程超过8000公里。在旅行过程中，他和各界人士交谈，像平时一样做好笔记，留好照片，争取多参观一些重要城市的历史博物馆。在美国任教的这些年，他总是有一种“奶妈抱孩子——是人家的”的感觉，能为养育自己的祖国效力与服务，才是他最大的心愿与追求。

邓嗣禹自1937年到达美国，1942年获得哈佛大学博士学位后，长期在美国大学任教，除了1946—1947年应胡适邀请，回到北京大学教授一年的现代中国历史课程之外，他已有20多年没有回到祖国的怀抱。作为一名海外历史学家，为了表达他对祖国的深切眷恋之情，在此书封面的显著位置，他用中文题字：“故乡明月”。费正清在百忙之中，再次为这本书撰写了英文前言。

桑榆之光与晚年的回忆

1976年4月，按校方规定，年满70周岁的邓嗣禹在印第安纳大学退休了。校方特为他举办了盛大的荣休庆宴，费正清为此特地发来了热情洋溢的贺信，并由校长芮安（John Ryan）在会上宣读。

退休后的 10 多年里，他仍然每天早晨 9 点准时到办公室，从事秘密社会史和中国近代史方面的学术研究。1981 年他发表了《对中国秘密社会的介绍性研究》一文，除此之外，他还发表了《蔡元培的革命活动》《中国法制体系下家庭的角色》《太平天国史研究之过去、现在与前瞻》等多篇学术论文。

1977 年，印第安纳大学校史第三集出版。书中全面记载了第二次世界大战后，该校在各学科所取得的学术成就与发展经历。其中有一章是论述印大区域研究的状况，作者强调了邓嗣禹加盟印大的重要性。

1982 年邓嗣禹（左二）与王伊同（左一）、周一良（右一）在美国匹兹堡大学合影

1985 年，作为早年研究鸦片战争与南京条约方面的专家，受全国政协的邀请，邓嗣禹又一次回到中国福州，参加由中国史学会和福建省社联联合举办的“纪念林则徐 200 周年诞辰学术讨论会”。

1987 年，为庆祝燕大邓之诚先生 100 周年诞辰，北京大学举办了隆重的纪念活动。应燕大同学周一良的提议，邓嗣禹与周一良、王钟翰三人合写了《邓之诚先生评传》的长篇文章。

邓嗣禹以研究中国考试制度史、中国近代史、朝贡制度、秘密集社等著称于世。他 1976 年退休之前，还在印第安纳大学历史系担任“大学讲座教授”，这是在美国大学中很难得到的特殊荣誉称号。然而遗憾的是，1988 年 4 月他因车祸去世，享年八十二岁。在车祸发生前，他始终精神矍铄，腰杆笔直。

永久悬挂在印第安纳大学纪念邓嗣禹的牌匾

因为印大东亚图书馆是邓嗣禹一手创办的，在辞世之后，印第安纳大学特地在东亚图书馆墙面立了一块永久性的纪念牌匾，上书“纪念邓嗣禹教授(1906—1988)，勤奋而又多产的学者，本校东亚图书馆的奠基者和不倦的支援者”。这在留美学者中是不多见的。

在邓嗣禹去世后的第三天，费正清为他特地撰写了一篇讣告，后来发表在美国《亚洲研究期刊》1988 年第 8 期上。在此文的开头，费正清肯定了邓嗣禹作为美国亚洲历史学会创始人之一所做出的突出贡献；文中记叙了邓嗣禹与汉学研究先驱如费正清、毕乃德、顾立雅合作编写、发表著作的过程，以及邓嗣禹对美国汉学界所做出的杰出贡献，并指出邓嗣禹的专著、论文和编纂的中文目录索引为美国的汉学研究工作提供了很多的参考资料。费正清在讣告的结尾部分，还着重称赞邓嗣禹是一位乐观、谦虚、勤勉不懈的“儒家”，同时也是一位对他有帮助的老师和有教养的绅士。

古人云：桃李不言，下自成蹊。费正清作为学者，他文思敏捷，终生笔耕不辍，他著述丰富，在美国汉学界实属罕见。他一生编撰的著作有 65 部，发表的学术论文、书评文章有 450 篇之多。他对中国近代史的研究，功夫不浅，且常有石破天惊的见解。1948 年出版的《美国与中国》和五年后出版的《中国沿海的贸易与外交》，牢牢地树立了他在美国中国学领域的领军地位。他的学术成就，使他在 1958 年被选为美国亚洲研究学会主席，1968 年荣升美国历史学会主席。

对于费正清而言，退休的最大好处是他可以更集中精力从事研究和写作。整个 20 世纪 80 年代，他的工作节奏似乎毫无减慢。只要他与夫人费慰梅住在剑桥，他就总是一早去他在哈佛大学校园里的办公室，工作到下午 5 点左右，长年不变。即使在新英格兰朔风凛冽、大雪纷飞的日子，他也总是头戴一顶红色的猎人帽，准时到达办公室。若无特殊情况，他和夫人在暑假期间总是到位于新罕布什尔州富兰克林镇的山间别墅去消夏，这里的农场别墅是费慰梅继承的一份遗产。

费正清每次上山，都会随身携带研究所需要的书籍资料，偶尔资料不够，他也会让剑桥的助手给他送去。除了他们女儿、外孙以及朋友来访，两位老人过着简单的生活。有好些年，这里形成了一条不成文的规矩：凡是来到别墅做客的年轻人必须帮助主人劈柴。费正清自己也常常把这当作必要的夏日消遣。在这段时间，他继续指导《剑桥中国史》“中华人民共和国史”的编撰工作。

1982 年，费正清出版了题为《费正清对华回忆录》的自传，书中记述了他从 1932 年到 1982 年的全部社会经历与学术交流活动。全书内容丰富，思想深邃，文笔传神，堪称传记文学作品中的上乘之作。书籍出版之后，他的学生们都以书中能有提到自己的内容为自豪。

在集中精力从事研究的同时，费正清并没有停止对整个美国的中国研究工作的关心。他一旦发现有重大意义的课题，就会对相关研究者表示支持，必要的时候，他会利用自己在学术界和出版界的声望，给年轻学者实际的帮助。这些年，他与邓嗣禹始终保持着书信或电话联系，交流学术动态。

1991 年 9 月 12 日上午，他将定稿的最后一部著作《中国新史》交给哈佛大学出版社，数小时之后即突发心脏病。两天之后，这位 84 岁的老人就永远地告别了西方中国史学界，留下了一部西方中国史研究的集大成之作。

费正清的学术成果已经成为世界的中国研究宝库中的财富。如今，西方的中国学研究已发展到利用多国档案、多国语言、多国合作的阶段。回顾费正清的一生，如果把他放在特定的时代环境中，注意他的师承关系和与中国学者合作的史实，将会给从事美国学研究的学者带来更多的启迪。

费正清首部中文著作出版始末

费正清是美国哈佛大学教授，著名的中国问题专家，国际汉学泰斗，也是影响美国对华政策的重要智囊成员之一。他的学术主张对中美关系曾产生过重要影响，并推动过世界格局的变化。以往，国内外费正清研究者们认为，他对中美关系有重要影响的第一部著作是1948年哈佛大学出版社出版的《美国与中国》①。但是，笔者近年在从事费正清研究的过程中及写作《家国万里：邓嗣禹的学术与人生》② 一书时发现，早在《美国与中国》一书出版前就有一部署名费正清的书籍在国内出版。

1946年10月，现实出版社曾经出版过一本《美人所见：中国时局真相》，著作者：美·费正清，翻译者：李嘉。这本书在当时的中国曾对中美关系产生过巨大的影响。值得一提的是，在编者按中，有这样一段文字说明：

> 本文曾于九月二十九日刊上海《新民晚报》，发表时略有删除，《文萃》及香港各报转载，均以《新民晚报》为根据。本单行本则将删除部分补入，根据译者原稿编排，保持费氏该文之完整面目。

上海的《新民晚报》《文萃》均为当时国内有很大影响的报纸。从这段文字说明中，我们能清晰地了解到这本书的影响力。抗战胜利后，解放战争全面爆发，毛泽东、周恩来等中共领导人非常希望能通过大量的外事宣传活动使国际社会尽快认识和了解中国共产党的作用与延安的存在，并取得国际

① 2008年，张理京将该书翻译成中文版，由世界知识出版社出版。

② 2014年3月，上海人民出版社出版。

舆论的支持。出版曾任美国驻华大使馆新闻处处长费正清署名的著作，无疑具有重大的影响作用。

写作背景与出版内幕

1941 年 8 月，珍珠港事件爆发前的四个月，已经在哈佛大学任教五年的费正清作为美国研究中国问题的专家，被征召到华盛顿情报协调局研究分析分局。1942 年 9 月，他以美国国务院文化关系司驻华代表的身份被派往中国重庆，1943 年 12 月返美。1945 年 9 月，他又重返中国担任美国驻华新闻处处长。在这段时间中，他看到了中国抗战的艰辛、国民党政府对知识分子的打压以及对整个局势的逐渐失控。他曾以不同方式提醒美国政府，不能简单地将国民政府视为盟友。他还预测毛泽东及共产党会获胜，主张美国要与中共尽快建立关系。

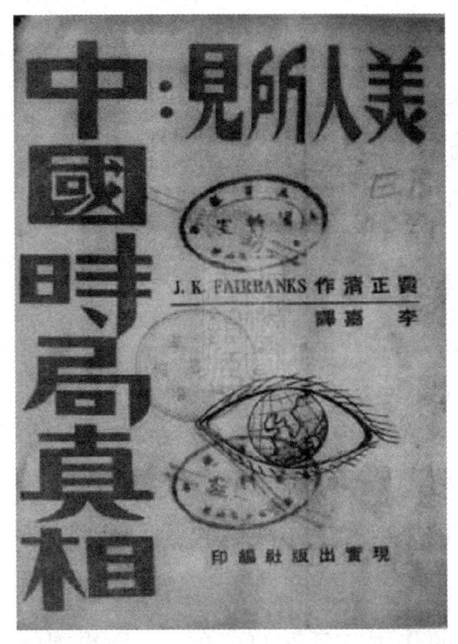

《美人所见：中国时局真相》，［美］费正清著，李嘉译，现实出版社 1946 年版

在费正清的积极推动以及周恩来和中共南方局的配合下，通过大量外事宣传活动，国际社会逐渐认识和了解到中国共产党的作用与延安的存在。1946 年 6 月 4 日，作为美国驻华大使馆新闻处处长的费正清和妻子①等一行，于当日下午 4 时由北平乘专机抵达张家口。他们拜访了聂荣臻将军，随后一同在挤满热情洋溢的年轻人的剧院做了演讲。这是费正清在中共地区仅有的一次露面。他虽然当时也很想去延安看一看，但一直没有找到合适的理由。

1946 年 9 月，从张家口访问回来之

① 费慰梅时任美国大使馆文化专员。

后，费正清在美国刊物《大西洋月刊》上发表了一篇反思美国政府对华政策的文章《一九四六：我们在中国的机会》，力图纠正美国原有对华政策的错误。他在文章中指出："在旁观者看来最明显的是，中共上述信条都着眼于农民渴望改善经济状况的基本要求，着眼于千百万人处于苦难之中的紧急状况，而不是着眼于农民从未知道的政治表白的需要。从理论上说，一个人入党以后，他所受到的训练便改变了他的生活。为群众服务和忠于党成了一种宗教信条，容不得半点儿私心杂念。大公无私的美德使中共领导人具有指导政府的信心，而共产党政权得到民众的默认。"他在文章的最后断言"如果我们盲目地反对革命，那么我们终将发现自己将被群众运动赶出亚洲"。

促使费正清写这篇文章的"导火索"，是1946年7月15日时任昆明西南联大中国文学系主任、学者闻一多教授在光天化日之下被国民党军统人员暗杀。他指出："闻教授是美国培养的芝加哥大学毕业生，是美国在华利益的象征。他是被美国承认和支持的国民政府实权派的特务打死的。这些实权派都是顽固分子，正是他们使用美国的飞机、汽油、舰艇等军用物资进行反共的内战。"值得注意的是，这一大段文字，在国民党控制的《新民晚报》上刊载时曾被全部删除。

这篇文章发表后，不仅是在美国，在中国国内也引起了极大的反响。很快，翻译家李嘉将此文翻译成中文发表于上海《新民晚报》上，并将文章的标题更改为《费正清论中国时局真相》。后来，上海的《文萃》杂志和香港的各报，均按照《新民晚报》上的内容进行过转载。

受国民党政府控制的《新民晚报》，在发表这篇文章时曾有一篇更长的编者按：

> 前美大使馆新闻处长 J. K. 范朋克（华名费正清），最近在大西洋杂志发表一篇检讨美国对华政策的文章，原题为 *Our Chances in China*，这篇文章，辛辣地批评中美政府，同时对共产党也有若干的不满。发表以后轰动全美。就我们中国人看来，他对于现政府所抨击的固多是"事出有因，查无实据"，有些地方还不免过度夸张了国民党的保守性，但是它

既然代表了美国人对我们的一种时髦看法，便不能说不值得我们的注意。因此在获得作者剪寄之原文后，即为译载本报，作为关心时局者的参考资料，而（对）于作者的观点和见解是否正确，他对于我们政府的批评是否公道，则希望读者用中国人自己的头脑来判断。我们虽然译载这篇文章，却并不表示我们对这篇文章的内容有何种同感，这是应当郑重声明的。

从这篇编者按中，我们可以清楚地看出国民党政府的立场，他们把众所周知的“暗杀闻一多”事件说成是“事出有因，查无实据”；把费正清在文章中对国民党政府的抨击，说成是“美国人对我们的一种时髦看法”；发表译文时，则大篇幅地删除对他们不利的文字，并篡改了文章中的小标题，将“错误的美国对华政策支持了反动的中国政权”，改为“中国政治的逆流”。

内容提要与社会反响

《美人所见：中国时局真相》一书则保存了费正清文章的完整面目。该书共分为五章：一、错误的美国对华政策支持了反动的中国政权；二、封建的遗毒；三、共产党的政治资本；四、国民党变成保守党了；五、美国可否与中国共产党握手。从本书各章节的题目中，我们不难看出费正清明显反对国民党、支持中国共产党的观点与立场。可以想象得出，当时现实出版社完整地出版费正清的原著，是冒着极大风险的。

费正清在他的回忆录中记载：“我为《大西洋月刊》写的这篇文章，1974年我不无自豪地又重新把它发表在《中国观察》杂志上。”这篇文章后来被收入费正清论文集《认识中国：中美关系中的形象与政策》中。从目前所能见到的相关文献来考察，费正清本人未必知道，早在1946年10月，中国的现实出版社就将李嘉翻译的全文，以《美人所见：中国时局真相》为书名出版，成为费正清的第一本中文著作，比后来他出版的英文版《美国与中国》还要早两年。费正清在日记、书信，以及晚年的回忆录中，始终没有提及过这本书。

费正清的文章在《新民晚报》发表后，曾引起国内各界人士的强烈反应。新中国第一任教育部部长马叙伦，中国农工民主党主席、第一任交通部部长章伯钧等人，分别在1946年出版的《民主周刊》《中华论坛》上发表文章，高度赞扬费正清在文章中所表现出的预见与胆识。

马叙伦在文章开篇写道："近来美国人有两篇大文章，一篇是前国务副卿，方才被杜鲁门总统命令辞职的商务部长华莱士对纽约一万八千人的演说；（另）一篇是前美国驻华大使馆新闻处处长范克朋[①]（华名费正清）在大西洋杂志发表检讨美国对华政策的，原题为 *Our Changes in China*。前一篇间接关系到中国时局，后一篇是直接的。这两篇文章发表以后，都轰动了全美。"

在马叙伦看来，范朋克对中国时局的评论，不能不说是把真相披露了：他把中国时局的责任，肯定地加在国民党方面。他是国共以外的第三者，又是帮助国民党打共产党的美国政府方才卸任的官员，绝不会歪曲事实而做判断的。他所说的话完全是合乎客观事实的。国内也有人这样说，但是国民党的右派以为他们是共产党的尾巴，替共产党说话。范朋克想来不是共产党的尾巴。那么，他这个论断，至少对中国最近九个月的时局，说明了是非所在。

马叙伦在接下来的评论中，一针见血地指出：范朋克这样公道地承认，他们政府对华政策中支持国民党打共产党的事实，但也证明了他们政府派马歇尔来做一套一套的翻戏。范朋克说的马歇尔初来时候那种做法，是中国旧戏里开场的跳加官，以后就开始唱正戏了。

马叙伦在文章中还写道："我们已明白美国现政府的两面政策，范朋克又赤裸裸地向我们说明了。照他这么说，他们的初意还是好的。不过据我看，他的动机是怕国民党政权崩溃，将使苏联的势力在中国增长，而代替了他们的地位。我们很容易明白美国现政府想拿政治和经济两种力量占据中国，做他们的殖民地，又做他们和苏联战争的基地，他们为了这样，晓得共产党不是服帖而听他们的命令的，只有趋向崩溃的国民党，才可能绝对的利用，所以马歇尔跳加官才完，急忙地就接上正戏。至于范朋克说'我们现在觉得我

① 应为范朋克，后统作范朋克。

们好像一群人，目睹我们集体所支持的政权走向腐败与流氓手段的道路，而呆然不知该如何做’，这怕是范朋克遮面子吧。假使真的，仍就（旧）有王牌在他们手里，有什么不知如何做?”

近年许多学者一直认为，美国支持腐败的国民党打共产党的真正原因，是出于美国杜鲁门政府的“赌徒”心理。笔者认为，马叙伦在文中所提出的观点，才是美国政府的真正用意。

对于费正清在第二部分“封建的遗毒”中的观点，马叙伦则持有不同看法，“他（费正清）以为中国专制的遗毒太深了，而这种遗毒是受孔教的影响。我以为中国专制的遗毒的确太深了，这种遗毒和科举制度自有关系，和所谓孔教也有部分的关系。但是，绝对不能因这样，就说民主政治不适合于中国的实际。我们应该晓得中国民主政治受到障害，原因不是简单的。最大的原因，还是为着几千年的农业关系。但是从辛亥革命以来，有机会可以走上民主政治的道路，例如国民党的三民主义和平均地权政策就是一条引线。但是到了鸦片战争以后，帝国主义给中国束缚住了，虽然辛亥革命，也得他的赞助而成功，但是，他依旧为保护他自己的利益，总和反动政权结缘，反动政权也卖身投靠于他，这才把中国民主政治的前途定了一块绊脚石。但是，中国人民从鸦片战争以后，已开始觉悟政治需要改革，清末以来更觉悟到必须走上民主政治的路。五四运动以来，知识分子十人而九都领导着一般人民，始终不懈地前进。”

重温眼前费正清这本著作，让人深切感受到，他早年在推动中美关系方面的良苦用心。

（原文发表于《中华读书报》2014 年 7 月 2 日，有改动）

05

师友佳话

吴文津：费正清“三顾茅庐”请来的馆长

2018 年 10 月 13 日下午，斯坦福大学东亚图书馆 224 会议室。

这里，正在举办一场名为“邓嗣禹与费正清：从他们的合作看美国早期的汉学研究”的讲座。当 96 岁的吴文津先生和他的夫人，出现在会议室门口时，出席讲座的听众们均站立起来，为他们的到来鼓掌。

2018 年 9 月，本书《尘封的历史——汉学先驱邓嗣禹和他的师友们》由美国壹嘉出版公司出版，斯坦福大学东亚图书馆杨继东馆长听说后，决定在东亚图书馆的会议室举办一场专题讲座，让我来为斯坦福大学从事汉学研究的师生们，以及美国华人中的文史爱好者，讲一讲邓嗣禹与费正清的交往经历，论述一下中国留美学者对世界汉学研究的贡献。邀请的另外两位嘉宾分别是：前哈佛燕京图书馆馆长吴文津、《洪业传》作者陈毓贤。

早年，吴文津先生在哈佛燕京图书馆担任馆长期间，曾与费正清、邓嗣禹先生都有过直接的接触和交流。因此当主办方邀请他作为嘉宾参加这次讲座时，他立刻答应了，并做了许多准备工作。吴馆长的到来，不仅为这次讲座提升了学术档次，而且营造了更热烈的学术氛围，由此产生上述开幕时的情景。吴文津先生是我敬重的长者，他有卓越的见识和非凡的才能。96 岁的他依然听力良好，谈笑自如。谈到当年他与费正清、邓嗣禹交往的情景时，他仍然记忆犹新。此次，能够有机会与吴文津先生近距离接触，并同台演讲，领略一代图书管理大师的风采，得到他的教诲，这是我人生中最宝贵的一段经历。

华人图书馆馆长的先驱

在这次讲座上，笔者首先介绍了邓嗣禹的主要学术成就。其中包括中国科举制度研究的奠基人、太平天国史研究海外领军学者、多种汉学工具书的翻译、整理和撰写，以及邓嗣禹与费正清交往50年间的历史。其中还谈到在哈佛大学的课堂上，许多关于费正清的有趣故事和花絮。陈毓贤介绍了汉学工具书由史学家洪业开启以来的发展历程。

邓嗣禹与费正清，既是师生关系，也是合作者。邓嗣禹自1938年成为费正清的博士研究生之后，二人开始了长达50年的合作，也因此建立了深厚的友谊。他们共同合作撰写的《中国对西方的反应，1839—1923》《清代行政管理：三种研究》等著作，以及共同编写的相关文献资料，在西方的中国研究中占有重要位置，长期被哈佛大学、牛津大学等高校作为教材使用。

吴文津先生因为与邓嗣禹、费正清都有交往，他从自己的亲身经历出发，进一步介绍了邓嗣禹对汉学界的重大贡献，以及费正清与中国学者的合作所取得的成就。吴老先生特别强调了费正清对图书馆的重视。“没有一流的图书馆，就不会有一流的大学”，费正清用这句话为哈佛燕京图书馆争取来大笔经费，保证了哈佛燕京图书馆未来多年的建设发展，以及在美国大学东亚图书馆馆藏方面长期领先的地位。出于对图书馆的重视，费正清曾“三顾茅庐”，将吴文津从斯坦福大学请到哈佛大学。吴老先生在哈佛燕京图书馆32年，使之成为除国会图书馆之外，中文图书收藏量最大的图书馆。

同时，吴老先生还特地带来和出示了他所收藏的、厚厚的一本红色精装本书籍，即最新英文版《中国参考著作叙录》，1971年由哈佛大学出版社出版。这是一本邓嗣禹与美国汉学家毕乃德合作编写的汉学研究工具书。1936年，这本书最早由燕京大学出版社首次出版；1950年、1969年曾被哈佛大学出版社再版。费正清在他出版的回忆录中，称这本书为一部当代不朽的名著，为许多美国汉学家研究中国近代史扫清了障碍。在芝加哥大学远东图书馆的馆藏中，笔者曾经见到过这本书的韩文版，书名为《中国参考图书解题》，

1972 年由韩国图书馆协会出版，译者为沈俊、刘俊镐。

由斯坦福大学到哈佛大学

我开始了解吴文津先生，是从裘开明馆长与外公邓嗣禹的通信中。20 世纪 50 年代末期，吴先生曾任斯坦福大学东亚图书馆馆长，1965 年接任裘开明馆长的职务，出任哈佛燕京图书馆第二任馆长，目前的第三任馆长是郑炯文。2014 年，我曾在《中华读书报》上发表过一篇文章《裘开明：美国第一位华裔图书馆馆长》，详细介绍过裘开明先生对哈佛燕京图书馆的贡献，以及他与邓嗣禹交往的历史。

2017 年 5 月，我到芝加哥大学访学时，曾拜见过周原馆长。经他推荐我又阅读了由周欣平馆长主编的《东学西渐：北美东亚图书馆，1868—2008》，详细了解到哈佛燕京图书馆的发展历史。应该说，哈佛燕京图书馆能够有今天的辉煌，与三任馆长在不同时期所做出的贡献是分不开的。

吴文津先生出生于 1922 年，四川人。抗战时期，他曾就读于重庆中央大学外文系，后投笔从戎，担任美军翻译官，离开时曾升任为少校翻译官。他在战后赴美国深造，1951 年获得华盛顿大学历史及图书管理硕士学位，后又在斯坦福大学博士班读中国近代史，毕业后进入胡佛研究所。曾任美国斯坦福大学东亚图书馆馆长 14 年、哈佛燕京图书馆馆长 32 年，是一位著名的图书馆学家。吴老先生既有学术底蕴，又富有行政管理经验，他在图书馆的馆藏发展、书目管理、馆际合作服务、新科技运用等方面，对整个美国的东亚图书馆系统的建设，特别是对中国近代史研究和发展起到了重大的推动作用，可谓功勋卓著。

费正清为何选择吴文津当馆长

1965 年，吴文津先生出任哈佛燕京图书馆的第二任馆长。哈佛燕京图书馆在美国大学东亚图书馆的地位首屈一指，但是为什么出任馆长的是吴文津先生，而不是别人呢？2014 年余英时先生在《读书》杂志第 7 期发表文章《从传统到现代：中国研究在美国的转向》，说明过这一问题：

> 事实上，文津先生当时确是最理想的人选，因为在现代中国研究的领域中，胡佛研究所的资料收藏在美国，甚至整个西方，处于遥遥领先的地位，而文津先生的卓越领导则有口皆碑。
>
> 胡佛研究所最初以收藏欧洲当代与战争、革命与和平相关的资料著名，“二战”以后范围扩大到东亚，分别成立了中文部与日文部，收藏的范围以二十世纪为限。一九四八年芮玛丽（Mary C. Wright，1917—1970）受聘为首任中文部主任，直到一九五九年移讲耶鲁大学历史系为止。她是费正清的大弟子，后来以深研同治中兴和辛亥革命为史学界所一致推重。在她任内，现代中国的收藏已极为可观。其中包括一九四六至一九四七年她亲自从延安搜集到的中共报刊、伊罗生（Harold R. Issacs）在二三十年代收罗的中共地下刊物、斯诺（Edgar Snow）夫妇所藏有关文献等。
>
> 但胡佛研究所的一切收藏最终汇为一个完备现代中国研究与日本研究的图书中心，则显然出于文津先生集大成之功。

2010 年，邵东方先生在他出版的回忆录中，总结了斯坦福大学东亚图书馆发展史，对文津先生的贡献也有一段很扼要的概括，其文略曰：

> 作为美国华人图书馆馆长的先驱，吴文津对胡佛研究所的中文收藏做出了巨大的贡献。一九五一年首任中文藏书馆长[①]芮玛丽聘请他入馆工作。一九五六年他已成为副馆长。一九五九年芮加入耶鲁大学历史系后，吴则继任馆长之职。一九六一年胡佛研究所决定将中、日文部合成“东亚图书馆”（East Asian Collection），吴则成为第一任馆长。在他一九六七年十一月[②]就任哈佛燕京图书馆馆长时，吴已将“东亚藏书”转变为美

① “中文藏书馆长”也就是“中文部主任”。

② 吴文津先生就职哈燕的时间为一九六五年十月。

国收藏现代中、日资料的一个主要中心了。就现代中国的资料而言，馆中所藏之富在中国大陆和台湾之外，更是屈指可数。

1928 年成立的哈佛燕京学社，自成立伊始便以推动国际汉学研究为主要宗旨之一。哈佛燕京图书馆的前身——汉和图书馆为了配合这一取向，书刊的收藏自然也以 19 世纪以前的传统中国与日本为重心所在，而且特别注重精本与善本。在这一取向下，裘开明先生的许多特长，如精确的版本知识，以及他与当时北平书肆和藏书家的深厚关系等，恰好都得到了最大限度的发挥。哈佛燕京图书馆终于成为西方汉学研究首屈一指的图书馆中心。

从 20 世纪中叶起，特别是新中国成立后，以中国研究为主的区域研究在美国开始了一个划时代的转向。这一转向包含了两个层次：第一，就研究的内涵说，专家们越来越重视中国的现状及其形成的时代背景，相形之下，以往汉学家们所感兴趣的传统中国研究就受到比较冷落的待遇；第二，就研究的取径而论，人文与社会科学各门的专业获得了普遍的尊重，而以往汉学传统中的文献考释则退居次要地位。

1955 年，费正清在福特基金会的大力支持下，在哈佛大学创建了东亚研究中心。1977 年费正清退休时，为了纪念他的杰出贡献，这个机构更名为费正清东亚研究中心。当年，这个中心网罗了一大批校内外的专家，从事长期或短期研究。他们的专题主要集中在近代和现代中国的范围之内。其研究成果则往往以专著的形式出版，构成了著名的“哈佛东亚研究丛书”。1960 年夏，在费正清的邀请下，邓嗣禹第二次重返哈佛大学任教，讲授现代中国问题研究课程。在这期间，他出版的《太平天国历史学》，曾列入当时的“哈佛东亚研究丛书”。

一位现代图书馆专家接替一位古籍权威图书馆专家成为第二任馆长，这在哈佛燕京图书馆的发展史上标志着一个划时代的转型。因此，1965 年费正清曾“三顾茅庐”，将吴文津从斯坦福大学请到哈佛大学也就不足为奇了。

据说，当年吴文津一开始并不同意来哈佛大学任职，是吴文津夫人的缘故。吴夫人在美国西部生活久了，习惯了那里的气候与环境。因此，在吴文津从哈佛退休之后，两人又重新回到美国西部定居，居住在斯坦福大学附近，靠近公园的一所高档住宅中。

吴文津在任上时，正好经历了中国的“文化大革命”。文津馆长十分重视对相关资料的收集，因此哈佛燕京图书馆收藏了很多当年出版的各类《毛主席语录》、“大字报”“红卫兵小报”等珍贵的历史资料。据相关学者介绍，早在2009年11月，英国一家拍卖行拍卖的1963年版本《毛主席语录》，估价已经达到38万港元。这些事例说明文津馆长有长远的收藏眼光，善于把握收藏时机，将视野扩大到国际环境的变化上。

在收藏方式上，文津馆长不仅仅局限于书商渠道的订单，而且主动出击、主动寻访，尤其是寻访一些非正式渠道出版的书籍。目前在美国，就有收藏“文革小报”的专门机构，家谱收藏方面有犹他家谱中心。再比如，反映燕京大学发展历史的《燕大双周刊》，上海的各类图书馆均未见有收藏记录，浙江省图书馆的特藏部也仅是收藏了部分内容。为了查询1947年外公邓嗣禹在燕京大学做演讲的报道，笔者这次终于在斯坦福大学见到了这些珍贵资料。

晚年的文津先生，经常被国内大学邀请回国讲学，并获得过美国著名学术机构颁发的多项荣誉。1987年，吴文津应邀来郑州大学讲学，并被授予郑州大学图书馆学系名誉教授。1998年，美国亚洲学会在颁发每年一度的“杰出贡献奖”给文津先生时，奖状中有下面的词句：

> 三十年来你是发展现代和当代中国研究资料的中心动力……牢记中国的传统价值，我们景仰你在旁人心中激起的抱负，你有惠他人的成就，并传播与他人共享知识。本学会表彰事业生涯如此杰出的你也是为自己增光。

文津先生1997年荣休时，当年的哈佛大学鲁登斯廷校长，在他的贺文中列举先生对哈佛大学的贡献，在末尾强调说明：

> 我非常高兴加上我个人以及哈佛全体同人对他为哈佛做出的示范性的杰出贡献致谢。文津，你已经发挥了重要的作用，哈佛因你而是一个

更好的大学。

我们预祝文津先生能够长命百岁。

吴文津（左起）和作者、陈毓贤在斯坦福大学讲座现场

顾立雅与邓嗣禹：美国第一代汉学家鲜为人知的学识与交往

芝加哥大学在全美高校排名中一直名列前五位。这所大学不仅培养了杨振宁、李政道等获得过诺贝尔奖的科学家，连战、恒安石等政治家与外交家，也培养出了众多国际知名的汉学家，顾立雅、邓嗣禹就是第一代汉学家中的杰出代表。由于他们对美国早期汉学研究的贡献，如在早期汉学教材的出版、对中国儒家代表人物孔子的研究、科举制度西传研究等方面，均处于西方汉学界领先地位，亦使芝加哥大学成为除哈佛大学之外，美国汉学研究的另一重镇。

近年来，曾任教于芝加哥大学的知名学者，先后出版了个人的中文回忆录，如钱存训的《留美杂忆：六十年来美国生活的回顾》（以下简称《留美杂忆》）（黄山书社，2008 年），何炳棣的《读史阅世六十年》（中华书局，2012 年）。在这些书中，均对顾立雅和邓嗣禹有过片段性的介绍与描述。钱存训在《留美杂忆》一书中有这样简单的介绍：

> 芝大对中国语言和文化的教学，大致分为古代、中古和近代三阶段。当时除顾先生教授第一年汉语、古代史和思想史外，另有柯睿格（Edward A. Kracke，Jr.，一九〇八—一九七六）教授担任第二年中文、中古史和政治制度等课程。他专攻宋史，著有《宋初文官制度》（一九五三年），《宋代职官衔名英译》（一九五七年）等书，也是国际宋史研究计划的创始人。另一位是邓嗣禹教授，讲授中国近代史和现代中文，编有《报刊中文》《中文会话》《高级中文会话》等课本作为教材。

…………

我于一九四七年秋回应顾先生之邀来芝，整编图书馆十余年来积存的古籍约十万册，并供研究咨询。一九四九年起又兼任东方系教授衔讲师（Professorial Lecturer），担任目录学和史学方法等课程，为博士生的必修科目。

但是，目前顾立雅和邓嗣禹均未见有中文回忆录出版，他们之间具体有怎样的合作与交往的历史，这是鲜为人知的事。

教学上的合作与共事

顾立雅（H. G. Creel，1905—1994 年）是美国第一代从事中国古代史研究的汉学家。他于 1905 年出生于芝加哥，中学毕业后任新闻记者。他曾就读于美国中部两所大学，后转入芝加哥大学，攻读哲学和宗教史，先后取得学士（1926 年）、硕士（1927 年）和博士（1929 年）学位。于 1954—1962 年任东方语言文学系主任，兼东亚研究中心主任。1964 年任讲座教授，1973 年退休。

他曾于 1930 年入哈佛大学进修学习，1932—1935 年获得哈佛燕京学社奖学金到中国留学，于 1936 年回到美国，受聘担任芝加哥大学东方语言文学系及历史系讲师，开设中国语文、哲学及历史等课程，后任助理教授（1937 年）、副教授（1940 年）、正教授（1949 年）。邓嗣禹在哈佛大学博士学位毕业前，于 1941 年到芝加哥大学东方语言文学系任教，与顾立雅相识共事。他先后任讲师、助理教授，1942 年任东方研究院院长，兼远东图书馆馆长。到 1949 年秋为止，他和顾立雅在一起从事教学及合作出版著作等活动，前后共有 7 年多的时间（1946—1947 年，曾应胡适邀请在北京大学任教一年）。

当年，芝加哥大学东方语言文学系对中国语言文化的教学，大致分为古代、中古和近代三个阶段。主要是西方传统所认定的中东和近东，远东是 1936 年才开始加入。当时东方语言文学系的中文课程由顾立雅、柯睿格、邓嗣禹三位教授主讲，每人除教授语文课外，另有其他专题讲授课程。汉语课程从文言开始，采用顾立雅自编的《归纳法中文文言课本》，共三册。学生读完这三册，不仅可了解中国传统文化的精义，也可掌握约三千汉字，再阅读其他古籍，就没有太大的困难。再有访问学者董作宾，曾开设中国考古学、金文及古文学等课程。

董作宾（1895—1963 年），河南南阳人，原名作仁，号平庐，字彦堂。1925 年在北京大学获史学硕士学位，后任教于福建协和大学；1926 年受聘于河南中州大学文学院；1927 年赴广州中山大学任教；1928 年入傅斯年创办的中央研究院历史语言研究所工作。1947—1948 年应顾立雅邀请，曾在芝加哥大学作为访问学者，任讲座教授，1949 年后旅居台湾。

董作宾知识渊博，在古文字学、考古学、历史学、古年代学、民俗学、文学艺术等诸多领域都有杰出建树，尤其对甲骨学与考古学的科学研究有着划时代的贡献，是我国现代甲骨学与考古学的奠基人之一。在考古学方面，董作宾首次主持殷墟发掘，开启了中国现代田野考古的新时代，对我国近现代考古学的诞生有着重大的贡献。1928 年 10 月，中央研究院历史语言研究所在广州成立，受傅斯年的委托，董作宾到安阳首次策划和实施了对殷墟的科学发掘，并得到蔡元培院长的重视，从此拉开了中国文物考古史上首次对殷墟的科学发掘的序幕，董作宾也被誉为“殷墟发掘第一人”。此后又先后参与殷墟科学发掘工作十五次，董作宾参加了前七次和第九次发掘，先后八次主持或者参加了安阳殷墟的考古发掘。对殷墟的科学发掘，奠定了我国田野考古学的基础，也培养了一大批考古学专家。鉴于董作宾对甲骨学的贡献，学界把他与罗振玉（号雪堂）、王国维（号观堂）、郭沫若（字鼎堂）一起合称为“甲骨四堂”。

东方语言文学系的三位教授各有分工，顾立雅讲授第一年汉语、古代史和思想史；柯睿格讲授第二年中文、中古史和政治制度等课程；邓嗣禹讲授中国近代史、中国目录学、中国史学方法和现代中文。1949 年秋，邓嗣禹应费正清邀请，去哈佛大学讲授现代中国问题研究课程之后，他在芝大所讲授的中国目录学、中国史学方法等课程由钱存训接任。

1948 年，三位中国学者在美国芝加哥大学合影，
自左向右：邓嗣禹、董作宾、钱存训

钱存训（1910—2015 年），江苏泰县人，1932 年获金陵大学文学士学位。大学毕业后，曾任上海交通大学图书馆副馆长、南京工程参考部主任（北平图书馆南京分馆）。1947 年受顾立雅邀请赴美，作为北平图书馆交换馆员到芝加哥大学图书馆工作和进修，后定居美国。他与夫人许文锦女士经过多年不懈的努力，将芝大图书馆自 1936 年以来所积存的 10 多万册中文藏书加以整理和编目，为芝大远东图书馆日后的迅速发展奠定了基础。1952 年获得芝加哥大学图书馆硕士学位，1957 年获得图书馆博士学位。从 1949 年起，接任邓嗣禹的职位和他所讲授的课程，并担任芝加哥大学远东图书馆馆长，至 1978 年退休为止。

许倬云 20 世纪 50 年代末期曾到芝加哥大学，师从顾立雅攻读博士学位，在他 2012 年出版的回忆录《家事、国事、天下事——许倬云先生一生回顾》一书中介绍：当时的东方语言文学系可以说是名师云集，群星闪耀，全世界重量级的近东考古学者都集中在那里；且芝大很自由，让学生决定学程与学习的科目，这一点哈佛和斯坦福都做不到。许倬云在书中还提道：顾立雅对史语所有一份感情，他到芝大时，顾立雅晓得他是史语所出去的，连带对他也很优待，让他喜欢做什么就做什么。顾立雅对他影响很深，就连他的奖学金都是顾立雅帮忙找来的。顾立雅对许倬云最大的影响就是，中国的材料不能轻易地照字面上看，要仔细推敲它的真正意思。

在太平洋战争期间，美国陆军为了满足对外战争的需要，在 10 多所知名大学都开办有陆军特训班，在芝加哥大学当时称为“中国语言文史特别训练班”，由邓嗣禹负责并兼任班主任工作，顾立雅也参与授课。培训的目的，是要求受过训练的学员，能了解中国的文化与习俗，能阅读中文报纸，并能用中文演讲，以便今后更好地开展工作。培训时间从 1942 年 8 月开始，到 1944 年 3 月结束。特训班的课程分为两部分，一是语言学习课程，二是地域研究课程。语言学习课程每周上 17 个小时的课，采用的教材由邓嗣禹与顾立雅共同编写，如《中文报刊归纳法》《中文报刊归纳法翻译与选择练习册》。这些教材分别由芝加哥大学出版社在 1943 年成书出版。邓嗣禹在此基础上，又先后编写、出版了《社交汉语与语法注解》（1947 年）、《高级社交汉语》（1965 年）等书，在美国都成为畅销书，并多次再版。其中，《高级社交汉语》一书到 1980 年已经出版到第 8 版，1986 年又有再版。

地域研究方面，第一学期学习地理课程，由芝大地理学系各教授担任，先讲远东地理，然后详细讲授中国地理。第二学期讲中国历史，从北京猿人讲起，到最近的时事为止，涉及中国文化、美术、政治、哲学等各方面内容。胡适先生曾于 1944 年被邓嗣禹礼聘到芝大讲授中国思想史课程十余日。

1948 年，邓嗣禹与顾立雅夫妇共同参加了在芝加哥大学美术馆举办的王济远个人画展，并在展览会上合影留念。这是目前保留下来的邓嗣禹与顾立雅唯一的一张合影照片，具有珍贵的史料价值。

王济远（1893—1975 年），原籍安徽，生于江苏武进。1912 年毕业于江苏第二高等师范学校。1920 年于上海参加西洋画社团“天马会”，后任上海美术专科学校教授。1926 年赴欧洲旅行，考察西洋美术，1927 年创办“艺苑绘画研究所”，数次赴日考察。1941 年赴美国，创办华美画学院，传授中国画和书法，1975 年 1 月病逝于纽约。王济远中国画、西洋画兼长，尤以水彩画闻名，他曾多次举办个人画展，20 世纪 30 年代出版过《王济远画集》和《水彩画临本》，对当时的水彩画普及起到了相当大的推动作用。

顾立雅曾将他多年来收藏的商周铜器、骨器、玉器、陶片和甲骨，全部捐赠给芝大司马特美术馆。这些古物大多来自中国的殷墟，是他当年去中国考察时，带回供教学之用的珍品，也将中国史前及商周文明鲜活地带给了美国人民。

芝大早期中文教授参加王济远（中）画展（一九四八年）。右起分别为：邓嗣禹、柯睿格夫妇、顾立雅夫妇、钱存训、美术系德瑞斯科（Lucy Driscoll）、来宾

顾立雅在教学时态度严肃，做事果断，对一般学生的要求都十分严格，但对中国学者大多礼贤下士，优待有加。他与邓嗣禹的同事与朋友关系维持了近半个世纪。同时他还乐于助人，中国学者钱存训来芝加哥大学读硕士、博士时期的部分生活费用就是顾立雅出的。

顾立雅于教学、研究与行政工作之外，也参加校外的一些学术活动。他于1954年被选为美国东方学会会长，任期两年，并在1956年年会中以《何为道教?》为题目作为会长致辞。1975年，为庆祝他的70寿辰，当时的东方语言文学系主任芮效卫（David T. Roy）与钱存训，共同邀请世界各国学者撰写有关先秦及汉代哲学、文学、历史、考古等专题论文16篇，编成《古代中国论文集》一书，为他祝寿，以表彰他一生对中国文化教学、研究和培养人才所做出的贡献。费正清与邓嗣禹均应邀参加。

1980年，邓嗣禹与顾立雅共同参加了由台湾“中央研究院”主办的国际汉学会议。邓嗣禹在会议上将他对中国秘密社会的看法、研究计划提出报告，并宣读了《对中国秘密社会的介绍性研究》的论文。顾立雅则宣读了《道家的变型》的论文，讨论了《老子》《庄子》《列子》各书的内容及其影响。

1986年，美国亚洲研究学会在芝加哥大学召开年会，其间特别举行小组讨论会，对顾立雅所著《中国之诞生》一书出版50周年表示庆祝，研讨此书对国际学术界的影响。顾立雅在会上发表了题为《〈中国之诞生〉之诞生》的演讲，介绍了他当年在中国写作此书，并以六个月完成的过程。邓嗣禹在此次会议上，发表了《试析唐太宗与武则天的领袖才能》的论文，并对顾立雅所著《中国之诞生》一书给予了高度评价。

科举制西传研究的鼎力相助

顾立雅在中国学界主要以孔子研究为人所知，这主要归功于《孔子与中国之道》一书在中国的翻译与出版。这本书的中译本最早在1992年，由山西人民出版社出版。在美国汉学界，顾立雅的孔子研究也是最为突出的，在他1994年逝世时，《纽约时报》曾发表讣告，称他为“有影响的孔子研究学者”。在美国各大学东亚系，《孔子与中国之道》这本书被广泛推荐为阅读书籍。第15版《不列颠百科全书》和《美国百科全书》都把这本书作为研究孔子与儒学的主要参考书目之一。同样在新版《不列颠百科全书》中，记载太平天国的部分，引用的则是邓嗣禹著作的内容。

1960年，世界著名的《不列颠百科全书》编委会就曾邀请邓嗣禹参与

《太平天国》与《捻军游击战》两部分的编写工作。当《不列颠百科全书》开始第15版内容修订时，其中介绍洪秀全部分的内容，编委会在长篇文章之后，还特别注明：此部分内容是引自1966年再版的邓嗣禹《太平天国史新论》一书中的内容。由此可证明，邓嗣禹在美国对太平天国历史研究领域一直处于领军学者的地位。同时也说明，海外在太平天国史研究领域一直是由中国学者领衔担当的事实。

在1961—1962年，邓嗣禹还参与了被列为世界三大百科全书之一的《科利尔百科全书》九大部分内容的编写工作，除了“太平天国”之外，还包括对“乾隆皇帝”“武则天”“李鸿章”“孙中山”等中国历史上重要人物的介绍。

顾立雅的汉学研究远不止在孔子研究领域。他的研究涵盖了中国早期文明、中国古代思想、中国古代政治制度和科举制度等多个方面，孔子研究仅是其中比较重要的部分。由于顾立雅的其他著述至今尚无中文译本，国内学人对他的汉学研究成果并无更多了解，下面仅就顾立雅与邓嗣禹在科举制度西传方面发表的著作，以及在芝加哥共事、相互合作与支持这一段鲜为人知的过程予以论述。

科举制度起源于中国，但对世界上的很多国家产生过深远的影响。对亚洲国家的影响表现在，历史上日本曾一度仿效中国的科举考试，韩国、越南也曾长期实行科举制度；对西方国家的影响则表现在，英、法、德、美等国曾借鉴科举制建立了文官考试制度。东南亚等诸国仿效科举于史有证，不成问题。而科举制对西方考试制度的影响却是一个以往中国人了解较少，且相当复杂的问题。

20世纪初，清朝统治者在欧美坚船利炮的冲击之下已风雨飘摇，实行了一千三百年的科举制也走到了穷途末路。为了推广新学、兴办学堂，清政府不得不于1905年废止了科举制。随后，科举制被看作是和鸦片、缠足等同样落后丑恶的东西，为人们所唾弃。因此，一些谈及科举考试史的人往往避免使用“科举”这一名词，而代之以“中国历史上的考试”的说法。在中国人多对科举加以批判的20世纪20年代，早年便出国留洋、长期接受西方教育的孙中山，说出的话石破天惊，他说，现在欧美各国的考试制度，差不多都是学英国的。穷流溯源，英国的考试制度还是从中国学过去的。所以，中国的考试制度，就是世界上最古最好的制度。正是在孙中山这一说法的启发下，一些中国学者对科举西传问题进行了艰难的探索。

早在 1932 年，邓嗣禹就系统研究了中国的考试制度。1934 年 9 月，他在《史学年报》上发表了《中国科举制度起源考》的论文。到 1936 年，经过对中国科举制度发展历时两年的深入研究，他又将研究成果撰写成了一本专著《中国考试制度史》。这本书通过对大量史料的列举分析，形象生动地展示了“科举制”在中国产生、发展、繁荣、衰弱、消亡的历史。书中既有横向的各朝代考试制度的详尽的史料分析，也有纵向的历史沿革描述，并且还对历代考试制度进行了得失略评。这本书曾于 1967 年、1977 年、1982 年、1996 年、2010 年、2011 年先后再版，成为国内外研究中国科举制度的学者广泛引用的经典著作，与之后发表的《中国对西方考试制度的影响》（1943 年）、《中国科举制度与西方》（1946 年）构成了对中国科举制度研究完整的“三部曲”。

1943 年前后，在第二次世界大战打得最为激烈、中华民族的生死存亡关头，有位年轻的中国学者在美国重要学术刊物上，用英文发表了关于中国科举考试对英国和西方影响的论文，使当时正与中国一道抗击法西斯和日本侵略者的世界人民，知道了中国曾对世界文明做出的这一重要贡献，这位中国学者就是当时在美国芝加哥大学任教的邓嗣禹博士。他于 1943 年 9 月，发表在国际著名期刊《哈佛亚洲研究学报》上的《中国对西方考试制度的影响》一文，长达三万余字，收集、引用了 1870 年以前西方人论述科举的文献 70 多种，围绕“西方考试制度的发展、西方记述或涉及中国科举制的资料、英国对中国文明的推崇、英国驻华使臣论中国科举制、确认中国影响的证据”等问题旁征博引，论述详赅。邓嗣禹称：“根据上述所有同时代的证据，我们可以确凿无疑地证明：中国的科举制是西欧制定类似制度的蓝本。”文章发表后，长期以来在海外引起广泛的反响，被先后两次翻译成中文，同时还被收录到多种文集中。目前该论文在西方汉学界几乎无人不知，无人不晓，至今还经常被许多研究中国科举制度的国内外颇有影响的专家引用。

在邓嗣禹之后，还有几位外国学者在邓嗣禹一文的基础上对此问题做了一些探讨，如日本学者矢泽利彦也于1959年，在《琦玉大学纪要》第6卷中发表过《西洋文献中所见明代科举制度》一文。莱克（Lach）在1965年出版的《16世纪欧洲人眼中的中国》一书，新发现了几条西方人对明末科举制度的记载，并认为欧洲人曾从中国科举中学到了笔试形式。1953年7月，王汉中将邓嗣禹的《中国对西方考试制度的影响》一文以《中国考试制度西传考》为名在台湾出版了中译单行本。

但随后，中外关系史专家方豪在香港《民主评论》半月刊第4卷第15期发表了《西方考试制度果真受到中国影响吗?》一文，对邓嗣禹文的论点提出质疑。他举出明末来华的西人艾儒略刊于天启三年（1623年）的《职方外纪》和《西学凡》中提到笔试的史料为据，认为西方笔试并非始于18世纪以后。但他也认为："西方所受中国影响的，真正为中国考试制度上所独有的，不是笔试，不是官吏考试，而是西方从前只有一校一院的考试，中国却是合各县各府各省的学子而举行规模不同、程度不等的会考。只有这点，中国影响了西方。"

西方考试制度是否真正受到过科举制的影响？这一说法能否确立？孙中山关于英国考试制度是从中国学过去的说法从何而来？弄清楚这些问题，不仅在"科举学"研究中具有重要的学术价值，而且对全面正确评价中国传统文化及为当代考试制度改革提供历史借鉴等方面都具有重大意义。

芝加哥大学东方语言文学系的同人们，在这一关键时刻鼎力相助，给予邓嗣禹很多支持与帮助。1947年，柯睿格首先在《哈佛亚洲研究学报》发表论文指出："以科举考试为核心的中国文官行政制度的创立，是中国对世界最重要的贡献之一。"1953年，他又在《北宋前期文官》一书中，在对比科举与欧洲早期文官制度之后，对科举制影响欧洲文官制度的史实也表示肯定，并认为邓嗣禹和张沅长两位学者的论文清楚地显示出，19世纪通行于印度的文官制度、英国的文官制度曾受到中国范例的直接影响。

1964年，顾立雅在《亚洲研究期刊》上也发表论文，再次指出："中国对世界文化的贡献远不止造纸和火药的发明，现代的由中央统一管理的文官制度在更大范围内构成了我们时代的特征，而中国科举制在建立现代文官制度方面扮演过重要角色。可以明确地说，这是中国对世界的最大贡献。”

1970 年，顾立雅在他出版的《中国政制的起源》一书中，又补充说明自己在详细研究考试制度史之后，发现中国确实是最早采用考试制度的国家，并认为中国的考试制度曾在 12 世纪影响过中东的医学考试，进而影响欧洲的学位考试，17 世纪以后又影响了德国、英国考试制度的建立。但他对科举西传并未做系统全面的研究。

早在 19 世纪，当一些人主张英美仿行文官考试制度时，就曾多次将其与火药、印刷术对西方社会发展的作用进行类比，顾立雅的看法可以说与 19 世纪的一些西方人不谋而合。此说法也得到一些当代外国学者的赞同，如日本学者福井重雅便一再引用附和顾立雅的观点。美国汉学家卜德在《中国思想西入考》一书中则说：“科举制无疑是中国赠予西方的最珍贵的知识礼物。”《剑桥中国隋唐史》一书的编者崔瑞德（Twitchett）也认为：唐代的科举制度经过长期的发展几乎为全世界所接受，“许多世纪以后，这一制度为我们所有西方国家以考试录用人员的文官考试制度提供了一个遥远的榜样”。确实，从对世界文明进程的影响来说，在一定意义上，科举制可称为中国的“第五大发明”。

1905 年之后，在科举制度废止后相当长的时间里，在国人印象中，科举是一种落后腐朽的封建制度，更多的是作为批判对象而被加以介绍的。而中国人对外部世界有关科举的评价则知之甚少。20 世纪 80 年代以后，欧风美雨再度东来，当人们知道西方汉学界和行政学界对科举制的赞美和评价时，感到相当惊异和新鲜。而当我们准备借鉴西方文官制度以建立公务员制的时候，才发现原来西方文官制度竟然还是从中国的科举制学过去的。

科举制度是中国历史上独有的具有开创性和平等性的官吏人才选拔制度，它源于汉朝，创始于隋朝，确立于唐朝，完备于宋朝，兴盛于明、清，衰废于清末。根据史书记载，从隋朝大业元年（605 年）的进士科算起到光绪三十一年（1905 年）正式废除，科举制度绵延存在了 1300 年。其中共产生了 700 多名状元，11 万名进士，数百万名举人。

科举制度自隋唐以来，一直是历代政府最基本的选官制度，富有极顽强的生命力。不管怎样改朝换代，不管有多少人用多少理由去抨击它，反对它，但它仍然在逐步完善和日益强化。其根本原因，就是科举制度本身的公平取士原则一直在起着主导作用。从考试学的角度看，科举制度是中国封建社会选拔官员的一种社会性考选活动。它与世卿世禄制、察举制、九品中正制等选官制度的不同，在于选拔官员主要不是靠血缘，不是靠关系，也不是靠门第，而是靠学问，即考试成绩。它为中小地主乃至平民提供了一个进身的机会，只要参加考试，任何人都可能凭借自己的学识取得成功。

在中国封建社会，大批知名的政治家、教育家、科学家、军事家等，大都出自状元和举人之中。这样一个独具中国特色的官吏选拔制度，对中国的社会和文化进程都产生过深远的影响，对中华文明特别是儒家思想的传播、发展也产生过巨大的作用。回顾邓嗣禹与顾立雅早年合作共事的经历，可给当代史学者研究科举制度西传的来龙去脉提供诸多可参考与借鉴之处。

《清代名人传略》谱写中美两代史学家交谊佳话

20世纪40年代，两卷本《清代名人传略》由美国官方机构政府印刷局出版并首先在华盛顿发行，由此填补了美国汉学研究的一项空白。这本书最早是在1937年由美国汉学家恒慕义发起和主编、中美两国汉学家共同完成的，是一部在世界上影响很大的汉学著作。胡适曾为这本著作撰写序言，“作为一部近三百年的传记辞典，在目前还没有其他同类的著作（包括中文的传记在内）能像它那样内容丰富、叙述客观并且用途广泛”，“它是今天可以看到的一部最翔实最好的近三百年中国史”。费正清在《费正清对华回忆录》中，也称这本著作是“按照恒慕义博士的编辑方针出版了独一无二的最重要的外国论述近代中国的著作”，“这既是中外合作的产物，又是美国汉学研究的胜利”。

一

《清代名人传略》收录了中国这一时期800多个人物的传记，反映了美国早期汉学特色。主编恒慕义组织了费正清等50多位东西方学者参加编写工作。为编写好这部著作，工作人员查阅1100多卷正史，做了数百卷笔记。该传略行文严谨，每位传主都有姓名、字号、出生年月、籍贯、主要经历和事迹，篇末有注释。

恒慕义生于美国密苏里州沃伦顿，1915年被公理会派到中国山西汾州（今汾阳）铭义中学教英文，并负责部分管理工作。1928年，恒慕义回到华盛顿任美国国会图书馆东方部首任主任，1957年与郭秉文创办华府中美文化协会。

《清代名人传略》能获得巨大成功，首先得益于美国国会图书馆丰富的藏书资源。该馆是美国最早收集中国图书的图书馆，也是中国之外收藏中文书籍最多的图书馆之一。该馆最初在 1869 年收到清朝政府所送书籍 10 种（共计 933 册），于 1928 年成立东方部，恒慕义为第一任主任。在他任职的 27 年间，该馆中文藏书由 10 万册增至 29 万多册，成为在海外从事中国历史研究的重要基地。

该馆藏书除汉文外，还有满文、蒙文、纳西族和其他民族文字著作，藏书涉及领域主要是人文学科和社会科学方面的著作，其中相当一部分是清代档案资料，而明清间的方志、家谱、各类抄本和稿本也颇丰。国会图书馆还珍藏有一批藏文的木刻版画和手稿，其中的一部分是柔克义（William W. Rockhill）1888 年至 1892 年在蒙古和西藏旅游时所获得。此后，1901 年至 1928 年，柔克义、劳费尔等学者又获得 920 件木刻版画和手稿。现在，国会图书馆是西方世界最大的藏文献馆之一，所藏藏文文献涉及佛学、历史、地理、医学、乐谱、占星术、解说词、肖像学等诸多领域，这些都与恒慕义早年所做出的贡献分不开。

早在 1918—1928 年，美国农业部的一名植物学家施永格（Walter T. Swingle）就曾多次到中国，为国会图书馆收集中国各地的方志。恒慕义担任东方部主任之后的第二年即派人再次来到中国，着力收集补充该馆所缺中国方志。

抗日战争初期，中国国内形势动荡不安，各地藏书散出，恒慕义抓住这一机会，派人来华设立专门机构大量收集中文图书。出于对日本侵略者的愤恨，有的藏书家甚至分文不要，将珍藏赠予美国国会图书馆。一时间，我国的图书文献资料大量流向大洋彼岸，就连当时国立北平图书馆的善本藏书也不能自保。为安全考虑，恒慕义用船将这些藏书运载至美国，存放在华盛顿，国会图书馆遂将其全部拍摄成微缩胶片珍藏。他曾这样描述道："中国珍贵图书，现正源源流入美国，举凡稀世孤本，珍藏秘稿，文史遗著，品类皆备，国会图书馆暨全国各大学图书馆中，均有发现。凡此善本，输入美国者，月以千计，大都索价不昂，且有赠予美国各图书馆者，盖不甘为日本人所攫，流入东土也。即以国会图书馆而论，所藏中国图书，已有 20 万册。为数且与日俱增。”截至 1942 年，国会图书馆收藏的中文善本已达 1622 种，其中仅《永乐大典》残卷就有 41 册之多。15 年后，中国学者王重民编纂的《美国国会图书馆藏中国善本书录》中收录各种善本图书多达 1777 种。

早在中国时，恒慕义就决心编纂一部近 300 年间的中国人物传记辞典。1937 年初，在具备如此多的藏书量之后，他开始着手组织人来完成多年心愿。1937 年 7 月，邓嗣禹接受燕京大学同学房兆楹邀请，辞去燕大教职前往华盛顿，参加《清代名人传略》的编纂工作。

邓嗣禹 1928 年考入燕京大学史学系，1932 年当选燕京大学历史学会主席，同年获得学士学位，师从邓之诚、洪业等著名史学家。大学毕业后，他考入燕大史学研究所，1935 年获得硕士学位并留校任讲师。在此期间，他结识了正在燕大做博士后研究的美国第一代汉学家毕乃德，1936 年两人合作编写了《中国参考著作叙录》。1938 年在完成了《清代名人传略》之后，他到哈佛大学师从费正清攻读博士学位。

50 年后，邓嗣禹在《太平天国史研究之过去、现在与前瞻》一文中回忆道，他在参与编写《清代名人传略》时，负责撰写太平天国时期两方面的人物，在十个月内，共草成三十三篇传记，包括洪秀全、洪仁玕、李秀成、杨秀清、石达开、林凤祥。虽然冯云山、韦昌辉、洪大全、李开芳传已草就，因可据的材料少，太单薄，将前三者并入洪秀全传，李开芳与林凤祥合传。组织编写《清代名人传略》，也为恒慕义在世界汉学界奠定了坚实的基础，使他日后成为一名卓越的汉学家。

二

长期以来，西方学者对中国许多历史事件和人物的叙述和评价与我国学术界观点存在较大分歧。我国历史学者大多是从无产阶级立场出发对清代人物进行评价与定性，《清代名人传略》在论述鸦片战争有关历史人物时，引用了大量 19 世纪中叶西方出版的历史著作，如郭士立的《道光皇帝传》（1852

年）和德庇时的《交战时期及媾和以来的中国》（1852 年），依据这些史料，书中对清代历史人物做出客观、公正的评价，这些史料都是我国学者不易见到的珍贵资料。

太平天国运动是中国近代史上一场重要的农民起义，《清代名人传略》下卷中有较多篇幅论述这场历时 14 年之久，波及 17 省的农民起义战争。邓嗣禹撰写的《洪秀全》，概述了太平天国运动的全部过程，并论及太平天国革命失败的教训，对太平军定都南京后所做出的若干改革也有详细的叙述，诸如修改历法、制定土地制度等。除洪秀全之外，对太平天国时期正反两方面的主要人物均分别立传。

《李鸿章》是《清代名人传略》中最长的一篇，有一万余字，从这篇传略中可以较为全面地了解到晚清时期的政治脉络。《清代名人传略》称赞李鸿章一贯倡导改革，倡议修建铁路，架设电报线路，在 1870—1894 年引进西方科学技术。同时对他的亲俄政策、接受俄国人的贿赂、在招商局等大企业中拥有大量个人股份等问题都做出了客观的评判。

1840 年之后，以魏源为代表的中国有识之士提倡向西方学习，“师夷长技以制夷”。镇压太平天国之后，曾国藩、左宗棠等人大力引进西方科学技术，两人曾向清政府建议选派学童赴美国留学。但是，洋务运动以及在此影响下的各种改革不断遭到朝野保守派势力的阻挠，甚至于 1881 年一度停止选派留学生赴美。到了 1893 年，光绪皇帝也有了改革意图。上述内容在邓嗣禹撰写的《曾国藩》《左宗棠》传记中均有论述。

辛亥革命所建立起来的共和制度是中国人民在 1840 年之后历经艰险向西方寻求救国富民道路的历史成果，康有为、孙中山等人是清末政治风云中的关键人物。《清代名人传略》对这方面人物的事迹介绍尤为详尽。从此书中可以看到，鸦片战争至辛亥革命这段时期，外国人在中国的政治生活中所起到的作用，以及统治阶级内部的腐败，中国人民反抗侵略压迫，向西方学习、探求救国富民之道的详细脉络。

参与编写《清代名人传略》让邓嗣禹开始涉足太平天国研究，这为他日后从事太平天国历史的系列研究工作打下良好开端。之后若干年，在恒慕义、费正清等人大力支持下，他先后出版了《太平天国史新论》（哈佛大学出版社1950年出版，1966年再版）、《捻军及其游击战，1851—1868》（法国巴黎Mouton出版社1960年出版，1984年再版）、《太平天国历史学》（哈佛大学出版社1962年出版，1972年再版）、《太平天国与西方列强》（牛津大学出版社1971年出版，1978年再版）。

关于《清代名人传略》，邓嗣禹回忆说："最初两册售价仅数元，故销路甚广，学习中国文史的研究生，几可人手一编。"可见这本书对中国清史研究起到了重要的作用。1990年，中国人民大学清史研究所将《清代名人传略》翻译成中文，由青海人民出版社出版，1995年再版。全书共分上、中、下三册，约130万字。出版者在内容提要中写道："本书以丰富的史料为基础，通过对清代八百余名人物活动情况的详尽具体介绍，把上起明末下至清亡近300年间的各个方面——政治、经济、军事、外交、社会、民族、宗教、文化思想、文学艺术、科学技术等领域的历史概貌展现出来，勾画出了整个清代历史的基本轮廓，'构成了一部完美的中国清史专著'。本书具有颇高的学术和史料价值，对研究我国清代的历史具有重要的参考价值。"

1948年远东学会①成立，恒慕义被推选为第一任会长，费正清任副会长。邓嗣禹当时作为年轻的历史学者和唯一的亚裔董事会成员被提名为理事，兼任学会秘书，直接协助恒慕义工作。

邓嗣禹在哈佛大学就读与任教期间先后与费正清合著《中国对西方的反应，1839—1923》（1954年）、《清代行政管理：三种研究》（1960年），这两本书都曾被哈佛大学用作教材，并多次再版。1967年，《中国考试制度史》出版增补版时，为了向西方学者尽快推荐这部有国际影响力的著作，编者将恒慕义在1938年撰写的长篇英文推荐文章，附在书后。

邓嗣禹致力于历史学教育与研究前后超过半个世纪。他于20世纪三四十年代在国内外所发表的《中国科举制度起源考》《中国考试制度史》《中国对西方考试制度的影响》等论著曾先后在国际上引起关注，在学术界产生强烈

---

① 后改名为亚洲研究学会。

反响。在太平天国史研究方面，他曾出版过四部著作和多篇有影响的论文，并应邀参加过《不列颠百科全书》《科利尔百科全书》对此部分的编写工作，是国际太平天国研究领域的领军人物。

（原文发表于《中华读书报》2013年11月27日，有改动）

《明代名人传》续写中美史学家合作佳话

1976年，美国哥伦比亚大学出版社出版了由富路特（L. C. Goodrich）、房兆楹担任正副主编编撰的两卷本《明代名人传》。该传记以丰富的史料为基础，通过694篇人物传记把上起元末下至明亡近300年历史各个方面的概貌全景式地展现出来，勾画出了整个明代历史的基本轮廓。出版后的第二年，即1977年，富路特因此书获得西方汉学领域的最高奖项——法国“儒莲奖”。颁奖时，主办方对该书的评价是：本书是关于中国的最佳作品。这一评价是对其学术价值和史料价值的高度肯定。该书对研究中国古代明朝历史有重要参考价值。值得一提的是，《明代名人传》的编者中，大概有半数为留美华裔汉学家，而且许多都是当时十分知名的汉学家，其创作过程再现了中美史学家联手合作的又一段佳话。

2015年4月，中文版的《明代名人传》由北京时代华文书局出版，全书分6册，由南开大学明史专家李小林教授组织众多明史学者与专家参与翻译工作，为国人详细了解明代的历史与人物提供了诸多方便条件。

一

《明代名人传》英文版的创作始于20世纪50年代末期，源于美国亚洲研究学会在哥伦比亚大学组织的“明代传记历史”项目。1958年，美国著名汉学家费正清在美国亚洲研究学会年会上，第一次提出编撰这套书的建议。1962年秋，哥伦比亚大学正式启动该项目，由该校教授、美国著名汉学家富路特担任主编。该项目从开始筹划到1976年出版，前后经历了18年的时间，耗费了巨大的人力、物力，而此时的《明代名人传》已经是被学界期待许久的一部书。

在本书出版之前，国际汉学界已经有了关于清朝和民国时期的中国历史人物的英文辞典，即恒慕义主编的《清代名人传略》，包华德主编的《民国名人传记辞典》。这些名人传记辞典，因其为学术研究提供了巨大便利，而得到西方学界的广泛赞誉。从20世纪中叶开始，西方学界对中国古代历史的研究都有这样的需求——希望有一部明朝人名辞典，将可循的历史名人的时间范围从清朝拓展到明朝。《明代名人传》的出版填补了这一领域的空白。

富路特①（1894—1986年）系美国传教士富善之子，1894年出生于北京通州，义和团事变后回到美国就学，大学毕业后以海外传教人员身份再次返回中国；1926年之后又回到美国，进入哥伦比亚大学东方语言文学系攻读硕士学位，1927年获硕士学位后任教于哥伦比亚大学长达35年之久。其间他在1934年获得哥伦比亚大学博士学位。他曾先后担任哥伦比亚大学中文系主任及东方语言文学系主任，还曾出任美国东方学会会长、亚洲学会会长等职。富路特是美国著名的汉学家，他一生致力于中国历史与文化研究，著有《乾隆时期的文字狱》《中华民族简史》等多部汉学专著，还曾译注陈垣的《元西域人华化考》一文。

在组织编写《明代名人传》之前，富路特曾多次与中国学者开展学术交流与合作：1943年，他同韩寿萱合作撰写了《明实录》一文；1946年，他与冯家升合作撰写《中国火枪的早期发展》；1949年，他又与瞿同祖合作撰写了《隋文帝时期宫廷中的外来音乐》，在明史研究方面有非凡的业绩。费正清对富路特评价道："当我在北京华文学校向他请教时，他总是以非常诚恳的态度仔细听我说。从他童年时代在华北的传教士家庭背景来看，他的确可以说已使自己成为汉学家中的佼佼者了。仅凭他的博士论文《乾隆时期的文字狱》，他就已成为美国中国问题研究中崛起的一颗新星，何况在以后的四十年中他还有更多的研究成果涌现。"

---

① 也有译名傅路德。

副主编房兆楹（1908—1985 年）是国际知名的中国史专家，研究领域侧重于明清史和中国近代史。他早年毕业于燕京大学数学系，与该校历史系杜联喆女士结为伉俪。二人自 19 世纪 30 年代即参加哈佛燕京学社引得编纂处的工作。房兆楹与杜联喆夫妇曾于 1934 年参加恒慕义主编的《清代名人传略》项目，并在其中担任重要角色。在 800 多位人物传记中，二人分别撰写了 276 位和 146 位人物传记。富路特当年也参加了编写工作，并撰写了 10 余篇人物传记。1963 年房兆楹和杜联喆加入“明代传记历史”项目，房兆楹协助富路特的工作，并担任副主编。

《明代名人传》出版之后，学者们大多将其与《清代名人传略》《民国名人传记辞典》相比较。就编写者的构成而言，他们来自美国、加拿大、澳大利亚、英国、斯里兰卡、中国等多个国家，共有 125 位学者参加了工作，其中像恒慕义、萧公权、邓嗣禹、李田意、房兆楹、杜维明、钱存训、孙任以都、黄仁宇等分别参加过《清代名人传略》《民国名人传记辞典》的编撰，他们当时已经是国际知名的专家学者。不少学者还提供了他们自己的最新研究成果。

他们在编写《明代名人传》人物时，对《清代名人传略》的体例取长补短，这些努力使得后者比前者的体例更加完整，便于读者阅读。

在内容方面，全书共计 732 个词条，694 个传记，所涉及的人物多达 5396 个，所载人物涉及政治、经济、军事、外交、社会、民族、宗教、文化思想、文学艺术、科学技术等多领域。传记中除了包括明代十三位皇帝（从太祖朱元璋至神宗朱翊钧）、皇家贵族、各级官员、文化精英（文学家、思想家）等上层人物外，也出现了对制漆工匠、运河工人等下层人物的记载；不仅包括中国人，也包括当时来到中国的外国人，如西方传教士利玛窦、日本僧人绝海中津、印度僧人班的答等。

在时间跨度方面，该书收录人物的时间范围以 1368 年明朝建立为起点，清朝建立为终点。但出生于元末，活动于明朝的人物也被收录其中，此外还包括一些生活于明清之际，但未被收入《清代名人传略》中的人物。从这个角度而言，该书也是对《清代名人传略》内容的补充与完善。

美国汉学家艾特威尔（W. S. Atwell）于 1977 年首先发表书评文章指出，

富路特主编的《明代名人传》，“是自恒慕义出版《清代名人传略》以来，关于传统中国最为重要的西方参考工具书，它对于明代中国研究领域所作的贡献值得永远感激，其编者值得被高度称赞”。美国汉学家普林斯顿大学彼得生（Willard J. Peterson）也在《亚洲研究期刊》1979 年第 3 期上发表书评指出：这部书不仅解决了明代历史的研究工具问题，还解决了近代社会与古代社会研究联结的空缺。在书籍的条目选择上，开始更多地关注下层民众，以及过去往往被忽视的群体。当时美国学术界对此项目高度重视，美国亚洲协会、美国学术团体理事会等重要学术团体对此项目都给予了资助，其出版也引起国际学术界的高度关注。

二

长期以来，西方学者对中国许多历史人物的叙述和评价与我国学术界观点存在较大分歧。我国历史学者大多是从无产阶级和时代化的立场出发，对历史人物进行评价与定性。明太祖朱元璋是明代最为重要的人物，国内研究这位出身微贱的皇帝的学者众多，最有名的学者莫过于明史专家吴晗，以及他多次修改的《朱元璋传》。在吴晗的笔下，朱元璋雄才大略、性格复杂，尤其是对他猜忌心重、残忍狠毒的一面，作者揭露得十分充分。这与吴晗生活的时代有关，因为该传记在 1949 年初版发行时，正值国民党特务横行、暗杀行为最为严重的时期，故而作者对朱元璋类似的行为着墨尤多，一些学者认为吴晗当时出版《朱元璋传》是讽喻时政、影射蒋介石的。

1954 年，吴晗又撰写了《朱元璋传》的第二稿，油印 100 多册散发给朋友征求意见；在第二稿的基础上，最终写成了《朱元璋传》的第三稿，于 1965 年由三联书店出版。一部传记，前后近 20 年，几易其稿，这不仅表现了吴晗先生不断自我完善的学术追求和扎实求真的治学方法，而且体现了他的学术思想与当时社会现实、学术现状之间相吻合的发展历程。

《明代名人传》中的《朱元璋》，是该传记中所占篇幅最长的一篇，其内容长达 13 页之多，有 1.2 万余字，由留美学者、国际著名汉学家邓嗣禹撰写。

在《朱元璋》传记中，邓嗣禹从国际视野角度出发，站在客观、公正的角度，参考了大量中国学者不易看到的历史文献，并结合了个人对朱元璋的研究成果，既用肯定的语气阐述了朱元璋极不平凡的奋斗历程，即推翻元朝的腐朽统治、统一全国、安定百姓及发展生产等积极的一面；又用谴责、批判的语气揭露了他巩固朱家王朝的种种手段，特别是对他大肆诛杀功臣和大兴文字狱的专制统治等方面进行了有力的挞伐。该传记对朱元璋的一生进行了全面的评论，既不以其善而隐其恶，也不以其恶而隐其善，使读者看到了一个比较真实的朱元璋。

在传记之后的参考文献栏目中，我们可以清楚地看到，他在写作时不仅参考了《明实录》《明太祖实录》等基本史料，也参考了西方著名汉学家，如富路特、贺凯（Hucker）、高友工等人用英文发表在《哈佛亚洲研究学报》上对明史研究的最新成果，还参考了吴晗 1949 年出版的《朱元璋传》，还有像《明史纪事本末》《平汉录》《平吴录》等大量方志与至今仍未出版的私人抄本，以及他个人对朱元璋的研究成果，如在《燕京学报》上发表的论文《明大诰与明初之政治社会》、在《中国文化》上发表的英文论文《明太祖的建设性与毁灭性工作》等，所参考的文献达五六十种。

正如中文译本主编李小林、冯金朋在出版前言中指出："除了中国学者很难具有的国际视野外，《明代名人传》还有另外一大优点，即将学术性和通俗性融为一体。……他们撰写过程中除了参考《明实录》《清实录》《国榷》等基本史料之外，还借鉴了……以及大量的方志和至今仍未出版的私人抄本，等等；同时他们还吸收了当时国际汉学界的最新研究成果，包括各种西文写成的论文和专著，这些努力（能）从每个词条结尾所列出的参考文献感受到。"

三

关于这些人物传记资料收集的细密程度，还可以从富路特的演讲活动中看出一些细节。1965 年，他在美国东方学会于芝加哥召开的一次学术会议的演讲中说，他非常关心自己正颇费心力的"明代传记历史"项目。在主持编撰的过程中，他注意了中国古代典籍中名人传记的情况，也注意到《古今图书集成》的影印本，这本1728年问世的百科全书式著作有30000个明代人物传记的索引，还有明代人物传索引的草稿，囊括明代问世的大约300种地方志中近36000个人物。他还提及哥伦比亚大学图书馆所收藏的《皇明文海》微缩胶片，称这部1700年前后汇集的175卷著作中，也包括近3600位人物的传记。哥伦比亚大学图书馆经常会收集来自北京珍稀图书的微缩胶片。

富路特出版的第一本书《乾隆时期的文字狱》是由他的博士论文改成的，1935年出版。在该书的前言里，他坦承自己曾得到袁同礼、马鉴、马准、陈垣、郑振铎、洪业等中国学者的指点。书出版后，雷海宗和郭斌佳分别在《清华学报》和《国立武汉大学文哲季刊》上对其进行了介绍，称许之余也指出译文当中的不少错误。

1943年出版的《中华民族简史》一书，可以说是富路特的代表作，该书在成书过程中主要依赖西方人研究中国的资料以及华人的英文论文，这是他多年教学和学术研究成果的浓缩，同时也可以说是对近代以来西方学者研究发现的一种出色的综合。富路特生长于一个开明而有浓厚学术气氛的家庭中，他懂得如何最佳地将各种文化进行融合，所以才写得出《中华民族简史》这部宏观的历史著作。此书一经出版便在学界获得高度赞誉。胡适评价此书是欧洲语言中已出版的中国史著作中最优秀的一本。

1944年，邓嗣禹也曾为此书撰写书评："(《中华民族简史》) 不仅是一部卓越的综合性专著，恰如它的注释和目录所显示的那样，它是以广泛的专题论著为基础的，其中有相当一部分出自美国学者或在美国工作的欧洲和中国学者之手。"此书1951年、1959年、1969年版均有修订，修订本中对当代史一章有较多改动，最后一次重印是2007年。现在这本书虽然已经不再被当教科书用了，但仍有电子版销售，可谓经得起时间的考验。

1976年出版的《明代名人传》能够获得极高的赞誉，显然与众多中国留美学者的参与有着密不可分的关系。1963年，房兆楹夫妇在狄百瑞[①] (William

---

① 现译为狄培理。

T. de Bary）的劝说下，离开澳大利亚，全职加入编撰组，并担任了重要的角色。两人废寝忘食、全力以赴，撰写的稿件多达总数的一半，为该传记的成功策划与创作起到了不可替代的作用。1977 年富路特因出版《明代名人传》而荣获法国“儒莲奖”时，房兆楹与杜联喆则因此获得哥伦比亚大学名誉文学博士学位。据《洪业传》作者陈毓贤回忆说：“我还记得洪业穿戴整齐高高兴兴地飞到纽约观礼，颇以这两位学生的成就为荣。”

作为同是洪业在燕大早年的弟子之一，传记中朱元璋的撰写人邓嗣禹，在此之前与毕乃德、恒慕义、费正清、顾立雅、包华德都有过合作。在费正清看来“这些人从他（邓嗣禹）的能力和博学学识中受益极大”。《明代名人传》的编写，再次体现出这一点。

1981 年，富路特终于再有机会与他的妻子来到久违的中国进行访问。1986 年富路特去世后，美国亚洲研究学会东亚图书馆曾登载了一篇悼文，称赞他虽然不是图书馆员，但对美国东亚图书馆的发展有很大贡献，还称赞他不但自己有许多著作，还乐意成人之美。譬如李约瑟的《中国科学技术史》第五卷讨论化学技术，其中的《纸和印刷》分册由钱存训撰写，富路特帮了他很多忙，所以该书一出版，钱存训送书于人时，头一个就送给了富路特；富路特 1949 年开始和钱星海英译陈垣的《元西域人华化考》，两年后钱星海无法继续，富路特孤军奋战把它完成。《明代名人传》的创作与出版，再次谱写了中美史学家的合作佳话。

（原文摘要发表于《中华读书报》2015 年 11 月 4 日，有改动）

邓嗣禹与芝加哥大学早期中文教学

缘　起

2014 年年初，笔者整理、写作《家国万里：邓嗣禹的学术与人生》一书时，曾在上海市档案馆查阅到邓嗣禹先生于 1947 年在《东方杂志》上发表的《美国陆军特训班给予吾人学习西语的教训》一文。这是一篇十分珍贵的文史资料。作为当年芝加哥大学美国陆军特训班课程的负责人，邓嗣禹在文中详细介绍了芝大美国陆军特训班培训的全部过程，包括培训班的起止时间、课程设置的具体细节与要求，还有邀请胡适参与讲课的细节，这在《胡适日记全编》《胡适年谱》中均属于被遗漏的内容。文章的后半部分内容，他还总结出此次培训班的经验与教训，以及当今对外汉语教学值得借鉴的方法，内容可谓丰富至极。在此写一篇专文予以介绍，同时澄清一些历史真相。

一段被误读的历史与真相

近期，笔者拜读了普林斯顿大学周质平教授新著《现代人物与文化反思》中的《赵元任与中文教学》一文，觉得他所论述芝加哥大学早期中文教学的情况与事实不符。他在文中说道：“早期欧美学院中的汉语教学一向是为汉学研究服务的。说得更具体些，学习汉语的目的是研读中国古籍，所以有些学校的初级中文（Elementary chinese）教的竟是古代汉语，芝加哥大学一直到上世纪（20 世纪）60 年代，还维持着这个现在看来有些荒唐的传统。”这并不符合芝加哥大学当时的情况。

他所依据的史料，仅是芝加哥大学历史系教授艾恺在《传记文学》2008年6月发表的一篇文章《怀念许文锦女士》。艾恺本科毕业于天主教办的美国国王学院，1964年他考入芝加哥大学东亚研究专业，攻读硕士研究生，其指导老师是政治学系的邹谠。邹谠是芝大著名的华裔政治学家，其父亲邹鲁是国民党元老、中山大学首任校长。20世纪60年代初，《美国在中国的失败，1941—1950》一书令邹谠声名大噪，奠定了他在学术界的地位，该书曾被誉为芝加哥大学出版社当年的最佳著作。艾恺因此跟着邹谠研究中国历史。

于1947年开始任教于芝加哥大学东方语言文学系的知名学者钱存训（艾恺在文中所述许文锦的先生），在他出版的中文回忆录《留美杂忆：六十年来美国生活的回顾》中，有这样的记载：

> 芝大对中国语言和文化的教学，大致分为古代、中古和近代三阶段。当时除顾先生（顾立雅）教授第一年汉语、古代史和思想史外，另有柯睿格（Edward A. Kracke, Jr.，一九〇八—一九七六）教授担任第二年中文、中古史和政治制度等课程。他专攻宋史，著有《宋初文官制度》（一九五三年），《宋代职官衔名英译》（一九五七年）等书，也是国际宋史研究计划的创始人。另一位是邓嗣禹教授，讲授中国近代史和现代中文，编有《报刊中文》《中文会话》《高级中文会话》等课本作为教材。再有访问教授董作宾先生，曾开设中国考古学、金文及古文字学等课程（我另有专文记述他访美经过，见本书《董作宾先生访美记略》）。

钱存训在此文中分别介绍了在1947年前后，芝加哥大学东方语言文学系三位教授顾立雅、柯睿格、邓嗣禹的课程分工，同时强调了邓嗣禹当时还编有《中文会话》《高级中文会话》等课本作为教材。由此可见，在20世纪40年代后期，芝加哥大学就曾开设过多种中文会话的口语课程，并采用邓嗣禹合编与自编的教材，用于本科生教学。

1935年，邓嗣禹在燕京大学师从顾颉刚，获得硕士学位之后，曾留校任教两年。1937年应邀赴美国，协助恒慕义博士编写《清代名人传略》，负责太平天国时期正反两方面33位人物的传记编写工作（其中有3位人物的传记是与费正清合作编写）。1938年他获得哈佛燕京学社第二批奖学金，前往哈佛大学师从费正清，于1942年获得博士学位。早在1941年时，因哈佛大学的学业告一段落，邓嗣禹应芝加哥大学之聘任讲师，开设中国近代史、中国史学方法、中国目录学等课程。1942年担任东方研究院院长、兼远东图书馆馆长，并主持美国陆军在该校所设立的中国文史特训班的工作。

顾立雅教授是美国第一代从事中国古代史研究的汉学家，先后在芝加哥大学取得学士学位（1926年）、硕士学位（1927年）、博士学位（1929年）。他研究过中国的孔子、安阳考古发掘、科举制度、西周政治、道教等，并单独或合作编写了一系列的中文教科书，其中包括三本古汉语教材。1932—1935年，他曾获得哈佛燕京学社奖学金资助到中国留学，师从北平图书馆金石部主任刘节研究中国古代文字学、甲骨文及金文，并曾数次赴安阳参观考古发掘工作，1936年回到美国，受聘于芝加哥大学东方语言文学系任讲师，开设中国语文、哲学及历史课程。顾立雅在1994年去世，享年89岁。他和妻子把全部财产捐赠给了大学用于中文研究。

柯睿格的学士学位（1931年）、硕士学位（1935年）、博士学位（1941年）都是在哈佛大学获得的，他与邓嗣禹曾是哈佛大学的博士学友，受哈佛燕京学社资助，曾来华进行过考察，后来又一起供职于芝加哥大学东方语言文学系。

当年，东方语言文学系的三位教授各有分工，顾立雅教授第一年汉语、古代史和思想史；柯睿格教授第二年中文、中古史和政治制度等课程；邓嗣禹在第三年讲授中国近代史、中国目录学、中国史学方法和现代中文；第四年由麦克尼尔开设西方文明史课程。之所以把这门课设置在大学的最后一年，是希望它在为学生们提供历史知识的同时，也能够帮助他们更清晰地理解在文学、科学和人文课程中学过的许多思想与大多数信息之间的联系。这门课程以阅读、选读材料为主，要求学生围绕材料进行课堂讨论。1949年，麦克尼尔编写了《西方文明史纲》一书作为辅助教材。1947—1948年，作为芝大访问学者的董作宾，曾开设中国考古学、金文及古文字学等课程。1949年秋，邓嗣禹接受费正清邀请，重返母校哈佛大学，他所讲授的中国目录学、中国史学方法等课程由钱存训接任。

威廉·麦克尼尔（W. H. McNeill，1917—2016 年），他的本科与硕士教育都是在芝大完成的，1947 年获得康奈尔大学博士学位之后，曾长期执教于芝加哥大学历史系，从事世界史教学与研究工作。1947 年秋，麦克尼尔回到母校芝加哥大学任教。最初他在社科学部任讲师，受校长哈钦斯之命，开设了一门西方文明史课程。更为有趣的是，当年芝大还有一位讲授远东史的学者麦克尼亚（H. F. MacNair，1891—1947 年），汉字译音与麦克尼尔仅有一字之差。他是芝大日本史、远东史方面的权威，与邓嗣禹交往颇深，两人合作编写过《中国志》一书。但遗憾的是，他因心脏病突发，在麦克尼尔到校任教之前不久，于 1947 年 6 月逝世，享年仅 56 岁。

芝加哥大学中文教学负责人王友琴先生，在他所发表的《芝加哥大学中文课程 73 年回顾》一文中，也从另一个侧面，反映了芝加哥大学中文教学在 20 世纪 50 年代前后的情况：

> 北京图书馆的钱承训（笔者注：钱存训）先生，在日本军队占领北京前，把一批善本书运到美国，以免被日本人破坏或者掠夺。战后，他留在芝加哥大学工作，负责大学的东亚图书馆。他的妻子许文锦，1952 年成为芝加哥大学第一位专职中文教师。1950 年芝加哥大学建立了东亚语言文明系，延续至今。在专职中文教师的指导下，教学由教授古代汉语转向教授现代汉语，教学法也更多地使用这里所说的“经验法”。

从王友琴的回忆文章记载中，我们可以进一步了解到，钱存训的妻子许文锦，从 1952 年成为芝加哥大学第一位专职中文教师后，她的主要任务就是负责芝加哥大学的汉语口语教学工作。

艾恺本科毕业于天主教办的美国国王学院，1964 年才考入芝加哥大学东亚研究专业，攻读研究生课程。作为打基础的口语课程，芝加哥大学可能仅在本科生阶段开设，研究生阶段并没有此课程，艾恺在攻读研究生课程阶段就没有经历到。当然，如果在本科生阶段没有学习中文会话，或者说并没有过关，在读研究生时期就可能还要专门补课。

此外，在王友琴的回忆文章中，还记述了他的前任赵智超教授的一些工作情况，可对芝大中文教学工作情况做进一步补充验证。20 世纪六七十年代，赵智超曾在芝大东亚语言与文明系任教，担任中国语文部主任。

“在赵智超教授担任中文课程负责人期间，注重准确的发音和流畅的口语表达成为芝加哥大学中文课程的重要特点之一。其中，一年级中文课的第一学期主要进行严格的发音训练。1960 年年初建造的配有大量录音机的语音实验室在这方面起了重要作用（这个实验室现在已经被新的取代）。学生必须在那里练习够规定的小时数，助教会检查学生的签到记录。当然，原来强调字义和语法的传统也仍旧保持。这种严格的反复练习是有成效的。”

从这一段文字的信息中我们可以了解到，芝加哥大学中文课程的重要特点之一，就是注重准确的发音和流畅的口语表达，20 世纪 60 年代初就配置有大量录音机的语音实验室，用于口语教学，但是“原来强调字义和语法的传统也仍旧保持”。综上所述，从多方面当事人的回忆录与纪实文章的佐证材料可以证明：芝加哥大学早期对于中文的教学，是注重文言文与口语教学并存的体系，并不是像周质平所述“有些学校的初级中文教的竟是古代汉语，芝加哥大学一直到上世纪（20 世纪）60 年代，还维持着这个现在看来有些荒唐的传统”。

“二战”前中文教学历史回顾

芝加哥大学的中文课程开始于 1936 年。早在 1905 年，清政府就派了五名大臣为实行新政到欧美考察宪政。其中满族大臣端方和汉族大臣戴鸿慈访问美国一个月，曾到芝加哥三天，相当仔细地参观了芝加哥的疯人院、基督教青年会和大型屠宰场等。此后一些中国留学生也开始来到芝加哥大学学习。其中饶毓泰先生于 1913 年、叶企孙先生于 1918 年先后来到芝加哥大学物理系读本科，后来他们又分别任北京大学和清华大学的物理系主任以及理学院院长。著名妇产科医生林巧稚也曾于 1939 年到芝加哥大学做学术研究。恒慕义之子恒安石、雷约翰都曾于1948—1950年，在芝加哥大学东方语言文学系攻读硕士学位。

1936年，芝大首次开设的中文课程从文言开始，这是因为当时的学术研究聚焦于古代中国。教师是顾立雅先生，1938—1948年他出版了一套教科书 *Literary Chinese by Inductive Method*《归纳法中文文言课本》，共3册，采用中国传统启蒙的《孝经》《论语》和《孟子》三种经典著作，系统地将书中单字，以甲骨文、金文、说文、通行书体及其读音、部首、英文释义，逐一加以解释，再分别举例，以示每字的用法。学生读完这3册，不仅可了解中国传统文化的精义，也可掌握汉字单词约3000个，再阅读其他古籍，就没有太大的困难。他把他的汉语教学方法称为Inductive Method，即归纳法。现在似乎没有人用这个方法来教语言。其实细想起来，这个方法是有道理的。他还用有限的字编写了大量练习用的句子，帮助学生理解语法。要点在于学会字义和语法，从而掌握整个语言的表达规律。实际上，成年人学外语和儿童学习母语的一个很大区别，就在于成年人学习外语时更多地使用“归纳法”。

芝加哥大学出版社出版的第四、第五本中文语言教科书，是1943年由邓嗣禹、顾立雅合作编写的《中文报刊归纳法》（*Newspaper Chinese by the Inductive Method*），以及与此书配套的《中文报刊归纳法翻译与选择练习册》（*Translations of Text Selections and Exercises in Newspaper Chinese by the Inductive Method*）。这两本书不再是古代汉语，但还是采用同一种归纳法编写的。

第二次世界大战中，芝加哥大学发生的最重要的事件，是在1942年建造了第一个人工控制的链式原子能反应堆，三年后在此基础上制成了原子弹。1945年两枚制成的原子弹投放到日本后，日本投降，“二战”结束。主持这项研究的是在芝大从事研究工作的美籍意大利人，1938年诺贝尔物理学奖获得者费米。哈钦斯校长将他引进到芝加哥大学，让他在这里完成了首次受控的链式反应，从而奠定了该校在原子能研究方面的崇高地位。

战争对芝大中文教学课程也有直接影响。就在1941年12月7日，日本偷袭珍珠港的几小时后，正在上高级汉语课的学生在一起讨论“我们能做什么？”他们决定抽出时间编写教科书以帮助学生阅读中文报纸。他们把精选出来的报纸上的文章照原文排印出来，一个字对一个字、一个词对一个词、一个句子对一个句子，做出非常详细的解释，最后由邓嗣禹、顾立雅负责编辑出版。就这样，在第二次世界大战中，芝加哥大学不但发明了原子弹，也编出了新的现代汉语课本。这两个事件的性质和规模相差很远，但是在为战争服务方面有共同之处。大规模的国与国之间的侵犯和杀戮，迫使各国人为了保护自己而学习外国语言。中文报纸教科书的编撰就让人看到了战争的残酷以及学者的爱国主义热情对语言教学的作用。

美国陆军特训班的中文教学与影响

太平洋战争前，美国许多大学主要是为了培养汉学家而开设的古代汉语，却因过分注重古代汉语的阅读和语法分析，忽视了其在生活中的应用。

太平洋战争期间，美国陆军为了满足对外战争的需要，在哈佛、斯坦福、芝加哥等10多所知名大学都开办有陆军特训班课程。其目的是训练将要被派到诸如中国、日本等地区任职的指挥军官，教他们学习各国的语言，同时学习各国的历史地理与社会情况。很显然，如果采用战争前各大学的汉语教学方法，将无法实现这一目的。为此，那些承担教学任务的中国学家们不得不改进汉语教学方法。他们尝试对学员强化语言训练，在教学中注重培养其现代汉语的听力与口语表达。

哈佛大学受美国陆军委托，1943年开始举办中文、日文培训班，赵元任先生当时负责主持中文训练班的工作，正在读博士学位的杨联陞由于表现突出而受赵的特别赏识，在中文部20余位助教中，赵元任特别为他申请了一个讲师的职位。后来，杨联陞还曾协助赵元任编写过《国际音标国语正音字典》一书。

耶鲁大学受美国陆军委托，在1943年成立远东语文研究院，创始人和第一任院长是金守拙（George Kennedy），采用的是拼音法教学，所用的第一本教材*Speak Chinese*（《中文口语》）由金守拙、赫德曼（L. M. Hartman）编著，1944年由亨利·霍尔特出版公司出版，留美学者房兆楹为该书撰写了序言。之后又出版了练习会话的教材*Chinese Dialogue*（《华语对话》），整个耶鲁大学汉语教材的系统便是以这两本书为基础发展下去的。

芝加哥大学受美国陆军委托，在 1942 年成立了东方研究院，创始人和第一任院长是邓嗣禹（兼任远东图书馆馆长）。在芝加哥大学开办的课程，当时称为“中国语言文史特别训练班”，培训时间从 1942 年 8 月开始，到 1944 年 3 月结束，比哈佛大学开办的时间要早，由邓嗣禹负责并兼任班主任工作，芝大的美国著名汉学家顾立雅先生也曾参与授课。培训的目的，是要求受过训练的学员，了解中国的文化与习俗，能阅读中文报纸，并能用中文演讲，以便今后更好地开展工作。特训班的课程分为两部分，一是语言学习课程，二是地域研究课程。语言学习课程每周上 17 小时的课，采用的教材由邓嗣禹与顾立雅共同编写，如《中文报刊归纳法》《中文报刊归纳法翻译与选择练习册》。有关口语方面的教材，也是采用邓嗣禹自编的教材。在此基础上，1947 年他根据培训班的教案，整理出版了第六本教材：《社交汉语与语法注解》，由哈佛大学杨联陞撰写序言。之后在此基础上，1965 年他又出版了第七本教材：《高级社交汉语》，这些书在美国都成为畅销书，并多次再版。据 1980 年来华参加“中美汉语作为外语教学学术讨论会”的耶鲁大学黄伯飞教授撰文介绍，美国印第安纳大学在 20 世纪 80 年代中期以前，所用口语教材都是邓嗣禹的这套教材。

特训班讲授的地域研究课程，每学期有 10 小时的课程。第一期是学习地理，教师由芝大地理学系各教授担任，程序是先讲远东地理，然后相当详细地讲中国地理。第二期讲中国历史，从北京猿人讲起，到最近的时事为止。凡是中国文化、美术、政治、哲学等内容皆需要讲述。当时，由邓嗣禹代表芝大，邀请胡适先生讲授中国思想史课程。第三期讲的是有关中国社会组织活动的内容，注重近百年来的情景，并增加讨论课的内容。第四期是地域学习的课程，整合前三期所学内容为一体，请人类学专家将中国文化做综合介绍。他们中有用中文演讲的，专门讲中国风俗的内容；有谈论时事的学者；还有介绍中国的旧剧作或书画的学者。除去听演讲之外，学生必须看课外参考书，数量要求为每周约 100 页。同时每月对学生有一次小考，每期有一次大考。一年中文训练的成绩，使金岳霖先生大为诧异。受训的学生俨然成了

“中国通”。除此之外，在这一年当中，他们每周还有两小时的时间，学习欧洲历史、地理与政治的内容，使学生不仅了解中国的知识，而且对世界也有一个大致的了解。

这种战时培训所采用的语言教学方法，使美国人在短时间内能够掌握最低限度的汉语阅读与会话能力，这对战后美国的汉语教学产生了重要影响。太平洋战争结束后，哈佛大学、耶鲁大学、芝加哥大学、哥伦比亚大学纷纷打破已有的汉语教学模式，力图吸取战时语言教学方法的优点，并将其融入正规大学课堂教学之中。更为重要的是，战时汉语培训冲破了美国人对汉语所抱有的固有观念。长期以来，美国人视汉语为世界上最令人生畏的语言。然而，战时的短期汉语培训课程，竟能使一大批美国人能说汉语，这无疑极大地增强了美国人学习汉语的信心。对大多数美国青年而言，汉语不再是无法逾越的障碍。因此，当太平洋战争结束后，涌向课堂学习汉语的学生人数比以前有明显增加。

哥伦比亚大学东方语言文学系在狄百瑞的主持下，使用强化训练的学习方法，将4年汉语学习的时间压缩为15个月；在哈佛大学，费正清、赖肖尔等人对战时的培训方法进行合理改造，通过采用区域研究的方式提高学生的语言能力。费正清认为：语言不仅仅是了解人类社会的一种必需工具，也是一个复杂社会的主要组成部分，它与社会的其他方面有着紧密的联系……正确地利用语言学习，不仅有助于提高语言能力，而且对这种文化的许多方面都会有一个基本理解，这对于学生而言意味着更有效地利用他们的时间和精力。

同样，在芝加哥大学，邓嗣禹、顾立雅等人也对战时的培训方法进行了合理改造。根据在芝大的战时培训经验，邓嗣禹还为中国学生的英文学习提出建议：大学一年级每周有十小时学习英文，可广泛采用ASTP的方法训练。希望大学二年级的学生，可随便看英文课本，用英文作工具去求有用的知识，不必再有英文课程了。同时他还指出，中国对日对俄甚至对任何国家，都缺乏青年外交家与专门人才，适宜大量采用ASTP的方法，训练年轻的干部，担任各种职业。

美国研究学者嵩岁，在1946年曾撰文记述道：这种在战时培训计划中所尝试的汉语教学方法，战后被参与教学的中国学家带到各个高校。哈佛大学、斯坦福大学、耶鲁大学、芝加哥大学等多所大学所采用的都是这种注重听说的方法。因此，太平洋战争爆发至 1949 年这一时期，可称为美国汉语教学的转折时期。

1950 年抗美援朝战争爆发，美国军事当局为了适应当时战争的需要，除了原设的陆军语言学校之外，还在若干大学附设汉语训练班。1958 年美国通过了《国防教育法案》后，政府采取了一系列加强外语教学的措施。每一位参加培训的人员在培训期间可获得每星期 75 美元的补助金，其家属也可获得每人每星期 15 美元的补助金。在美国政府的强力推动下，无论是所设汉语教学机构的数量，还是学习汉语学生的人数都有显著提高，这一时期被称为美国汉语教学的“跨进期”。在这样的大背景下，邓嗣禹于 1965 年又编写了《高级社交汉语》，由芝加哥大学出版社出版，作为该校汉语教学的第七本教材。

邓嗣禹与贝德士之间的一场激烈争辩

在芝加哥举办1951年亚洲历史学会年会期间，汉学家贝德士与邓嗣禹为讨论学术问题，曾发生过一场激烈的争辩。读者从两人来往的信件中，不仅可以获知当年中国基督教史的许多重要信息，还可以感受到老一辈中西方学者，对学术问题那种执着与坦诚的可贵精神。

一

贝德士（Miner S. Bates，1897—1978年）是一位学者型的美国传教士和社会活动家，他1920年以优异的成绩获得牛津大学历史学硕士学位，回到美国后接受教会派遣，前往中国南京在金陵大学任教，直到1950年离开中国返美，前后整整30年。其间曾一度赴美深造，1935年在耶鲁大学完成《公元前221—前88年的中国历史》的学术论文，并获得博士学位。

1936—1941年，他曾7次访问日本，作为教会代表利用当地资料研究亚洲现状、日本社会状况及其政府政策。抗日战争爆发后，他奉金陵大学之命返回南京，并以副校长的名义全面负责留守校产，在南京大屠杀期间做了大量保护与救济中国难民的工作。1946年7月，他出席了在东京远东军事法庭对日本战犯的审判。作为南京大屠杀的见证者，他以无可辩驳的亲身见闻与实地考察资料，证实并指控日军大肆烧杀淫掳的罪行。章开沅教授利用贝德士保存的南京安全国际委员会与南京国际救济委员会的档案，以及贝德士和其他委员会成员的私人通信等资料，写作并出版了《南京大屠杀的历史见证》一书（湖北人民出版社出版）。1945年，贝德士的著作《宗教自由：一份调查》一书用7种文字出版。贝德士不仅是一位传教士、教育家，而且是一位受过良好训练的历史学家。他具有足够的洞察力去分析那些影响教会大学历史命运的中国社会和文化因素。

1951年12月28日，邓嗣禹在亚洲历史学会年会上宣读论文，题为《欧美中国史中的基督教僭妄》（*Christian Assumptions in Occidental Histories of China*）。贝德士此时已在纽约协和神学院任教，也应邀参加了此次年会，并按照会议主办者的预先安排，担任会议的评论员。

评论员与论文作者之间出现分歧与争论本来是正常现象，而且听众往往对激烈的争论更感兴趣。但是由于两人事先互不相识而对彼此产生了误解，邓嗣禹会后颇为不悦，并在12月31日给贝德士写了一封措辞相当尖锐的信。两人之间的争论，反映出西方学者与中国学者在观察基督教在华传播历史方面的许多分歧，其根源多半在于两人历史文化背景不同，各有各的学术视角与理论诠释。尽管贝德士曾在中国任教30年之久，邓嗣禹在美国生活也有10多年，但在评论西方学者撰写的中国史著作时仍有东西方之间的差别。

贝德士与邓嗣禹来往信札

1. 邓嗣禹致贝德士　　　　1951年12月31日

亲爱的贝德士教授：

我于1951年11月15日给您写信说，“我希望通过您的评论获益良多”。您确实给我上了很好的一课。

我虽然经常欢迎批评，但迄今未看到一个评论者对主要发言人像您这样粗暴。您简直视我为宿敌。您认为我是反传教士（anti - missio - nary），事实上我是教会学校的产物，极为尊重传教士的工作。遗憾，我的文章没有空间可容列名并颂扬教会办的学校、医院、平民教育，如此等等。

我不愿意在会上与您辩论，因为多少还记得《圣经》的训诫，当别人打你的左脸，你应该也迎上右脸。会后，有些朋友对我没有回击感到不解。我本想当晚拜望您，以便就若干要点交换意见，但被告知“贝德士已经离去”。

现在我略书数行作为回应。至于发言主题，我可以摘录 WilliamH. Dahan 的信：

“亲爱的邓：

我不责怪你，由于未能理解你慷允演讲的冗长题目，我想，也许这个题目更合适：《欧美中国史中的基督教僭妄》（*Christian Assumptions in Occidental Histories of China*）。这意味着19世纪末与20世纪西方人（美国人与欧洲人）写的中国史著作中出现的偏见与歧视，而我认为你最好能涵盖早期耶稣会士与新教传教士。的确，这将使你的论文有点像过去共产党对待基督教的态度。不过我希望你毫无顾虑地把这个题目作为西方史学对待中国的一个出发点（Spring board），并做出具有活力的学术批评。”

我的论文就是循着这条路线准备的。

在12月29日，没有对有关“Formosa”（台湾）的论文有所反应，甚至没有涉及“Formosa”名称，评论者没有像您这样小题大做（make a fuss）。

我所能记得的，是您评论中的许多论点都是错误的。您说我讨论的某些书不是历史，而您却强调赛珍珠的《大地》，难道《大地》是历史吗？

您说我未提到作为翻译家伟烈亚力（Alexander Wylie，又名尉礼贤）的名字，他曾经把什么中文书翻译成英文，并且写过任何中国历史吗？难道我必须列举所有翻译家？

您说我评论格兰莱特的《中国文明》（Marcel Granel，*La Civilisation Chinois*）与其他仅涉及汉朝初始到终结（220A. D. ）的著作“缺乏平衡与比例（lack of balance and proportion）”，是错误的，因为您认为一个作者完全有权力强调他所感兴趣的任何时期或阶段。难道如果有人写《美国文明史》而只限于殖民地时期也是公正的吗？如何您认为一个作者完全有权力强调某个主题的任何侧面，为什么我就不能强调西方传教士与非传教士基于基督教传统所写中国历史的态度如此歧视等？

您说我只提及赖德烈教授书中的一个论点而不顾及其余，难道需要我为它写个书评吗？有句话可以回答您的质询，“关于赖德烈著作的其他论点，请看1946年Philobiblon的书评”。

您还情绪化地说，如果没有传教士受中国人欢迎，怎样看待李提摩太、林乐知等？

以上是我想得起来的几点。如果您的评论已经写出来了，我可以回应得更好一些。由于我不是一个专业的基督徒，所以匆匆给您写这封私人信件以表达我的感情。希望您能抽出时间，就同一题目写出比我更好的文章，以便显示某些建设性的批评。

邓嗣禹

附言：您提到A. H. Smith的书和赛珍珠的《大地》的几种译本，可否请您提供若干有关这类译者的有关资料？

贝德士回信也很及时，尽管正逢新年节日，他1951年1月4日就给邓嗣禹回信。贝德士此时刚在纽约安家不久，会议组织者事先为他提供的信息过于简单，加之原先他是第三评论人，而开会时由于第一评论人缺席，他便临时成为主要评论者，只能根据一张卡片上的“几行简要笔记”发言。但他未强调这些客观原因，回信时首先表示歉意。

2. 贝德士致邓嗣禹（信函摘要） 1952年1月4日

亲爱的邓教授：

很抱歉，12月28日（上星期五）在会上引起您的不快，并且意识到我在态度与表情方面应更加谨慎。您坦率而友好的来信使我获得教益，谢谢。原本打算周六与您再次会晤，但受阻于其他会议而我又无法推托。

我曾希望事先能够得到Dunham的信，它确实是通向有关西方中国史著作讨论的门户。但我收到的仅仅是已经宣布的题目，加上您的发言稿及评论人名单——没有其他背景。

不过实质性的问题依然存在。就这个题目来说，什么是您用以评判著作的基础的观念（concepts）——无拘无束，直截了当，一如我的意见，或是他人意见，您的评判是这样的吗？有意识或半意识，明确或是模糊，对于您所评判的这些著作的领域，以及您写到的僭妄的性质，必须有已经运用的理念（idea）。Dunham 给您一个选择您的基础的机会。但这种选择必须有所解释，然后随之以合理的前后一贯（consistency）。也许是处于人生迟暮之年，我试图朝这个方向充实自己，并且对这类问题特别感兴趣。

今年 6 月我可能访问印第安纳波利斯（Indianapolis），如果成行则将到布卢明顿（Bloomington，印大所在地）与您晤谈，希望求教并消除任何遗留的误解。

…………

然而，我不想为我的态度辩解。我只想让您确知（我）并无敌意，此前我曾在您有关太平天国的大作中获益匪浅——此后曾两次向他人推荐——还有您在《远东季刊》（*Far Eastern Quarterly*）上发表的文章。我在纽约的同事们相互攻击（pitch into）对方的发言，完全无所拘束且不带任何私人感情——关心的是内容与形式，而不是此人来自何处；同时还期待着评论的多样性，如果仅仅重复前面的发言，则必然乏味且无价值。我的错误在于，对一个身在异国的华人的文章，发言如此没有人情味（impersonally）。我诚挚地为因此引起的不快请求宽恕。

您也许有意一阅 Clyde 教授索取的摘要，现随信附陈。

贝德士

贝德士将向会议索要来的评论整理成文，随信寄给邓嗣禹以供其全面了解，并答应在布卢明顿与邓嗣禹晤面，他“希望求教并消除任何遗留的误解”，“诚挚地为因此引起的不快请求宽恕”。

贝德士的这封回信语言真挚、用词恳切，他虽坚持自己的看法，但和而不同，表现出一位受过良好教育的年长学者应有的大家风范。邓嗣禹对此也表示理解，并同意握手言和消除误会，同时也对这位年长学者的学术品德心悦诚服。

从1950年到1965年，贝德士一直在纽约协和神学院任宣教学教授。他是亚洲基督教高等教育理事会的理事，也是美国全国基督教协会中国专案部的成员。贝德士回国之后，与美国的中国学研究者始终保持着良好的关系，不仅与费正清、韦慕庭等著名学者始终密切合作，建立长期的通信来往关系，同时热心帮助与扶掖年轻学者。

贝德士退休后，一直到去世，都孜孜不倦地从事对基督教20世纪在中国的历史的研究。1965年他开始写作《基督徒在华奋进六十年，1890—1950》这一巨著，迄至1978年秋病逝，他穷尽13个寒暑，为我们留下了1000种书刊、报纸的摘要和复印资料。这批宝贵资料，连同他生前细心保存的信件、日记，以及他已发表和未发表的文章手稿等各种文献，目前全部收藏于耶鲁大学神学院图书馆特藏室，统称为贝德士文献（Bates' Papers）。

二

在此后的若干年中，邓嗣禹一直希望再次拜见这位他敬重的学长。但不幸的是，这位著名的基督教学者在1978年就已去世。1982年4月，即贝德士寄出这封信30年以后，以辛亥革命为主题的亚洲历史学会又一次在芝加哥召开。这时邓嗣禹已年近古稀，当他得知贝德士当年在金陵大学任教时的学生，国内研究基督教大学和辛亥革命方面的领军学者章开沅教授也将参加这次会议时，他特地前去拜会，二人在深夜进行过一次促膝长谈。

此次年会最大的亮点，就是美国学者特意邀请两岸中国学者一起讨论辛亥革命。到会者把当地棕榈宾馆最大的会场挤得满满的，连所有的阶梯上都坐满了人，总数有五六百人，会议开得很成功。刚刚闭幕，章开沅还来不及回到寝室，就被以唐德刚为首的30多位旅美华裔学者“绑架”，大家一哄而上把他簇拥到附近的一间大房间，把酒言欢，畅所欲言，共同庆祝两岸中国学者首次共同讨论辛亥革命，并引得举世瞩目。

章开沅，著名历史学家、教育家，1946—1948 年就读于金陵大学，师从贝德士教授。后长期执教于华中师范大学，曾任华中师范大学校长，是享誉国际的中国辛亥革命史研究会、华中师范大学历史研究所①和中国教会大学史研究中心的创办人和领导人。作为改革开放后最早开展国际学术交流的中国学者之一，他先后应邀访问了东西方十几个国家和地区，并先后受聘担任耶鲁大学、普林斯顿大学、加州大学、香港中文大学和台湾政治大学及“中央研究院”近代史研究所等许多著名学术机构的研究教授或客座教授。

章开沅在辛亥革命史、中国教会大学史、南京大屠杀历史文献等研究领域都有开创性的学术贡献。有关贝德士的文献研究在国际上享有盛誉，先后有 100 多个国家或地区给予报道和评论。其论著主要有《辛亥革命史》《辛亥革命与近代社会》《开拓者的足迹——张謇传稿》《从耶鲁到东京——为南京大屠杀取证》《传播与植根——基督教与中西文化交流论集》等。

章开沅后来在他所出版的书和发表的文章中，介绍了他与邓嗣禹那天晚上长谈的场景与内容：

> 良宵苦短，不知不觉已近子夜，我正准备告别回自己的卧室，突然闯进一位个头较高的长者。他自报就是邓嗣禹，刚从新加坡乘飞机赶来，并且急急忙忙把我拉进他的卧室，满面笑容地说：“我终于找到你了，你是金陵大学贝德士博士的学生，所以一定要请你喝酒。”其实两人酒量不大，无非是一瓶啤酒。但是却摆满东南亚风味的各种小吃。我现在已经记不清谈话的具体内容，也没有提及 30 年前他与贝德士之间那场误会，但他在谈到贝德士老师时确实流露出真情实意的敬佩。我与他告别时已逾凌晨两点，同行的 5 位中国大陆学者早已进入梦乡，只有我独自辗转反侧，一夜无眠。

这件事对章开沅的触动很大，回国之后他便开始从事对贝德士的研究工

① 现改名为华中师范大学中国近代史研究所。

作。他还在文章中记述道：他永远铭记那次难得的子夜长谈，他与邓嗣禹一见如故，推心置腹，两人有说不尽的乡情与治学之道。他非常感谢邓嗣禹的盛情接待与热心提携……他至今仍沐浴在贝德士的遗爱之中，是贝德士的学风与人品深深地影响了他的一生。

其实，贝德士对章开沅的重要影响，并非是在他的生前而是在死后。1988 年夏季，章开沅利用学术休假机会，前往耶鲁大学神学院图书馆查阅教会大学历史文献，无意之中突然发现贝德士博士的档案卷宗，其中竟然包含他保存完好的 1937 年 12 月至 1941 年有关日军在南京大屠杀罪行的大宗实录。正是通过这些充满血泪与悲愤的文献，章开沅才真正认识了自己的老师贝德士。同时，他还发现了贝德士与费正清、邓嗣禹等从事汉学研究的中美学者的大量往来信函，这为他日后从事贝德士文献研究奠定了良好的基础。依据这些资料，他先后完成了《从耶鲁到东京——为南京大屠杀取证》《传播与植根——基督教与中西文化交流论集》等一系列著作和学术论文，也进一步了解到贝德士与邓嗣禹在多年前的学术交往历史。

威廉·麦克尼尔：奥巴马总统颁发过大奖的历史学家

2010 年 2 月，2009 年度美国国家人文奖章颁奖大会在白宫隆重举办。美国总统奥巴马亲自为威廉·麦克尼尔等人颁发了国家人文勋章，以表彰他们作为教师和学者，以及作者的非凡才能，和在文史研究方面做出的卓越贡献。每年一度的美国国家人文奖章旨在授给那些在文学、历史、教育和公共政策方面有着杰出贡献的个人或团体。这是美国政府为人文科学家颁发的最高级别的综合性大奖。颁奖结束之后，奥巴马作为芝加哥大学曾经的法学院讲师，与麦克尼尔回忆起芝大岁月……

威廉·麦克尼尔，美国当代著名历史学家，擅长宏观的世界史研究，是世界史研究的开创者。1947 年获得康奈尔大学博士学位之后，长期执教于芝加哥大学历史系，从事世界史教学与研究工作，1961—1967 年任历史系主任，1984 年曾担任美国历史学会主席。至今，海内外翻译出版麦氏的著作有很多，其中读者熟知的有《西方文明史纲》《西方的兴起》《人类之网：鸟瞰世界历史》等。在此之前，他曾获美国国家图书奖、伊拉斯谟奖等各类奖项。在他逝世时，芝加哥大学称他是与斯宾格勒、汤因比齐名的、美国最著名的历史学家。

早年史学思想的形成与发展

麦克尼尔曾经说过，了解历史学家的个人经历，对理解历史学家的作品来说非常重要。那么，就让我们首先走进他的童年与青年世界，探讨其家庭背景对他早期思想形成与发展的影响。

1917 年 10 月 31 日，威廉·麦克尼尔出生于加拿大的温哥华，他的父亲约翰·麦克尼尔也是一位著名的历史学家，专门研究教会史。他的母亲内特·哈迪是苏格兰后裔，是当时为数不多的受过高等教育的知识女性。麦克尼尔是长子，家中还有两个妹妹。他的父母笃信宗教、恪守传统，十分重视对孩子们的教育，很早就开始教他们读书认字。每天晚上，父母都会花费一小时左右的时间为他们朗读各种书籍，包括苏格兰历史文学、各种小说、诗歌和《圣经》节选。母亲视这个长子为掌上明珠，对他的期望很高。麦克尼尔曾经说，他从母亲那里继承了“粗枝大叶”“动性强”的思维特点，母亲的想象力和勇气也深深地影响了他。

麦克尼尔毕生追求和倡导反映大规模历史进程的世界历史，并且从小便具有审视历史的宏观视角。他在读小学时，就曾在一次与父亲的对话中，从比较分析的角度提出，英格兰和苏格兰的中世纪王国落后于法兰西王国，并试图从不同的国别史中寻找共同现象。

在麦克尼尔的家庭环境中，对他影响更大的，则是他的父亲约翰·麦克尼尔。老麦克尼尔 1885 年出生在加拿大爱德华王子岛的一个农场，自幼聪明好学，成绩优异。1920 年，35 岁的老麦克尼尔获得了芝加哥大学历史系博士学位。在加拿大的金斯敦任教两年之后，他赴多伦多的诺克斯学院讲授教会史，那是加拿大长老教会中最重要的神学院。1927 年，老麦克尼尔进入芝加哥大学，讲授欧洲基督教历史，开始他在神学院长达 17 年的教学生涯。小麦克尼尔 10 岁时，随父母移民到了美国芝加哥，从此与芝加哥大学结下了不解之缘。移民的经历开阔了他的视野，也丰富了他的见识。

老麦克尼尔一生笔耕不辍，去世前一年还出版了新著《加尔文教派的历史和特征》。除了出版数本专著之外，他曾发表过 90 多篇论文，250 多篇书评，并曾于 1923 年获得亚当斯历史奖；1935 年担任美国教会历史协会主席；晚年还荣获古根海姆奖，并被杜克大学授予名誉博士学位。言传身教对年轻的麦克尼尔影响是巨大的。到了 20 世纪 70 年代，由于麦克尼尔父子都是著名历史学家，威廉·麦克尼尔有时还会被误认为是他的父亲约翰·麦克尼尔。

纵观威廉·麦克尼尔的学术发展轨迹，其父亲至少在三个方面影响了他的一生。其一，他在潜移默化中培养了小麦克尼尔对宏大历史模式的钟爱。小麦克尼尔很早就注意到，他父亲的著作研究的时段跨越了几个世纪，同时还跨越了国家和语言的疆界，他为此想当然地认为，所有历史学家都应该是这样。其二，父亲的“天下大同主义”的理念，在一定程度上促使小麦克尼尔日后也采用这种理念，来构建共生圈。其三，父亲在处理基督教各教派之间差异的努力，也坚定了小麦克尼尔在统一世界历史中，处理各文化之间差异所具有的信念，由此引发他对差异性与同一性这对矛盾体的思考。晚年时，他更加意识到自己对世界历史的研究和父亲有多么的相近。

除了严父慈母的言传身教之外，在小麦克尼尔的童年记忆中，印象最深的还是他在爱德华王子岛上，在其祖父的农场里度过的暑假美好时光。他在那里体验了传统的农耕方式，认识到这是人类历史在部分时间里，大多数人的现实状况，从而获得了对人类过去更为务实的看法。麦克尼尔日后在世界历史著作的写作中，对农业技术改良方面的内容十分重视和偏爱，许多书评作者认为，可以从这段农场生活中找到他创作的源头。

芝加哥大学改革时期的影响

麦克尼尔的中学时代，是在芝加哥大学附属杜威实验中学度过的。这期间对他影响最大的事，就是 20 世纪 30 年代初，芝大实验中学与芝大合作开展的教学改革。1933 年升入中学毕业班的麦克尼尔，成为该项改革的首批受益者。当时，新上任的哈钦斯校长非常重视中学到大学期间的过渡，他主张将人文基础教育和影响提前到中学时期。该举措实际上是哈钦斯“芝大新计划”改革的一部分。

哈钦斯是美国著名的高等教育理论家与实践家。1929 年，他出任芝加哥大学第五任校长时，年仅 30 岁。在历任校长中，他是最年轻，也是任期最长的一位。因为年轻、英俊、善辩，哈钦斯很快成为美国教育界的风云人物，对美国高等教育界产生过广泛和深远的影响。从 1929 年出任芝加哥大学校长，到1951年辞去校长职务，哈钦斯在这22年里，在通识教育、本科生学院的编制、学术自由的捍卫等方面，给芝加哥大学打上了深深的烙印。从1933年10月到1934年6月，麦克尼尔和其他几百名学生，每周三次在芝大校园，聆听历史系教授讲授人文基础课程，并与教授面对面地进行讨论。这门课程给他带来了巨大的启示，也促使他最终报考芝加哥大学历史系。

1934—1940年，在大学及硕士期间的麦克尼尔珍惜每一门课程的学习机会，如饥似渴地吸收各种新知识。各种课程大大开阔了麦克尼尔的视野，但是对麦克尼尔来说，更大的收获来自课堂之外。芝加哥大学学术自由，思想开放，鼓励思考，提倡辩论，形形色色的学说在这里交织碰撞。在这里，麦克尼尔接触到马克思主义、亚里士多德学说、新托马斯主义等思想，养成了勤于思考的习惯和开放的心态。同时，他积极参加课外活动，并先后担任过学报的编辑和主编，在校园活动中非常活跃。大学四年级那年，他就被指定为“尖子生先锋”，这是芝加哥大学给课堂内外成绩均出类拔萃者的一种荣誉称号。

1938年6月，他因为成绩优异而且外貌英俊，曾作为《回声》杂志的年度人物，第一次登上了该杂志的封面。

1940年年底，在康奈尔大学读博士的麦克尼尔，开始准备博士论文。但是，美国参加第二次世界大战这一行为中断了他的学业。1941年他被征召入伍，成了一名炮兵战士，先后在夏威夷、波多黎各和库拉索岛服役。1944年，麦克尼尔在莫斯利教授的推荐下，成了美国驻希腊大使馆的一名副武官，亲历了希腊内战，到1946年才以上尉军衔退伍。这段从军的经历开拓了麦克尼尔的视野，对他日后的职业生涯大有益处。他由此对希腊的历史和现状产生了浓厚的兴趣，并成为希腊问题乃至整个巴尔干半岛局势的专家，出版了一系列有关希腊题材的作品，包括《希腊的困境》（1947年）、《希腊报告》（1948年）等四部著作，以及数十篇论文。在希腊期间，他还邂逅了未来的妻子伊丽莎白·达比希尔。他们的婚姻还为麦克尼尔日后结识汤因比，并继而受邀赴伦敦与汤因比合作著书埋下伏笔。

军队的生活历练，还使得麦克尼尔对写作军事题材的书籍产生了浓厚的兴趣，他后来出版过《权力的竞逐：公元1000年以来技术、武装力量和社会》[①]（1982年）、《持续的团结：人类历史上的舞蹈与操练》（1995年）。

与前辈史学大师结缘

对麦克尼尔影响最大且最为直接的人类学家，无疑是罗伯特·雷德菲尔德（Robert Redfield，1897—1958年）。1936年，正在芝加哥大学读本科的麦克尼尔，偶然选修了时任社会科学部主任的人类学家雷德菲尔德在暑期开设的一门俗民社会课程，他为此深受启发，获益匪浅。他晚年在回忆录中坦承，这门课对他来说是最重要的一次思想激励。罗伯特·雷德菲尔德是关注社会和变化的新社会人类学运动的主要理论缔造者之一，他的著作对20世纪30年代乃至60年代的社会学和人类学影响巨大。他的主要理论贡献是提出了俗民社会和都市社会的城乡连续统一体概念，以及后来提出的大传统、小传统的概念。雷德菲尔德还曾引导麦克尼尔接触了美国许多人类学家，并阅读他们的著作。

从麦克尼尔后来构建的独特世界史解释体系中，我们可以清楚地看到人类学理论对他的影响。他的世界史研究的显著特点在于，他把文明之间的相互接触看作世界历史前进的动力，认为只有通过不断接触，吸收其先进的技术、生产方式、思想观念等，文明才能保持进步。他吸收了雷德菲尔德等人的观点，强调边缘地区或者“野蛮地区”需要通过与文明程度更高的核心地区接触才能取得进步。

雷德菲尔德不仅对麦克尼尔产生过很大影响，还深受中国人类学家费孝通的崇拜。作为中国第一批六人访美学者之一的费孝通，在芝加哥大学访问、讲学期间，也曾聆听过雷氏的课程，并深受启发，因此邀请他于1944年秋前往中国讲学。但由于当时正处于战争时期，中美交通不便，加上雷氏在旅途中身体不适，中途折返美国。但雷德菲尔德并没有放弃这项计划，1948年他

① 以下简称《权力的竞逐》。

再度出发，终于在清华园与费孝通二次握手。

在康奈尔大学读博士学位的第二年，麦克尼尔最大的收获就是阅读到了汤因比的《历史研究》前三卷。汤因比（A. J. Toynbee，1889—1975 年）是英国著名历史学家，他曾被誉为“近世以来最伟大的历史学家”。汤因比对历史有其独到的眼光，他的 12 卷本巨著《历史研究》讲述了世界各个主要民族的兴起与衰落，被誉为“现代学者最伟大的成就”。汤因比关注宏观历史领域，与麦克尼尔有着相同的旨趣。但汤因比对历史循环的描述，远比麦克尼尔所能想象的更为细致入微，他的博学也让麦克尼尔深为折服。麦克尼尔为此感悟道：“我的教育，在我快要完成博士学位的时候才刚刚开始。”

1947 年 3 月，在其岳父的引荐下，麦克尼尔在岳父位于肯塔基州的家中，第一次见到了他盼望已久的汤因比。当时的汤因比在美国的声誉如日中天，但谈论时事和历史时表现得谦恭有礼，这让麦克尼尔如沐春风，深感荣幸。麦克尼尔的岳父罗伯特·达比希尔和汤因比是牛津大学本科时代的同窗好友。

在聚会时，汤因比曾问麦克尼尔：“你为什么会对宏观历史课题感兴趣呢?”

“我早年在读博士时，就曾拜读您写的《历史研究》前三卷。我是受到您的影响才对这个方面极其有兴趣的。”麦克尼尔恭敬地回答道。

“要知道，研究宏观历史，必须有非常广博的知识层面。”

“我有足够的信心，希望在您的指导下开展这项工作。”

1950—1952 年，在汤因比的邀请和关照下，年轻的麦克尼尔赴伦敦工作了两年，撰写汤因比主编的《历史研究》中关于“二战”期间国际关系史回顾的一卷。

1954 年，他曾一度因为担心不能在芝加哥大学历史系担任终身教职，有意到印第安纳大学谋求教职，将简历投递印大历史系。但是，接下来的好事是，他因为有与汤因比合作出版的书，赢得了芝加哥大学的永久教职，并于 1955 年晋升为历史学副教授。麦克尼尔后来在其回忆录中，回顾这段历史时感慨道：“这一邀请再次证明了，人际关系多么深刻地影响了我的事业生涯。”

麦克尼尔始终认为，汤因比的伟大之处，在于他把历史意识拓展到了他之前的历史学家从未想到的范围，这一点深深地影响了麦克尼尔。另外，汤因比打破了传统纵向历史编纂的局限，积极思考历史中的哲学和神学问题，这正是麦克尼尔当时也正在思考，但是没有突破的问题。也有一些学者认为，汤因比对麦克尼尔的影响是多重而深远的，既有史学观的启示、视野的拓展，也有方法论层面的影响。麦克尼尔将人类学成果运用到历史研究中，从而开创了世界史写作的新时代。

1963 年，麦克尼尔的《西方的兴起》一书出版时，汤因比欣然为此书撰写了书评，高度赞扬他的学术成就。自那以后，《西方的兴起》一书多次再版，在西方众多的史学著作、史学评论和史学史中常常被论及和引用。有人将麦克尼尔与斯宾格勒、汤因比并称为“20 世纪对历史进行世界性解释的巨人”。有的人则认为《西方的兴起》开了宏观历史社会学研究和当代历史比较分析论著的先河。麦克尼尔曾说，如果有机会改写世界史，就应“将欧洲中世纪贵族之间的争吵放在历史舞台的边缘，而以公元 1000 年前后的中国作为论述的重心”。

1964 年年初，《西方的兴起》一书荣获美国“国家图书奖”。这年 3 月，由于该书出版后的影响，著名的《芝加哥大学杂志》将麦克尼尔作为该杂志的封面人物。

1986 年，为答谢汤因比的提携之恩，应汤因比家人的要求，麦克尼尔开始撰写汤因比的传记。三年后《阿诺德·汤因比的一生》由牛津大学出版社出版。2016 年 7 月 8 日，威廉·麦克尼尔在芝加哥逝世。芝加哥大学官网发布消息，称他为美国当代最著名的历史学家。

麦克尼尔成功背后的启示

自 20 世纪 60 年代开始，直到 21 世纪初，麦克尼尔在世界历史著述领域始终散发着耀眼的光芒。他本人以成为世界历史学家为毕生追求，在多部作品中都表现出对全球大同世界的期盼。在这个过程中，他写作历史的视角也从西方历史，开始拓展到更为广泛的人类历史。他在早期著作中展现出的强烈意识形态倾向也逐渐弱化，从最初不经意地充当美国利益的代言人，变得越来越淡化政治色彩，他开始摆脱西方中心论的模式，尝试建立以人类为中心的体系。

麦克尼尔是一个善于反思的人，我们看到他在过去数十年的学术生涯中，一直都在不断地改变、修改自己的观点。他的自我批评总能够比其他学者的评论更为严厉，这些在其回忆录《真理的追求：一位历史学家的回忆录》一书中有明显的体现。这种自我否定的态度，不得不令人相信：一位真正优秀的学者，其过人之处不只是在于他能比同行提出多少新观点，更在于他总是能够不断地超越自己。因而可以说，促使他进步与成功的关键因素，不是他与同行之间的优胜与否，而是因为在他心中，始终有一座真理的灯塔，一直在引领他研究的航向。

麦克尼尔在写作时，非常看重自己在撰述世界历史中采用的模式，并从一开始就贯穿着“科学”这一名词，这主要表现在以下两个层面：其一，将科学思想融入历史作品的内容中。如在《西方的兴起》一书中，他所讨论的是，科学如何能在欧洲特定的环境中得到发展，并最终帮助西方统治世界。其二，科学除了作为内容之外，科学思想也融入麦克尼尔的历史学研究与著述之中。如在《瘟疫与人》一书中，他着重强调猜想、假设与实证的科学方法，这与20世纪科学研究的逻辑相吻合。除此之外，他甚至将寄生物与保持生态平衡理论直接引入世界历史的叙事模式之中，在《权力的竞逐》一书中确立起寄生模式，这正是将科学思想与历史学研究相结合的一种表现。

麦克尼尔一生锲而不舍，最终令众多历史学家接受了他的理念。宏观性历史题材的写作，在1980年以后逐渐成为历史学界一门新兴的分支学科，并越来越受到广泛的重视。他在研究中对瘟疫、自然、环境等要素的关注，给历史学家带来更多的启示，令他们开拓出了环境史、疾病史这些新兴的研究领域。当麦克尼尔功成名就，即将步入退休生活之时，作为美国历史学会的主席，他在任职演讲《神话—历史：真理、神话、历史和历史学家》中阐述的观点，表现出他对历史认识的一次系统性的突破。他指出，不管永恒、普遍的真理作为一种理想是如何让人向往的，它始终只是一个遥不可及的目标。

在我们认为麦克尼尔渐入老境，准备颐养天年之时，他又在其儿子的协助下，出版了新著《人类之网：鸟瞰世界历史》，编织了一部改进的、浓缩版的人类历史，将世界历史的写作推向又一个高峰。

麦克尼尔用他一生的心血告诉我们，积极吸纳其他学科的学术成果，从而获得新的视角，并以此来解释、整合本学科的理论，是他成功的关键。麦氏正是在这种借鉴与整合之中，才保持了他的世界史研究成果的活力和魅力。

（原文发表于《中华读书报》2017年1月18日，有改动）

附录

胡适出生地考证

——我为《辞海》提建议

《辞海》是我国当代一部以字带词，兼有字典、语文词典和百科词典功能的大型综合性辞典，从1936年到2009年已出版发行了六版。《辞海》在社会上受到了广泛的赞誉，“对不对，查《辞海》!”这样的共识体现了它的实用性与权威性。

但是《辞海》不是圣书，它也不可避免会出现一些问题，这是编辑与出版工作的常理。随着2019年《辞海》第七版修订时间的临近，相信出版社领导和编辑们也希望看到，关于需要增加、修改和改进哪些内容的建议。

由于我的父亲曾经是一名中学校长，所以早在20世纪80年代我们家就收藏了全套《辞海》分册新二版（26册）。我的外公邓嗣禹是毕业于哈佛大学的历史学家，20世纪三四十年代，他曾长期与费正清合作，并与胡适有长期交往。近年来因为工作与家族的关系，在研究留美汉学家时，我首先从2009年出版的第六版《辞海》中查找相关内容。但遗憾的是，《辞海》对这类留美汉学家及其相关内容收录得极少。借此机会，我要为《辞海》提提建议。

文献类人物条目收释不足

建议扩大条目的收释范围，增加有海外留学经历，并长期在国外工作的著名汉学家与知名学者的条目。

近年，国内有许多研究海外中国学的学者，他们发表大量文章指出，在海外汉学研究与传播过程中，一批杰出的华裔学者担任了十分重要的角色。西方人了解中国历史和文化，大多也是通过直接阅读这些人的著作与译著开始的。他们的学术活动本身，就已经成为中国文化新生长点的精华部分；他们对中国文化的理解，已经并将继续对西方人认识中国文化产生重要的影响，他们是中国文化向西方传播的重要媒介。讲好他们的故事，也是“讲好中国故事，传播好中国声音”的一个重要方面。

这批学者包括：裘开明、邓嗣禹、萧公权、何炳棣、袁同礼、杨联陞、钱存训等出身于清华、燕京、北大等中国名校，后留学美国的著名中国史学家。他们在民国时期或应邀请，或出于师生关系，或以个人之间的学术友谊，以不同形式与此前曾到中国访学、进修后返回美国的汉学家开展学术合作。

民国史学家与美国汉学家的合作成果，在美国汉学界乃至国际汉学界曾经获得了极高的赞誉。美国学者林德贝克曾就这批留居美国的中国学者对美国汉学之影响，给予这样的评价：“作为既接受过中国和西方学术训练，又具有在东西方两个世界从事研究和教学经历的这一代华人学者，他们不仅在美国的中文教学和传统中国研究方面起着不可替代的作用，而且在将美国的中国研究提升到专业学术水平方面亦占有独一无二的地位。”

林氏的评价恰如其分。这一时期的留美学者，他们把中国的文史著作与知识引入美国，使美国人更加深刻地领略到中国文化的高深，以至于费正清如是感慨道：“我们在美国所从事的对中国的研究主要有两个依靠——其中之一是来自中国的富有才干的学者，他们可以帮助我们完成这一任务。”

2015 年 3 月，习近平总书记会见哈佛大学福斯特校长，以及 1997 年江泽民主席、2003 年温家宝总理在哈佛大学演讲时，都提到过费正清先生。但目前许多人只知道费正清是汉学泰斗，并不了解邓嗣禹作为他长期的助手与合作伙伴，对费正清所产生的作用与影响。

如果能够让党和国家深入了解到这些海外留美学者，就能更好地彰显中国作为文明与历史悠久的大国地位，强化中国在国际舞台上的作用。因此说，加大对民国时期海外留美学者的宣传工作，也是一种配合党和国家的中心工作及重大活动，是唱响主旋律、传播正能量的重要措施。

《辞海》作为中国最大的综合性辞典，理应有义不容辞的宣传义务。

人物条目释文与义项问题

释文是否全面、义项是否完整是衡量一部辞书水平的重要标准。《辞海》（第六版）尚存在一些瑕疵。基于篇幅所限，现以“胡适”条目为例说明（第六版彩图本，第 915 页）。

胡适是对中国近现代思想、文化史影响深远的人物。他是中国新文化运动的先驱，早年因提倡文学革命而成为新文化运动的领袖之一，在“五四运动”之后的 30 多年中，胡适的思想在中国学术界产生过很大影响。《辞海》在释文的全面、义项的完整方面有待提高。

第一，人物的定位不够准确，“中国学者”应改为“中国留美学者”。

第二，人物出生地没有明确。大凡国人，对于名人的出生地都是相当重视的。在“百度百科”词目中，关于“胡适”的记载：“出生地：上海市浦东新区川沙新镇”。这样的结论不是十分准确的。

胡适先生在其早年出版的自传《四十自述》一书中曾记载道：“我生在光绪十七年十一月十七日（一八九一年十一月十七），那时候我家寄住在上海大东门外。我生后两个月，我父亲被台湾巡抚邵友濂奏调往台湾；江苏巡抚奏请免调，没有效果。我父亲于十八年二月底到台湾，我母亲和我搬到川沙住了一年”。胡适在《四十自述》中，提到的“上海大东门外”，属于今天上海黄浦区管辖地，但是具体地理概念比较模糊。

季维龙是原华东师大图书馆研究员，长期从事胡适研究，他在《胡适在沪的出生地》一文中明确指出：“道光十八年开设的程裕新茶叶栈是胡适的出生地，其位置在里咸瓜街南段，门牌为 251 号。这是一幢正两层、假 3 层楼房，往南 50 多米，即是大东门外大街（又名“大码头街”）①，往北紧挨盐码头街，

① 现为复兴东路东段。

东边是里咸瓜街①，西边是护城坷（1912 年至 1914 年折城填河，筑成半环形的中华路）。”

归纳以上所述，《辞海》应该增补：“胡适出生于上海黄浦区，原籍为安徽省绩西县上庄村。”

第三，原名与学名混淆。胡适原名为嗣糜，洪骍是其学名。

第四，任职时间应该具体说明，还需要补充完整。

第五，著作排列顺序不客观，与实际出版年代顺序有出入。

第六，人物去世年代与原因，应有所交代。

笔者收集、筛选并整合前人关于胡适生平的最新研究成果，对《辞海》【胡适】条目逐字逐句进行斟酌之后，现归纳、修订如下：

胡适（1891—1962 年）中国留美学者，著名思想家、文学家、哲学家，原名嗣糜，学名洪骍，字希疆，笔名胡适，字适之。他以倡导“白话文”、领导新文化运动著称于世。出生于上海黄浦区，原籍为安徽省绩西县上庄村（现为上庄镇）。幼年在家乡私塾读书，思想上深受程朱理学影响。1910 年去美国求学，先后就读于康奈尔大学与哥伦比亚大学，师从著名哲学家约翰·杜威。1917 年回国，受聘为北京大学教授。1918 年加入《新青年》编辑部，发表新诗集《尝试集》，成为新文化运动的著名人物。他大力提倡白话文，宣传个性解放、思想自由，与陈独秀、李大钊、鲁迅等同为新文化运动的领袖人物。他提出“多研究些问题，少谈些主义”，倡导“大胆地假设，小心地求证”的治学方法，影响颇大。他于 20 世纪 20 年代创办《努力周报》，30 年代与傅斯年等创办《独立评论》。1938—1942 年出任国民政府驻美大使，代表国民政府签订了《中美互助条约》。1942 年任行政院最高政治顾问。1946—1948 年任北京大学校长。1950—1952 年应聘担任普林斯顿大学葛思德东亚图书馆馆长。1958 年返台湾，任“中央研究院”院长，1962 年在台北病逝。著有《中国哲学史大纲》（卷上）、《胡适文存》（四集）、《白话文学史》、《四十自述》等。论著汇编有《胡适全集》等。

---

① 疑笔误，应为外咸瓜街。

此条目沿用了《辞海》中可征信的论述，同时也补充了胡适本人提供的史料，以及学者们的最新研究成果。相信第七版《辞海》，会以一个全新的面貌呈现给读者。

四十年间翻天覆地变化的科举

引　子

2003年11月初，加拿大温哥华，UBC大学（不列颠哥伦比亚大学）展览馆。

经文化部批准，由中国驻加拿大温哥华总领事馆和中国对外艺术展览中心主办，上海市嘉定博物馆、北京东方润通文化发展有限公司、加拿大文化更新研究中心共同承办的“中国科举文化展”在这里成功举办。其间，共展出中国的科举文物图片250余件，包括唯一保存至今的明代状元赵秉忠的考试试卷和明清两代科举考试的朱卷、大小金榜、夹带，为考试所读的“四书五经”等儒家典籍，这些中国的历史文化既是中国的，也是人类的共同文化遗产。

从11月1日至4日，展览虽然只有短短的四天时间，却吸引了近3000人前来观看，在当地的华人社区和渴望了解中国文化的西方人中间引起了不小的轰动。其中有的人更是每天必到，并带着家人、邻居一同来参观。还有很多人是驱车几百里，从外地赶到温哥华观看展览的。一些观众要求展览延长展期，还有教师表示要带学生来观看。

时任中国驻温哥华领事馆的总领事李元明曾感慨地说：“近些年来，很少有展览能像中国科举文化展这样在温哥华引起如此大的反响。”连普通中国人都了解不多的有关科举文化的展览，在国外竟引起这么多人浓厚的兴趣，颇有些出乎意料。

过后，《人民日报》《光明日报》等国家主流媒体都曾做过详细报道，称这次“中国科举文化展”是迄今为止，中国首次在国外举办的内容最全面、展品数量最多、介绍最为系统的中国科举文化展，它是中国文化艺术产品进入国外文化市场的一次全新尝试。

这是一次足以令国人振奋的事件，也是我国改革开放以来，首次在文化和精神文明方面取得的丰硕成果。科举文化在加拿大的成功展出，震惊了当时中国的文化界，一场关于中国历史、中国传统文化怎样“走出去”的大讨论持续发酵。其中位于嘉定区博乐路215号的上海嘉定博物馆功不可没。

笔者外公邓嗣禹为留美哈佛学者，他于1936年出版的《中国考试制度史》一书，曾被海内外著名出版机构多次再版，后又发表过多篇研究科举方面的开拓性论文，因此被国内外学者誉为中国科举制度研究的奠基人、科举学界的“陈景润”。由于家族的渊源，从2012年开始，笔者多次被邀请参加和科举相关的学术会议与讲座。

作为40年来，科举在中国改革开放前后发生翻天覆地变化的见证者，笔者带您简要回顾这一重要事件的前世今生。

劝学诗

富家不用买良田，书中自有千钟粟。
安居不用架高堂，书中自有黄金屋。
出门无车毋须恨，书中有马多如簇。
娶妻无媒毋须恨，书中有女颜如玉。
男儿欲遂平生志，勤向窗前读六经。

这首出自宋真宗赵恒的《劝学诗》，千年以来一直成为激励男儿奋发苦读，以便中举参政、有所作为的绝佳诗句。今日重新读来，诚恳劝学之意，犹然娓娓悦耳。当今中华大地一样尚学崇才，今日的高考类似昔日的科举，为公平竞争的学子铺就了进身之阶。多少学子通过十年寒窗苦读，改变了自己的命运。

所谓科举，就是通过考试选拔官吏、分科取士。科者，科目；举者，选官用人。这个制度从隋朝大业元年（605年）开始，直至清朝光绪三十一年（1905年）结束，经历了一千三百年。在这期间，科举制度一直是古代统治者取士之正途。

隋炀帝于大业元年（605 年）创建了进士科，标志着科举时代的开始。到了唐代，科举制进入迅速发展时期。自唐太宗以后，进士科在人们的心目中地位崇重，所以有众多士人趋之若鹜。受科举考试发展的内在动力的推动，唐代科举考试内容日渐丰富，考试条规趋于繁密，科举在社会上真正占有了重要地位。

从唐中宗神龙（705—707 年）以后，还形成了曲江宴会、杏园探花、雁塔题名等科第风尚。当新科进士泛舟于曲江之上宴饮之时，请宫中教坊派乐队演奏助兴，长安城士女百姓争相观看，万人空巷，有时皇帝也登临曲江南岸的楼台观看，成为唐代京城的一大景观。这种风尚到唐玄宗时期更是盛行，也从一个侧面体现出科举时代人们对科名的重视程度。

宋代科举在社会上的地位十分崇高，状元登第仪式风光无比，甚至有领兵数十万恢复幽蓟，班师凯旋都不可与状元登第相比的说法。

明清时期，科举发展得相当完备，政府对科举的推崇达到了无以复加的程度，社会对科举的重视也几近于顶礼膜拜的地步。

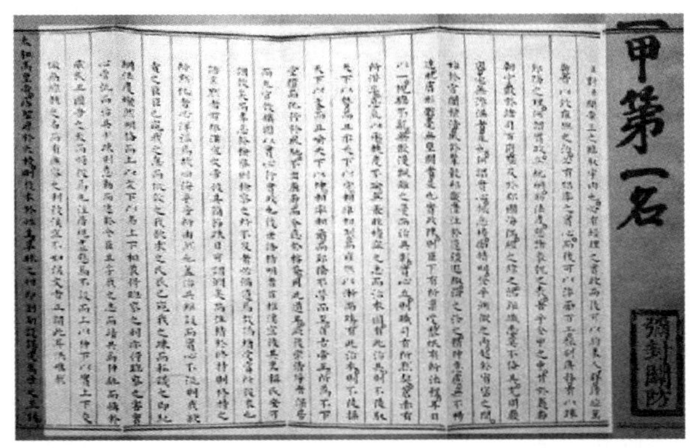

明代状元赵秉忠的殿试试卷

那么，中国在此之前，又是如何选拔官吏的呢？

古代各个朝代都不尽相同。战国时期，采用军功与养士制；汉代，采用乡举里选制；魏晋南北朝时期，采用九品中正制。这些制度无一例外，都没有明确、客观的标准，不允许士子自由参加考试，主要渠道是依靠朝中现有官吏主观性的推荐，因此血统、门第和财富便成为取士的主要因素。结果是

“上品无寒门，下品无士族”，社会僵化与不稳定也就不足为奇了。

科举，将读书和做官通过考试紧密连接起来，使儒家倡导的“学而优则仕”风气形成制度化，保证所选拔的官员具有良好的文化素质，促进“精英治国”成为现实；科举，以考试成绩作为选择官员的唯一标准，被誉为“至公之制”，不仅有利于强化统治思想、稳定国家秩序，更有助于消除反叛力量，维护国家统一和民族团结；科举，作为当时知识分子实现“治国平天下”抱负的最佳途径，直接塑造了他们的精神修养和思维方式；科举，通过千万进士、百万举人的威望，直接影响着千百年来一般民众的价值观念，推动了唐宋诗词文学的发展。

科举制度、科举文化和科举文物是中华文明中极为重要的部分，对中国隋朝之后各个朝代的政治、经济、文化等各方面的作用不可低估，对当今社会的公务员制度改革、高考制度完善、反腐败方式借鉴都有深远影响。这是一份十分宝贵的中华文化遗产！

上海最具代表性的科举人物，应该是明代著名科学家、政治家徐光启。1604 年，徐光启中进士后，考选翰林院庶吉士，官至崇祯朝礼部尚书兼文渊阁大学士、内阁次辅。徐光启毕生致力于数学、天文、历法、水利等方面的研究，勤奋著述，尤精晓农学，译有《泰西水法》《农政全书》等著作。同时他还是一位沟通中西文化的先行者，他和意大利汉学家利玛窦合作翻译的《几何原本》，为 17 世纪中西文化交流做出了重要贡献。

明代著名科学家、政治家徐光启

徐光启纪念邮票

曾经风靡世界的“中国科举”

早在1924年4月，孙中山先生在广东省教育会议的一次演讲中就提出，现在各国的考试制度，差不多都是学英国的。穷流溯源，英国的考试制度原来还是从我们中国学过去的。所以中国的考试制度，就是世界上最古最好的制度。正是在孙中山这一说法的启发与引导下，一些西方及中国学者开始对科举西传问题进行了艰难的探索，笔者的外公邓嗣禹就是其中之一。

虽然在形式、内容方面不尽相同，但英法美等主要西方国家都是在借鉴中国的科举制度后，先后建立了通过考试选拔官员的文官制度。学士、硕士、博士等学位制，也是以中国科举制度的秀才、举人、进士等品位制为样板。在学习科举之前，西方国家采用什么制度呢？世袭制度。

而东亚、东南亚等各国，曾有相当多的知识分子来中国参加科举考试；朝鲜、越南、日本则直接、间接地仿照中国设立科举。一时间，中国的科举曾经风靡世界。科举对于世界文明的影响，完全可以媲美于物质文明领域的四大发明。

科举，曾被国外学者誉为中国古代的“第五大发明”，这是源远流长的中华文明在精神文明领域推动世界文明进步的一项重要举措。了解到这方面的知识，本文在“引子”部分提到的，2003 年加拿大观众对于参观“中国科举文化展”，趋之若骛的现象就不足为奇了。

中国是文官制度的发源国，为世界现代文官制度提供了典范，科举制度是中国对人类文明的一项重大贡献。古老中华帝国长期充满活力，中华文化的生生不息，科举制度功不可没。

四十年前被妖魔化的科举

中国人对于自己民族历史上的许多制度和人物的评价，不同时期往往有着天翻地覆的变化，有些事甚至可以达到“爱之欲其生，恨之欲其死”的程度，对待科举也是如此。

20 世纪 60 年代后期，特别是长达十年的“文化大革命”期间，在“以阶级斗争为纲”，以及“反对封资修”等“左”倾错误口号指引下，包括高考在内的一切考试形式遭到全面否定，科举制度和八股文变得臭不可闻，它们与鸦片、小脚、辫子一样，被称为“封建余孽”“历史糟粕”，从中国文化体系中被彻底抹去。正常的升学考试制度也被称为科举的“余毒”“修正主义”的教育路线。

这一时期，由于教育界、学术界遭到历次政治运动的冲击，学术环境遭到了极大破坏，科举学研究陷入严重的低谷。一些讽刺和批判科举制度的文章，如《范进中举》《孔乙己》等被节选入初中语文课本中。

近年，许多中学历史老师都曾发表文章，强烈要求在课堂讲述《范进中举》《孔乙己》等文章时，要正确评价科举制度的正面功绩与负面效果。

从科举考试中，许多人还了解到一种文体“八股文”。以至于人们一提到八股文，很多人就会把它与“刻板”“陈腐”“明清科举”联系起来。它禁锢思想，戕害人才似乎已是历史定论。

其实，八股文并非都是些食古不化的迂腐之作，历史上很多的名家大师都参加过科举考试，并留下了很好的八股文篇章。一千三百年的科举制中，涌现出无数俊杰前辈，不仅有白居易、刘禹锡、王安石、苏轼等伟大诗人与政治家，还有沈括、宋应星、徐光启等科学家，甚至到了晚清，林则徐、曾国藩、张之洞等政治家也皆从科举中来。

有许多学者指出，借鉴传统文学的一些精髓，也是对传承传统文化的尝试和创新。这里有个取其精华去其糟粕的问题。

从被忽视到显学的科举

科举制被重新提起，是20世纪80年代初期的事。

伴随着我国改革开放进程不断深入，随之而来的诸多社会问题日益显现。社会上公民的道德缺失，以及在全球化中民族身份的迷失，都促进国家更加重视挖掘传统文化中的优秀价值。很自然地，科举制度研究受到了更多人的重视。

在这里，向您讲述一个真实的故事：

1983年春天，北京大学举办“比较文官制度研究班”，应邀讲课的学者是美国卡特总统时期的人事管理总署署长（相当于中国的人力资源部部长）：艾伦·坎贝尔，他在开场白中有一段话，特别值得中国人骄傲：“联合国有关机构让我到中国来讲文官制度，我吃了一惊，因为我们一直认为，中国是文官制度的创始者。”“创始者”，它没有经过任何国家的评选，但是世界公认，口碑相传，这是何等的荣誉！

众所周知，近代以来美国作为世界上迅速崛起的发达国家，对中国在经济、政治、科技等方面的影响是巨大的。但事实却是：中国的“旧制度”依然影响着“新美国”。科举制度就是为数不多的事例之一。

2003年11月，“中国科举文化展”首次走出国门，在加拿大温哥华成功举办。近年又先后在广西、河北、浙江、黑龙江、内蒙古、北京等地，成功举办多次展出活动。

从2005年开始，在厦门大学教育研究院刘海峰院长的大力倡导与努力下，成功举办了第一届“科举制与科举学国际学术研讨会”。目前该学术专题会议每年至少举办一次，截至2017年9月已成功举办了十五届。在国内外专家学者的积极参与和社会各界的鼎力支持下，其学术影响力逐年增强，业已成为国内外具有广泛影响力的系列学术研讨会。科举学已经成为当今世界范围内的一门有影响的显学。

2012年，作者（左二）在昆明参加第九届科举制与科举学学术研讨会

2007年，由上海嘉定博物馆主办的《科举学论丛》创刊，每年推出2~3辑，由线装书局出版。该刊物自2010年起成为中华炎黄文化研究会科举文化专业委员会学术会刊。

2016年，八股文首次入选杭州高中语文教材。在这批选编的语文教材中，包含的八股文分别是：明朝初期王鏊的殿试之作《民既富于下，君自富于上》、著名心学大师王阳明的《志士仁人，无求生以害仁，有杀身以成仁》，另一篇则来自与“科举”紧密联系，并多次担任科举监考官的曾国藩的《与诸弟书》。

2013—2018年，笔者先后应邀在宁波的“天一讲堂”、黑龙江的“龙江讲坛”、天津开发区的“泰达文化大讲堂”等国内有影响的文化讲堂，开展以“科举制度的演变与发展过程”为主题的讲座，从不同角度探讨科举制度对当今公务员制度改革、高考制度改革、反腐败方式的影响等内容。

2017 年，笔者在广东省“中山讲堂”做学术讲座

为了使讲座的内容更加丰富，增加观众对科举现场的感性认识，笔者先后参观过上海嘉定博物馆、南京江南贡院，拍摄了大量的原始照片。

走进江南贡院大门，踏着 600 多年前明太祖朱元璋、明成祖朱棣走过的台阶；仰望明远楼，林则徐、李鸿章、曾国藩等曾在这楼上做主考官的身影，似乎就在眼前；轻抚龙虎榜墙，唐寅的名字曾在这墙上，赫然高居榜首；凝视一间间狭窄的号舍，施耐庵、郑板桥、翁同龢、张謇……众多近代著名政治家、实业家就从这里，走出了他们成功人生的第一步。

而中国共产党的创始人，第一位总书记陈独秀，也曾在这号舍中冥思苦想……

用心讲述这一切，难道不会让每一位观众和听众凝神倾听，思绪万千？

（原文发表于《中华读书报》2018 年 12 月 16 日，有改动）

邓嗣禹《张喜和1842年南京条约》前言

费正清 著 彭靖 译

1842年，英国与满清政府签订的《南京条约》，预示着在这个世纪中，一个不平等时代的来临，同时也标志着一个完整的中西方关系时代的到来。从1840年到1949年，是中国人民的近代史时期。奇怪的是，仅有少数现代的中西方学者，对这一阶段的历史进行过认真研究。

毫无疑问，中国学者因为中国历史中的其他时期的研究资料丰富，而分散了他们对这一时期研究的注意力。而西方学者恰好相反，他们因为不能熟练地掌握、研究这一时期所需要的中国各种文体而感到为难。总之，在中国过去的一个世纪中，对这方面的研究仍然是巨大的历史空白之一。但在若干年后，中国和美国的历史学家们将冲破界线，共同进入这个空白研究区域。1842年以后外国贸易的扩展，1851年开始的太平天国运动，1858年之后西方列强日益猖獗的入侵……所有发生的这些事件，标志着中国人民的生活发生了巨大的变革。这种变革绝非是今天所谓变革的全部含义，也不比许多现代派行动者在这个问题上，所含糊了解的含义更多。

这本书是对签订《南京条约》谈判过程的研究，这次谈判是一个世纪不平等条约的开端。书中通过中国方面一位次要谈判官员的眼睛，来观察这次谈判的细节，并缜密地论述了谈判文件。尽管这个文件仅涉及几个月的时间，但它使我们对这个阶段的认识，比许多大部头的考察报告还要深刻。邓博士在书中有效地记录了，反映谈判官吏日常生活中不易被他人了解的内心世界的日记。这些官吏都是在一个世纪前掌握着中国命运的人。这些日记显示了他们对国外世界的模糊观念和内心的恐惧，反映了他们在自己生活的世界里对经济运行知识的无知、外交谈判知识的肤浅，以及他们为中国人民创造幸福生活事业的极端无能。这是顽固派面对着空前巨变，无视自己行动后果的真实写照——这些在历史环境下的牺牲者照旧推行着延续下来的游戏规则，他们不明白一种新的游戏正使用着新的规则。

邓博士在书中详尽地运用中西双方的资料，还提出了到目前为止最有效的证明：中国的外交关系可以，而且必须通过双方的材料进行对照研究。尽管在同一时期，中国皇帝极频繁发出的敕令，和英国的快信似乎讨论的是两种完全不同的情况。然而在这本书中，它们被相互对照着收集在一起，在背景相同的情况下进行分析。令人信服的研究结论，正如我们发现的一样：中国那些签订条约的高级官员，对西方侵略者的法律条文竟如此漠不关心，他们几乎没有认真看一眼有重大影响的条约条款，而只是对英国关于撤退军舰的承诺感兴趣。

邓博士同时详尽地收集了当年的各类资料，他所列出的注释内容和参考书目，将推动这项研究工作深入进行。

后　记

这本历史随笔文集中选编的文章，写作于 2012 年年末至 2018 年年初，绝大多数已经在海内外期刊、报纸上摘要发表过，以大陆的《中华读书报》和台湾的《传记文学》为多。其中一些文章还曾多次被中国社会科学院、复旦大学、中国语言大学、中国作家网、人民网等国内多家著名媒体收录，也有的被其他报纸和期刊等纸质媒体多次转载，说明这些文章曾经受到许多高校、研究单位、出版机构和读者的欢迎与喜爱。

值得欣慰的是，近年我看到在国内几所著名大学及海外汉学研究中心研究人员出版的学术专著中，都曾引用过我对恒慕义、邓嗣禹、裘开明等人的研究文章。这说明我的这些文章，已经对海外中国学研究起到一定推动与促进作用。

相比于写作严肃的学术论文而言，我更倾向于采用纪实文学、散文的体裁，以轻松的笔调，来揭示一些历史事件，以及对海外名人、中国留美学者交往的描述。由于这一类文章的特点更加“大众化”，因此也就有更多的学者和普通读者关注。

最后需要说明的一点是，本书所收入的文章，之前均为单独成篇发表。文章中时有“今年”“至今”等时间概念，均系原文撰写与发表的时间；个别文章中的论说与引征，以及对于外公邓嗣禹的介绍，不免有重复之处，敬希读者谅解。至于书中存在的个别缺点、错误，恳请并欢迎读者批评、指正。作者邮箱：pengjing62917@ sina. com。

彭靖谨记

2018 年 7 月 29 日